REBECCA
MARTIN

Das Kind der Wellen

DIANA

Sollte diese Publikation Links auf Webseiten Dritter enthalten,
so übernehmen wir für deren Inhalte keine Haftung,
da wir uns diese nicht zu eigen machen,
sondern lediglich auf deren Stand zum Zeitpunkt
der Erstveröffentlichung verweisen.

Verlagsgruppe Random House FSC® N001967

Neumarkter Straße 28, 81673 München
Redaktion: Angela Volknant
Umschlaggestaltung: Favoritbüro GbR, München
Umschlagmotiv: © PurpleBird/Shutterstock.com
Herstellung: Helga Schörnig
Satz: Leingärtner, Nabburg
Druck und Bindung: GGP Media GmbH, Pößneck

Printed in Germany
ISBN 978-3-453-36072-3

www.diana-verlag.de

Prolog

NORDSEEKÜSTE, 1920

Man hatte sie belogen. Ilse, die an der Spitze der Gruppe gelaufen war, verzögerte ihre Schritte unwillkürlich. Links und rechts schwärmte man bereits aus, stürmte an ihr vorbei auf die Sandbank zu.

»In letzter Minute«, hörte die Siebzehnjährige eine Stimme, und dann: »Wir haben sie, endlich. Dem Herrgott sei's gedankt, wir haben sie!«

Ilses Schritte verlangsamten sich weiter. Der nasse Sand schmiegte sich um ihre nackten Füße, so wie das Salz der Luft um ihre Lippen. Der immer wieder auffrischende Wind riss an ihrer Kleidung, peitschte ihr die Haare schmerzhaft ins Gesicht, die sich unter dem Kopf- und Schultertuch hervorgestohlen hatten.

Vicky hat mich belogen.

Ilse erkannte es in dem Moment umso deutlicher, da man der kleinen Herrin auf die Füße half.

Alles musste jetzt schnell gehen, schnell, schnell, schnell. Das Meer wartete nicht. Es drängte vorwärts, brüllte und warf sich gegen den Strand wie ein wildes Tier. Neue Wellen krachten gegen das Land. Ilse starrte für einen flüchtigen Augenblick an sich herunter, auf die letzte Welle, die ihre Beine bis um die Knie umspülte und sie fast umriss. Der Wind zerrte noch heftiger an dem

Tuch, das sie um Kopf und Schultern gelegt hatte. Sie sollte vielleicht stehen bleiben, aber sie lief weiter. Sie musste alles sehen. Mühsam, auf ein paar Helfer gestützt, kam Vicky langsam auf sie zu. Sie sah erschöpft aus, aber da war noch etwas: Da war Blut auf ihrem Kleid, etwas hatte sich geändert, etwas fehlte, auch wenn es nur mehr eine Ahnung war.

Die kleine Herrin kam näher und noch näher. Sie wirkte wirklich elend, ja, das auch, konnte kaum einen Fuß vor den anderen setzen. Im nächsten Augenblick standen sie einander gegenüber und sahen sich an.

»Ilse«, krächzte Vicky kaum hörbar, als hätte sie über Stunden geschrien. Sie hatte Angst gehabt, das sah man ihr an. Sie hatte Höllenqualen erlitten, durchaus.

Ilse musste schlucken, weil ihr Mund so trocken war.

»Wo ist es?«

Einer der Helfer hielt inne, einer der Bauern oder Fischer aus der Gegend, sie kannte sie ja beileibe nicht alle.

»Was?«

»Das Kind.« Ilse schluckte. »Das Fräulein Schwayer hat doch ein Kind erwartet. Das hat sie mir kürzlich erst gesagt.«

Die Helfer blickten einander an, und Ilse konnte für diesen Moment das Entsetzen in ihren Augen sehen. Ein Säugling konnte hier nicht überleben, hier nicht. Sie schaute fragend zu Vicky hin. Die wich ihr nicht aus, doch ihr Gesicht war undurchdringlich. Ilse spürte, wie die Erleichterung darüber, dass man Vicky gefunden hatte, langsam schwand. Da war keine Erleichterung mehr. Da war nur wieder das untrügliche Gefühl, dass man sie belogen hatte, benutzt, dass sie im Grunde immer außen vor war. Vicky und Sontje hatten niemals die Absicht gehabt, sie in ihren Kreis aufzunehmen. Das Kind hatte niemals überleben sollen, aber diesmal würde Ilse nicht mitmachen. Vicky Schwayer würde damit nicht durchkommen.

1

NORDSEEKÜSTE, 2019

Lisa saß an ihrem gewohnten Platz am Strand und sah auf das Meer hinaus. Die Wellen waren heute nicht besonders stark. Sie hatte das schon anders erlebt in den letzten Monaten. Kaum zu glauben, dass schon ein halbes Jahr vergangen war, seit ihr Mann Lukas und sie eine Auszeit vereinbart hatten. Lisa war hierher zurückgekommen, um wieder zu sich zu finden, um herauszufinden, ob sie sich irgendwann wieder selbst vertrauen konnte und sich nicht wie eine Fremde in ihrem eigenen Körper fühlte. Kaum einer hatte verstanden, dass sie ausgerechnet hierher fahren wollte, aber die hatten ja keine Ahnung, weder von ihr noch von dem, was geschehen war. Sie wussten nur das wenige, was Lisa und Lukas zu erzählen bereit gewesen waren. Seit gut einem Jahr war sie jetzt krankgeschrieben. Ihr Arbeitgeber war sehr entgegenkommend, das musste sie schon sagen, doch Lisa rechnete damit, dass die Kulanz irgendwann ein Ende haben würde. Irgendwann wurde erwartet, dass man wieder am Leben teilnahm, dass man sein Leben weiterlebte, funktionierte, ganz gleich wie zerbrochen man war.

Sie hatte eine Weile ins Nichts gestarrt und nahm jetzt wieder das Meer in den Blick. In der Ferne lagen ein paar Containerschiffe – wie aus Origamipapier gefaltet sahen sie aus. Sie warteten auf die Einfahrt in irgendeinen Hafen, Hamburg oder Bremen. Rechts von ihr kam eine Familie an den Strand. Die Mutter hielt das jüngste Kind an der Hand, und für einen flüchtigen Moment war ihr so, als spürte sie Millies Hand wieder in ihrer, doch das Gefühl verschwand ebenso rasch, wie es gekommen war. Die fremden Kinder jauchzten. Die Familie war wohl gerade erst angekommen. In glücklicheren Zeiten war dies auch immer ihr erster Weg gewesen. Gleich nach ihrer Ankunft waren sie zum Meer gerannt und hatten Wetten darüber abgeschlossen, ob Flut oder Ebbe war. Meist gewann Lukas, aber Lisa hatte hin und wieder den Eindruck gehabt, dass ihr Mann heimlich den Tidekalender studierte.

Sie kniff die Augen zusammen: Das Meer – kurz danach hatte es eine Zeit gegeben, da war es ihr unmöglich, über die Wellen zu schauen, ohne furchtbare Wut zu empfinden, dann wieder war sie wütend auf sich gewesen. Die ersten Wochen allein hier oben waren entsetzlich gewesen. Wahrscheinlich konnte sie von Glück sagen, dass ihre fast fünfundachtzigjährige Nachbarin, Frau Peters, so beharrlich nach ihr schaute und schließlich dafür gesorgt hatte, dass Lisa eine Aufgabe bekam. Trotzdem war sich Lisa nach so vielen Monaten immer noch nicht im Klaren darüber, wie es weitergehen sollte. Die Zeit heilt alle Wunden, sagte man, aber tat sie das wirklich? Narben verschwanden nicht einfach. Narben blieben zurück, wulstig, manchmal heiß und puckernd, manchmal schmerzend. Hin und wieder telefonierten Lukas und sie, und inzwischen hatte sie auch ein- oder zweimal länger mit den Kindern gesprochen, mit ihren

Jungs Johnny und Neo. Aber sie stand immer noch am Anfang. Sie hatte keine Ideen, sie schmiedete keine Pläne mehr, wie sie es früher täglich getan hatte. Sie existierte. Mehr nicht.

Existieren. Lisa runzelte die Stirn. Wie vollzog man den Schritt vom bloßen Existieren zurück zum Leben, und würde er ihr irgendwann gelingen?

Langsam wurde es kühl. Immerhin merkte sie das inzwischen. Das war vor nicht allzu langer Zeit noch anders gewesen. Ein auffrischender Wind blies ihr die Haare ins Gesicht. Sie strich sie zurück und schlang das Haargummi neu um ihren Pferdeschwanz. Dann stand sie auf, klopfte sich den Sand ab, griff nach ihren Schuhen und stapfte über den Sand in Richtung Land. Es war etwas mühselig, aber sie ging einfach Schritt für Schritt vorwärts, vielleicht würde sie genau so auch wieder in ihrem Leben ankommen.

In der Nähe vom Peters-Hof blieb sie noch einmal kurz stehen und schaute zum Haupthaus hinüber. Aus dem Wohnzimmer schimmerte goldenes Licht, ein wenig wie in einer Werbung über das Nachhausekommen. Sicher saß Frau Peters in ihrem Lieblingslehnsessel, die obligatorische Tasse Tee neben sich, ein Buch in der Hand. Lisa bückte sich und schlüpfte in ihre Schuhe, bevor sie weiterging. Sie passierte eine Art Senke. Frau Peters hatte ihr einmal erzählt, dass es dort früher einen Deich gegeben hatte, aber das war lange her. Frau Peters' Vater hatte dort einst Ulmen gepflanzt, um den Boden zu festigen. Als Mädchen hatte sie mit den anderen Kindern dort gespielt. Die Bäume waren etwas Besonderes, es gab nicht viele in dieser Gegend.

Nach der Senke ging es ein Stück bergauf, dann hatte Lisa das Haus fast erreicht: das Ferienhaus ihrer Familie aus glücklicheren Tagen. Sie ging an diesem Abend früh zu Bett.

Am Morgen weckte sie strahlend heller Sonnenschein. Er machte sie noch nicht glücklich, aber sie nahm ihn immerhin wahr. Nach dem Aufstehen setzte sie Tee auf und machte sich einen Buttertoast, den sie im Stehen verspeiste, bevor sie erst nach hinten auf die Veranda trat und dann ums Haus herumging. Keine Wolke am Himmel. Es versprach ein wirklich schöner Sommertag zu werden. Lisa zwängte sich durch eine schmale Spalte zwischen dem Haus und einer alten Mauer, die wahrscheinlich einmal zu einem anderen Gebäude gehört hatte, das es längst nicht mehr gab, und gelangte in den bekiesten Bereich vor dem Haus. Einen Moment lang stand sie nur da, blickte auf ihr Auto und kämpfte gegen die Erinnerungen an. Es tat so weh.

Als sie die Stufen zur Eingangstür hinaufging, streifte Moses, der junge Kater, um ihre Beine. Frau Peters hatte ihn ihr kurz nach ihrer Ankunft entschlossen in die Arme gedrückt. Damals war das Tier kaum mehr als ein dünnes, schmutziges Fellknäuel gewesen, das man aus einem Korb im Kanal gerettet hatte: wie Moses eben.

»Kümmere dich um ihn«, hatte Frau Peters gesagt, und es war ihr anzusehen, dass sie keine Widerrede dulden würde. Lisa hatte auf das Bündelchen in ihrem Arm geschaut, das sich zuerst an sie gedrückt hatte und dann einfach eingeschlafen war. Kaum eine Stunde später war sie auf dem Weg zur Tierärztin gewesen.

»Ich kann dich nicht gebrauchen«, hatte sie ihm zugeflüstert. Sie hatte sich geirrt. Er hatte sie genauso gebraucht wie sie ihn.

Lisa bückte sich, um Moses zu streicheln. Er folgte ihr wie selbstverständlich ins Haus und stand dann maunzend neben seiner Katzenschüssel. Sie füllte etwas Futter nach, bevor sie ihn zum Fressen allein ließ. Es war nicht leicht gewesen, ihn hochzupäppeln. Inzwischen war er ein wohlgenährter, gar nicht mal so kleiner Kater, der sich glücklicherweise gut mit Frau Peters' rotem Tiger Quentin verstand. Lisa riss den Blick von ihm los und ging zurück in den Flur. Am Treppenabsatz blieb sie einen Augenblick länger stehen und schaute nach oben. Sie war schon eine Weile nicht mehr im Zimmer ihrer Kinder gewesen. Es schmerzte einfach immer noch zu sehr. Heute aber atmete sie tief durch und ging dann mit festem Schritt die Stufen hinauf. Das Kinderzimmer lag oben links, genau über dem Elternschlafzimmer. Unten in ihrem Bett hatten Lukas und sie morgens immer Kinderfüße geschäftig über sich trappeln hören. Lisa stieß die Tür auf und hielt einen Augenblick inne. Ein großzügiges Fenster nach Nordosten bot einen herrlichen Blick über die Umgebung. In den ersten Tagen wieder hier oben hatte Lisa Millies Duft noch ganz deutlich wahrgenommen. Da hatte sie Abend für Abend heulend auf dem Boden gekauert und den Schlafanzug ihrer Tochter gegen die Nase gedrückt. Jetzt war da ein neuer Geruch, den sie nicht mit diesem Zimmer in Verbindung brachte, ein Geruch von Feuchtigkeit, der über das an der See übliche Maß hinausging. Lisas Blick huschte als Erstes zum Fenster, das sie fest verschlossen fand, dann zur Wand rechter Hand und als Letztes hoch an die Decke.

O nein, schoss es ihr durch den Kopf, nein, das durfte nicht wahr sein. Da war ein großer, dunkler Fleck. Von irgendwo dort oben drang Wasser durch die Decke.

2

EIN HALBES JAHR DAVOR

Lisa ließ sich tiefer ins Wasser sinken. Ihre Beine schoben sich nach oben, die Knie stießen durch die Wasseroberfläche, während ihr Gesicht darunter verschwand. Sie versuchte, die Augen offen zu halten, versuchte, dem Bedürfnis zu widerstehen, nach Atem zu ringen. Die Welt über ihr war ein verschwommenes Muster aus Hell und Dunkel, und dann war das Wasser plötzlich überall. Es drang in ihren Mund, der sich wie von selbst geöffnet hatte. Es drückte gegen ihren Rachen. Sie schluckte und schluckte. Ihr Körper bäumte sich auf, aber sie wollte nicht auftauchen. Sie wollte hierbleiben, unter Wasser, wo es schmerzte.

Luft.

Luft.

Luft.

Lisa kämpfte verzweifelt darum, in der Position zu verharren, mit dem Kopf unter Wasser. Aber ihr Körper weigerte sich einfach, drängte mit aller Macht nach oben. Wasser geriet in ihre Nase und in ihre Luftröhre. Ihr Körper wollte husten. Sie würgte.

Luft.

Luft.

Luft.

Sie schlug um sich. Sie kämpfte. Sie wollte nicht auftauchen, aber ihr Körper gehorchte ihr einfach nicht, ihr Körper wollte die Wasseroberfläche durchbrechen, und dann konnte sie sich endgültig nach Luft schnappen hören, hustend, keuchend, verzweifelt, mit weit aufgerissenem Mund.

Luft.

Luft.

Luft.

Als die Husterei nachließ, setzte sie sich auf. Ihr war taumelig zumute und auch ein wenig übel. Erschöpft ließ sie den Kopf gegen den Badewannenrand sinken. Atmete. Ihr Körper hatte gewonnen. Wieder einmal. Nach einigen Minuten stemmte sie sich aus der Wanne hoch und kletterte vorsichtig über den Rand. Sie bebte und fror im kalten Licht der Badbeleuchtung, während das Wasser von ihr auf den Boden tropfte. Aus dem Spiegel sah ihr ein bleiches Gespenst mit wirrem Haar entgegen, die Unterlippe schuppig rot, weil sie sich angewöhnt hatte, sie mit den Zähnen zu bearbeiten, ohne dass sie es recht merkte, die Augen ebenfalls gerötet, weil sie heute Morgen wieder einmal nicht hatte aufhören können zu weinen.

Das unkontrolliert geschluckte Badewasser schmerzte. Hatte Millie so etwas gespürt? Hatte ihre kleine, wunderbare dreijährige Tochter so etwas Ähnliches gespürt, nachdem ihre Mutter sie nur für einen Moment aus dem Blick verloren hatte, als die Wellen über ihrem Kopf zusammengeschlagen waren und sie endgültig umgerissen hatten? Hatte sie *das* gespürt? Wasser … Wasser überall, in Mund und Nase und Augen, Wasser überall, Wasser, das sie schluckte und das wehtat im Brustkorb, als wollte es ihn sprengen, aber keine Luft mehr … keine Luft … keine Luft …

Nein, für Millie war es schlimmer gewesen, denn Millie, ihre süße, kleine, unvergleichliche Tochter, hatte sich aus eigener Kraft nicht retten können. Sie war zu schwach gewesen. Sie war nach unten gedrückt worden und hatte keine Chance gehabt.

Millie ist ertrunken. Weil ich nicht aufgepasst habe.

Lisa fröstelte heftiger. Sie griff nach dem Handtuch, trocknete sich ab, kämmte sich ruppig die Haare, weil sie jeden Schmerz verdient hatte, sah ihr scheußliches Gesicht noch einmal im Spiegel an.

Die Fratze einer Mörderin.

Lisa schlüpfte in einen ausgeleierten Jogginganzug, den sie früher noch nicht einmal im Haus getragen hätte, wickelte sich ein Handtuch um den Kopf und ließ das Badewasser ab. Sie trat in den Flur. Wie ruhig es hier war. Das fiel ihr in solchen Momenten immer auf. Seit ihr Mann Lukas und ihre beiden Jungs ausgezogen waren, herrschte Stille in der Wohnung.

»Du musst etwas tun, Lisa«, hatte Lukas vor dem Auszug in diesem bittenden, eindringlichen Tonfall gesagt, den sie so hasste. »Irgendetwas musst du tun. Wieder eine Therapie anfangen, irgendwas, bitte … so geht das nicht mehr. Du machst uns kaputt. Du machst unsere Familie kaputt. Uns alle.«

»Ich habe mein Kind verloren.«

»Du hast noch zwei Jungs, Johnny und Neo. Auch andere Eltern …«

»Wag es nicht weiterzusprechen.« Ihre Stimme klang

so scharf und so bitter, dass sie ihr selbst fremd vorkam, aber alles schien fremd, seit Millie nicht mehr da war, seit die Welt einen Riss bekommen hatte, der sich nicht mehr kitten ließ.

»… verlieren ihre Kinder«, beendete Lukas seinen Satz.

»Das ist etwas ganz anderes.« Lisa holte tief Luft. Es hatte durchaus lange gedauert, bevor Lukas sich wagte, so etwas überhaupt auszusprechen, dabei war sie sich sicher, dass er es schon lange dachte. In den ersten Wochen, sogar in den ersten Monaten nach dem Unfall war er sehr vorsichtig mit ihr umgegangen, hatte sie geradezu mit Glacéhandschuhen angefasst. Sie hatte auch das gehasst. Sie wusste, was geschehen war. Sie würde ihre Augen davor nicht verschließen. Sie wusste, was sie getan hatte. Sie kannte ihre Schuld, denn sie war schuldig, und sie konnte und musste es hören, immer und immer wieder. Lukas machte alles falsch.

»Was ist mit deinen anderen Kindern?«, fragte er.

»Was soll mit ihnen sein?«, blaffte Lisa zurück. »Sie sind alt genug. Sie schaffen das schon. Ich liebe sie ja.«

Ich liebe sie. Das muss genügen.

Im Flur blieb sie vor der Galerie mit Millies Bildern stehen. Stetig gesellten sich neue dazu. Sie hatten so viele Fotos von ihr gemacht, von ihrem kleinen Mädchen. Lisa würde heute mal wieder ihre Zeit damit verbringen, den Computer nach weiteren zu durchforsten. Sie war immer noch krankgeschrieben, arbeitsunfähig. Womöglich würde sie nie wieder arbeiten können. Womöglich würde es ihr irgendwann gelingen, ihrem Leben ein Ende zu setzen. Sie ging durch die Hölle, an jedem einzelnen Tag. Sie wollte das nicht mehr.

Für Millie hätte ich da sein müssen, aber ich habe versagt.

Nein, sie brauchte keine Therapie, die ihr dabei half, Millie zu vergessen. Sie wollte nicht, dass alles wieder gut wurde. Bla, bla, bla … Nichts würde je wieder gut sein. Sie wusste das. Nichts sollte je wieder gut sein, das war ihre verdiente Strafe.

Lukas dagegen war sehr hoffnungsvoll gewesen, anfangs.

»Wie kannst du Millie nur einfach vergessen?«, hatte sie ihn gefragt.

»Ich habe sie nicht vergessen, Lisa. Ich trauere um sie, aber ich weiß eben, dass wir noch zwei andere Kinder haben, Neo und Johnny. Was ist mit ihnen? Sie brauchen unsere Liebe und unsere Zuwendung. Sie haben ein Recht darauf. Auch sie haben ihre Schwester verloren.«

»Sie leben immerhin.«

Das war der erste Bruch gewesen. Lukas war an diesem Abend erstmals mit den Kindern zu seinen Eltern gefahren und danach immer öfter. Stück für Stück hatten sie sich voneinander entfernt: das gemeinsame Schlafzimmer, gemeinsame Zeit, gemeinsames Essen. Sie hatte begonnen, die Therapie zu schwänzen. Er war dahintergekommen und hatte ihr schwere Vorwürfe gemacht.

»Du hast mir gar nichts zu sagen«, hatte sie ihn angefahren. Etwa eine Woche später war er mit den Kindern ganz ins Haus seiner Eltern gezogen.

»Es ist nicht weit weg, du kannst uns besuchen, wann immer du willst. Unsere Tür steht offen, aber du musst etwas ändern.«

Sie hatte geschwiegen.

Im Briefkasten wartete heute ein Umschlag auf sie. Johnny, ihr Zehnjähriger, hatte ihr wieder einmal geschrieben. Er war jetzt in der vierten Klasse und würde bald auf die weiterführende Schule wechseln. Sie wusste nicht, wie es ihm ging oder wie es in der Schule lief. Sie wollte es auch gar nicht wissen. Wie sollte sie über eine Zukunft nachdenken, die es für Millie nicht mehr gab? Das konnte sie nicht.

Lisa öffnete die kleine Schublade an der Garderobe und stopfte den Brief zu den anderen ungeöffneten Umschlägen, dann schob sie das Schublädchen mit Gewalt wieder zu. Sie schaute sich im Garderobenspiegel an, die Lichtverhältnisse waren hier schmeichelnder als im Bad. Da war ein Werbeaufkleber, den eines der Kinder dort hingeklebt hatte. *Du bist ein Gewinn*, stand da. Lisa hatte geschimpft. Aber die Kinder hatten einander nicht verraten, sondern zusammengehalten – ein schöner Moment und umso schmerzhafter, als sie jetzt daran dachte. Sie hielt inne. Ein Gedanke, der sie schon länger umtrieb, drängte sich wieder in ihr Bewusstsein.

Na gut, dachte sie. Dann soll es wohl so sein. Sie drehte sich um und ging ins Schlafzimmer, wo sie wahllos Kleidungsstücke in ihre Reisetasche stopfte. Sie würde noch einmal ins Ferienhaus ihrer Familie fahren, an die Küste, wo alles passiert war, und Millie endlich folgen.

Lisa war fast ohne Pause durchgefahren, zuerst auf der A5 in Richtung Nordhessen, dann auf der A7, vorbei an Göttingen, Hannover und Hamburg, Itzehoe, Heide. Sie hatte das Radio an, ohne jedoch wirklich hinzuhören; irgendein Gedudel, unterbrochen von Nachrichten, die sie nicht interessierten. Sie hatte irgendwo Kaffee getrunken und war auf der Toilette gewesen. Sechs, eher sieben Stunden Autofahrt – und sie hatte nichts gegessen. Ihr fiel das kaum auf, weil es ihr so unwichtig war. Millie aß auch nichts mehr. Millie aß nie wieder etwas. Wie fühlte sich das an, nie wieder zu essen? Inzwischen konnte Lisa ihre Hosen nur noch mit Gürtel tragen. Natürlich hätte sie neue kaufen können, aber wozu? Bald würde sie ohnehin keine mehr brauchen.

Je weiter sie nach Norden kam, desto konkreter wurde die Idee, mit der sie aufgebrochen war. Sie hatte sich lange nicht mehr so ruhig und sicher gefühlt, lange nicht mehr so entschieden.

Es dämmerte schon, als sie endlich in die hell bekieste Einfahrt ihres Ferienhauses einbog. »Die kleine Villa« – so nannte man es hier in der Gegend, dabei war es eigentlich gar keine echte Villa, sondern ein etwas größeres Hofgut aus Backstein, wie auf dem flachen Land üblich: zweistöckig mit Dachboden und einem Walmdach. Heute waren nur noch das großzügige Wohnhaus und eine Scheune erhalten. Irgendwann hatte es wohl auch einmal Stallungen und Weideland gegeben. Den größten Teil des Weidelands hatte man schon zu Beginn des letzten Jahrhunderts aufgegeben, den Rest in einen großzügigen Garten umgewandelt. Etwas weiter östlich, mehr in Richtung Husum, lag der Hof der Familie Peters; die Familie gehörte zu ihren Ferien wie die norddeutsche Landschaft, und bei jeder Ankunft brachten die Alteingesessenen die Urlauber auf den neuesten Stand.

Das grüne Holztor vor ihrem Grundstück stand offen,

und Lisa hatte sich, bevor sie hindurchgefahren war, gefragt, ob es wohl unverschlossen war, seit sie den Ort so überstürzt verlassen hatten. Das war gut möglich, warum sollte jemand das Gatter geschlossen haben?

Sie lauschte dem Geräusch der Reifen auf dem Kies, das früher stets Vorfreude bei ihr ausgelöst hatte und ihr jetzt ein Gefühl von Übelkeit verursachte. Das Haus war dunkel. Natürlich, niemand erwartete sie. Es würde auch kalt und leer sein. Sie hatte keinem Bescheid gesagt, dass sie kommen würde, auch Frau Peters nicht. Sie wollte ohnehin niemanden sehen, und sie würde ja auch nicht lange bleiben.

Leise schloss sie die Autotür zu, als befürchtete sie, es könnte sie doch jemand hören, aber wer sollte das sein? Der Peters-Hof lag in der Nähe, aber nicht so nah, dass man eine schlagende Autotür hören konnte. Außerdem war es von Vorteil, dass das Ferienhaus in einem großen Garten lag. Früher, bevor ihrer Familie ein Teil des Landes überschrieben worden war, hatte Frau Peters einmal erzählt, war der Garten noch größer gewesen. Trotzdem war das Grundstück immer noch riesig.

Lisa holte ihre Tasche vom Beifahrersitz und ging die paar Schritte zum Eingang. In den Blumenkästen neben der Tür wippten überraschenderweise tiefrote Geranien. Es musste also doch jemand nach dem Rechten gesehen haben, ganz so, als wollte man der Familie einen möglichst schönen Empfang bereiten, wenn sie für die nächsten Ferien zurückkehrte.

So hat es im letzten Sommer auch ausgesehen.

Lisa zog sich der Magen zusammen, als sie ein paar Schritte weiter ein kleines, von Wind und Regen verwittertes Bobbycar liegen sah. Millie war jauchzend darauf gefahren, bevor sie zum letzten Mal zum Strand aufgebrochen waren. So war es doch gewesen? Lisa sah es jedenfalls vor sich, wie ein gestochen scharfes Foto. Millie war eigentlich immer fröhlich gewesen. Neo und Johnny hatten ihr damals einen Parcours aus Pylonen aufgebaut. Die Pylonen lagen über den Hof verstreut, manche in den Büschen, manche fehlten. Wahrscheinlich hatte der Wind sie fortgetragen. Für einen Moment meinte Lisa, die Stimmen und das Lachen ihrer Kinder zu hören.

Sie gab sich einen Ruck, stolperte auf die Tür zu, schob mit zitternden Fingern den Schlüssel ins Schloss. Die Tür öffnete sich knarrend. Es roch klamm, so wie es immer roch, selbst im Sommer. Sie hatte sich einen kleinen Ofen für das Wohnzimmer gewünscht, aber dazu war es nicht gekommen. Lisa schob sich hinein, schloss die Tür hinter sich und blieb dann einen Moment mit dem Rücken dagegen gelehnt stehen. Sie atmete einige Male tief durch. Ihr war klar gewesen, dass es nicht leicht sein würde, wieder hier zu sein, und sie hatte sich davor gefürchtet. Die Übelkeit in ihr blieb jetzt wie ein stetiger, leiser Ton im Hintergrund. Sie bediente den Kippschalter. Es klackte, und das Licht flammte auf.

Lisa schaute sich um. Alles war so, wie sie es im letzten Jahr zurückgelassen hatten. Ihr Herz klopfte schneller. Tränen stiegen in ihrem Hals auf und ließen sie schlucken: Da lag Millies Puppe, die sie damals so verzweifelt gesucht hatten, damit Millie etwas Vertrautes um sich haben würde, während man im Krankenhaus um ihr Leben kämpfte. Dort hatten Neo und Johnny am Morgen des Unglückstages eine Rampe für ihre Autos aufgebaut, und sie hatte noch mit ihnen geschimpft, weil sie darüber gestolpert war und fast gestürzt wäre. Vor der Garderobe lag das sandige Strandzeug, so wie sie es hatten fallen lassen. Es war absurd, aber sie hatten tatsächlich nichts am Strand liegen lassen. Aus Millies Einhorn-Badereifen war die Luft gewichen, der Kopf des Einhorns zur Seite abgeknickt. Lisa setzte ihre Tasche endlich ab und ging in Richtung Küche. Das Geschirr stand noch auf dem Tisch, wie sie es nach dem späten Frühstück zurückgelassen hatten: ein Korb mit Resten steinharter Brötchen, die Kaffeekanne, etwas Undefinierbares in den Bechern der Kinder. An Millies Platz der Kinderstuhl, der ihr verhasst war. Lisa erinnerte sich daran, wie sie ihrer Tochter hatte versprechen müssen, dass sie bald auf einem *echten* Stuhl sitzen durfte.

»Ich bin ein großes Mädchen, Mama.«

»Ja, das bist du.«

Sie wird niemals auf einem *echten* Stuhl sitzen. Von einem Moment auf den anderen spürte Lisa, wie ihre Beine nachgaben. Wimmernd brach sie zusammen.

3

Lisa hörte das Freizeichen und spielte für den kürzesten Moment mit dem Gedanken, wieder aufzulegen. In den letzten Monaten hier oben hatte sie es sich irgendwie angewöhnt, jedes Mal Frau Peters anzurufen, wenn sie Hilfe brauchte.

Als ob ich keinen Schritt allein gehen kann.

Zu Anfang war es nicht leicht gewesen zwischen ihnen beiden. Aber Frau Peters war beharrlich an Lisas Seite geblieben, hatte sich einfach nicht fortschicken lassen, ganz egal wie bissig und ungerecht sich Lisa ihr gegenüber auch gezeigt hatte. Und Lisa war sehr wütend gewesen und sehr ungerecht, hatte ihren Schmerz geradezu herausgeschrien. Frau Peters, die ohnehin nicht viele Worte machte, hielt an ihrer Freundlichkeit fest. Sie war einfach da und hörte zu. Schließlich hatte sie mit Moses vor der Tür gestanden. Lisa hätte ihr die Tür am liebsten vor der Nase zugeschlagen, sich dann aber aus Gründen, die ihr nicht ganz klar waren, anders entschieden. Es kann nicht am Kater liegen, hatte sie sich immer wieder gesagt, aber sie musste zugeben, dass sie sich seit der Ankunft des kleinen Katers ein wenig besser fühlte. Dann waren sie erstmals wieder gemeinsam zum Meer gegangen.

»Hier bei Peters!«, meldete sich eine Frauenstimme.

»Frau Peters, gut, dass du da bist.«

»Lisa? Ist was passiert?«

»Nein, nein, alles gut. Ich habe nur ein Problem. Im Kinderzimmer kommt Wasser durch die Decke. Womöglich ist das Dach undicht.«

Frau Peters sog scharf Luft ein. »Oh, so'n Schiet!«, stieß sie hervor.

»Ich hatte einfach keine Ahnung, wen ich sonst anrufen könnte«, fuhr Lisa unsicher fort und spielte mit der Telefonschnur. Lukas hatte dieses Telefon damals aus Jux mitgebracht. Er hatte ein Faible für Retro. Außerdem behauptete er, dass sie das Telefon dann nicht mehr verlegen könne, wenn es fest an der Wand hing. Die Kinder hatten über das Telefon mit der Schnur gestaunt. Moses kam neugierig herbei und schlug mit der Tatze nach dem Kabel. Liebevoll sah Lisa ihn an. Er hatte sich gut erholt, sein Fell glänzte, und er war nicht mehr ganz so mager. Das verängstigte Kätzchen hatte sich zum kecken Kater gemausert.

»Kennst du vielleicht jemanden, der mir helfen kann?«

»Hmm, lass mich mal überlegen …« Auf der anderen Seite blieb es für einen Augenblick still. »Wir machen so was ja immer selbst«, sprach Frau Peters langsam weiter, »deshalb fällt mir jetzt auf Anhieb … Leider ist mein Fiete gerade beruflich unterwegs.«

Lisa drehte die Telefonschnur in die andere Richtung und nahm Moses hoch. »Macht ja nichts. Hätte ja sein können, dass dir jemand einfällt. Fiete wird ohnehin selbst genug zu tun haben mit seiner Familie und der Arbeit. Ich schau einfach in den Gelben Seiten nach oder im Internet.«

»Moment, Moment mal. Vielleicht kann dir Lars Claassen weiterhelfen, der ist Schreiner.« Frau Peters nannte ihr eine Adresse, die Lisa notierte. Sie tauschten noch ein paar Worte und verabschiedeten sich dann. Die Schreinerei lag ganz in der Nähe, wie Lisa bei Google Maps herausfand. Sie war ihr bislang nicht aufgefallen. Wie auch, bisher hatten sie ja nie einen Schreiner gebraucht. Leider war die Telefonnummer, die Frau Peters ihr gegeben hatte, nicht mehr gültig, und eine andere war nicht herauszufinden. Sie würde wohl oder übel hinfahren müssen. Kurz runzelte Lisa die Stirn, schlüpfte dann in eine Jacke und griff sich den Autoschlüssel vom Schlüsselbrett. Kaum fünf Minuten später war sie auf dem Weg und stand kurz darauf vor der Schreinerei.

Sie hoffte sehr, dass der Schaden am Haus nicht zu gravierend war. Wann war sie wohl das letzte Mal im Zimmer der Kinder gewesen? Kurz nach ihrer Ankunft hatte sie jeden Tag dort gesessen, hatte sich zwischen Millies Kleidungsstücke und Spielsachen gesetzt und versucht, einen Hauch ihres Geruchs zu erschnuppern.

Lisa zog den Schlüssel aus der Zündung und tastete nach dem Türgriff. Eine Windbö riss ihr die Tür fast aus der Hand, aber sie konnte sie gerade noch halten. Sie stieg aus und ließ den Blick über die Fassade des Hauses wandern. Oben wies ein etwas älteres, verwittertes Schild mit einem Fünfzigerjahre-Schriftzug auf die Schreinerei Claassen hin. Doch offenbar hatte die Werkstatt geschlossen. Im Hof konnte sie zwar einige Gerätschaften erkennen, aber es war kein Mensch zu sehen. Alles wirkte wie ausgestorben. Lisa zögerte und entschied sich dann doch, zur Haustür zu gehen. Jetzt war sie schon einmal hier, also konnte sie auch klingeln. Sie drückte entschlossen auf die Schelle und wartete. Es dauerte einen Augenblick, bevor sie langsam schlurfende Schritte hörte. Die Tür ging auf. Im Dämmerlicht dahinter konnte sie die Person, die ihr geöffnet hatte, nur schlecht erkennen. Dann trat sie einen Schritt vor, und Lisa erblickte einen älteren Mann mit schütterem weißen Haar und einer etwas käsigen Gesichtsfarbe. Er trug ein blau-grau kariertes Hemd, eine graue Breitcordhose, Hosenträger und schweren Schuhe.

»Sie wünschen?«

Er wirkte weder freundlich noch unfreundlich.

»Ist das die Schreinerei Claassen?«

»Steht wohl dran.«

»Ich habe einen Wasserschaden.«

Vielleicht irrte sie sich, aber Lisa hatte den Eindruck, als blickten die Augen des Mannes sie mit einem Mal etwas wacher an. »'nen Wasserschaden?«, echote er.

Sie nickte. »Ich bin auf der Suche nach einem Fachmann, der einen Blick darauf werfen könnte. Frau Peters hat mir Ihren Namen genannt.«

»Frau Peters? Unsere Anke?«

Lisa nickte, kam aber nicht dazu, mehr zu sagen, denn hinter der rechten Schulter des alten Mannes tauchte mit einem Mal ein jüngerer Mann auf: »Was wollen Sie hier?«, blaffte er. »Haben Sie denn keinen Anstand? Lassen Sie meinen Vater in Frieden.«

Lisa zuckte zusammen und nahm dann allen Mut zusammen.

»Ich bin auf der Suche nach einer Schreinerei.«

»Es gibt hier keine Schreinerei mehr.«

4

MAINZ, 1919

Das Erste, was der siebzehnjährigen Vicky Schwayer an Jamal Boissier auffiel, waren sein fein gezeichnetes Gesicht und die großen hellbraunen Augen unter den schweren Lidern, die ihn etwas verträumt aussehen ließen. Er war schlank und hochgewachsen, aber er hielt sich gerader, als das große Menschen gemeinhin taten. Tatsächlich hatte er eine natürliche Eleganz, die ihr bislang noch nirgends untergekommen war.

Sie waren einander zufällig auf der Straße begegnet, als Vicky mit ihrer Schulkameradin Lillian Kogler am Rheinufer spazieren ging, in etwa dort, wo die großen Hotels standen. Jamal gehörte zu der Truppe der siegreichen französischen Besatzungssoldaten, die sich in diesen Tagen überall in der Stadt befanden. Auf dem Trottoir wich er ihr höflich aus.

Ihre Blicke streiften sich flüchtig, hielten einander kurz fest und verloren sich wieder. Ein paar Schritte weiter jedoch drehten sie sich beide um, wie auf einen stummen Zuruf hin, und warfen erneut einen Blick aufeinander. Vicky erinnerte sich später deutlich daran, wie Lillian ihren Arm gedrückt hatte.

»Vicky. Sieh dich vor, der Schwarze schaut dich an.«

Der Schwarze schaut dich an.

Lillians warnender Tonfall war unüberhörbar. Sie waren schließlich alle dazu angehalten, in diesen Tagen besondere Vorsicht walten zu lassen. Aber Vicky konnte nur daran denken, dass der junge Soldat unglaublich gut aussah in seiner Uniform. Sie hatte keine Ahnung, welchen Rang er hatte. Mit Militärischem kannte sie sich, anders als ihr knapp zwei Jahre älterer Bruder Hagen, nicht besonders gut aus. Es interessierte sie einfach nicht. Nach so vielen Jahren Krieg, dessen Folgen man immer noch überall sah und spürte, konnte sie sich einfach nicht für das Militär erwärmen. Selbstredend gab es auch weiterhin Versorgungsprobleme, Lebensmittel und Brennmaterial wurden kommunal zugeteilt, und die Erinnerungen an Steckrübenwinter hingen immer noch beängstigend in den Köpfen. Am vordringlichsten aber war derzeit die Wohnungsnot, verschlimmert durch die Raumansprüche der französischen Besatzer, die schließlich die Zwangsbelegung von Wohnungen anordneten.

Sieht er nicht köstlich fremd aus?, dachte Vicky, als sich ihre Augen ein weiteres Mal trafen. Wie ein ägyptischer Prinz, ein Prinz aus Theben vielleicht. Ja, so sah er aus, und sie interessierte sich doch für alles, was aus Ägypten kam. Das war also einer der Schwarzen. Aber so schwarz war er eigentlich gar nicht, seine Haut war nur ein bisschen braun.

Lillians Mutter war die Erste gewesen, die empört erzählt hatte, dass sich Schwarze unter den fremden Soldaten befanden und solche aus dem Morgenland, die man wohl Sipahis nannte. Vicky hatte Lillian daraufhin zu einer der Paraden mitgeschleift, um die Fremden zu sehen. Die Turbane hatten sie am meisten fasziniert.

Bislang kannte sie dergleichen nur von den Erzählungen aus *Tausendundeiner Nacht*, die zu Vickys liebsten Geschichten gehörten.

Natürlich gab es auch Leute, die gegen die Fremden wetterten und davon sprachen, dass es eine Schande war, diese Primitiven in das Herz Europas zu lassen, mitten hinein ins christliche Abendland. Frau Kogler gehörte dazu, und auch Vickys Bruder Hagen. Die Eltern hielten sich mit Äußerungen zurück.

Vicky jedenfalls nahm gar nicht wahr, dass Lillian ihren Arm immer fester drückte, während der junge Franzose und sie sich anblickten, als hätten sie einander irgendwie wiedererkannt. Dann kam er zu ihnen zurück, verbeugte sich formvollendet und sprach sie einfach an: »Jamal Boissier, Übersetzer. Erfreut, Ihre Bekanntschaft zu machen, meine Damen.«

»Vicky Schwayer.«

»Lillian Kogler.«

Er küsste ihnen beiden die Hand und verbeugte sich dann noch einmal knapp. Vicky und er wechselten ein paar Worte, Lillian dagegen schien es die Sprache verschlagen zu haben. Forschende Blicke anderer Spaziergänger und Flaneure trafen sie, hier am belebten Rheinufer, wo nicht nur Hotels, sondern auch die Anlegestellen für Passagierschiffe waren. Zwei junge Frauen in Gegenwart eines fremden, eines feindlichen Soldaten sorgten zwangsläufig für Aufmerksamkeit.

In kürzester Zeit erfuhren sie, dass Jamal nicht aus Ägypten kam. Vicky musste ihr Bedauern darüber ein wenig unterdrücken. Sein Vater war Franzose, seine Mutter Marokkanerin, und in Marokko war er auch die ersten Jahre seines Lebens aufgewachsen. Er arbeitete als Dolmetscher und Übersetzer und war mit einem Regiment der Sipahis assoziiert. Vicky fragte ihn kess, ob er öfter hier spazieren ging, und erntete dafür ein entsetztes Quietschen von Lillian. Er lächelte nur. »Wenn es meine Zeit zulässt.«

Vicky beschloss für sich, ab heute öfter am Rheinufer zu flanieren. Lillian zupfte sie ungeduldig am Ärmel.

»Wir müssen heim, die Eltern warten auf uns«, sagte sie zu Vicky gewandt, Jamal misstrauisch aus den Augenwinkeln beobachtend.

Vicky wollte unwillig den Kopf schütteln und wusste doch, dass ihre Freundin recht hatte. Es war schon fünf Uhr vorbei, die Eltern erwarteten sie ganz gewiss. Seit Mainz zum französisch besetzten Brückenkopf geworden war, legten sie ganz besonderen Wert auf die Einhaltung der Zeiten. Bedauernd schob Vicky die Unterlippe vor.

»Meine Freundin hat wohl recht, Monsieur Boissier, aber wir sind sehr erfreut, Ihre Bekanntschaft gemacht zu haben.«

Jamal verbeugte sich auch zum Abschied nochmals.

»Vielleicht sieht man sich ja wieder«, sagte er leichthin, doch es kam Vicky vor, als sähe sie eine Frage in seinen Augen.

Lillian sagte nichts.

»Möglich«, erwiderte Vicky.

Als Lillian und sie kurz vor sechs Uhr nach Hause kamen, wussten Vickys Eltern schon Bescheid: Eine Nachbarin hatte sie in Kenntnis gesetzt, und die hatte es von jemandem, der die Mädchen gesehen hatte – mit einem Schwarzen! Leopoldine, Vickys Mutter, ließ ihre Tochter jedenfalls sofort ins Wohnzimmer rufen, als die Mädchen eintrafen, und bat um Auskunft.

»Ein Schwarzer, wirklich?« Ihre Stimme klang weniger entsetzt als vielmehr neugierig. Vicky war nicht überrascht. So kannte sie ihre Mutter: interessiert, ziemlich weltoffen und als jemand, der sich ungern einem äußeren Diktat beugte.

»Schwarz ist er nicht wirklich, also nicht pechschwarz, wie die Senegalesen. Seine Mutter ist wohl aus Marokko. Er heißt Monsieur Boissier und ist Übersetzer.«

»Interessant.«

Leopoldines Stirn kräuselte sich ganz leicht, während sie kurz in die Ferne blickte. Sie selbst trug an diesem Tag ein langes, weit geschnittenes, besticktes Kleid, das ebenfalls ein wenig orientalisch anmutete. Als Tochter des Kolonialwarenhändlers Kohlrabe war Leopoldine Schwayer früh mit Fremdartigen in Kontakt gekommen und kannte, zu Vickys Erleichterung, kaum Berührungsängste. Manchmal, wenn ihre Mutter aus ihrer Kindheit berichtete, von Feiern und Empfängen, von fremdländischen Waren und Begegnungen mit exotischen Tieren oder auch Menschen, da war es Vicky so vorgekommen, als hätte Leopoldine in ihrer Jugend selbst in einem Traum aus *Tausendundeiner Nacht* gelebt. Natürlich rügte sie ihre Tochter nicht wegen eines Gesprächs mit einem Mulatten, das wäre absurd gewesen. Man rühmte sich schließlich einer gewissen Weltläufigkeit, Toleranz und Großzügigkeit in der Familie Schwayer und war über den

Handel mit Kolonialwaren nicht nur wohlhabend geworden, sondern hatte auch die Welt besser kennengelernt. Man wusste nur zu gut, dass es viel mehr auf diesem Erdenrund gab, als sich mancher vorzustellen vermochte. Auch Vicky ängstigte nichts so rasch, weder afrikanische Masken noch indische Statuen, noch chinesische Kleidung, und auch an Speisen hatte sie schon einiges mehr versucht als andere ihres Alters. Früher, besonders vor dem Krieg, als sie oft bei den Großeltern waren, hatte sie besonders gerne im Salon gespielt, der mit exotischen Stoffen, Teppichen und diversem Kleinkram geschmückt gewesen war. Leider waren die Eltern ihrer Mutter in den letzten Wochen des Krieges jener schweren Krankheit erlegen, die heute als Spanische Grippe bekannt war.

Leopoldine versuchte, die Mädchen noch ein wenig auszufragen, doch es gab nicht viel mehr zu sagen, und schließlich zogen sich die beiden nach oben zurück, auch wenn Lillian sich schon bald auf den Weg machen musste. Ihre Mutter wartete wie immer an der nächsten Straßenecke auf sie. Der Vater war im Krieg gefallen, und Frau Kogler hasste die Besatzer, die ihr den Mann genommen hatten. Aus diesem Grund tat sie sich schwer damit, das Haus der Schwayers zu betreten, das, wie so viele Häuser in Mainz, seit Beginn der Besatzungszeit voller Franzosen war.

Vicky seufzte. Eigentlich waren Lillian und sie kaum mehr als Schulkameradinnen, aber immerhin musste sie dieser Tage nicht allein spazieren gehen. Und Leopoldine sah es auch deutlich lieber, wenn die Mädchen zu zweit unterwegs waren, wohl wissend, dass sie ihr sturköpfiges Kind nicht überzeugen könnte, zu Hause zu bleiben.

Lillian ist wie ihre Mutter, dachte Vicky, als die Freundin wieder von der schrecklichen Schmach anfing, die fremde Soldaten und besonders Schwarze für sie waren. Sie saß dabei auf der Kante von Vickys Bett, den Rücken durchgedrückt, während Vicky es sich auf ihrem himmelblauen Sessel bequem gemacht hatte.

»Weißt du noch diese richtig Schwarzen auf der Parade, meine ich?«, fragte sie mit großen Augen. »Nicht so wie der Monsieur Boissier heute, nein, diese ganz kohlschwarzen … Ich frage mich immer, ob das überhaupt Menschen sind. Sie sehen so fremdartig aus, findest du nicht auch, Vicky? Ich habe gehört, dass Frauen vergewaltigt wurden, sogar Kinder … Es heißt auch, es mussten neue Bordelle eröffnet werden, um ihren …«, Lillian war es offenkundig schwergefallen, das Folgende auszusprechen, und sie war sogar tiefrot angelaufen, »… ihren unersättlichen Trieb zu stillen.« Sie senkte den Blick. »Der Schwarze hat nämlich einen stärkeren Trieb als der Weiße, weißt du, und er kann ihn auch viel, viel schlechter bezähmen.«

Vicky runzelte die Stirn. Sie hatte so etwas bislang weder gehört noch gesehen. Sie hatte überhaupt noch nicht viele Schwarze gesehen, und das meiste, was sie sonst wusste, entstammte den Erzählungen ihrer Mutter, die das Exotische sehr liebte. Woher wollten Lillian und ihre Mutter all das wissen? Sie kannten doch gar keine Schwarzen. Auf der Parade war Lillian jedenfalls genauso überrascht und fasziniert gewesen wie sie.

»Wer hat dir das erzählt, Lillian?«

»Meine Mutter.«

Vicky zog die Augenbrauen hoch. Frau Kogler hatte augenscheinlich große Angst vor allem, was ihr nicht vertraut war. Vicky konnte sich glücklich schätzen, in einem so offenen Haushalt wie dem ihrer Familie aufgewachsen zu sein. Sie wollte nicht mit Lillian streiten, das wäre sowieso vergeblich, deshalb schlug sie vor, noch kurz eine Runde *Mensch ärgere dich nicht* zu spielen, bis Lillian gehen musste. Ein-, zweimal hielt Lillian während des Spiels deutlich inne, weil über ihr feste Männerschritte zu hören waren. In vier der sechs Dachkammern, die früher die Dienerschaft beherbergt hatten, waren dieser Tage je zwei Soldaten untergebracht. Die anderen Stuben wurden von der Köchin, die gleichzeitig als Haushälterin fungierte, und den zwei Stubenmädchen belegt, die natürlich auch in der Küche aushalfen.

Als Lillian schließlich aufbrach, tauchte wie aus dem Nichts Hagen, Vickys neunzehnjähriger Bruder auf, um sich ebenfalls zu verabschieden. Vicky vermutete schon länger, dass er mehr für Lillian empfand, auch jetzt stand er noch lange in der Tür, um ihr hinterherzusehen.

»Frau Kogler macht es richtig«, sagte Hagen schließlich. »Wenn ich könnte, würde ich den Franzosen auch aus dem Weg gehen, aber wie soll das funktionieren, wenn sie das eigene Zuhause besetzen?«

Wie bestellt kamen in diesem Moment drei junge Offiziere vom obersten Stockwerk herunter. Hagen wich mit düsterem Gesichtsausdruck zur Seite aus und würdigte sie keines Blickes. Vicky lächelte freundlich und fragte sich, wie ihr Bruder mit solcher Inbrunst Menschen hassen konnte, die er gar nicht kannte. Auf der

Treppe stieß Vicky kurz darauf fast mit Ilse, dem Stubenmädchen, zusammen.

»Hallo, Ilse.« Sie zögerte einen Augenblick, packte dann kurz entschlossen deren Hand. »Komm, ich muss dir etwas erzählen.«

5

Ilse war jetzt schon einige Zeit im Dienst der Schwayers. Dieser Tage ging es immer sehr geschäftig zu in der Villa. Neben der Familie galt es, die fremden Soldaten zu versorgen, die im Haus untergebracht waren; Männer, die stets großen Appetit hatten. Es galt, Nahrungsmittel heranzuschaffen, Vorräte aufzustocken und darauf zu achten, dass nichts verdarb. Die Gartenarbeit musste geplant werden. Ein Teil der parkähnlichen Anlage hinter der Villa, wo früher Blumen blühten, war inzwischen zum Gemüsegarten umfunktioniert worden, wie es auch an vielen anderen Orten geschah. Man hatte Mangold gepflanzt, Gurken, Karotten, Salat und natürlich Kartoffeln. Die Obstbäume, früher kaum mehr als hübsches Beiwerk, an dem man sich nach Lust und Laune bedient hatte, wurden heute besonders sorgfältig gepflegt. Im Keller lagen die Äpfel in großen Gestellen und mussten immer wieder untersucht werden, damit sich kein fauliger dazwischen schmuggelte, der die anderen verdarb. Auch die Kartoffeln und die Karotten in ihrem Sandbett mussten ständig kontrolliert werden.

Eigentlich war Ilse als Stubenmädchen angestellt worden, aber im Grunde war sie Mädchen für alles. In diesem Moment reckte sie sich seit Stunden zum ersten

Mal und lief dann ein paar Schritte auf und ab, bevor sie sich wieder setzte, um den restlichen Berg Kartoffeln in Angriff zu nehmen, der noch geschält werden musste. Ilse fand, dass es eng war mit den Franzosen im Haus, und dennoch konnte sie ihr Glück immer noch kaum fassen, wenn sie morgens über ihre eigene Schüssel Haferbrei gebeugt saß, die ihr niemand streitig machen konnte.

Das ist das Paradies, war ihr beim ersten Mal durch den Kopf gegangen, und daran hatte sich bislang nichts geändert.

»Schneller, schneller«, hielt Frau Paul die beiden Mädchen energisch zur Arbeit an und sinnierte dann lautstark darüber, wie schön es wäre, wenn die Dinge wieder ihren normalen Gang nähmen und sie nur noch ihre Tätigkeit als Köchin zu erfüllen hätte, ganz ohne zusätzliche Verwaltungsaufgaben. »So wie vor dem Krieg. Da hatte alles und jeder seinen Platz«, wurde sie nicht müde zu betonen. »Vor dem Krieg hat es noch Kaiser und Könige gegeben, und niemand hat von der Demokratie gefaselt, als könnte man damit einen Blumentopf gewinnen. Da durften die Frauen noch nicht wählen, oder – Gott bewahre – sich wählen lassen. Und jetzt gibt es drei Stadträtinnen in Mainz, wo soll das nur enden?« Frau Paul gab ein dramatisches Stöhnen von sich. Ilse blickte kurz auf, senkte den Blick aber ebenso rasch wieder.

Erst einmal musste das Abendessen fertig werden. Die Kartoffeln kochten inzwischen im Topf. Als Frau Paul kurz den Deckel lüpfte, stieg Wasserdampf zu der hohen Decke auf und perlte von den Wänden wieder nach unten. Sie behielt die Mädchen streng im Blick. Ilse schabte jetzt die Karotten sauber, konzentriert, mit den immer gleichen Bewegungen, nicht zu viel und nicht zu wenig. Sie dachte an die letzten drei Monate, die sie in der Villa Schwayer zugebracht hatte, und an den Tag, als sie das enge Zimmer, in dem sie zuletzt mit ihrer Mutter gewohnt hatte, für immer verlassen hatte.

Mit jedem Schritt, mit dem Ilse dem Haus näher kam, schlug ihr Herz heftiger, und irgendwann hatte sie den Eindruck, sie müsse gleich in Ohnmacht fallen. Sie wusste nicht, was sie erwartete, und war noch ganz benommen vom Tod ihrer Mutter. Ich bin allein, dachte sie immer und immer wieder. Ich bin siebzehn Jahre alt und ganz allein.

Als die Mutter gestorben war, hatte keiner gewusst, was mit ihr passieren sollte. Man strich dem verzweifelt weinenden Mädchen über den Kopf, eine Nachbarin brachte eine dünne Suppe vorbei und richtete ein paar ungelenke Worte an sie. Bald würde jemand kommen, hieß es, sie solle nur geduldig sein. Also hatte Ilse gewartet. Sie dachte an den Vater, den der Krieg gefressen hatte, und an das Heim, in das man sie für eine Zeit lang gesteckt hatte. Sie wollte nicht wieder ins Heim.

Dann kam die Fremde; eine Frau von der Wohlfahrt, die jede Menge Fragen stellte, die Ilse schüchtern beantwortete, und ihr am Ende einen Zettel in die Hand drückte.

»Kannst du lesen, Kleine?«, fragte sie mit dröhnender Stimme.

Ilse nickte. Sie las nicht sehr gut und langsam, aber es reichte aus. Sie war nicht dumm. Sie war nur ein Flittchen. Das jedenfalls hatte die Mutter geglaubt und Ilse deshalb damals in dieses Heim geschickt. Als sie wiedergekommen war, war Mama krank gewesen.

»Gut.« Die Frau, die nicht nur eine laute Stimme hatte, sondern auch ein sehr sauberes dunkles Kostüm von hoher Qualität trug, ließ ihre Hand schwer auf Ilses Schulter ruhen.

»Du gehst zur Familie Schwayer, die suchen ein neues Mädchen«, sagte sie bestimmt.

Ich kann das nicht, dachte Ilse. Sie wusste doch gar nicht, was so ein Mädchen machte. Sie war vorher nur sehr kurz in Stellung gewesen. Plötzlich bekam sie Angst. Im nächsten Moment steckte ihr die Frau einen Zettel in die Hand. Ich will nicht fort von hier, schoss es Ilse durch den Kopf, während sie den Zettel zwischen den schwitzigen Fingern spürte, und doch packte sie schließlich schweren Herzens ihr Bündel und griff nach der Lumpenpuppe, die ihr die Mutter vor dem Krieg genäht hatte, damals, als es ihnen noch gut gegangen war, als sie hin und wieder gelacht hatten und eine Familie gewesen waren. Jemand wie sie wurde ohnehin nicht gefragt. Ein paar Sonnenstrahlen brachen hinter düsteren Wolken hervor, während Ilse einen letzten Blick auf das Haus warf, das ihre Heimat gewesen war. Schmerzhaft zog sich ihr Magen zusammen, und das Gefühl des Verlusts schien unerträglich.

Bis zur Villa Schwayer war es ein gutes Stück zu laufen, und Ilse kam es vor, als wechselte sie langsam von einer Welt in eine andere. Von dem Viertel mit seinen düsteren Gassen, in denen es nach Kohl stank, in ein helles, lichtes Quartier, wo von Hunger, Leid und Krieg nichts zu spüren war. Sie sah Kindermädchen in Uniform, die die Kinder der Herrschaft ausführten oder -fuhren, französische Offiziere, einen kleinen Jungen in Matrosenanzug und Strohhut, der einen Kreisel die Straße entlang peitschte und sie frech dazu brachte, beiseite zu springen. Etwas weiter reichte eine Frau Kekse an ein Kleinkind im Kinderwagen, und Ilses Magen meldete sich lautstark, denn sie hatte seit gestern nichts Richtiges mehr zu essen gehabt.

Fast wäre sie an der Einfahrt vorbeigelaufen. Sie kannte keine Häuser, die nicht direkt an der Straße standen, doch dann war ihr die Hausnummer am schmiedeeisernen Gartenzaun aufgefallen, und sie war erst einmal stehen geblieben und hatte über die, wenn auch kurze, Allee alter Bäume geschaut, die noch nicht der Brennholznot zum Opfer gefallen war. Hier konnte man offenbar sogar ein Stück mit dem Auto hineinfahren, denn sie erkannte deutlich Reifenspuren.

Ilse hatte einen Augenblick gezögert, der Zettel mit der Adresse in ihrer Hand war auf den letzten paar Schritten des Weges zu einer schwitzigen Kugel geworden. Dann hatte sie tief durchgeatmet, war durch das Tor geschlüpft und entschlossen weitergegangen.

Die Einfahrt führte in einer sanften Linkskurve auf das Haus zu. Als Ilse die Villa Schwayer in voller Größe erblickte, blieb sie erst einmal stehen. Das Haus war so prächtig, dass es ihr schier den Atem nahm. So etwas Schönes hatte sie noch nicht gesehen. Drei Stockwerke erhoben sich über ihr, in Weiß mit Säulen und Figuren und Verzierungen und Türmen und Erkern – wie aus einem Märchen. Für eine Weile war sie so in Gedanken versunken, dass sie das Automobil kaum wahrnahm, das hinter ihr hupend um Aufmerksamkeit buhlte. Erschrocken sprang sie zur Seite, und es wurde dorthin geparkt, wo sie eben noch staunend gestanden hatte. Hinter den Scheiben konnte sie flüchtig ein paar Köpfe sehen. Ein fein gekleideter Herr und eine Dame stiegen aus, nachdem ihnen der Chauffeur die Tür geöffnet hatte. Ilse war sich für einen Moment nicht sicher, ob man sie überhaupt wahrgenommen hatte. Es folgten ein junger Mann, dessen Gesicht noch deutlich jungenhafte Züge trug, und eine junge Frau. Während der junge Mann sie keines Blickes würdigte und nach drinnen verschwand, drehte sich die junge Frau zumindest zu ihr um, musterte sie und lächelte dann freundlich.

»Vicky, komm jetzt«, wurde sie kaum zwei Lidschläge später zum Gehorsam angehalten. Ilse sah, wie diese Vicky für einen kurzen Moment die Augen verdrehte und ihr dann ein fröhliches, etwas freches Lächeln zuwarf, das gar nicht zu ihrem feinen Aussehen passen wollte. Der Chauffeur kam schließlich zu ihr gelaufen und versuchte, sie mit wedelnden Armen davonzujagen wie ein lästiges Tier.

»Geh, geh, du hast hier nichts zu suchen«, blaffte er sie an.

»Aber ich soll mich hier melden.« Ilse nahm allen Mut zusammen. »Das ist doch die Villa Schwayer, oder nicht?«

Sie öffnete die Hand, schaute den Adressklumpen darin an und schloss sie wieder. Sie wusste nicht, was sie weiter sagen sollte. Sie wusste noch nicht einmal, ob die Dame vom Wohlfahrtsverein sie angekündigt hatte.

Der Chauffeur nahm Haltung an und wog dann leicht den Kopf.

»Hier? Dann aber zum Dienstboteneingang, fix, fix.«

»Wer ist das denn?«, fragte das andere Stubenmädchen misstrauisch, als Ilse wenig später, begleitet vom Chauffeur, in die Küche trat. Kurz überlegte Ilse tatsächlich, ob sie kehrtmachen und davonlaufen sollte, aber wohin sollte sie sich flüchten? Sie war allein auf dieser Welt, ohne Familie oder Freunde. Während sie also starr dastand, trat eine ältere Frau in Schürze auf sie zu. In der hoch erhobenen Hand hielt sie einen Kochlöffel und musterte Ilse von oben bis unten.

»Na ja, sieht ganz danach aus, als hätte die Gnädige mal wieder ein Mädel aufgegriffen, Bärbelchen«, ließ sich die Frau vernehmen. »Sie hat einfach ein gutes Herz, auch wenn wir es ihr nicht leicht machen.«

»Ist das etwa der Ersatz für unsere Ruth?«, fragte Bärbelchen.

»Sieht ganz danach aus.«

Bärbelchen rümpfte die Nase. »Sie sollte ein Bad nehmen, puh!«

Ilse war rot angelaufen und fand, dass es jetzt wohl Zeit war, etwas zu dieser schwarz-weißen Elster zu sagen, aber sie war zu nervös. Sie konnte sich kaum auf irgendetwas besinnen, was gewiss auch daran lag, dass es ganz köstlich nach Essen roch. Sie hörte ihren Magen grummeln. Ihre Knie wurden weich, und kurz fragte sie sich, was wohl passieren würde, wenn ihr in diesem Moment die Sinne schwanden und sie ohnmächtig zu Boden ging.

Bärbelchen baute sich vor ihr auf. »Du sollst mir also

zur Hand gehen? Hast du denn schon einmal in einem Haushalt gearbeitet?«

Ilse war unsicher. »Ein wenig«, flüsterte sie.

Ich habe Hunger, sagte die Stimme in ihrem Kopf lauter, Hunger, Hunger, Hunger. Bärbelchen musterte sie eingehend.

»So können wir sie der Gnädigen aber wirklich nicht vorstellen, die Gnädige hat eine sehr feine Nase.«

Ilse bemerkte, wie ihre Lippen schmal wurden. Wollte dieses Bärbelchen denn endlich mal von seinem Lieblingsthema abrücken?

»Hm, hm«, machte das Schlachtschiff von einer Köchin.

Ich habe Hunger, dachte Ilse, ich habe so furchtbaren Hunger, dass mir ganz schlecht ist.

»Wir müssen sie baden«, überlegte Bärbelchen.

Die Köchin kam zu ihnen herüber. Ilse bemerkte erst jetzt, dass sie sich beim Gehen auf einen Stock aufstützte.

»Ich habe Hunger«, wisperte Ilse und war ganz erstaunt, es doch laut ausgesprochen zu haben.

»Wie bitte?«

Die Köchin hob die dunklen Augenbrauen. Ilse dachte, dass sie sehr weiße Haut und sehr schwarzes Haar hatte und dass das irgendwie etwas gruselig aussah, trotzdem wiederholte sie ihre Worte: »Ich habe Hunger.«

Wider Erwarten wurden die Züge der Köchin weicher. »Hunger, du armes Ding!«

Einen Augenblick später stand ein Teller kräftige Brühe mit Nudeln vor ihr. Ilse hatte lange nicht mehr so gut gegessen und musste sich bremsen, nicht alles hinunterzuschlingen. Jetzt fiel es ihr leichter, aufmerksam zu sein. Die ältere Frau stellte sich als Frau Paul vor, Köchin und derzeit auch Haushälterin. Der Chauffeur heiße Franz.

»Hast du denn schon einmal Kartoffeln geschält, Zwiebeln gehackt, Mohrrüben geraspelt?«, fragte Frau Paul.

Ilse nickte. Im Heim hatten sie kochen müssen, auch wenn sie spontan beschloss, nichts von ihrem Aufenthalt dort verlauten zu lassen. »Und hast du Böden gewischt, Kamine gereinigt, gefegt und Silber poliert?«, schloss sich Bärbelchen wichtigtuerisch mit weiteren Fragen an. Zumindest zum Wischen und Fegen konnte sie nicken, ohne die Unwahrheit zu sagen.

Die vier Schwayers sah Ilse in den nächsten Tagen nur flüchtig, wie Geister. Mal saß plötzlich jemand in einem Sessel, wenn sie den Kamin auskehrte, Tee und Gebäck abräumte, oder sie begegnete jemandem, wenn sie neues Wasser in den Krug neben der Waschschüssel füllte. Den jungen französischen Soldaten im Haus, die ihr Blicke zuwarfen, ging sie möglichst aus dem Weg. Sie machte die Hilfsarbeiten, während Bärbelchen der Tochter des Hauses zur Hand ging.

»Früher war ich auch mal an deiner Stelle«, prahlte Bärbelchen. »Ich bin so froh, dass ich mich mit guter Arbeit verbessern konnte und nun der jungen Herrin zur Hand gehe.«

Ilse nickte nur und war vor allem froh, ein Dach über dem Kopf und etwas zu essen zu haben.

Nach der ersten Woche wurde sie allerdings doch unruhig. Nach den ersten zwei Wochen fragte sie sich, wann Frau Schwayer sie wohl endlich in Augenschein nehmen würde, denn offenbar war sie ja der Grund, aus dem sie sich hier befand. Frau Schwayer aber schien vorerst keine Eile zu empfinden.

Nachdem Frau Schwayer sie also auch nach zwei Wochen noch nicht in Augenschein genommen hatte, wurde Ilse allmählich nervös. Immerhin lernte sie am nächsten Waschtag, als sie Bärbel dabei half, die frisch gewaschene Wäsche hinter dem Haus auf der Wiese zum Bleichen auszubreiten, Vicky näher kennen. Bärbel sprach auch an diesem Tag ohne Unterlass: davon, dass früher mehr Personal im Haus war, dass sich die Zeiten allgemein zum Schlechteren gewendet hatten, dass die Arbeit immer mehr würde. Ilse hörte ihr zu, während sie gemeinsam die frische Wäsche heranschleppten, damit die Sonne ihre Arbeit verrichten konnte. Bärbel redete und redete und redete, und Ilse dachte irgendwann entnervt, dass es ihr doch gut ergangen war. Das Leben in der Villa Schwayer war doch ein sicheres, damals wie heute, es war wie in einer Oase, die von allem unberührt geblieben war, sogar vom Krieg.

Das Fräulein Schwayer saß an diesem Tag auf einer Bank in der Nähe, schien zuerst in Gedanken versunken, sah dann aber immer wieder zu den beiden Hausmädchen hinüber. Vicky musste im selben Alter sein wie sie, und dass Bärbel und sie schufteten, während Fräulein Schwayer einfach dasaß, fand sie für einen flüchtigen Moment eigentlich nicht richtig. Nun, es war wahrscheinlich immer so gewesen. Es gab die oben und die unten, das wusste Ilse nur zu gut, und wer den

Hals zu weit reckte, dem würde es schlecht ergehen, so war das.

Später, als Bärbel noch einmal ins Haus zurückkehrte, war die junge Herrin überraschend zu ihr herübergekommen. Ilse konnte nicht umhin, ihr zartes, rosafarbenes Sommerkleid zu bewundern. Kürzlich war sie noch glücklich über ihre neue, saubere Uniform aus gutem Stoff gewesen, jetzt musste sie erkennen, dass ein solches Kleid doch tausendmal schöner war. Sie spürte einen kleinen Stich und empfand etwas, das ihr bislang unbekannt gewesen war: Neid.

»Du bist also die Neue, ja?«, fragte das Fräulein Schwayer und taxierte sie.

»Ja, Fräulein Schwayer.« Ilse versuchte sich an einem Knicks, der ihr aber nicht recht gelingen wollte. Vicky schmunzelte leicht. »Nicht nötig«, sagte sie abwehrend, was die Sache nicht besser machte. »Du musst nicht knicksen, meine ich, nicht vor mir.« Sie streckte die Hand aus. »Ich bin Vicky.«

Ilse schüttelte den Kopf. Nein, sie wollte doch alles richtig machen. Und Frau Paul hatte ihr schließlich eingetrichtert, dass das dazugehörte. Sie räusperte sich. »Frau Paul hat gesagt, es wäre geboten, jederzeit den nötigen Respekt zu zollen.«

Die Worte der Köchin hörten sich aus Ilses Mund unerwartet komisch an.

»Ach ja?« Vicky lächelte hochmütig und zog die Hand zurück. »Wie alt bist du denn?«, fragte sie dann.

»Siebzehn.«

Vicky lachte zufrieden. »Ich wusste es! Dann sind wir gleich alt, ist das nicht schön?«

Was soll daran schön sein?, dachte Ilse. Aber sie sagte nichts. Und doch war da für einen kurzen Moment etwas zwischen ihnen gewesen, etwas, was sie nicht recht greifen konnte, aber ein wohliges, warmes Gefühl bei ihr hinterließ.

6

NORDSEEKÜSTE, 2019

Vielleicht hatte ihn das Sonnenlicht geblendet, und der jüngere Mann, der so plötzlich aufgetaucht war, hatte Lisa nicht richtig erkannt. Im nächsten Moment sank er jedenfalls etwas in sich zusammen.

»Tut mir leid«, sagte er rau. »Ich wollte sie nicht so anfahren. Ich habe sie verwechselt. Sie sind nicht von hier, nicht wahr? Sie konnten gar nicht wissen, dass mein Vater seine Werkstatt aufgegeben hat und …«Er ließ die Arme, die er unwillkürlich vor der Brust verschränkt hatte, sinken und räusperte sich: »Es tut mir leid, aber mein Vater ist nicht in der Lage, Ihnen zu helfen.«

Der ältere Mann schob sich wieder etwas weiter nach vorn.

»Ich könnte mir die Sache immerhin mal anschauen. Das kann wohl nicht schaden«, meldete er sich erstmals wieder zu Wort.

»Vater!«

»Ich bin kein Kind, Jonas, also behandle mich nicht so.«

Jonas hieß der jüngere Mann also, Jonas Claassen, und Lars Claassen, der Schreiner, war ganz offenbar sein Vater. Lisa musterte den jüngeren Claassen genauer. Er war hochgewachsen mit sehr kurzem Haar und eher weichen

Zügen, schmal und sehnig. Typ Läufer. Er erwiderte ihren Blick, eine Mischung aus Ärger und Ablehnung stand immer noch in seinem Gesicht. Dann sah er weg.

»Ja, aber Vater …«, sagte er, nunmehr mit einer leichten Unsicherheit in der Stimme. Der Vater gab einen undefinierbaren Laut von sich. Lisas Augen huschten zwischen den beiden hin und her. Sollte sie die Initiative ergreifen, sich entschuldigen und …? Aber sie musste doch jemanden finden, der sich des Wasserschadens annahm, bevor der noch größer wurde. Vielleicht konnten die beiden ihr zumindest dabei weiterhelfen?

»Damen schlägt man nichts ab«, sagte der alte Mann. »Ich gehe mit dem Fräulein …?«

»Lisa Sommer …«

»Mit dem Fräulein Sommer und schaue mir den Schaden mal an. Wir können sie ja schlechterdings damit alleinlassen.«

Jonas Claassens dunkle Augenbrauen zogen sich über der Nase zusammen. Er seufzte vernehmlich: »Dann werde ich wohl mitkommen müssen.«

Sein Vater hob abwehrend die Hand. »Das musst du nicht. Wir schaffen das auch ohne dich.«

Der jüngere Claassen schüttelte den Kopf. »Ich komme mit. Wir nehmen dein Auto«, fügte er in leicht knurrigem Ton hinzu.

»Den Firmenwagen«, berichtigte der ältere Mann ihn stolz. »Wo geht es hin, Fräulein?«

»Zur kleinen Villa, ehm also, das ist …«

Lars Claassen strahlte. »Ich weiß, wo das ist.«

Lisa spürte, wie Jonas Claassen für einen Moment überrascht innehielt. Wusste er doch mehr? Wusste er vielleicht, dass sie die Frau war, die ihr Kind verloren hatte? Aber er sagte nichts, und seinem Gesichtsausdruck konnte sie nichts weiter entnehmen. Sie sah zu, wie die beiden Männer in den älteren Pritschenwagen stiegen, auf dessen Seite der Schriftzug *Schreinerei Claassen* prangte, den sie auch an der Hauswand gesehen hatte. Rasch lief sie zu ihrem Auto, stieg ein, und dann, von einem Moment auf den anderen, fragte sie sich, was sie da eigentlich tat. Sie starrte auf ihre zitternden Hände, die das Lenkrad umklammert hielten, und konnte für einen Moment gar nichts tun. Was mache ich hier, fragte sie sich, was mache ich hier?

Das war doch gar nicht mein Plan. Doch offenbar hatte das Leben ihre Pläne geändert. Fünf Monate waren vergangen, und sie lebte immer noch. Sie startete endlich den Wagen, setzte den Blinker und fuhr los. Ein Blick in den Rückspiegel zeigte ihr, dass der Pritschenwagen ihr folgte. Während sie an einem der Höfe vorbeifuhr, die hier verstreut im weiten Land lagen, ruckte ihr Kopf zur Seite. Hatte sie nicht gerade Millie gesehen? Immer wieder tauchte ihre kleine Tochter überraschend irgendwo auf. Manchmal hörte sie sogar ihr Lachen, dieses mitreißende Millie-Lachen, das man sofort erkannte, weil es so überraschend dunkel klang für ein Kind ihres Alters. Lisa hasste diese Momente und wünschte sich zugleich, dass das niemals aufhörte. Im Garten hatte sie gestern noch einen Ball gefunden, den Neo damals nach dem Unglück wie ein Verrückter gesucht hatte. Sie erinnerte sich sogar noch, wie er deswegen geweint hatte und wie sie ihm über den Mund gefahren war. Wie konnte er um so einen blöden Ball heulen, wenn Millie für immer aus ihrem Leben verschwunden war?

»Er ist noch ein Kind«, hatte Lukas ihn vorsichtig verteidigt.

»Millie war auch noch ein Kind, ist sie deshalb weniger wert als ein Ball?«

»Aber darum geht es doch gar nicht!« Lukas war blass geworden. Vielleicht hatte er damals schon geahnt, dass sich zwangsläufig etwas zwischen ihnen ändern würde.

»Doch, genau darum geht es«, hatte sie zurückgeblafft, im vollen Bewusstsein, dass es falsch war. Sie war so wütend gewesen, so wütend auf alles und jeden und so verzweifelt, dass es sie schier zerriss. Wut war das vorherrschende Gefühl dieser Tage gewesen, eine Wut, für die sie sich später schämte und gegen die sie doch nichts hatte tun können. Sie war einfach da gewesen, und sie hatte ihr Leben über lange Strecken geprägt.

Lisa war so in Gedanken, dass sie fast die nächste Abbiegung verpasst hätte und gerade noch so die Kurve kriegte. Ein Blick in den Rückspiegel sagte ihr, dass der Pritschenwagen noch hinter ihr fuhr.

Was das wohl zwischen Vater und Sohn gewesen war?, überlegte sie. Warum hatte Jonas Claassen so scharf reagiert? Gehörte sein Vater etwa zu jenen, denen es schwerfiel, das Ende ihres Berufslebens zu akzeptieren? War er so einer, der sich in alles einmischte? Sie kam nicht dazu, diese Gedanken zu Ende zu führen, denn im nächsten Moment waren sie bei der kleinen Villa angelangt. Als Lisa ausstieg, sah sie, wie Lars Claassen sich bedächtig und etwas umständlich aus seinem Wagen schälte, während sein Sohn bereits neben ihm stand, bereit einzugreifen, falls der Vater den Halt verlor. Wenig später standen sie gemeinsam im Hausflur. Der alte Claassen schaute sich neugierig um.

»Wissen Sie, dass ich schon als junger Bursche davon geträumt habe, dieses Haus einmal von innen zu sehen?«

Lisa, die in Richtung Treppe gespäht hatte, drehte sich zum alten Claassen um. Über das Gesicht des Jüngeren schien ein Schatten zu huschen, als wüsste er nicht recht, was er von der fröhlichen Direktheit seines Vaters halten sollte.

»Man hat immer viel von der kleinen Villa geredet. Sie war ja das Ferienhaus von Fremden aus dem Süden.« Lars Claassen wiegte den Kopf hin und her. »Es gab damals auch andere Ferienresidenzen, größere sogar, aber über die Villa hat man eben geredet. Und jetzt brat mir doch einer einen Storch. Da musste ich wirklich so alt werden und sogar dem Tod von der Schüppe springen, um endlich, endlich dieses Haus zu betreten.« Er lächelte Lisa entschuldigend an. »Wissen Sie, die Villa stand fast immer das ganze Jahr leer, und im Sommer sind dann Leute von weither gekommen, vom Süden, aus der Stadt, und haben hier Urlaub gemacht. Als Junge bin ich manchmal mit meinen Kumpels hier herausgeschlichen, und dann haben wir uns auf dem Grundstück umgesehen und Äpfel stibitzt. Es gab auch Zeiten, da war länger niemand hier, und keiner kümmerte sich um Haus und Garten. Alles wucherte zu. Keine Ahnung, warum das so war. Für mich war das Haus jedenfalls schon immer ein Prachtmädchen.«

Lisa runzelte die Stirn. Das Haus hatte also eine bewegte Geschichte? Womöglich zog es ja das Unglück an?

Ach Gott, warum überfielen sie solche albernen Gedanken? Sie glaubte doch auch nicht an Geister.

»Das Grundstück ist jedenfalls ziemlich groß«, stellte Lisa mit leicht belegter Stimme fest. Das hatte ihr damals sehr gefallen, als sie das Haus übernommen hatten. Es war ein Dschungel gewesen, ein Ort, an dem ihre drei Kinder Abenteuer erleben sollten. Drei Kinder … Nein, sie wollte nicht daran denken.

»O ja, das Grundstück ist groß«, sagte Lars. »Andere hatten auch große Grundstücke, aber sie haben sie aufgeteilt und nach und nach verkauft. Das hat man bei dieser Villa nicht gemacht. Ich glaube, da ist nur ein Teil an die Familie Peters drüben gegangen. Im Dorf hat man sich oft gefragt, warum man auf so einer großen Fläche nie Nutzpflanzen angebaut hat. Das scheint doch nicht vernünftig, was?«

»Ich weiß, ehrlich gesagt, gar nichts über die Geschichte dieses Hauses.« Lisa zuckte entschuldigend mit den Schultern.

Jonas räusperte sich zum wiederholten Mal. »Vielleicht sollten wir erst einmal nach oben gehen? Ich dachte, es geht hier um einen Wasserschaden?«

Lars schaute zur Treppe hin. »Dort hinauf, nehme ich an«, sagte er und klang dabei sehr unternehmungslustig. »Na, dann mal los …«

Jonas und Lisa hielten beide etwas den Atem an, bis es Lars Claassen die schmale Treppe bis zum Dachboden hinauf geschafft hatte. Lisa war höchstens ein- oder zweimal hier oben gewesen. Lukas und sie hatten das Haus nach und nach renovieren wollen, aber der Dachboden hatte nicht an erster Stelle gestanden, und sie hatten ihn ja auch nicht gebraucht. Ziemlich staubig war es hier, jahrhundertestaubig, und es stand jede Menge Gerümpel herum: Möbel, Kisten, etwas, das wie ein Koffer aussah, Teile eines Bettes … Durch ein kleines verschmiertes Fenster drang nur wenig Licht, in dem jetzt der Staub tanzte, den sie aufgewirbelt hatten. Die undichte Stelle im Dach war rasch ausgemacht. Wahrscheinlich hatte es bereits über einige Zeit hereingeregnet. Lisa erinnerte sich, dass es zum Sommeranfang eine längere Schlechtwetterperiode gegeben hatte. Jetzt sah sie, dass auch die Dielen von der Feuchtigkeit in Mitleidenschaft gezogen worden waren. Lars Claassen ging umher und begutachtete alles mit fachmännischem Blick.

»Mann, Mann, Mann, da muss aber schnell etwas getan werden. Nee, da kann man nicht warten.« Er trat vorsichtig mit dem Fuß auf eine der Dielen und machte dann Anstalten, sich zu bücken. Sein Sohn sprang hinzu, um einzugreifen – für einen Moment starrten die beiden einander herausfordernd an. Da war etwas zwischen Vater und Sohn, eine Spannung, die Lisa durchaus schon bemerkt hatte und die ihr seltsam erschien. Sie richtete ihren Blick rasch auf einen Ofen, der aus irgendwelchen Gründen hier oben stand, verstaubt wie alles andere. Ob er wohl noch funktionierte?

»Also, Vater«, hörte sie Jonas sagen. »Wen kannst du Frau Sommer denn empfehlen für die Reparatur?«

»Empfehlen? Jemand anderen als mich?« Die Stimme des alten Mannes vermittelte unüberhörbar fröhliche Entschlossenheit. »Das hier kann man doch nicht irgendwelchen Stümpern überlassen. Das ist Arbeit für uns, Junge!«

»Vater.«

»Keine Widerrede. Ich werde diese Dame keinesfalls hängen lassen. Das habe ich doch schon klar und deutlich gesagt.«

Lisa sah, wie Jonas' Gesicht sich verdüsterte, aber zu ihrer Überraschung hielt er dem nichts mehr entgegen. Kurz darauf schickte ihn der Vater nach draußen, um den Werkzeugkasten zu holen.

An diesem Abend merkte man Lars Claassen seine Erschöpfung deutlich an, dennoch wirkte er seit Langem das erste Mal rundum glücklich. Nachdenklich sah Jonas seinem Vater zu, als er langsam die Stufen zur Haustür nahm. Durch die Krankheit hatte er sich im letzten Jahr komplett vom Leben zurückgezogen. Sein Vater war jedoch nicht nur körperlich geschwächt, auch seine Seele hatte gelitten, und Jonas hatte lange Zeit nicht gewusst, wie er ihm dabei helfen konnte, neuen Mut zu fassen. Vielleicht lag es daran, dass ihn der Aufenthalt im ewigen Eis selbst zu sehr verändert hatte, sodass es ihm danach schwergefallen war, wieder in die Gemeinschaft des Dorfes zurückzufinden. Es lag sicher nicht nur daran, dass seine Beziehung mit Laura gleich zu Beginn seines Aufenthalts auf der Forschungsstation zerbrochen war. Als er zurückgekommen war, hatte er dabei zusehen müssen, wie sein Vater die einfachsten Dinge wieder neu erlernen musste wie ein kleines Kind, und das hatte wehgetan. In dieser frühen Phase hatte er sich oft in die Einsamkeit des Eises zurückgeträumt, aber irgendwann hatte er sich in sein Schicksal gefügt. Heute endlich, das spürte er ganz deutlich, hatte sich etwas Grundlegendes geändert.

Zum ersten Mal fühlte sich wieder etwas richtig an, dabei hatte er heute Morgen, als diese Fremde bei ihnen aufgetaucht war, noch ein ganz anderes Gefühl gehabt.

»Jonas, kommst du heute noch rein, oder willst du draußen übernachten? Ich habe einen Bärenhunger. Was zauberst du uns heute?«

Auch sein Vater klang beschwingt. Jonas gab sich einen Ruck und zog die Tür hinter sich zu.

»Ich komme ja schon.«

7

MAINZ, 1919

Vickys Prinz war mit den anderen französischen Soldaten gekommen, die am 8. Dezember 1918 gegen Mittag unter Führung Victor Goybets in Mainz einrückten. Die von der Westfront kommenden deutschen Soldaten waren einige Tage zuvor mit Musik empfangen, festlich begrüßt und bewirtet worden. Ende November hatte ihr Durchzug bei winterlich trübem Wetter seinen Höhepunkt erreicht. In der Nacht vom 7. zum 8. Dezember hatten die letzten deutschen Einheiten Mainz dann wieder verlassen, denn nach dem Waffenstillstand waren vier rechtsrheinische Brückenköpfe mit je dreißig Kilometern Radius um Köln, Koblenz und Mainz sowie einem zehn Kilometer großen Radius um Kehl von den Siegern besetzt worden, während man das linksrheinische Gebiet sowie einen fünfzig Kilometer breiten Streifen östlich des Rheins zur entmilitarisierten Zone erklärt hatte.

Der Mainzer Brückenkopf solle Frankreich vor einem erneuten deutschen Angriff bewahren, hatte der Vater allen in der Villa Schwayer erklärt, und diene zugleich als Sicherheit für die zu erbringenden deutschen Reparationsverpflichtungen. Vickys Mutter hatte an jenem Tag mit Migräne im Bett gelegen, der Vater hatte erleichtert über das Kriegsende gewirkt, ihr Bruder Hagen hingegen hatte die Tränen heftigster Enttäuschung nicht zurückhalten können. Wenn es nach Hagen gegangen wäre, hätten sie sich ohnehin der abrückenden deutschen Armee angeschlossen und Mainz verlassen. Es war Vicky in diesem Zusammenhang durchaus nicht entgangen, dass ihre Eltern den Bruder in diesen Tagen nicht aus den Augen ließen.

Am Vormittag des 8. Dezember hatte der Einmarsch der französischen Truppen begonnen, und manch einer schien erst in diesem Moment zu verstehen, dass der Krieg wirklich zu Ende und das deutsche Heer unwiderruflich besiegt war. Mit dem 154. Infanterieregiment und dem 10. Jägerregiment trafen am 9. Dezember die ersten größeren französischen Truppenverbände ein. General Mangin bezog im Großherzoglichen Palais Quartier. Einige Tage später wurde bereits ein erster Empfang im Kurfürstlichen Schloss für die Vertreter der Behörden, der Wirtschaft und der Kirchen gegeben, zu dem auch Vickys Vater geladen gewesen war. Es gab hin und wieder böse Gerüchte, der Vater betätige sich in der Schattenwirtschaft, aber ins Gesicht sagte ihm das keiner. Er selbst bezeichnete sich als Geschäftsmann, der schon immer gute Beziehungen mit Frankreich unterhalten hatte, und sie nun, nach Ende des Krieges, wieder aufleben ließ. Hagen dagegen flehte den Vater bald vor jedem Treffen förmlich an: »Du wirst doch nicht gehen, nein? Du wirst doch keine Geschäfte mit dem Feind machen?«

»Ich tue, was das Beste für uns ist, Junge«, versuchte der Vater zu erklären. »Der Krieg ist endlich vorbei, und wir müssen unser Leben neu aufbauen. Ich hoffe, du wirst das eines Tages verstehen.«

Vicky interessierte brennend, was er von den ersten Begegnungen zu erzählen hatte, und sie hatte es sich so auch nicht nehmen lassen, mit Lillian zusammen, den Einzug der Sipahis zu verfolgen. Über tausend Schwarze würden in Mainz und Umgebung stationiert werden.

Der erste engere Kontakt zu den französischen Besatzern war für die restliche Familie Schwayer mit den Einquartierungen gekommen, von denen auch ihre Villa nicht verschont geblieben war. Zwölftausend französische Soldaten wurden allein in Mainz stationiert, über fünftausend in den umliegenden Kasernen. Praktisch alle größeren Gebäude waren requiriert worden, und schließlich gab es kaum eines, das nicht einen oder mehrere Soldaten beherbergte. Die Schwayers gaben vier Dachkammern ab, den Salon und Vaters Büro. Geblieben waren das Elternschlafzimmer, die Kinderzimmer, das Wohnzimmer, das jetzt als Salon und Esszimmer fungierte und in dem Vater die nötigen Schreibarbeiten erledigte, zwei Kammern für die verbliebene Dienerschaft und die Küche, in der für alle gekocht wurde.

Auch die zweite Begegnung zwischen Vicky und Jamal fand in den Rheinpromenaden statt. Es war der junge Soldat, der sie zuerst entdeckte und auf sie zukam: »Ich hatte wirklich gehofft, Sie bald wiederzusehen, Mademoiselle«, hatte er mit einem Lächeln gesagt, und Vicky war durch den Kopf geschossen, dass sie das nächste Treffen keinesfalls dem Zufall überlassen durfte. Offenbar sah er das nicht anders, denn sie begegneten einander auch ein drittes und ein viertes Mal und danach immer wieder. Anfangs war Lillian stets dabei gewesen, dann, eines Tages, trafen sie sich erstmals allein, und Vickys Herz klopfte für einen Moment so rasch, dass sie meinte, sie müsse ohnmächtig werden vor köstlicher Aufregung. An einem anderen Tag hatte es in der Nacht geregnet, und Jamal reichte ihr irgendwann die Hand, um ihr über eine größere Pfütze hinwegzuhelfen. Das war der Tag, an dem sie sich erstmals für längere Zeit berührten, und es war wunderbar. Danach fanden sich unzählige weitere Gelegenheiten für verstohlene Berührungen, denn was auch immer geschah: Jamal und Vicky blieben vorsichtig. Jedes Mal, wenn Lillian dabei war, wurden ihre Gespräche oberflächlicher, aber das machte nichts, denn sie hatten mittlerweile so viel miteinander geteilt, hatten einander so viel von sich erzählt, dass ihnen an diesen Tagen auch ein Lächeln genügte. Er hatte ihr von seiner Familie berichtet und sie von ihrer. Er schwärmte von der Atlantikküste, wo sein Vater herkam, und von Marokko, wo die Familie seiner Mutter lebte. Sie erzählte von der Sommerfrische im Ferienhaus ihrer Familie an der Nordseeküste.

»Am liebsten würde ich dir stundenlang zuhören«, sagte sie einmal. »Es ist jedes Mal so furchtbar, wenn wir uns trennen müssen.«

»Aber wir sehen uns ja immer wieder, das ist doch gut.«

Ja, das war gut. Und es war auch gut, dass sie einander gefunden hatten. Sie würden einander nicht mehr loslassen. Das war sicher.

Es fiel Vicky nicht schwer, bald sämtliche Warnungen ihrer Freundin zu ignorieren und ihre Bedenken über Bord zu werfen. Sie wollte mit Jamal Boissier zusammen sein. Und nein, sie machte sich keine Gedanken um die Blicke, die sie trafen, wenn sie miteinander spazieren gingen. Sie verhielten sich diskret, das schon, aber Vicky sah keinen Anlass, sich zu verstecken.

Über den Sommer hinweg, solange das Wetter einladend gewesen war, hatten sie ihre Tage weidlich genutzt und waren sich dabei immer nähergekommen. Je öfter sie sich sahen, desto schwerer fiel es ihnen allerdings auch, sich voneinander zu trennen, und immer häufiger musste Vicky rennen, um rechtzeitig zu Hause zu sein. Hin und wieder stellte ihre Mutter doch Fragen, aber schließlich gingen Jamal und sie ja nur *spazieren*, und das immer mit dem nötigen Abstand. Ganz selten nur ergaben sich dabei wirklich Gelegenheiten, sich näherzukommen. Aus der ersten zufälligen Begegnung hatte sich bald eine innige Freundschaft entwickelt und dann schließlich mehr … Während ihre Mutter keine Einwände äußerte, sah Hagen sie allerdings zunehmend misstrauischer an. Ob er wusste, mit wem sie da Kontakt pflegte? Inzwischen sprach er noch häufiger über den Dolchstoß, der dem Deutschen Heer versetzt worden sei und es zur Kapitulation gezwungen habe … Vicky hatte keine Ahnung, was er damit meinte. Er selbst traf sich regelmäßig mit alten Schulfreunden, von denen einige im Krieg gewesen waren und mit denen er sich gemeinsam das Maul über den Erzfeind zerriss.

In diesem Jahr begann Vicky, die nie sehr weit in die Zukunft gedacht hatte, bereits gegen Ende des Sommers an den Herbst und natürlich den Winter zu denken und daran, dass Jamal und sie sich dann überlegen müssten, wo sie ihre Treffen fortsetzen könnten. Mehrere Nächte lang raubten ihr die Gedanken daran den Schlaf, aber dann fiel ihr die kleine Gartenlaube ein, die Herrn Rehberger, einem der ehemaligen Geschäftspartner ihres Vaters, gehörte. Früher hatten sie dort oft Feste gefeiert, heute wurde der Garten nicht mehr benutzt und war mittlerweile völlig überwuchert. Die Familie betrauerte immer noch den Tod ihrer beiden Söhne, die in dem schlimmen, verlustreichen Sommer des Jahres 1916 kurz hintereinander gefallen waren. Vicky erinnerte sich daran, wie sehr ihr das damals zu Herzen gegangen war. Zum ersten Mal war der Krieg, der ihr immer so weit weg erschien, greifbar in ihr Leben eingebrochen, und das Leid hatte direkt mit ihnen am Tisch gesessen: Die Rehbergers waren am Boden zerstört gewesen. Welcher Gott hatte es nur zulassen können, ihnen beide Kinder zu nehmen? Nie, nie wieder würden sie in ihren Garten zurückkehren können, in diesen Garten, in dem an allen Ecken und Enden die Erinnerung drohte.

Als sie Jamal den Vorschlag machte, sich von nun an in der Gartenlaube zu treffen, sah er sie zweifelnd an. Als sie dann vor dem Gartentor standen und Vicky die Hand gegen das Gartentor legte, um es aufzuschieben, fragte er noch einmal:

»Bist du dir wirklich sicher?«

»Natürlich.« Vicky sah ihn entschlossen an, dann lächelte sie. »Der Garten gehört Freunden meiner Eltern. Nur keine Sorge, sie werden nichts dagegen haben.«

Zwar war sie sich dessen nicht sicher, dafür war sie umso überzeugter, dass die Rehbergers nicht an diesem Ort auftauchen würden.

Es war nicht leicht, das Tor zu öffnen, das wild von irgendwelchen Pflanzen überwuchert war. Dahinter tat sich ein sehr schmaler Weg auf, ebenfalls fast vollkommen eingewachsen von Büschen, Bäumen und Sträuchern rechts und links davon. Darauf folgte ein Laubengang, an den sich Vicky wiederum noch gut erinnern konnte. Sie erkannte auch den Nussbaum, auf dem die Jungs und Hagen früher manchmal gesessen hatten. Wie groß er inzwischen war. Faszinierend, wie rasch sich die Natur dieses Gelände zurückerobert hatte. Auch das Gewächshaus war zugewachsen und das Dach teilweise eingestürzt. Vicky schaute zur Seite und dachte an die üppigen Blumenrabatten, die dort früher Bienen, Hummeln und andere Insekten angelockt hatten. Sie eilte weiter, hörte, wie sich auch Jamals Schritte beschleunigten.

»Vicky?« Sie mochte es, wie er ihren Namen aussprach, in diesem leicht fremden Tonfall. Sie mochte es überhaupt, wie er Deutsch sprach, und sie mochte die Art, wie er fremde Wörter mit seiner Zunge entdeckte. Er beherrschte ihre Sprache gut, das brachte seine Arbeit mit sich, aber in seinen Sätzen schwang immer etwas Weiches mit.

Während sie ihr Französisch übte, perfektionierte Jamal sein Deutsch. In der Schule war inzwischen Französischunterricht eingeführt worden, ein Umstand, gegen den nicht wenige protestierten. Hagen weigerte sich hartnäckig, die Sprache des Erzfeindes zu lernen. »Niemals«, zischte er, »niemals«, während die Spucke von seinen Lippen flog und Vater wieder einmal hilflos dreinblickte, aber nachgab, weil er Konflikten lieber aus dem Weg ging.

»Vicky?«, meldete sich Jamal wieder zu Wort. »Meinst du wirklich, das ist richtig? Dürfen wir hier sein?«

Sie wollte ihm sagen, dass er sich zu viele Gedanken machte, aber dann streckte sie ihm einfach die Hände entgegen, und er ergriff sie und zog sie an sich. Worte waren manchmal nicht die einfachste Lösung.

»Ja«, sagte sie.

Er streichelte ihre kleinen Hände. Sie schauten sich in die Augen. Die Phase der vorsichtigen Annäherung war vorüber, ihr Interesse und die Sympathie füreinander wuchsen stetig weiter. Sie hegten eine Saat in sich, die noch aufgehen wollte, und manchmal wurde es Vicky ganz warm, wenn sie daran dachte.

»Was heißt Liebling?«, fragte sie ihn und griff seine Hand fester.

»Auf Französisch?«

»Auf Arabisch.«

»Habibi.«

Sie wiederholte es vorsichtig. Er lächelte und strich ihr dann eine Haarsträhne aus dem Gesicht, die sich aus ihrer Frisur gelöst hatte. Neben Deutsch und Französisch sprach Jamal auch noch Arabisch und die Sprache seiner Mutter, einen Berberdialekt. Er hatte Vicky von ihr erzählt und auch von Marokko, von den Bergen und von der weiten, weiten Wüste. Einigen seiner Bemerkungen hatte sie entnommen, dass seine Mutter nicht mehr in Paris lebte.

»Sie ist nach Marokko zurückgekehrt. Sie hat ihre Heimat vermisst, die Wüste, den Himmel, die Farben, die Gerüche … die Stille. Nur in unseren Bergen, hat sie immer gesagt, kann man den Herzschlag der Welt hören.«

»Und du? Du hast doch auch dort gelebt. Vermisst du es? Wie ist es?«

»Anders.« Er hatte mit den Achseln gezuckt. Dann schloss er sie fest in seine Arme, und sie genoss den Moment.

Manchmal fragte sie sich, was er in den letzten Jahren gesehen haben mochte. Fürchterliche Dinge gewiss, und hin und wieder erahnte sie einen Nachklang des Schrecklichen in seinen Augen, seiner Stimme, seinem Wesen.

Jamal erkämpfte ihnen das letzte Stückchen Weg mit einem Ast durch dichte Brombeerranken hindurch. Sie bückten sich tief, und trotzdem verfing sich eine Ranke an Vickys leichtem Herbstmantel. Jamal befreite sie und unterdrückte einen Fluch, als er sich infolgedessen einen Dorn in den Zeigefinger trieb.

»Lass mich sehen«, bat Vicky ihn.

Ein Teil des Dorns war dunkel unter der Haut zu sehen. Sie strich leicht darüber, um zu erkennen, wie tief er steckte. Er zuckte nicht.

»Der steckt tief«, sagte Vicky. »Das wird nicht leicht.«

»Nicht schlimm.«

»Hm.«

Sie wusste, dass er weit Schlimmeres erlebt hatte.

»Komm!«, forderte sie ihn auf.

Sie zog ihn mit sich zum Gartenhaus, und sie traten ein. Es roch nach Holz und etwas Feuchtigkeit, aber der vertraute Geruch ihrer Kinderjahre war zweifelsohne verflogen. Jamal blieb kurz hinter der Tür stehen und sah sich um: ein stockfleckiges, uraltes rotes Sofa, staubige Dielen, Spinnweben über den Fenstern, die in unzählige kleine Quadrate unterteilt waren, ein Tisch, auf dem noch eine vergilbte Zeitung aus dem Sommer 1916 lag, vier Stühle. Vicky verschwand durch eine schmale Tür in der kleinen Küche, öffnete ein paar Küchenschränke und begann sie zu durchstöbern.

»Ha!«, rief sie aus.

»Was ist?«

Vicky kehrte mit einem Kästchen zurück und stellte es auf dem Tisch ab. »Frau Rehbergers Flickzeug. Da müssen auch Nadeln drin sein.«

Sie fand eine und hieß ihn, zu sich ins Licht zu kommen. Als sie seine Hand umfasste und seinen Zeigefinger in Position brachte, kamen ihr ihre Finger sehr weiß vor. Über den Sommer hatte Jamal rasch Farbe gewonnen, während sie vornehm blass geblieben war. Sie mochte seine Haut.

»Traust du mir?« Sie sah ihn von unten an.

Er nickte. Vickys Zunge erschien zwischen ihren zusammengepressten Lippen, während sie sich konzentrierte. Sie machte sich an die Arbeit.

»Geschafft.« Sie steckte die Nadel zurück an ihren Platz, zögerte und küsste dann seinen Finger. Als ihre Lippen seine Haut berührten, kribbelte es in ihrem ganzen Körper. In diesem Moment schien die Welt voller Zauber.

»Danke«, sagte er.

»Nichts zu danken.« Sie errötete plötzlich und wandte sich rasch ab, um das Flickzeug fortzuräumen.

»Setz dich«, forderte sie ihn auf, als sie zurückkam. Sie hatten beide ihre Mäntel angelassen, fiel ihr jetzt auf, nicht weil sie gleich wieder gehen wollten, sondern weil es mittlerweile tatsächlich kälter geworden war. Sie nahm ihm gegenüber Platz. Ihr Blick ging unwillkürlich zum Fenster.

»Früher waren wir im Sommer fast täglich hier. Wir haben gespielt und Sport getrieben.« Ihre Augen blickten in die Ferne. »Irgendwie habe ich alles viel größer in Erinnerung.«

Jamal hörte ihr zu. Sie konnte nicht erkennen, ob es ihm hier gefiel oder nicht. Er wirkte ruhig, vielleicht auch etwas nachdenklich. Sie dachte wieder daran, dass er schlimme Dinge gesehen hatte, Dinge, die sie sich gar nicht vorstellen konnte, Dinge, die das Leben und die Sicht, die man darauf hatte, wahrscheinlich auf immer veränderten.

»Erzähl mir von Marokko«, sagte sie, wie sie es immer tat, wenn sie den Eindruck hatte, sie müsse ihn auf andere Gedanken bringen. Einen Moment saß er noch bewegungslos da, dann legte er seine Hände auf den Tisch, eine über die andere. Sie dachte an den Finger, den sie eben noch geküsst hatte, und ihr wurde wieder warm. Mit einer flüchtigen Bewegung berührte sie ihre Lippen und ließ die Hand dann wieder sinken.

»Ich war so lange nicht da«, sagte er langsam. »Die Erinnerungen verblassen. Ich war noch sehr klein, als wir nach Paris zogen, weißt du. Manchmal sehe ich Bilder vor mir, wenn ich etwas Bestimmtes rieche oder etwas höre, aber oft bin ich mir unsicher, ob die Dinge tatsächlich so geschehen sind, wie ich sie im Kopf habe.«

Er runzelte die Stirn. Sie nickte langsam. Da ging es ihm wohl ein wenig so wie ihr mit diesem Garten. Sie glaubte sich zu erinnern, dass sie auf dieser Rasenfläche dort Crocket gespielt hatten, aber war der Platz nicht viel zu klein? Und waren sie wirklich auf den Nussbaum geklettert?

»Erzähl trotzdem, ich finde es so schön, dir zuzuhören.«

Vicky fröstelte ein wenig und zog den Mantel enger um ihre Schultern. Sie tippte mit den Spitzen ihre Stiefeletten auf den Boden und dachte mit einem Mal an ihren nackten Körper unter all diesen Schichten von Kleidung, spürte, wie sie ein wohliger Schauer überkam.

Was denke ich da? Warum denke ich an so etwas?

Jamal schien von all dem nichts zu merken. Er sah sie an und schlug die Beine elegant übereinander. Dann begann er zu sprechen. Sie hätte ihm stundenlang lauschen können.

8

Ich werde meinen Eltern nie verzeihen.

Hagen schaute sich am Tisch um und dachte mit einiger Verbitterung, dass der Krieg aus seinen Freunden junge Männer gemacht hatte, während er immer noch der Junge war, der schwerlich seinen Platz in dieser Runde fand – und alles nur, weil man ihm versagt hatte, sein heiliges Opfer für das Vaterland zu bringen.

Neben ihm rief Ewald mit lauter Stimme die Bedienung herbei und bestellte eine neue Runde Bier für alle. Hagen griff das Glas, das bald darauf vor ihm stand, und umfasste es mit beiden Händen. Seine Hände kamen ihm klein vor, wie Kinderhände, und ihm ging durch den Kopf, dass er Bier eigentlich nicht mochte, aber er war verdammt noch mal fest entschlossen, Teil dieser Gruppe zu sein, also trank er.

Am Anfang gedachten sie immer mit einem großen Schluck ihres Kameraden Claus, der bereits in den ersten Tagen des Krieges gefallen war. Danach besprachen sie, was anfiel. Das Leben hatte sich geändert, seit die Franzosen hier waren und einem Tag für Tag vor Augen führten, wer den Krieg verloren hatte. Das Schlimmste war das schwarze Pack, das mittlerweile hier durch die Straßen lief, Affen direkt aus dem Urwald. Man sah auch viele Versehrte und die, die der Krieg gebrochen hatte, die Kriegszitterer, die in Panik verfielen, wenn irgendwo ein Pfeifen zu hören war, weil sich ihre Körper auf den unmittelbaren Granateneinschlag einstellten. Ewald hatte ihm das erzählt. Er zitterte selbstverständlich nicht. Ihn konnte nichts brechen. Hagen wusste, dass seine Schwester Vicky Krieg furchtbar fand und wie froh sie gewesen war, dass man ihn nicht hatte ziehen lassen. Aber er wusste auch, dass ihm nichts geschehen wäre und dass er immer noch darunter litt, dass man ihn zum Leben eines Feiglings verdammt hatte, während seine Klassenkameraden Schlachten geschlagen oder, ja, den Heldentod gestorben waren.

Und jetzt war Mainz ein Brückenkopf, besetzt von den dreckigen Franzosen, die noch dazu die Niedersten der Niederen hierhergeschickt hatten: die Kaffern.

Alles nur, um uns zu demütigen.

»Kameraden«, meldete sich Ewald zu Wort, der sich rasch zu ihrem Anführer geriert hatte. Er hatte diese natürliche Autorität und das Vermögen, einen mitzureißen, beides Dinge, die Hagen sehr an ihm bewunderte. Der Freund war im Kampf geschmiedet worden und gestärkt daraus hervorgegangen, wie ein Siegfried, der im Drachenblut gebadet hatte. »Kameraden, wir müssen unserem Volk die Augen öffnen und die Schwarzen als das darstellen, was sie sind, nämlich Unholde, vor denen wir unsere Frauen und Kinder, ja unsere ganze Zivilisation schützen müssen.« Ewald nahm einen tiefen Schluck aus seinem Humpen. Die anderen taten es ihm gleich. Dann streckte er den Rücken durch und schaute nochmals in die Runde. »Ihr wisst, dass wir der französischen Negerherrschaft etwas entgegensetzen müssen, dass wir unser Volk von dieser Schmach befreien müssen, damit Deutschland wie Phönix aus der Asche emporsteigen kann und seinen rechtmäßigen Platz unter den Völkern wieder einnimmt. Also, wer hat einen Vorschlag?«

Später stieß noch Siegfried Leuninger, Sohn eines Geschäftsfreundes seines Vaters, dazu, und bald hatten Ausgaben von irgendwelchen völkischen Blättern die Runde gemacht. Hagens Herz schlug schneller. Hier, an diesem Ort, war er richtig, hier, wo schlankweg die Wahrheit ausgesprochen wurde.

Als er sich auf den Weg nach Hause machte, war er jedenfalls voller Ideen und neuer Tatkraft. Die Karikaturen hatten ihn an sein eigenes Zeichentalent erinnert, und bald saß er über ein Blatt gebeugt am Schreibtisch und zeichnete einen Gorilla in französischer Uniform, dem er ein grimmiges Gesicht und wulstige Lippen verpasste. Diese Zeichnung würde er beim nächsten Treffen der Kameraden mitnehmen. Ewald würden seine Zeichnungen bestimmt gefallen. Hagen setzte den Füller an und schrieb unter das Bild: Frankreichs Frauen verschlingende Kaffer, die Schande der Welt.

9

»Jamal, setz dich zu uns«, riefen zwei seiner Freunde, und er ging zu ihrem Tisch hinüber. Lachend schoben sie ihm eine Karikatur zu, auf der zwei deutsche Frauen als geschmückte Schweine dargestellt waren, die mannhaften dunkelhäutigen Soldaten hinterherschmachteten. Jamal zog die Augenbrauen hoch. Zweifelsohne gab es diejenigen, die sich niemals belehren lassen würden, die Menschen anderer Hautfarbe tatsächlich für minderwertig hielten und davon auch nicht abrückten. Er wusste, wie es war, wenn einem auf der Straße Affenlaute folgten, wenn Kinder einen mit Steinen bewarfen oder wenn man hinter ihrem Rücken Schimpfwörter rief. Sicher waren manche darunter, die aus der Angst heraus reagierten, weil sie einfach noch nie jemandem begegnet waren, der so anders aussah als sie selbst. Wie dem auch sei, Jamal mochte es nicht, wenn Frauen als Schweine dargestellt wurden. Dennoch schob er die Karikatur mit einem Grinsen zurück, weil er kein Spielverderber sein wollte. Dann musste er an Vicky denken, die sich vom ersten Moment an in sein Herz gestohlen hatte. Er war überrascht gewesen, denn er hatte so etwas eigentlich nicht mehr für möglich gehalten. Manchmal kam sie ihm sehr jung vor, und das war sie ja auch, dann wieder schien sie ihm reifer, als sie an Jahren sein konnte. Sie konnte sich auf eine Weise dem Augenblick hingeben, die er beneidete. Vielleicht lag das aber auch daran, dass sie sich noch nie ernsthaft bedroht gefühlt hatte, noch nie um ihr Leben fürchten musste. Ihn dagegen hatte der Krieg verändert, und er wusste, dass er einen Teil seines alten Selbst niemals zurückgewinnen würde. Gerade weil sie so unbedarft war, spürte er eine große Verantwortung ihr gegenüber. Seit sie sich in der Gartenlaube trafen, fragte er sich jedes Mal, ob sie den Weg, den sie so natürlich eingeschlagen hatten, weiter gehen durften. Aber er schaffte es einfach nicht, die Sache zu beenden. Dafür waren seine Gefühle für sie zu stark.

Abdul, ein junger Algerier, lockerte seine Schultern.

»Ich kann es nicht erwarten, dieses furchtbare Land mit seinem furchtbaren Wetter und seinen furchtbaren Frauen wieder zu verlassen. Manchmal träume ich davon, dass ich hier sterbe, und das wäre das Schrecklichste, was ich mir vorstellen kann.«

Abduls Ängste waren nicht abwegig, das war Jamal nur zu bewusst. Einige von ihnen hatten tatsächlich schon auf dem Mainzer Hauptfriedhof ihre letzte Ruhe gefunden. Es gab Gerüchte, dass die senegalesischen Regimenter aus diesem Grund schon im Sommer abgelöst worden waren: Sie hatten das Klima nicht vertragen. Und was war mit ihnen? Jamal schauderte. Wann würde er Mainz verlassen müssen? Irgendwann wäre es so weit, kein Zweifel. Und was war dann mit Vicky? Ihr Gesicht tauchte vor seinem inneren Auge auf. Wenn er nicht darauf achtete, geisterte sie ständig in seinen Gedanken herum. Und auch wenn er sich der Verantwortung für sie bewusst war, musste er sich doch eingestehen, wie sehr er sie begehrte.

10

Das Fest fand in einem der alten Adelspaläste in der Nähe des Schillerplatzes statt. Vicky ging am Arm ihres Vaters und registrierte bald stolz die bewundernden Blicke der anwesenden männlichen Gäste. Noch vor zwei Jahren war ihr so etwas tatsächlich einerlei gewesen, aber heute ... Sie hatte eine gute Wahl getroffen mit dem rostroten Kleid und dem mit Federn besetzten Kopfschmuck, der ihr fein geschnittenes Gesicht umrahmte. Bärbelchen hatte ihr eine sehr hübsche Hochsteckfrisur gemacht, die sie erwachsener aussehen ließ. Auch Ilse war mit von der Partie gewesen und hatte fasziniert zugesehen, wie Vicky zurechtgemacht wurde. Allerdings nicht lange, denn Frau Paul hatte sie in die Küche beordert. Vicky nahm sich vor, Ilse demnächst etwas häufiger für sich zu beanspruchen. Bärbel arbeitete zwar gut, aber da war auch etwas, was Vicky an ihr störte, ohne dass sie es genau hätte benennen können. Ilse fühlte sie sich irgendwie näher.

Ihre Mutter lag heute wieder einmal mit Migräne im Bett, und Hagen war selbstverständlich nicht mitgekommen. Das tat er nie, auch wenn ihn der Vater hin und wieder davon zu überzeugen suchte. Ob er es tat, weil Hagen irgendwann das Geschäft übernehmen sollte?

Vicky hielt das allerdings für reichlich unwahrscheinlich. Sie dachte daran, wie er am Nachmittag plötzlich in ihr Zimmer gekommen war, als sie das richtige Kleid für den Abend ausgesucht hatte.

»Ich hasse es, wenn Papa Geschäfte mit denen macht«, war es aus ihm herausgeplatzt.

Nun, natürlich machte er das. Ihr Vater war ein Geschäftsmann durch und durch und hatte den Handel, besonders mit Frankreich, immer geliebt. »Die Franzosen verstehen einfach zu leben«, pflegte er zu sagen. Während Hagen mit vor der Brust verschränkten Armen auf ihrem Bett saß, hatte sie sich ein Kleid nach dem anderen angehalten. Dieses ließ ihr Haar goldener wirken, machte sie aber bleich, dies hier war ihr zu klein geworden.

»Der Krieg ist vorbei, Hagen«, erinnerte sie ihren Bruder. »Wir müssen wieder lernen zusammenzuleben. In Europa.«

Hagens Kiefermuskeln waren so angespannt, dass sie zuckten.

»Es ist nicht vorbei, wir wurden verraten«, zischte er. »Man hat unseren Truppen kaltblütig den Dolch in den Rücken gerammt.«

Während Hagen von einem Dolch sprach, inspizierte Vicky das grüne Kleid, das ebenfalls zu klein war. Hagen atmete hörbar aus. »Und du willst wirklich da hingehen?«

Da war etwas Knappes, Vorwurfsvolles in seinem Tonfall. Natürlich wollte sie. Es war ein Fest, und sie liebte Feste.

»Da sind nur Franzosen, Vicky.«

»Und Papa, und ein paar andere …«

»… Verräter …«

Hagen war offenkundig nicht bereit lockerzulassen. Sie dachte an die Freunde, mit denen er sich traf: an diesen Konstantin, der jedes Mal zu zittern begann, wenn er ein Pfeifen hörte, und Ewald, der ihr furchtbar vorlaut und kaltherzig vorkam.

»Wenn ich gekonnt hätte, hätte ich gekämpft«, sagte er leise.

»Ich weiß.« Vicky hatte geseufzt und zu guter Letzt das rostrote Kleid ausgewählt, das ihre Mutter ihr vor Kurzem geschenkt hatte. Das blaue und das grüne musste sie zweifelsohne umarbeiten lassen. Vielleicht sollte sie Ilse damit beauftragen, dann konnte sie wieder einmal ein bisschen mit ihr schwatzen.

Vicky schaute sich um. Eine Musikkapelle spielte auf – französische Schlager. Der Tanz war bei ihrem Eintreffen bereits eröffnet gewesen. Papa begrüßte Geschäftskollegen, während Vicky an seiner Seite weiterhin lächelnd Komplimente entgegennahm. Nun, das machte Spaß. Sie hörte nicht nur ein Mal, wie groß und hübsch sie geworden sei. Ein paar ältere Deutsche versuchten sich ungeschickt an Scherzen, die sie selbstsicher weglächelte. Schließlich sah sie, wie Monsieur Charlier, der Geschäftspartner ihres Vaters, sich von der anderen Seite des Saals näherte. Vicky mochte den schneidigen Mann mit seinem wie gelackt wirkenden schwarzen Haar und dem schmalen, gepflegten Schnurrbart. Sie wusste, dass ihr Vater und er Geschäftliches besprechen wollten.

»Kann ich dich kurz allein lassen, Vicky?«

»Natürlich.« Sie lächelte.

Ihr Vater seufzte. »Ich wüsste jetzt gern deinen Bruder an deiner Seite. Es schickt sich nicht, eine junge Dame ohne Begleitung zu lassen.«

Vicky winkte ab. »Das wäre nicht gut gelaufen, das weißt du, und hier wird mir schon nichts passieren. Ich kann auf mich aufpassen, das weißt du doch, Papa.«

Statt ihr über den Kopf zu tätscheln wie früher, drückte ihr Vater lediglich ihre Hand. »Ja, das weiß ich. Danke, Täubchen.«

»Nichts zu danken.«

Vicky drehte sich weg und glitt zwischen die Feiernden. Tatsächlich fühlte sie sich wohl wie ein Fisch im Wasser. Sie liebte es, ihre Wirkung auf andere zu beobachten. Sie liebte es, die triste Gegenwart für einen Augenblick zu vergessen. Auch deshalb schätzte sie die Einladungen bei Charlier, denn es boten sich wahrlich nicht viele Gelegenheiten, große Feste zu feiern und sich ein wenig herauszuputzen und zu tanzen. Welches junge Mädchen tanzte denn nicht gerne? Sie lächelte, als ihr jemand eine Papierblume hinter dem Ohr hervorzauberte und eine Kaskade französischer Komplimente auf sie niedergehen ließ. Dann machte das Orchester eine Pause. Nur der Pianist blieb und spielte *Je te veux* von Erik Satie.

Oui, je vois dans tes yeux / La divine promesse / Que ton cœur amoureux / Vient chercher ma caresse.

»Wo wohnen Sie denn, schönes Fräulein?«, fragte sie ein anderer junger Mann. »Vielleicht sieht man sich einmal wieder?«

Sie wehrte ihn mit einem Lächeln ab. »Sind Sie mit

Ihrer Unterkunft etwa nicht zufrieden? Ich fürchte, bei uns ist kein Platz, aber ich habe gehört, es entstehen ganze neue Wohnsiedlungen«, parierte sie.

Der schlaksige Mann lachte daraufhin bedauernd auf. Er war wirklich sehr lang und schmal, auch sein Gesicht, in dem die vorstehenden Augen ein wenig groß wirkten. Sie überlegte kurz, dann fiel es ihr ein: Er hatte Augen wie ein Basset, wirklich. Sie hingen nach unten und gaben ihm etwas zutiefst Trauriges, auch wenn sein Mund lächelte.

»Die sind für die höheren Chargen der Militärs, Mademoiselle. Bei Ihnen würden wir uns aber am allerwohlsten fühlen.«

»Da muss ich Sie enttäuschen.« Vicky stellte sich für einen Moment vor, was Hagen sagen würde, wenn noch mehr Franzosen bei ihnen einquartiert wurden. Nicht auszudenken.

Sie verabschiedete sich mit einem charmanten Lächeln und näherte sich entschlossen der Tanzfläche. Bald wurde sie zum Tanzen aufgefordert und ließ sich für zwei, drei Tänze herumwirbeln, bevor sie erhitzt pausierte und sich einen Platz am Rand suchte und den Blick über die Menge schweifen ließ. Sie liebte es, ihre Umgebung zu beobachten. Schon im nächsten Moment spürte sie jemanden hinter sich, und kurz darauf hörte sie auch schon seine Stimme: »Darf ich Ihnen etwas zu trinken holen, Mademoiselle?«

»Monsieur Boissier, was machen Sie denn hier?«

Sie hatte ihn nicht mit Vornamen angesprochen und beglückwünschte sich zu ihrer Geistesgegenwart.

»Ich übersetze. Manchmal ist das nötig, um einander

zu verstehen.« Jamal hielt einen der Ober an, die mit Tabletts hin und her eilten. »Einen Sekt?«

»Eigentlich habe ich noch nie …«

»Wirklich nicht?« Lächelnd hielt Jamal ihr ein Glas hin. Seine Augen funkelten. Vicky trank einen Schluck und wusste nicht recht, ob ihr das schmeckte: Es prickelte, war süß und säuerlich zugleich. Und der Geruch war gewöhnungsbedürftig. Es schüttelte sie sogar ein wenig. Jamal beobachtete sie amüsiert.

»Schmeckt es?«

»Ich weiß nicht.« Vicky stellte das halb leere Glas auf das nächste Tablett und leckte sich über die Lippen. »Ich glaube, ich hätte lieber einen Apfelsaft.«

»Ihr Wunsch ist mir Befehl.«

Er führte sie durch die feiernden Leute zu einem Stehtisch, an dem bereits ein anderes Pärchen stand. Auch von hier aus konnte man die Tanzenden gut beobachten, und Vicky tat, als würden sie ihre ganze Aufmerksamkeit fesseln.

»Schwayer! Monsieur Schwayer!«

Hermann Schwayer hob die Hand. Unter gewöhnlichen Umständen hätte er diese Stimme ausschließlich mit Freude gehört. Charlier und er waren sich von Anfang an sympathisch gewesen und sich in kurzer Zeit nähergekommen; sie hatten einen gemeinsamen Saitenklang gefunden, eine Harmonie wie unter guten Freunden. Wären sie gemeinsam aufgewachsen, wären sie schon lange beste Freunde gewesen, aber heute hörte Schwayer etwas anderes im Tonfall des Geschäftspartners, und dies verschaffte ihm deutliches Unbehagen.

»Monsieur Schwayer!«

»Monsieur Charlier, sehr erfreut. Ich habe nicht zu hoffen gewagt, dass wir noch einmal Zeit füreinander finden.«

Er versuchte sich an einem Lächeln, das ihm nicht ganz gelingen wollte. Charlier, der sonst so fröhlich und herzlich war, blieb heute ernst, ganz wie Hermann es erwartet hatte, und doch lief ihm unwillkürlich ein Schauer über den Rücken. Der Franzose berührte Hermann Schwayer am Arm und führte ihn mit sanftem Druck aus dem größten Trubel heraus. Kurz darauf standen sie auf einem Treppenabsatz, der zu Hermanns Erstaunen leer war, bis er der beiden Wachposten gewahr wurde, die etwas weiter unten und etwas weiter oben Gäste vom Weitergehen abhielten. Charlier lief indes ein paar Schritte auf und ab, räusperte sich dann und blieb stehen, um sein Gegenüber nachdenklich zu mustern: »Monsieur Schwayer, lassen Sie es mich ansprechen … Ich hoffe, Sie wissen, was Ihr Sohn tut?«

Hermann Schwayer seufzte innerlich tief. Nein, er musste nichts sagen, sicher las es Charlier an seinem Gesicht ab. Hagen. Der Junge war mittlerweile ein Dorn in seinem Fleisch, war frech und provozierte fortwährend. Er runzelte die Stirn. Charlier sprach nach einer kleinen Pause weiter: »Ihr Sohn hat heute, gemeinsam mit ein paar anderen, unsere Soldaten beleidigt. Er hat das übrigens nicht zum ersten Mal getan. Einer aus der Gruppe hat sogar mit Unrat geworfen. Ich fürchte, so etwas könnte irgendwann auch einmal weniger glimpflich ausgehen.«

Charlier schaute ihn eindringlich an. Hermann lehnte sich an die Wand neben ihm, die ihm jedoch nicht genug

Halt geben wollte. Es fühlte sich im Gegenteil tatsächlich ein wenig so an, als würde sie nachgeben. »Ich werde mein Bestes tun, Monsieur Charlier.« Er musste sich unwillkürlich räuspern, so kratzig hatte seine Stimme geklungen.

»Das wäre gut.« Charlier sah ihm fest in die Augen. »Ich mag Sie, ich mag Sie wirklich gerne trotz allem, was zwischen uns stehen könnte oder müsste.«

Hermann Schwayer nickte. Charlier sprach vom Krieg und dem Leid, das er ihren beiden Völkern gebracht hatte, von Freunden und Familienmitgliedern, die man verloren hatte. Er schluckte. »Ich werde mit meinem Sohn reden«, sagte er langsam. *Wieder einmal.*

»Tun Sie das.« Charlier klopfte ihm auf die Schulter. »Tun Sie das.«

Später am Abend, nachdem Vicky und ihr Vater das Fest verlassen hatten, schlich Hermann Schwayer sich ins Schlafzimmer, das Leopoldine die ganze Zeit nicht verlassen hatte. Ihre Migräne war am Abflauen, lauerte jedoch noch hinter ihren Schläfen, wie sie es nannte. Er hüstelte, nachdem sie sich eine Weile über die allgemeinen Ereignisse des Abends ausgetauscht hatten.

»Ich mache mir Sorgen um Hagen, Liebes. Er geht zu weit. Er bringt sich in Schwierigkeiten.« Sie warf ihm einen längeren Blick zu: »Was hat er getan?«

Hermann zögerte. Da waren dunkle Schatten unter ihren Augen, und um die Mundwinkel ahnte man immer noch den Schmerz. Er seufzte. »Er hat Soldaten beleidigt. Unrat nach ihnen geworfen. Womöglich ist er einer Strafe nur entgangen, weil Charlier sich für ihn eingesetzt hat.«

Hermann hielt inne. »Hätten wir ihm damals nachgeben sollen? Hätten wir Hagen die Erlaubnis erteilen sollen?«

Leopoldine hob ruckartig den Kopf und schob entschlossen das Kinn vor.

»Ob wir das Kind damals in den Krieg hätten schicken sollen? Niemals!«

»Aber haben wir ihn dadurch nicht verloren?«

»Vielleicht, aber er ist immerhin noch am Leben.«

11

Vicky hatte ihren Vater schon immer gerne in seinem Büro besucht, und sie war dort stets willkommen gewesen. Man mochte ihre offene, fröhliche Art. Mittlerweile bewohnten Franzosen das Büro, und der Vater benutzte einen Schreibtisch im Wohnzimmer. Herr Hofmann, der Sekretär, kam unter der Woche vormittags einige Stunden zu ihnen. Meist war er bereits wieder fort, wenn Hagen und sie aus der Schule kamen, doch heute fielen die letzten zwei Stunden aus, und Vicky kam in den seltenen Genuss, eine Tasse Kaffee mit Herrn Hofmann zu teilen.

»Echter Bohnenkaffee«, betonte sie.

»Das ist aber freundlich von Ihnen.« Herr Hofmann lächelte sie an und schloss genüsslich die Augen, als er den ersten Schluck nahm. Über den Rand ihrer Tasse hinweg sah Vicky ihn nachdenklich an. Sein spitzes Gesicht mit der kleinen, noch spitzeren Nase, den ausgeprägten Geheimratsecken und dem Bürstenschnitt, der alles umrahmte, sah zufrieden aus. Früher hatte er sie sehr an einen Igel erinnert. Da hatte er noch ein kleines rundliches Bäuchlein gehabt, das in seltsamem Kontrast zu seiner eher hageren Gestalt gestanden hatte. Wegen seines steifen Beins war ihm die Teilnahme am Krieg verwehrt gewesen, wie er es auszudrücken pflegte. Sonst hätte er dem Vaterland natürlich gerne gedient. Vicky bezweifelte das. Herr Hofmann war eine eher schreckhafte Person, auf einem Schlachtfeld konnte sie sich ihn nun gar nicht vorstellen. Aber das war nicht schlimm, sie hatte ohnehin nie Sinn für Heldentum gehabt. Sie verstand nicht, warum ihr Bruder so voller Hass gegenüber den Franzosen war. Erst gestern hatte sie Vater und ihn wieder einmal belauscht. Hagen behauptete, dass die Franzosen nicht im Geringsten die Absicht hätten, je wieder aus Mainz fortzugehen. »Die machen sich überall breit, Vater, so ist es doch, oder bist du blind? Glaubst du, sie werden hier wieder weggehen? Sie sitzen in der Stadthalle und im Justizgebäude. Sie haben den Schlacht- und den Viehhof beschlagnahmt, Fabrikhallen, Lagerhallen, Kaianlagen und Schuppen, und natürlich liegt auch der gesamte Bahnverkehr in französischen Händen. Wir sind Deutsche, Vater, und keine Sklaven. Der Grund, auf dem wir uns befinden, ist Deutschland, ganz egal, was in diesem schmutzigen Vertrag steht.«

Vater hatte daraufhin so etwas gesagt, dass man froh sein müsse, wie großzügig sich die Franzosen verhielten, und dass es wirklich schön sei, wenn Hagen nicht ständig für Aufruhr sorgen würde.

»Man kann dich ausweisen, Hagen!«

»Das ist mir nur zu bewusst, und ich brauche das alles nicht!«, platzte er heraus. »Ich wünschte sogar, man würde mich ausweisen!«

War das tatsächlich so? Vicky runzelte die Stirn. Warum suchte Hagen nur ständig nach Streit? Fast jeden Abend kam er mittlerweile zu spät zum Abendessen, weil er sich immer noch nach der deutschen und nicht nach der französischen Zeit richtete, die heute in Mainz galt. Auch die »Feindessprache« zu lernen hatte er rundheraus abgelehnt: Niemals! Punktum.

»Bonbons?«, riss Herr Hofmann sie aus ihren Gedanken. Er hatte ihr immer Bonbons mitgebracht, solange sie denken konnte. Er schaute sie treuherzig an.

Vicky musste ein Lachen unterdrücken. Herr Hofmann wirkte oft drollig, auch wenn er das wohl nicht immer beabsichtigte. Da war einfach etwas in seinem Auftreten, das zuweilen unglaublich komisch war. In letzter Zeit geriet er immer mal wieder außer Fassung. Seit die Wohnung seiner Eltern beschlagnahmt worden war, wohnten die alten Herrschaften mit in der Familienwohnung, und es kam immer wieder zu Streit, insbesondere zwischen Schwiegermutter und Schwiegertochter.

»Sie können sich gar nicht vorstellen, wie gerne ich arbeiten gehe, Fräulein Schwayer. Ich würde ja den ganzen Tag kommen, wenn das nur möglich wäre, und gerne auch nachts«, beteuerte Herr Hofmann wie so oft und verdrehte dabei die Augen, was Vicky zum Lachen brachte. Seine Situation war nicht lustig, aber die Art, wie er die Auseinandersetzungen zwischen seiner Frau und seiner Mutter über die Vorherrschaft über den Haushalt beschrieb, suchten ihresgleichen. Er hatte eine Gabe für pointierte Sätze und hatte ihr gegenüber einmal gestanden, dass er – wenn er nicht so ängstlich gewesen wäre – eine Karriere auf der Bühne angestrebt hätte.

»Sie sollten wirklich auftreten«, sagte Vicky, während sie sich die Lachtränen fortwischte. »Sie haben Talent.«

Herr Hofmann nickte entschlossen.

»Vielleicht tue ich das wirklich einmal. Manchmal erscheint es mir, als wäre nach dem Krieg ohnehin alles möglich.«

Vicky überlegte. Ja, er hatte recht. Langsam kam wieder Leben in die Stadt, alles schien in Bewegung, und man lernte Dinge kennen, von denen man vorher nichts geahnt hatte. Sie war froh, dass die düsteren Tage endlich vorbei waren und Leben und Kultur in die Stadt zurückkehrten, dass es Feste und Tanzveranstaltungen gab und immer wieder berühmte französische Ensembles am Stadttheater gastierten, deren Aufführungen sie gemeinsam mit ihrer Mutter genoss.

Herr Hofmann trank seinen Kaffee aus und stellte die Tasse zurück aufs Tablett. »Köstlich! Ich hatte von der Lieferung gehört, aber dass ich selbst in den Genuss kommen würde …«

Vicky nahm die Kanne zur Hand. »Darf's noch ein Schlückchen sein?«

Herr Hofmann strahlte sie an. »Da lasse ich mich nicht zweimal bitten.«

12

NORDSEEKÜSTE, 2019

»Vater, bitte schone dich!«

Jonas hockte neben seinem Vater, das linke Knie auf dem Boden, das rechte aufgestellt. Wie so oft tat Lars, als hätte er nichts gehört, holte mit dem Hammer aus und ließ ihn dann präzise auf den Nagel niedergehen: Gelernt war gelernt.

Der Nagel sank ein Stück tiefer ins Holz. Der ältere Mann schaute herausfordernd in die Runde. Lisa und Jonas wechselten einen Blick. Sie hatten beide den Atem angehalten. Manchmal wirkte Jonas' Vater so unsicher und zittrig, dass sie sich einfach nicht vorstellen konnten, dass das gut gehen würde, und dann war mit einem Mal der erfahrene Schreiner zurück, der genau wusste, was er tat.

In der ersten Woche hatten Jonas und sein Vater die Stelle im Dach bereits provisorisch ausgebessert. Lisa hatte die Zeit genutzt, um einiges Gerümpel nach unten in die Scheune zu tragen und, so kam es ihr jedenfalls vor, eine erste Lage jahrhundertealten Schmutzes von dem kleinen Fenster zu putzen. Jonas hatte ein paar Scheinwerfer angebracht und verkabelt, um ihnen die weitere Arbeit hier oben zu erleichtern. Lars war der Meinung, man sollte die Stelle, wo das Wasser durch die

Decke in den darunter liegenden Raum gedrungen war, freilegen und die Dielen ersetzen, damit keine Feuchtigkeit zurückblieb. Später würde dann natürlich auch die Decke im Kinderzimmer neu verputzt und gestrichen werden müssen.

Lisa nahm zum x-ten Mal den Besen zur Hand und fegte alten und neuen Staub zusammen. Sosehr sie sich bemühte, bei jedem Schritt wirbelte neuer Staub auf. Als sie innehielt und sich umschaute, durchströmte sie ein ungewohntes Gefühl der Zufriedenheit. Aus den hintersten Ecken hatte sie heute noch einen kaputten Stuhl, einen Pappkoffer und einen zerfledderten Korb nach unten gebracht. Jetzt war der Boden komplett entrümpelt. Zurück blieb lediglich der hübsche, gusseiserne Ofen, dessen Anwesenheit Jonas und Lisa zuerst etwas verwundert hatte, und Teile des Betts. Lars wusste besser Bescheid und vermutete, dass hier einmal ein Knecht oder eine Magd ihren Unterschlupf gehabt hatte.

Lisa ging ein paar Schritte zu dem kleinen Fenster und spähte hinaus. Von hier oben hatte man einen wirklich wunderbaren Blick auf den Garten und konnte in der Ferne sogar das Meer erahnen. Kinderstimmen drangen in diesem Moment zu ihr herauf und ließen sie unwillkürlich zusammenzucken – Millie! Ein unerträglicher Schmerz fuhr durch ihren Körper. Ihr wurde schlecht. Sie klammerte sich an einen Dachbalken, dann suchten ihre Augen die Umgebung ab, bis sie endlich auf dem Gelände des Peters-Hofes zwei kleinere, bunte Punkte entdeckte. Frau Peters hatte wohl Besuch von ihren Enkeln.

»Vater, schone dich«, hörte sie erneut die mahnende

Stimme in ihrem Rücken. Die beiden Männer hatten nichts von dem Aufruhr in ihrem Innern bemerkt.

»Noch bin ich nicht tot«, knurrte Lars. »Ich habe so etwas mein Leben lang getan, Junge! Das ist mir in Fleisch und Blut, versteht ihr, Kinners?« Er dachte kurz nach. »Seit ich vierzehn war«, setzte er dann hinzu. »Seit ich vierzehn war, bin ich dabei. Direkt von der Schule, da war ich ein magerer Bursche. Nein, niemand hat gefragt, ob mir das passt, das musste ich machen. Ihr denkt wohl, ich kann das nicht mehr? Nein, nein, das ist alles noch hier.« Er tippte sich an die Stirn. »Alles hier, und dat blifft auch da, da ännert sich nichts.«

Jonas und Lisa blickten sich an. Während des gemeinsamen Arbeitens waren sie alle drei sehr viel vertrauter miteinander geworden. Es war zu eng hier, um sich aus dem Weg zu gehen, und sie hatten in den letzten Tagen viele Stunden gemeinsam verbracht.

Lisa tat es gut, etwas zu tun zu haben. Es tat auch unerwartet gut, sich körperlich zu betätigen. Fast unmerklich war sie damit ein weiteres Stück aus ihrem Schneckenhaus herausgekommen. Wenn sie daran dachte, in welchem Zustand sie sich befunden hatte, als sie in ihrem Ferienhaus ankam, fest entschlossen, Millie auf immer zu folgen … Sie versuchte, den Gedanken wegzuschieben. Zuerst war da Moses gewesen, das hilflose Katzenbaby, das ihre Zuwendung so sehr brauchte und ihr damit den ersten Schritt aus ihrer selbst gewählten Einsamkeit heraus ermöglicht hatte. Aber Moses hatte sie natürlich kaum in Gespräche verwickelt. Dennoch – ohne ihn hätte sie sich zweifelsohne nie im Leben aufgerafft, bei dem Schreiner um Hilfe zu bitten. Natürlich beherrschte

Millie immer noch ihre Gedanken. Das schon. Natürlich schoben sich weiterhin ständig Bilder vor ihr geistiges Auge, und sie sah oder hörte Millie auch mindestens einmal am Tag. Den Männern gegenüber hatte sie nicht über das gesprochen, was geschehen war. So weit war sie noch nicht und würde es vielleicht nie sein.

Ich muss noch die richtigen Worte für mich finden.

Lars hob den Hammer und traf. Aber irgendwie kam er ihr jetzt zittriger vor. Lisa gab sich einen Ruck.

»Wie wär's mit einer Tasse Tee, Lars? Also ich könnte eine gebrauchen.« Inzwischen duzten sie sich alle. »Die ganze Schlepperei hat mich echt erschöpft. Ich bin wohl einfach nicht so viel gewöhnt.«

»Und wer soll hier die Arbeit machen?« Der alte Lars stand jetzt aufrecht da, den Hammer locker in der Hand. »Der Jung kriegt ja nichts zustande, wenn man ihn allein tun lässt.« Kopfschüttelnd blickte er sich um. Lisa sah einen Schatten über Jonas' Gesicht huschen. Sie warf ihm einen warnenden Blick zu: Keinen Streit, bitte!

Aber Jonas atmete nur einmal tief durch. »Ich fahr zum Baumarkt und hole neue Materialien, während ihr euren Tee trinkt. Da kann ich ja wohl keinen Schaden anrichten, oder, Vater?«

Die letzte Äußerung hatte er sich dann doch nicht verkneifen können. Lars, den Hammer immer noch in der Hand, schaute nachdenklich von seiner Arbeit zu seinem Sohn und dann wieder zurück. Sie hatten gute Fortschritte gemacht, die betroffenen Dielen ausgehebelt und bereits begonnen, die neuen zu verlegen. Der alte Mann war in den letzten Tagen richtig aufgeblüht. Es machte ihm Spaß, endlich wieder zuzupacken, auch wenn er nicht mehr so schnell war wie früher. Mit einem tiefen Seufzer legte er den Hammer ab. »Wollt mich wohl alle in Watte packen?«, knurrte er mit einem breiten Grinsen. »Aber ja, Tee geht natürlich immer, meine Dame, und du ackerst schön deine Aufgaben ab, Jung, während die Erwachsenen ein bisschen schnacken. Die jungen Leute heute wissen ohnehin nicht mehr, wie man sich ordentlich anstrengt.«

Lisa konnte sehen, dass Jonas eine Erwiderung jetzt nur noch mühsam herunterschluckte. Seltsam, wie die Eltern einen manchmal dazu brachten, wieder zum trotzigen Teenager zu werden. Sie suchte seinen Blick und lächelte ihn aufmunternd an, und dann, während Lars schon mit schweren Schritten die steile Treppe hinuntertrampelte, nickten sie sich zu wie zwei Verbündete.

Punkt achtzehn Uhr ließ Lars den Hammer fallen. Das war er gewohnt, so hatte er es immer getan, das ganze Berufsleben hindurch. Und daran änderte sich auch heute nichts. Er hatte für heute angeboten, die kaputten Möbel mitzunehmen, für die er vielleicht noch Verwendung hatte. Die alten Dielen würden, je nach Zustand, zu Brennholz verarbeitet oder ebenfalls weiterverwendet. Lisa stellte sich für einen Moment vor, sie in dem alten Ofen zu verbrennen, den sie in den nächsten Tagen nach unten schleppen wollten.

»Tschüss dann, bis morgen«, verabschiedete sie die beiden Männer und blieb in der Tür stehen, bis ihr Wagen verschwunden war. Moses schlüpfte durch ihre Beine ins Haus, und Lisa folgte ihm.

Auf der Autofahrt hatten sie wie immer ausgiebig geschwiegen. Sein Vater war sofort im Haus verschwunden, während er die Sachen vom Auto lud und sich danach noch mal in den Innenraum setzte, um etwas aus dem Handschuhfach zu holen. Als er aufblickte, sah er unwillkürlich in den Rückspiegel. Er musterte sich und dachte an sie. Lisa. Er hatte in den letzten Tagen schon öfter an sie gedacht. Zuerst war es ihm irgendwie gar nicht aufgefallen. Hin und wieder hatten sie ein paar Worte gewechselt. Er hatte ihr vom letzten Jahr erzählt, von der Krankheit seines Vaters, von ihren Streitigkeiten und der schwierigen Annäherung, nachdem er jahrelang fern der Heimat gewesen war. Es hatte ihn selbst überrascht, wie offen er ihr gegenüber sein konnte. Er hatte eigentlich nicht vielen Leuten von seiner Zeit in der Antarktis erzählt. Zum einen weil er gar nicht wusste, was er sagen sollte, und zum anderen war er sowieso nicht sonderlich gesprächig. Wahrscheinlich hatte es ihn auch deshalb in die Antarktis gezogen. Aber mit Lisa war das anders, vermutlich auch, weil sie rein gar nichts von ihm wusste, weil er ihr frisch entgegentreten konnte, ohne den ganzen Ballast der Vergangenheit. Er war dennoch überrascht, wie gut es ihm tat, sich mit ihr zu unterhalten.

Umgekehrt wusste er über sie ebenfalls so gut wie nichts. Offenbar hatte sie Familie und jüngere Kinder – immerhin gab es ein Kinderzimmer und jede Menge Spielzeug im Haus. Seltsam nur, dass Lisa offenbar schon länger allein hier war. Andererseits – viele Ehen wurden heute geschieden, vielleicht war das der Grund. Er musste daran denken, wie sie einander heute verschwörerisch angelächelt hatten. Ein weiterer Blick in den Rückspiegel genügte. Er steckte kurz entschlossen den Schlüssel ins Schloss und ließ den Motor an. Flüchtig nahm er noch die Gestalt seines Vaters hinter dem Küchenfenster wahr, dann lenkte er den Wagen vom Grundstück.

Wollte er wirklich zu ihr fahren? Sollte er nicht lieber noch einmal darüber nachdenken? Er rollte ziellos durch den Ort und war selbst überrascht, als er wenig später vor der Imbissbude anhielt, die er schon als Kind und Jugendlicher so häufig besucht hatte. Kathi, die Besitzerin, grüßte ihn fröhlich. Als Mädchen waren sie und ihre Eltern jeden Sommer aus Bayern hierhergekommen. Später hatte sie dann einen Mann aus der Gegend geheiratet. Sie wechselten ein paar Worte, und er versprach ihr, wieder öfter vorbeizuschauen. In den Ferien hatten Kathi, Laura, er und noch zwei andere meist zusammen rumgehangen. Irgendwie waren Laura und er eines Tages ein Paar gewesen, gepasst hatten sie aber eigentlich nie zueinander. Es war eher eine Zweckgemeinschaft gewesen. Alle anderen aus der Clique hatten inzwischen Partner gehabt, und da schien es nur natürlich, dass Laura und er sich zusammentaten. Als junger Mensch hatte man ja immer die Angst, dass man irgendetwas verpasste.

Kathi stellte eine Portion Kibbelinge vor ihn hin. »Die gehen aufs Haus«, sagte sie. »Auf die alten Tage.«

Jonas schlang den frittierten Fisch hungrig in sich hinein und orderte noch zwei weitere Portionen. Wenig später parkte er den Wagen neben Lisas Auto im Hof der kleinen Villa. Er ging zur Tür, klopfte. Es dauerte ein bisschen, bis sie öffnete.

Erstaunt blickte sie ihn an. »Hast du etwas vergessen?«

»Nein. Ich habe dich heute nur noch nicht essen sehen«, sagte er und hob die Tüte mit den Kibbelingen hoch. Er sah ihr an, dass sie ablehnen wollte, aber dann bat sie ihn doch herein. Im Flur blieb sein Blick wieder kurz an den Kinderbildern hängen. Irgendwann würde er sie fragen, irgendwann, aber jetzt noch nicht. Jonas folgte ihr in die Küche, wo sie Teewasser aufsetzte und zwei Teller auf den Tisch stellte. Er verteilte Fisch und Pommes, und sie setzten sich einander gegenüber an den Küchentisch. Endlich erschien ein Lächeln auf ihrem Gesicht. Wie schön sie ist, wenn sie lächelt, dachte er.

»Danke für den Tee, du bist wohl schon gut akklimatisiert, was?«, sagte er grinsend, um die Stimmung aufzulockern.

»Hm« war alles, was ihr dazu einfiel.

Er pickte das erste Stück Fisch mit der Gabel auf. »Backteig ist vielleicht nicht das Gesündeste, aber hin und wieder muss das auch mal sein, oder?«

»Fast Food?« Sie hob den Kopf und gab sich sogar sichtlich Mühe, ein freundliches Gesicht zu machen. Vielleicht war sie in Gedanken gewesen. Irgendetwas beschäftigte sie offensichtlich. »Klar«, setzte sie dann hinzu.

In diesem Moment kam Moses auf Katzenart hereinstolziert, wahrscheinlich angelockt vom Duft des Fisches und Klappern des Bestecks.

»Entschuldige.« Lisa stand noch einmal auf und öffnete eine Dose Lachs, die sie in das Katzenschälchen leerte. »Na komm, Moses«, lockte sie ihn. Der Kater kam lautstark schnurrend auf sie zu. Jonas hatte sein Besteck beiseitegelegt und wartete.

»Wieso eigentlich Moses?«, fragte er.

Lisa betrachtete gedankenverloren die fressende Katze und kam dann zurück an den Tisch. »Frau Peters hat ihn damals in einem Korb aus dem Kanal gefischt.«

Jonas' Ausdruck verdüsterte sich. »Wer macht denn so was?«

Sie zuckte mit den Achseln. »Er war noch ganz klein und in einem erbärmlichen Zustand. Frau Peters hat befürchtet, ihr eigener Kater könnte eine Gefahr für ihn sein. Deshalb hat sie ihn zu mir gebracht, damit ich ihn aufpäpple.« Sie schaute kurz in die Ferne, als dächte sie angestrengt über etwas nach.

»Ist dir offenbar gelungen«, sagte Jonas.

Lisa fokussierte ihren Blick wieder und lachte dann. »Hätte ich aber echt nicht für möglich gehalten, als ich damals dieses verschmutzte Bündelchen in den Händen hielt. Mittlerweile pendelt er zwischen der Villa und dem Peters-Hof und nimmt sich das Beste aus beiden Welten. Bei Frau Peters konkurriert er jetzt schon erfolgreich mit deren Kater um den Futternapf.« Jonas hatte den Eindruck, dass er sie zum ersten Mal wirklich breit grinsen sah, und musste unwillkürlich auch grinsen.

»Was ist?«, fragte Lisa irritiert.

»Kennt ihr euch eigentlich gut?«, fragte er rasch, als müsste er sie auf andere Gedanken bringen.

»Na ja, Frau Peters ist unsere Nachbarin. Ich kenne sie, seit ich das erste Mal mit meinen Eltern hier war.«

»Das ist schon ein paar Jahre her, oder?«

Sie nickte. Warum kann ich mich nicht an sie erinnern?, dachte Jonas. Hatte er schon immer so wenig über die Dinge mitbekommen, die in seinem Umfeld passierten?

Na ja, sie war wahrscheinlich jünger als er, und dann war er lange weg gewesen. Seit er wieder hier war, hatte die Sorge um den Vater jeden weiteren Gedanken verdrängt.

»Mein Vater war ziemlich enttäuscht, als ich studieren wollte«, sagte er unvermittelt.

»Wirklich?«

»Ein Schreiner braucht kein Studium, Junge, der braucht nur seinen klaren Menschenverstand. Das hat er damals gesagt.« Warum erzählte er ihr das? Er hatte doch auch sonst nie mit jemandem darüber gesprochen. Vielleicht war die einfachste Antwort, weil er es wollte. »Er dachte, ich werde Schreiner, weil ich als Junge gerne mit einer Säge hantiert habe, oder weil sein Vater schon Schreiner war und dessen Vater … Er hat es erst kapiert, als ich weggegangen bin. Danach haben wir fast ein Jahr lang nicht miteinander gesprochen. Wir sind beide Sturköpfe, fürchte ich.«

Lisa war aufgestanden und nahm ihren noch fast vollen Teller. »Wollen wir nicht rausgehen?«, fragte sie. »Es ist noch schön warm. Es wäre schade, das nicht zu nutzen, findest du nicht?«

Jonas stimmte zu und folgte ihr auf die Veranda hinaus, von der man auf den hinteren Garten blickte. Bisher hatte er noch gar keine Zeit gehabt, die Blütenpracht hier draußen zu bemerken. Er sah sich um. »Oh, das ist ja ein richtiger Park«, entfuhr es ihm.

Lisa schaute sich um. »Irgendwie ist inzwischen alles ganz schön überwuchert, aber mir gefällt das. Wie findest du eigentlich die Veranda? Ich glaube, die braucht bald mal einen neuen Anstrich.«

Ihre Stimme klang unternehmungslustig, aber da war

auch dieser Unterton, den er immer mal wieder wahrnahm und den er sich nicht erklären konnte. Jonas betrachtete die Veranda mit fachmännischem Blick. »Wenn wir drinnen fertig sind?«

Im nächsten Moment machte sie einen Rückzieher. »So habe ich das nicht gemeint. Ich will eure Arbeitskraft nicht ausnutzen.«

»Das ist schon in Ordnung«, beeilte er sich zu sagen. »Mein Vater blüht richtig auf, das hast du bestimmt gemerkt. Und für mich ist es schön, das zu beobachten. Du hättest ihn letztes Jahr sehen sollen, und noch vor Kurzem …« Beinahe hätte er sie am Arm berührt, was ihn verwirrte. »Ich bin inzwischen sehr dankbar, dass du aufgetaucht bist, auch wenn ich anfangs etwas ruppig war. Dafür entschuldige ich mich noch einmal.«

Lisa nickte. »Kein Thema.«

Jonas schüttelte den Kopf. Warum hatte er das jetzt wieder gesagt? Bevor er sich weiter um Kopf und Kragen reden konnte, kam glücklicherweise Moses zu ihnen herausstolziert, landete mit einem energischen Sprung auf Lisas Schoß und machte Anstalten, an ihrem Teller zu schnuppern. Jonas schob den Teller etwas vom Tischrand zurück, was ihm einen empörten Blick des Katers einbrachte. Im nächsten Moment sprang er von Lisas Schoß und kam mit einem dumpfen Laut auf dem Boden auf, bevor er mit hoch erhobenem Schwanz durch den Garten davonstolzierte, in Richtung Peters-Hof. Lisa folgte ihm mit Blicken, dann lachte sie richtig auf: »O Mann, dieser Kater!«

Jonas wurde ganz warm zumute.

»Ich bin so froh, Moses hier zu haben«, fuhr sie fort.

Er nickte zustimmend, und dann fragte er sich, warum ihre Worte so nachdenklich und auch irgendwie erstaunt klangen.

Nachdem Jonas sich verabschiedet hatte, trug Lisa die Teller in die Küche und stand dann eine Weile nur da und schaute durch das Fenster nach draußen. Der Abend hatte sich über dem Garten herabgesenkt, die Farben der Nacht übernahmen allmählich die Umgebung. Endlich riss sie sich von dem Anblick los, spülte das Geschirr und arrangierte alles auf dem Abtropfbrett. Jonas war von Beginn an sehr offen zu ihr gewesen, was anscheinend auch ihn selbst verblüfft hatte. Es war ihr nicht direkt unangenehm, aber irgendwie fand sie es überraschend. Moses kam jetzt wieder durch die Hintertür herein, tat einen selbstbewussten Satz auf die Arbeitsplatte und holte sich ein paar Streicheleinheiten ab.

»Danke, du Katzenvieh«, sagte Lisa spontan. Dann ließ sie das Spülwasser ab, reinigte das Spülbecken und ging hinaus in den Flur. Am Fuß der Treppe verharrte sie kurz und entschied sich dann, noch einmal nach oben zu gehen. Früher war sie abends immer noch einmal hochgegangen, um nach den Kindern zu sehen. Lisa warf zunächst nur einen kurzen Blick ins Kinderzimmer. Wenn die Dielen fertig verlegt waren, würde man sich hier unten der Decke widmen können. Es fiel ihr nicht leicht, sich vorzustellen, ausgerechnet in diesem Zimmer etwas zu verändern. Lisa ging noch ein paar Schritte in den Raum hinein und blieb in der Mitte stehen. Sie horchte. Sie schnupperte. Sie erinnerte sich. Mit jedem Blick. Mit jedem Atemzug. Mit jeder Faser ihres Körpers. Es war nicht mehr ganz so schmerzhaft wie anfangs, aber der Schmerz war doch immer da. Das ließ sich nicht leugnen. In dem Jahr, in dem Millie gestorben war, hätte sie endlich ein neues Bett bekommen sollen. Wie immer hatte sie es kaum erwarten können. Bei Millie musste immer alles schnell gehen. Dass man sie als kleines Mädchen in Erinnerung behielt, würde ihr wahrscheinlich nicht gefallen, dachte Lisa mit einem Gefühl zwischen Lachen und Weinen.

»Dann bin ich ein großes Mädchen«, hatte sie damals gesagt.

»Bist du nicht, Gräte«, hatte ihr ältester Bruder Johnny sie geärgert. »Du bleibst nämlich immer die Kleinste. Immer.«

»Bleib ich nicht.«

»Wohl.«

Millie hatte ihrem Bruder daraufhin gegen das Schienbein getreten, und er hatte laut aufgejault. Millie hatte sich immer wehren können. Sie war ein starkes Mädchen gewesen. Durchsetzungsfähig. Lisa schniefte unterdrückt.

Auf den Betten der Jungs lagen immer noch die Schlafanzüge, die ihnen inzwischen zu klein waren. Millies Schlafanzug hing über ihrem Gitterbett, wo sie ihn abgestreift hatte, um gleich ihren Badeanzug anzuziehen, ein Teil, das an rosafarbener Scheußlichkeit kaum zu überbieten war.

Millie hat ihn geliebt.

Konnte sie sich selbst überhaupt noch daran erinnern, wie Millie gerochen hatte? Es ließ sich wohl nicht von der Hand weisen, dass sich der Duft nach und nach verlor, aber es fiel Lisa immer noch schwer, das zu akzeptieren.

Ich vergesse dich nicht, Schatz, auch Frau Peters hat dich nicht vergessen. Weißt du noch, Frau Peters? Die mochtest du doch so gern.

Lisa starrte auf ihre Finger, die sich rhythmisch zur Faust schlossen und wieder öffneten. Irgendwann würde man ihre Tochter vergessen. Irgendwann würde man seltener an sie denken, die Erinnerung würde verblassen, und eines Tages fragte man sich dann, ob sie braune, grüne oder blaue Augen gehabt und wie ihre Stimme geklungen hatte, und dann war es nur noch ein Schritt, bis der ganze Mensch verblasste, als hätte es ihn nie gegeben. Dann gäbe es Millie nur noch auf vergilbten Fotos, die man in der Verwandtschaft herumzeigte, und die Betrachter würden von einem leisen Schaudern ergriffen, wenn sie ihre Geschichte erfuhren. Vielleicht würde man versuchen, sich vorzustellen, wie Millies Eltern sich gefühlt hatten, aber das konnte niemand, dem das nicht widerfahren war. Niemand wusste, wie das war. Niemand.

Lisas Blick fiel auf die Kiste mit Millies Kuscheltieren. Wenn sie die Augen schloss, sah sie ihre Tochter wieder mit ihrem Lieblingsfuchs im Arm. Gestern, als die Tür im Flur offen gestanden hatte und das Sonnenlicht auf die Steinplatten gefallen war, hatte sie ihre Tochter dort stehen sehen, auf nackten Sohlen, den Kopf umrahmt von einem Lichtkranz, in einem weißen alten Nachthemd mit Rüschen. Wie auf einem Ikea-Werbefoto.

Ich muss hier raus.

Lisa stürzte in den Flur und schnappte nach Luft.

Atme, bleib ganz ruhig, versuchte sie sich zu beruhigen. Als sie zur Treppe zum Dachboden hochblickte, fiel ihr ein Lichtschein unter dem Türspalt auf. Irgendwo im Haus knarrte etwas und ließ sie zusammenfahren. Dann schüttelte sie energisch den Kopf. Nein. Da war niemand. Sie hatten wohl einfach vergessen, das Licht auszumachen. Sie stieg die steile Holztreppe hinauf und öffnete die Tür. Grelles Licht schlug ihr entgegen und blendete sie. Die Scheinwerfer, die Jonas installiert hatte, leuchteten den Dachboden bis in die hinterste Ecke aus. Lisas Blick fiel auf den alten Ofen. Sie hatte eigentlich vorgehabt, ihn heute genauer zu inspizieren, aber gerade als sie die Ofentür öffnen wollte, hatte Lars den Hammer fallen lassen.

Dann mache ich das eben jetzt, schoss es ihr durch den Kopf. Warum denn nicht? Nun, wo sie schon einmal hier oben war. Lisa rückte entschlossen einen der Scheinwerfer zurecht, öffnete die Ofentür und hielt überrascht inne.

13

MAINZ, 1919/1920

Der Wintertag war kalt und ungemütlich. Vicky war es gelungen, eine Kaschmirdecke aus der elterlichen Villa zu schmuggeln, aber die konnte gegen die Kälte wenig ausrichten. Jamal und sie debattierten darüber, ob es nicht doch vertretbar wäre, den kleinen Ofen im Gartenhaus anzufeuern.

»Wir würden gewiss auf uns aufmerksam machen«, sagte Jamal nachdenklich, während er ein Frösteln unterdrückte. »Es ist ein Risiko, außerdem wissen wir nicht, ob er nach so langer Zeit überhaupt noch funktioniert. Vielleicht hat ein Vogel im Rohr genistet. Das kommt vor, und dann hätten wir im Nu Scherereien.«

Vicky nickte, auch wenn sie seine Bedenken nicht teilte. Sie hatte sich das recht gemütlich vorgestellt mit einem warmen Ofen und den tanzenden Flammen, die man durch die offene Tür würde beobachten können. Immerhin saßen sie inzwischen miteinander auf dem Sofa. Sie waren einander nahe, vermieden es aber, sich zu nahe zu kommen. Als wüssten sie, dass damit ein neues Kapitel aufgeschlagen würde. Und ja, es hatte etwas mit den Fantasien zu tun, die ihr neuerdings durch den Kopf gingen, Gedanken, die angenehm waren, aber auch neu und überraschend und von denen sie bisher selbst nicht die geringste Ahnung gehabt hatte.

Vicky schauderte. Jamal betrachtete sie von der Seite.

»Ist dir zu kalt?«, erkundigte er sich besorgt.

Sie mochte es, wenn er so aufmerksam war. »Es ist kalt«, bestätigte sie. »Ich habe mir das hier anders vorgestellt.«

Sie bemerkte, dass er näher rückte, dann vor ihr auf die Knie ging und sie eindringlich ansah. Er streckte die Hände aus. Sie erstarrte augenblicklich und entspannte sich erst, als er die Decke zu beiden Seiten ihrer Schultern packte und über ihrer Brust zusammenzog. Ihre Gesichter waren sich jetzt sehr nahe, und Vicky überkam mit einem Mal der Wunsch, diese imaginäre Grenze, über die sie nun schon seit geraumer Zeit nachdachte, zu überschreiten. Danach würde es kein Zurück mehr geben, das wusste sie. Sie schob ihr Gesicht vor, und im nächsten Moment berührten sich ihre Lippen. Für eine Sekunde befürchtete sie, er werde zurückweichen. Doch dann erwiderte er ihren Kuss. Ein Arm rutschte um ihren Körper, dann der andere, und er drückte sie an sich. Sie küssten sich noch einmal, ihre Münder öffneten sich leicht. Ihre Zungen suchten einander. Ein Kuss. Er rückte von ihr ab, strich ihr Haar zurück, blickte sie an und küsste sie von Neuem. Zuerst waren sie etwas unbeholfen, dann fanden sie ihren Rhythmus, und Vicky war sich gewiss, dass ihre Begegnung vom allerersten Augenblick an genau auf diesen Punkt zugelaufen war.

Als Vicky die Villa ihrer Eltern früh an diesem Abend betrat, hatte sie Sorge, man könnte ihr das Wunderbare ansehen, was ihr geschehen war. Ja, sie war sogar überzeugt, dass man es an ihren Augen ablesen konnte, an ihrer rosigen Haut, sogar an ihren Lippen, die von Jamals berührt worden waren und sich deshalb auf immer verändert haben mussten. Aber Leopoldine, die sich in der Halle befand, als Vicky eintraf, musterte ihre Tochter nur flüchtig, grüßte und verschwand im Wohnzimmer. Verwirrt schaute Vicky ihr hinterher, dann folgte sie ihr kurz entschlossen und verstand. Mama hatte ihre Staffelei so im Wohnzimmer aufgestellt, dass die Deckenbeleuchtung bestmöglich darauf fiel, und tupfte und pinselte eine Flussszene auf die Leinwand. So war das: Wenn Mama malte, war alles andere vergessen. Auch Vicky malte gerne, und man hatte ihr auch Talent bescheinigt, aber so darin zu versinken wie ihre Mutter war ihr doch fern.

Mama, dachte sie, hat schon länger nicht mehr gemalt. Es war schön, sie wieder dabei zu sehen.

Vicky warf noch einen Blick auf die Leinwand. Es war Frühling auf dem Bild, vielleicht auch früher Sommer, jedenfalls die Zeit, die ihre Mutter besonders mochte. Ein Fluss mäanderte im Hintergrund. Man konnte das Glitzern des Sonnenlichts nur erahnen, ebenso wie die Nacktheit der Frauen im Vordergrund nur angedeutet, aber dennoch nicht zu leugnen war.

Vicky blieb stehen und sog schnuppernd den Geruch von Öl und Terpentin ein, der sie an Zeiten erinnerte, in denen sie über Stunden zu Füßen dieser Staffelei gespielt hatte. Später hatte sie an der Seite ihrer Mutter gestanden.

Leopoldine musste das Malen gefehlt haben. Natürlich

war es ein Problem, dass der Vater das Wohnzimmer morgens geschäftlich in Beschlag genommen hatte. Leopoldine hatte sich mehrfach darüber beschwert, dass ihr damit das beste Licht entging, wusste aber, dass sich daran nichts ändern ließ.

»Du hast lange nicht mehr gemalt«, stellte Leopoldine unvermittelt fest, als Vicky schon dachte, man habe sie nicht bemerkt. Vicky überlegte kurz noch einmal, ob ihr das Malen fehlte, oder ob ihr wirklich etwas daran lag. Manchmal wusste sie überhaupt nicht recht, was ihr wichtig war. Jamal war ihr wichtig. Sie redete auch gerne mit Ilse, dem Stubenmädchen, das im Haus vielleicht so etwas wie eine Freundin geworden war. Jedenfalls empfand Vicky es so. Es war anders als mit der älteren Bärbel. Womöglich lag es daran, dass Ilse und sie im Alter näher beieinanderlagen. Ihr hatte sie damals tatsächlich als Erster von Jamal erzählt, und Ilse hatte staunend zugehört. Vicky erinnerte sich gerne daran, denn sie mochte es durchaus, wenn man sie ein wenig bewunderte.

Ihre Mutter hatte sich ohne ein weiteres Wort wieder ihrem Bild zugewandt. Vicky wartete, ob sie noch etwas sagte, aber Leopoldine blieb still, und so entfernte sie sich schließlich und zog leise die Tür hinter sich zu. Während sie die Treppe hinauf zu ihrem Zimmer ging, sann Vicky nicht zum ersten Mal darüber nach, dass ihre Mutter sicherlich auch einen Platz an einer Kunstschule hätte erhalten können, aber sie hatte sich letztendlich dem Willen ihrer Eltern gefügt. Auch in der Familie ihrer Mutter waren Künstlerinnen nicht vorgesehen gewesen, stellte sie stirnrunzelnd fest, dabei war ihr die Familie

Kohlrabe immer so viel freier vorgekommen als die Familie ihres Vaters. Nun ja, so hatte die Freiheit wohl überall ihre Grenzen. Dennoch bemerkte Vicky in diesem Moment, dass sie es durchaus bedauerte, dass Leopoldine sich nie wirklich darum bemüht hatte, sich diesen Traum zu erfüllen. Warum hatte sie es nicht versucht? War sie letztendlich doch zu feige gewesen? In letzter Zeit hatte Vicky öfter und länger darüber nachgedacht, denn ihre Mutter war ihr nie wie jemand vorgekommen, der vor etwas zurückschreckte. Heute aber beschäftigte ihre Gedanken bald wieder etwas anderes, und sie fühlte sich so beschwingt, dass sie etwas später fast wie ein kleines Mädchen in die Küche hüpfte, um sich einen Apfel zu stibitzen, denn sie war plötzlich doch sehr hungrig.

»Vicky«, rügte sie Frau Paul und drohte ihr dann spielerisch mit dem Zeigefinger, um sie danach daran zu erinnern, dass die Leuningers heute Abend zum Essen kommen würden und man ihre Anwesenheit erwartete. Vicky unterdrückte ein Stöhnen. Das hatte sie eigentlich erfolgreich verdrängt. Natürlich würde sie jetzt wieder die folgsame Tochter geben müssen. Sie schauderte und biss kräftig in ihren Apfel.

»Ich hoffe, Sie haben nachher noch Hunger, Fräulein.«

»Nur weil ich einen Apfel esse? Himmel, ich habe doch immer Hunger, Frau Paul, das wissen Sie doch.«

»Das beruhigt mich ein bisschen.« Frau Paul zwinkerte ihr zu. »Waren Sie wieder spazieren?«

Vicky ließ den Apfel von einer Hand in die andere wechseln. Im Hintergrund nahm sie Ilse wahr, die wieder einmal einen großen Topf Kartoffeln schälte und sicherlich froh war, dass Frau Pauls Aufmerksamkeit einmal nicht auf ihr ruhte. Frau Paul hasste Verschwendung und konnte sehr anspruchsvoll sein.

Wie verschieden unsere Leben doch sind, fuhr es Vicky durch den Kopf, als sie zu Ilse sah. Ich bin ein Glückskind, Ilse dagegen … Schade, dass sie Besuch erwarteten, dann würden sie heute wohl kaum Zeit haben, ein wenig zu plaudern.

»Einen Pfennig für Ihre Gedanken«, sagte Frau Paul.

»Was? Ach, entschuldigen Sie, es war nichts Wichtiges. Ja, ich war spazieren. Man sieht so viel und kann dabei wunderbar nachdenken. Ich werde älter, und da muss man sich auch mal über die Zukunft Gedanken machen, nicht wahr?«

Frau Paul sah sie erstaunt an.

Vicky brach ab. Redete sie zu viel? Manchmal tat sie das.

»Mama malt wieder«, sagte sie, um dem Gespräch eine andere Richtung zu geben.

»Ach ja? Sie ist eine wirklich gute Malerin«, stellte Frau Paul fest und erzählte dann stolz von dem kleinen Gemälde, das Frau Schwayer ihr für ihr Zimmer gemalt und zu Weihnachten geschenkt hatte. Vicky spürte, dass sie wieder ruhiger wurde. Sie zerkaute den süßsauren Apfel und dachte an den Abend mit den Leuningers. Frau Leuninger war ein missliebiges Klatschmaul, und Herr Leuninger sah sie immer so seltsam an. Nicht zu vergessen ihr Sohn Siegfried, den die beiden doch tatsächlich als geeignetes Heiratsmaterial betrachteten. Wie sollte sie das nur aushalten, nach alldem, was heute geschehen war, oder ließ es sich vielleicht sogar besser aushalten, weil sie an etwas Schönes denken konnte?

Vicky verspeiste den Rest des Apfels und griff sich noch einen weiteren. Frau Paul schüttelte den Kopf, sagte aber nichts. Vicky dachte an Jamal, an die Küsse, die ihr eine neue Welt eröffnet hatten. Immer noch konnte sie sie förmlich auf ihrer Haut spüren. Sie konnte es kaum erwarten, ihn wiederzusehen. Die Haushälterin schmeckte noch einmal die Consommé ab und murmelte dann: »Ach, ich muss dem Bärbelchen Bescheid geben, dass ich es jetzt aber wirklich in der Küche brauche. Wo bleibt sie nur?«

»Das kann ich doch tun.«

Die Haushälterin drehte sich zu ihr hin.

»Würden Sie das tun?«

»Natürlich.«

Vicky wollte sich gerade abwenden, da hielt die Stimme der Köchin sie überraschend zurück.

»Moment, was haben Sie denn da?« Vicky spürte, wie ihr heiß und kalt wurde.

»Wwwas denn?«, stotterte sie.

Die Köchin kam näher und betrachtete Vickys weiße Bluse, bevor sie mit zwei spitzen Fingern einen roten Faden von der Schulter pflückte.

»Oh.« Vicky dachte an das rote Sofa und errötete leicht. »Wo kommt das denn her?«

Die Haushälterin schüttelte den Kopf.

»Hatte ich Ihnen nicht gesagt, dass sich Ihr altes Kissen auflöst? Das rote? Sie werden nicht mehr lange Freude daran haben.«

»Mein altes Kissen?«, echote Vicky. Dann fiel es ihr

ein. Es gab ein altes Kissen in ihrem Zimmer, das eine entfernte amerikanische Tante ihrer Mutter im Patchworkstil hergestellt hatte. »O ja«, setzte sie hinterher. »Das muss ich wirklich einmal flicken lassen. Ich werde gleich morgen Bärbelchen oder Ilse damit beauftragen.«

Dass ihr die Knie weich geworden waren, merkte Vicky erst, als sie einen Schritt auf die Tür zu machte und fast den Halt verloren hätte. Sie glaubte nicht, dass ihre Eltern etwas dagegen hatten, wenn sie mit dem jungen Mann spazieren ging, aber dass sie sich mit ihm in einer Gartenlaube traf, käme einem Skandal gleich. Sie beeilte sich, Bärbel Bescheid zu geben, die missmutig ihren Platz im Garten verließ, wo sie unter den bewundernden Blicken einiger Soldaten gearbeitet hatte.

Danach kehrte Vicky in ihr Zimmer zurück, ließ sich auf das Bett fallen und drückte sich ihr Patchworkkissen gegen die Brust. Ihre Gedanken flogen davon, erlebten die Stunden mit Jamal noch einmal und schwelgten in kommenden Treffen. Nach einer Weile setzte sie sich wieder auf und schlüpfte aus der Bluse. Ihre Haut war cremeweiß. Sie musterte sich im Spiegel, berührte die Stellen, die seine Lippen berührt hatten, und erinnerte sich an die prickelnde Wärme, die dabei in ihr aufgestiegen war.

Etwa eine halbe Stunde später erschien ihre Mutter in der Tür.

»Du bist ja noch gar nicht angezogen«, stellte sie kopfschüttelnd fest. Sie warf Vicky eine Bluse aufs Bett, die ihr eigentlich zu kindlich vorkam, aber heute maulte sie nicht, beäugte dann kritisch den Rock und nickte.

»So kannst du gehen.« Leopoldine legte nachdenklich den Kopf schief. »Soll ich dir einen Zopf flechten?«

Vicky fand, dass sie für einen Zopf zu alt war, willigte aber ein. Eigentlich genoss sie diese seltenen Momente ja auch, wenn ihr die Mutter ganz nah war. Sie spürte, wie Leopoldine ihr das Haar mit kräftigen Strichen zurückkämmte, und überlegte, ob sie ihre Mutter nach dem neuen Gemälde fragen sollte und vielleicht auch danach, warum sie keine Kunstschule besucht hatte. Sie hatte Mama immer als selbstständige entschlossene Frau erlebt, die sich doch gerne ihr eigenes Bild machte. Ihr Haaransatz schmerzte ein wenig, als ihre Mutter ihr die Haare fest am Kopf flocht, und noch bevor sie ihre Frage stellen konnte, war Leopoldine auch schon fertig. Ihre Mutter stand auf, strich ihren Rock glatt und warf einen Blick auf ihre Armbanduhr.

»Beeil dich«, sagte sie dann. »Wir sind spät dran.«

Tatsächlich polterte kaum zehn Minuten später Herr Leuninger durch die Tür, Frau und Sohn im Schlepptau. Die Garderobe wurde abgelegt, Hände wurden geküsst. Als Hagen aus seinem Zimmer kam, setzte sich die Begrüßungszeremonie fort. Man tauschte Belanglosigkeiten aus, während Vicky sich bemühte, Siegfried Leuninger auszuweichen, der beharrlich den Platz an ihrer Seite suchte. Sie fand sich schließlich mit dem Rücken zur Wand und verschränkte die Arme vor der Brust. Ein missbilligender Blick ihrer Mutter traf sie, ob dieser wenig damenhaften Haltung. Die Männer besprachen sofort Geschäftliches, und dann forderte Leopoldine alle auf, in den Salon zu kommen, der dieser Tage auch als Esszimmer diente. Schließlich mussten auch die Schwayers zusammenrücken.

Die Eltern gingen voran, gefolgt von Herrn und Frau Leuninger. Letztere drehte sich noch einmal zu Vicky und ließ mit einem Lächeln verlauten: »Ich habe dich übrigens kürzlich gesehen.« Dann folgte sie ihrem Mann und den Gastgebern, während Vicky wie angewurzelt stehen blieb und ihr hinterherschaute.

Wo hatte man sie gesehen? Fast wären Hagen und Siegfried in sie hineingelaufen, die ein paar Schritte hinter ihr waren.

»Vorsicht!« Siegfried Leuninger griff nach ihrem Arm. Vicky entzog sich ihm wieder und wich auch dem Blick ihres Bruders aus. Hoch erhobenen Kopfes betrat sie den Salon, suchte ihren Platz auf und setzte sich.

Der große Esstisch war unter einer weißen Damastdecke verschwunden. In der Mitte thronte ein Kerzenständer mit goldgelben Kerzen, und an jedem Platz wartete ein Gedeck aus gutem Silber und eine sorgsam gefaltete Stoffserviette. Um irgendetwas zu tun und ihre rasenden Gedanken zu zügeln, breitete Vicky sehr sorgsam die Damastserviette in ihrem Schoß aus. Aus den Augenwinkeln sah sie Ilse mit dem ersten Gang eintreten. Frau Leuningers Blick streifte sie. Vicky fragte sich, wie lange die Besucherin sich zurückhalten würde, und stellte wenig später fest, dass die Antwort lautete: bis nach der Consommé.

»Gehen Sie eigentlich immer noch mit diesem Schwarzen spazieren, Fräulein Schwayer?«, fragte Frau Leuninger mit liebenswürdigem Lächeln, nachdem sie den Löffel beiseitegelegt hatte. Vicky hatte das Gefühl, als setzte ihr Herz für einen Schlag aus, um dann umso schneller weiterzutrommeln, während sie äußerlich ruhig blieb und nur fragend die Augenbrauen hob.

»Wen meinen Sie?« Vicky heuchelte Unverständnis.

»Ach, Mutter«, mischte sich Siegfried Leuninger ein. »Er ist ein Mulatte, ein Mischling, kein richtiger Schwarzer. Ich denke, er gehört zu diesen Nordafrikanern; ein Marokkaner oder ein Algerier wahrscheinlich.« Er genoss es sichtlich, sein Wissen zur Schau zu stellen.

»Aber heißt es nicht, dass man sie alle als Schwarze bezeichnen muss?« Frau Leuninger schaute nach Bestätigung heischend in die Runde. Vicky kam in den Sinn, dass sie gewiss zu einer dieser Frauengruppen gehörte, die für die Bewahrung der Tugend und Ehre der deutschen Frau ins Feld zogen. Auch Hagen hätte seine Schwester gerne in einer solchen Gruppe gesehen.

»Na ja, Mama, es war jedenfalls keiner von denen, die schwarz wie die Nacht sind. Wie die aus dem Senegal, erinnert ihr euch? So einer war es nicht.« Siegfried zwinkerte Vicky etwas albern zu, als stünden sie irgendwie auf einer Seite. Die senkte ihren Blick auf den Teller, während sich Herr Leuninger unbehaglich räusperte.

»Vielleicht ist das nicht das richtige Thema für einen schönen gemeinsamen Abend«, sagte er mit einem nicht ganz entspannten Lächeln. Frau Leuninger schien seinen Wink jedoch zu ignorieren. Nachdem sie einen Moment abgelenkt war, weil Ilse sie fragte, ob sie noch etwas wolle, fuhr sie fort:

»Aber die Mischlinge, das muss man auch wissen, sollen ja ohnehin die Schlimmsten sein. In einem Mischling vereinen sich nämlich nachweislich die übelsten Eigenschaften beider Seiten. Die Natur hat so etwas einfach nicht vorgesehen. Wer sich mit fremdem Blut mischt, schadet seiner eigenen Rasse.«

Vicky wollte etwas Scharfes erwidern, spürte aber, wie ihre Mutter ihr die Hand tätschelte, und ließ sich zurücksinken. Sie war kurz davor gewesen, zu fragen, welche guten Eigenschaften sich denn in Frau Leuninger vereinigten, doch nun ergriff Leopoldine mit sanfter Stimme das Wort: »Es wäre schön, wenn wir das Thema an dieser Stelle wechseln könnten, vermutlich werden wir uns ohnehin nicht einigen. Ich gehe mit Herrn Leuninger d'accord. Es wäre wirklich schade, dieses schöne Essen in Missstimmung zu verbringen, oder etwa nicht?«

Herr Leuninger errötete tiefer als Frau Leuninger, die sich – das konnte man ihr ansehen – durchaus im Recht fühlte.

»Aber selbstverständlich, Frau Schwayer. Entschuldigen Sie bitte meine Frau.«

Auf Frau Leuningers Wangen bildeten sich rote Flecken ob dieser Rüge. Vicky war sich ganz sicher, dass Herr und Frau Leuninger hinter verschlossenen Türen vollkommen gleicher Meinung waren. Trotzdem würde Herr Leuninger heute Abend bestimmt ein paar scharfe Worte abbekommen.

»Nichts zu entschuldigen«, sagte Leopoldine immer noch sehr sanft. »Wir alle müssen mit tief greifenden Veränderungen in unserer lieben Stadt zurechtkommen. Schmeckt Ihnen die Consommé?«

»Wunderbar, wie immer«, erwiderte Herr Leuninger, während Frau und Sohn schwiegen.

Vicky sah zu ihrem Vater hin, der wohl auch lieber schwieg, als das Richtige zu sagen, aber sie konnte ihm einfach nicht böse sein. Bei ihrer Mutter fiel ihr das deutlich schwerer. Irgendwie hatte sie von ihr mehr erwartet. Leopoldine war in ihrer Kindheit schließlich schon Menschen aus Afrika begegnet, und sie hatte nie davon gesprochen, dass diese weniger galten als andere. Für einen Moment aßen sie schweigend weiter. Vicky wusste, wie wichtig diese Einladungen für die Leuningers waren, denen es nach dem Krieg nicht so gut ergangen war wie den Schwayers. Eine Essenseinladung brachte deshalb eine willkommene Abwechslung in die Eintönigkeit des eigenen Speiseplans. Vater und Sohn Leuninger hatten sich bereits zweimal Consommé nachgeben lassen, während es Frau Leuninger bei einem Teller beließ. Auf die Vorspeise folgten Hühnerbrust in Sahnesoße und danach Vanillecreme mit eingelegten Kirschen. Das Gespräch plätscherte dahin, während man sich nun redlich bemühte, weitere Hindernisse für einen angenehmen Abend zu umschiffen. Aber auch wenn Frau Leuningers Gesichtszüge zumeist freundlich wirkten, entglitt ihr die Kontrolle hin und wieder für einen Wimpernschlag.

»Wo Sie die ganzen Sachen nur immer herbekommen«, sagte sie jetzt kopfschüttelnd, aber mit einem spitzen Unterton, während sie das letzte Bisschen Vanillecreme aus der Dessertschüssel kratzte. Sie spielte darauf an, dass Hermann Schwayer Geschäfte mit den Besatzern machte, was nicht allen gefiel, auch Hagen nicht, wie seinem Gesichtsausdruck deutlich anzusehen war. Es hinderte die Anwesenden jedoch nicht, alles, was bei den Schwayers auf den Tisch kam, mit Appetit zu vertilgen. Und ihr Vater hörte den Vorwurf in Frau Leuningers Stimme einfach nicht, oder er hatte beschlossen, ihn zu überhören.

»Man hat eben seine Wege«, sagte er mit leisem Stolz, was Hagen dazu brachte, das Gesicht zu verziehen, als hätte er gerade in eine Zitrone gebissen.

»Hm, hm«, sagte Herr Leuninger, und Leopoldine umschiffte die nächste Klippe an diesem Abend, indem sie sich freundlich erkundigte, ob jemand noch ein zweites Dessert wolle.

Nach dem Abendessen zogen sich die Frauen in die Küche zurück, während den Männern erlaubt wurde, bei weit geöffneten Fenstern im Salon zu rauchen, denn auch das alte Raucherzimmer war ja leider von den Franzosen belegt. Siegfried und Hagen gesellten sich zu ihren Vätern. Vicky wurde zu ihrer Erleichterung auf ihr Zimmer geschickt. Wahrscheinlich fürchtete ihre Mutter doch, sie könne ihre Zunge nicht mehr lange hüten. Artig hatte Vicky sich also verabschiedet, noch zwei Handküsse von Vater und Sohn Leuninger zum Abschied über sich ergehen lassen und war nach oben verschwunden.

Sie ließ sich etwas Zeit damit, ihr Fenster zu öffnen, um zu lauschen. Irgendwann hatte sie entdeckt, wie gut man Gespräche von hier oben aus belauschen konnte, und inzwischen war ihr das irgendwie zum Bedürfnis geworden. Kaum hatte sie das Fenster geöffnet, war von unten Herrn Leuningers dröhnender Bass zu hören.

Vicky mochte ihn nicht. Sie hasste die Blicke, die er ihr zuwarf, die Art, wie er sie manchmal musterte und sich dann über die Lippen leckte. Auch seinen pickligen Sohn Siegfried konnte sie nicht ausstehen, den er wohl gerne mit ihr verheiratet gesehen hätte und der den nötigen Abstand genauso wenig wahren konnte wie sein Vater.

Heiraten? Nur über meine Leiche.

Glücklicherweise konnte sie sich sehr sicher sein, dass ihre Eltern eine solche Verbindung ebenfalls nicht in Erwägung zogen. Für einen Augenblick fragte sie sich, was ihre Mutter und Frau Leuninger wohl zu besprechen hatten und ob sie das interessieren sollte. Bevor die Franzosen in der Villa einquartiert worden waren, hätten sich ihre Mutter und ihr Gast in den Salon zurückgezogen, während die Herren das Raucherzimmer aufgesucht hätten. Leider war es unmöglich, die Vorgänge in der Küche zu belauschen, aber vielleicht würde sie ja auch hier etwas Neues erfahren. Vicky kniete sich auf die Bank vor dem Fenster, lehnte sich dann auf die breite Fensterbank und spähte nach unten.

Gut, dass Mama Zigarrenqualm hasste und darauf bestanden hatte, das Fenster zu öffnen. Sie hoffte nur, sie würde nicht noch einmal bei ihr hereinschauen, aber das war unwahrscheinlich. Leopoldine und Frau Leuninger würden in der Küche noch etwas Tee von der neuen Lieferung trinken, bis die Männer ihre Besprechung abgeschlossen hatten – und das konnte dauern.

Von Siegfried und Hagen war nichts zu hören, aber Herr Leuninger hatte gerade zu seinem Lieblingsthema angesetzt: der französischen Besatzung. Polternd echauffierte er sich über die französischen Soldaten, die aus den nord- und westafrikanischen Kolonien stammten. Vicky hatte also recht gehabt mir ihrer Vermutung, dass nicht nur Frau Leuninger ihre Schwierigkeiten damit hatte.

»Tausende sind es, Schwayer, ach nein, Zehntausende.«

Leuningers dunkle Stimme bellte. »Und sie sind überall, überall. Es ist eine Demütigung, jawoll! Schwarze im Herzen Europas! Hier, wo die Zivilisation ihren Sitz hat. Es war vielleicht kein geeignetes Tischgespräch, aber im Prinzip sehe ich das wie meine liebe Frau. Das gestehe ich Ihnen ganz frank und frei.«

Vicky verzog das Gesicht.

»Ich habe aus sicherer Quelle …«, war jetzt ihr Vater vernehmlich zu hören, da auch er sich offenbar dem Fenster näherte, »… dass in Mainz lediglich viertausend Marokkaner stationiert sind. Es heißt im Übrigen auch, dass sie sich weniger Disziplinwidrigkeiten zuschulden kommen lassen als andere. Mir ist jedenfalls kein einziger Fall aus dem Bekanntenkreis bekannt. Glauben Sie nicht, dass die ganze Sache etwas aufgebauscht wird?«

»Haben Sie das von Ihren französischen Freunden, Schwayer? Nichts für ungut, aber man kann nicht alles glauben. Sprechen Sie einmal mit den richtigen Leuten. Ich könnte Ihnen Geschichten erzählen, ich sage Ihnen, Herr Schwayer, Sie würden mit den Ohren schlackern …«

»Wirklich? Warum sieht man nichts davon?«

Eine Weile war es still, dann sagte Herr Leuninger: »Ach, wollen wir ehrlich sein, Herr Schwayer, Sie haben durch Ihr Geschäft einfach ein Herz für diese, ehm, Leute.«

»Das würde ich nun nicht so pauschal sagen.« Vaters Stimme war immer noch laut, sogar ein Räuspern war zu hören.

Er musste jetzt direkt unter ihr stehen. Ob er sie sehen konnte, wenn er nach oben blickte? Ob er sehen konnte, dass bei dieser Kälte ihr Fenster offen stand? Vicky unterdrückte ein Zittern.

»Ich sage nur«, fuhr ihr Vater fort, »dass ich von keinen Gewalttaten weiß. Wir sollten bei der Wahrheit bleiben, oder etwa nicht?«

»Und wenn die Wahrheit nicht hilfreich ist?« Auch Leuningers Stimme war laut und deutlich zu hören. Der Geruch von Zigarrenqualm stieg Vicky in die Nase.

»Wie meinen Sie das?«

Es wunderte Vicky nicht, dass ihr Vater so etwas fragte. Für solche Gedanken war er einfach zu gradlinig.

»Fakt ist doch, dass diese Leute eine Zumutung für uns alle sind. Es ist und bleibt eine Schmach.«

»Ach, Leuninger …« Schritte waren zu hören, danach wurde die Stimme ihres Vaters undeutlicher: »Noch ein Gläschen von dem Roten?«

»Da höre ich mich jedenfalls nicht Nein sagen, und wenn wir dann doch das Fenster schließen könnten? Es ist etwas frisch.«

»Aber gerne. Wir sind ja auch fertig mit dem Rauchen, nicht wahr?«

Es klapperte, und das Fenster wurde geschlossen.

Vicky steuerte ihren Sessel an. Sie musste nachdenken.

Im Untergeschoss hatten Frau Paul und beide Mädchen die Küche bereits größtenteils aufgeräumt und fragten die Herrin nun, ob sie noch etwas wünsche, bevor sie sich vorerst zurückzogen.

»Nein, nein«, sagte Leopoldine freundlich. »Wir kommen allein zurecht.«

Ilse breitete noch die Küchentücher zum Trocknen in der Nähe des Ofens aus, schenkte dann noch einmal Tee nach und zog sich in die Halle zurück, wo sie warten würde, bis Frau Schwayer und ihr Besuch die Küche freigaben, um dann abschließend aufzuräumen. Bärbel saß bald mit blassem Gesicht an ihrer Seite und kämpfte, wie schon den ganzen Tag, gegen den Schlaf an. Heute war sie wirklich sehr müde gewesen.

»Ist alles in Ordnung mit dir, Bärbelchen?«, erkundigte sich Ilse.

»Alles gut«, krächzte Bärbel schwach.

»Du kannst gerne schon hochgehen.« Ilse berührte sie am Arm. »Ich schaffe das hier unten allein. Wirklich.«

Bärbelchen ließ sich nicht zweimal bitten.

In der Küche hielt Leopoldine die frische Tasse Tee an ihre Lippen und genoss es, den warmen Teedampf über ihr Gesicht streifen zu lassen. Frau Leuninger saß auf der vordersten Kante ihres Stuhls und hielt den Rücken vorbildlich durchgedrückt.

»Also, wie lange wollen Sie das Ihrer lieben Tochter denn noch erlauben?«, fragte sie mit dramatisch hochgezogenen Augenbrauen. »Wie lange lassen sie Vicky noch mit diesem Schwarzen herumlaufen?«

Leopoldine hatte ihre Tasse Tee zum Mund geführt und trank langsam, um etwas Zeit zum Überlegen zu gewinnen. Was meinte Frau Leuninger nur immer wieder damit, Vicky laufe mit einem Schwarzen herum? Sie hatte schon beim Abendessen nichts damit anfangen können. Gab es da etwas, das sie nicht wusste? Vicky machte lange Spaziergänge, ja, das war im letzten halben Jahr oder so zu einem Zeitvertreib geworden. Sie erlief sich die Stadt, ließ sich den Kopf durchpusten, so nannte ihre Tochter es. Und ja, sie ging auch trotz der winterlichen Temperaturen tatsächlich immer noch spazieren, aber Herrn Boissier war es wohl meist zu kalt dafür, das hatte sie einigen Kommentaren Vickys entnommen. Stattdessen traf sie sich wieder häufiger als früher mit Lillian. Mit einem leisen Klirren setzte Leopoldine ihre Tasse ab.

»Schwarzer?«

Frau Leuninger sah sie aufgebracht an.

»Sie wissen schon, dieser Franzose, dieser Soldat, dieser Halbfranzose vielmehr. Ich weiß wirklich nicht, was ich dazu sagen soll!« Sie schüttelte den Kopf.

Leopoldine verstand endlich. Sie sprach also tatsächlich von Jamal Boissier, diesem jungen Mann mit marokkanischer Mutter und französischem Vater, den Vicky inzwischen seltener erwähnte. Ihre Tochter war ihm damals zusammen mit Lillian in den Rheinpromenaden begegnet und anfangs ganz begeistert gewesen. Leopoldine kannte das schon und maß alldem deshalb keine weitere Bedeutung zu. Vicky war schon immer leicht entflammbar gewesen, verlor aber genauso schnell wieder das Interesse.

»Haben Sie die beiden denn oft gemeinsam gesehen?«, fragte Leopoldine.

»Nun ja, in letzter Zeit nicht mehr so häufig.«

»Sehen Sie, Frau Leuninger!«

Leopoldine dachte daran, wie gern sie früher spazieren gegangen war. Natürlich war sie immer in Begleitung gewesen, so hatte man das damals gehandhabt, aber was war schon dabei?

Sie ist ein gutes Mädchen. Sie würde nichts Falsches tun.

Nein, sie tat gut daran, dem Geschwätz von Frau Leuninger nicht zu viel Bedeutung beizumessen.

Leopoldine nippte erneut an ihrem Tee. Frau Leuninger saß immer noch auf der vordersten Kante ihres Stuhls. Leopoldine musste an die Staffelei denken, die im Salon auf sie wartete. Wie sie sich darauf freute, morgen weiter an ihrem Bild zu malen, vorausgesetzt das Licht reichte aus. Das war einer der vielen Nachteile am Winter: Man konnte nicht draußen malen, und es war nie hell genug – und dann waren da noch Hermanns lästige Bürostunden. Leopoldine lächelte Frau Leuninger liebenswürdig an.

»Ach, wissen Sie, ich vertraue meiner Tochter, und ich halte das alles für nicht so bedeutend. Das Herz der Jugend ist schnell entflammt, brennt aber nicht auf Dauer. Wahrscheinlich ist es die Fremdartigkeit, die sie anzieht.«

»Finden Sie wirklich?«

Frau Leuninger wirkte nicht überzeugt.

»Ja, wirklich.«

»Aber er ist ein Schwarzer, schon allein deshalb …«

Jetzt wurde es Leopoldine doch zu viel.

»Der junge Mann hat eine marokkanische Mutter und einen französischen Vater«, unterbrach sie Frau Leuninger harsch.

Die wollte etwas erwidern, presste dann aber nur die Lippen zu einem schmalen Strich zusammen. Manchmal war Leopoldine überrascht, irritiert von dieser deutlichen

Ablehnung, die zwischen ihnen spürbar war. Früher hatte Frau Leuninger zu ihren Freundinnen gezählt; sie war keine Herzensfreundin, aber eine Freundin eben. Dann war der Krieg dazwischengekommen, das Ende eines Zeitalters, wie ihr Mann es nannte, mit all den damit einhergehenden Veränderungen. Frau Leuninger war wütend, weil es ihr wohl so vorkam, als hätte sich ihre Welt im stärkeren Maß geändert als die der Schwayers. Aber das stimmte nicht. Die Schwayers passten sich an und erkannten ihre Chancen. Das machte den Unterschied aus.

Leopoldine lächelte nachdenklich, als sie nun an ihren Vater denken musste. Es war schrecklich gewesen, ihn und Mama noch in den letzten Kriegstagen an diese schreckliche Seuche zu verlieren, aber wenigstens hatte er den Niedergang des Geschäftes nicht erleben müssen. Mit den Kolonien war es nach dem Krieg natürlich vorbei und infolgedessen auch mit dem Handel, den die Familie Kohlrabe über so viele Jahre erfolgreich betrieben hatte.

Sie hörte Frau Leuninger unruhig in ihrer Tasse rühren.

»Sie finden also nicht, dass es generell eine Zumutung ist, dass diese Leute hier sind?«, hob sie hartnäckig wieder an. »Denken Sie denn gar nicht über die Folgen nach? Man kann verschiedentlich nachlesen, dass diese Schwarzen unser herrliches Land, das Land Siegfrieds von Xanten, mit Mulattenkindern durchsetzen wollen. Das ist ihr Ziel. Jeder weiß das. Deshalb versuchen sie es ja bei uns Frauen. Das weibliche Geschlecht ist eben schwach und zur Liebe gemacht, so unpassend sie auch sein mag.«

»Ach, ich weiß nicht.« Leopoldine schüttelte den Kopf. »Das scheint mir doch wirklich etwas zu weit hergeholt.«

Frau Leuninger sah ihr fest in die Augen. »Warten Sie es ab, irgendwann werden Sie an meine Worte denken.«

Ilse war wieder einmal schlagkaputt nach einem langen Tag, im Gegensatz dazu war ihr Kopf verstörend munter. Man hatte sich heute zufrieden gezeigt mit ihrem Einsatz beim Auftragen der Speisen, und sie hoffte sehr, dass sie nun öfter servieren durfte, denn es bot doch etwas mehr Abwechslung als die immer gleiche Plackerei in der Küche oder in den Zimmern beim Putzen. Es hatte etwas gedauert, bis sie sich an das Leben im Schwayer'schen Haushalt gewöhnt hatte, aber nun begann sie, ihre Chancen zu erkennen, und dachte darüber nach, wie diese zu nutzen waren. Was für ein wunderbarer Zufall, dass Bärbelchen heute so unpässlich gewesen war. Eigentlich hätte sie als erfahrene Kraft auftragen sollen, doch dann war Ilse für sie eingesprungen.

Und ich habe mich nicht schlecht geschlagen.

Ilse starrte gegen das kleine dunkle Fenster ihrer gemeinsamen Kammer und dachte nach. Auch wenn es ihr vor einigen Monaten noch anders vorgekommen war, so hatte sie doch Glück gehabt. Sie sah jetzt Möglichkeiten, an die sie vorher nicht zu denken gewagt hatte. Ihre Gedanken wanderten wieder zu Bärbelchen. Ilse war heute etwas aufgefallen, und da waren durchaus noch mehr Dinge, die sie in der letzten Zeit beobachtet hatte. Sie musste nachdenken.

14

NORDSEEKÜSTE, 2019

Lisa hatte einen Augenblick gebraucht, um sich von ihrer Überraschung zu erholen. Der Ofen war nicht leer. Aber es kamen ihr nicht etwa Asche oder Holzreste entgegen, nein. Sie entdeckte etwas anderes, das sorgsam in ein beschichtetes Leintuch gewickelt war, ähnlich den Tüchern, in die man Malutensilien einschlug. Sie hatte kurz gezögert, das Päckchen dann hervorgeholt und gegen eine Staubwolke angehustet. Sie hatte nicht gewartet. Natürlich hatte sie das Bündel gleich an Ort und Stelle geöffnet. Drinnen befanden sich ein paar handschriftlich beschriebene, hauchfeine Blätter, Fotos, ein Skizzenbuch, etwa zehn grobe Zeichnungen und sogar ein kleines Aquarellgemälde. Lisa erstarrte. *Das Bild.* Auf dem Aquarell erblickte sie einen Strandabschnitt, der ihr nur allzu bekannt war.

Der Schmerz kam überraschend. In dieser Intensität hatte Lisa ihn schon seit einigen Wochen nicht mehr gespürt. Sie schaffte es irgendwie die Treppe vom Dachboden hinunter und dann noch bis zum Eingang des Kinderzimmers, als die Verzweiflung sie endgültig wie eine große Welle aus dem Nichts überrollte und von den Füßen riss. Ein Schleier umgab sie mit einem Mal. Lisa hörte einen grässlichen Laut: eine Mischung aus Keuchen und Quietschen, ähnlich dem eines geprügelten Hundes. Sie drückte sich gegen den Türrahmen, um sich hochzuraffen, aber ihre Beine waren einfach watteweich. Im nächsten Moment wusste sie, dass sie selbst diesen furchterregenden Laut von sich gegeben hatte, und dann begann sie, haltlos zu weinen, und die Welt um sie herum verschwamm endgültig vor ihren Augen.

Millie. Würde das denn nie vorbeigehen, würde dieser Schmerz immer wiederkehren, würde er sie immer wieder überfallen können, einfach so, wie aus einem verdammten Hinterhalt?

Lisa versuchte, die Tränen fortzuwischen, aber es wollte ihr nicht gelingen. Es war, als hätte sich eine Schleuse geöffnet, die sie fälschlicherweise unter Kontrolle geglaubt hatte. Anfangs, kurz nachdem sie Millie verloren hatten, war sie eher wie erstarrt gewesen, erstarrt und furchtbar wütend. Weinen hätte ihr womöglich Erleichterung verschafft, aber sie hatte keine Tränen und wollte keine Erleichterung, weil sie eben keine verdiente. Wie hätte sie es zulassen können, um sich zu weinen, wenn es doch um Millie ging und nur um Millie?

In der nächsten Phase war die Wut noch stärker geworden. Sie hatte sich gegen Lukas gerichtet, gegen ihre Jungs, aber vor allen gegen sich selbst. Und jetzt weinte sie doch? Verdammt, sie wollte aufhören, aber es ging nicht. Sie weinte und weinte, während sie nun auf dem Boden des Kinderzimmers lag. Irgendwann musste sie vor Erschöpfung eingeschlafen sein.

Das Nächste, was sie hörte, war eine Stimme von weither, und dann spürte sie diese kräftigen, schwieligen Hände, die sie berührten. »Lütt Deern, was machst du denn da? Komm, komm, steh auf, steh auf.« Lisa öffnete mühsam die verklebten Augen. Der alte Lars streckte ihr die Hand hin. »Komm, komm, nein, da komm ich rein und … Was machst du denn auf dem Boden? Und wie siehst du denn aus? Hast du etwa geweint, min Deern?«

Verdammt, das war Lars, der zur Morgenschicht antrat. Hatte sie etwa die ganze Nacht hier auf dem Boden verbracht? Offenbar, sie konnte es in ihren Knochen spüren. War es denn möglich, dass dieses kleine Aquarell einen solchen Zusammenbruch bei ihr ausgelöst hatte?

Ich dachte, ich bin weiter.

Lars wollte sie stützen, aber sie wehrte ihn ab.

»Danke, Lars, es geht schon.« Sie kam auf die Knie und wollte aufstehen. In ihrer Kehle schwoll überraschend etwas an. Sie schluckte heftig.

»Lütt Deern, lütt Deern …«, wiederholte der alte Mann. In seiner Aufregung verfiel er mehr als üblich in seinen Dialekt.

Lisa hievte sich endlich auf die Beine und stützte sich dann bei Lars ab. Gemeinsam schafften sie schließlich den Weg in die Küche. Lars setzte sie auf einem Küchenstuhl ab und sah sie besorgt an.

»Einen guten, kräftigen Tee, mach ich uns jetzt«, sagte er mehrmals hintereinander, wie ein Mantra, mit dem man alles Böse eindämmen konnte. Lisa lächelte kläglich. Dann wischte sie sich über das Gesicht und schnäuzte sich die Nase.

»Ein Tee tut mir bestimmt gut.«

Das Teekochen dauerte etwas länger als bei ihr, denn der alte Mann führte jede seiner Bewegungen sehr bedächtig aus, aber das machte nichts. Sie brauchte ohnehin noch etwas Zeit. Zuerst aber verschwand sie rasch im Bad, um sich das Gesicht zu waschen. Für einen Moment starrte sie ihr bleiches Gegenüber im Spiegel an. Sie hatte wirklich geglaubt, über diese Art von Schmerz hinaus zu sein. Die Gesellschaft von Lars und Jonas war so wohltuend, und sie hatte deshalb wohl fälschlicherweise irgendwie angenommen, in ruhigere Fahrwasser gekommen zu sein.

Lars stellte endlich eine Teetasse vor ihr ab, und Lisa nahm vorsichtig einen Schluck. Er schien darüber nachzudenken, warum sie weinte. Aber fragen würde er sie niemals. So einer war er nicht, und das war gut so. Was hätte sie ihm denn sagen sollen? Sie schluckte die restlichen Tränen hinunter und entschied sich, von ihrem Fund zu erzählen.

»Du weißt ja, dass da oben ein Ofen ist.«

»Wissen wir alle.«

»Ich habe Zeichnungen darin gefunden«, Lisas Stimme bebte etwas, als sie daran dachte, wie sie die Ofentür geöffnet und das Bündel gesehen hatte, »ein Aquarell, Zeichnungen, handgeschriebene Blätter, außerdem ein paar Fotos.« Sie runzelte die Stirn. Obwohl sie sich das Gesicht gewaschen hatte, fühlten ihre Augen sich irgendwie immer noch klebrig an. Sie rieb unwillkürlich darüber. »Ich wüsste wirklich gerne«, fuhr sie dann fort, »von wem die Sachen stammen und wer sie ausgerechnet dort aufbewahrt hat? Ein Ofen ist ein eher ungewöhnliches Versteck, oder?« Sie atmete tief durch und rieb sich die Schläfen. »Sag mal, Lars, du kennst dich doch hier aus. Kennst du vielleicht jemanden, der etwas über die Menschen wissen könnte, die früher hier gewohnt haben?«

Lars nahm seine Tasse hoch, trank einen guten Schluck und stellte sie wieder ab. »Na ja, wenn darüber jemand was weiß, dann die Frau Peters.« Er sagte es irgendwie vorsichtig.

Wahrscheinlich macht er sich doch Gedanken um meinen Ausbruch, dachte Lisa. Aber sie hatte sich schon entschieden, nicht darüber zu reden. Was geschehen war, ließ sich ohnehin nicht in Worte fassen. Sie jedenfalls konnte es nicht. Sie räusperte sich.

»Ah, stimmt, jetzt erinnere ich mich, dass sie mir mal erzählt hat, ihre Familie würde schon seit Langem Unterlagen zur Dorfgeschichte sammeln. Ihre Mutter Sonja hat das wohl auch schon getan.«

»Sontje.«

»Ja, Sontje«, verbesserte sie sich. Lisa fiel auf, dass ihre Stimme wieder fester klang. Sie war dankbar dafür. Der alte Mann stand mit einem Mal auf und tätschelte ihr ungelenk die Schulter.

»Sprich mit ihr, lütt Deern.«

»Das werde ich.«

Einen Moment war es still. »Weißt du, ich bin froh, dass der Jung damals so rasch an meiner Seite war«, sagte Lars dann unvermittelt. »Ich hab's ihm vielleicht nicht gesagt, und so was ist dumm, nech? Wir waren nicht im Guten auseinandergegangen, dat weißt du ja.« Lars' buschige Augenbrauen zogen sich über der Nasenwurzel zusammen. »Ich tu einfach nicht verstehn, warum er so weit weg wollte von hier, in die Antarktis, ans Ende der Welt, weißt du. Was will man denn da? Man kann kaum weiter weg von hier, nech? Is doch so?«

An diesem Abend brachte Lisa Lars nach Hause – Jonas hatte noch einmal in den Baumarkt fahren müssen, damit sie am nächsten Tag weiterarbeiten konnten – und kehrte zu einem lautstark miauenden Moses zurück, der eindeutig der Ansicht war, viel zu wenig zu fressen zu haben. Lisa versorgte die Katze, schulterte dann die Tasche mit ihren Fundstücken und machte sich kurz entschlossen doch noch auf den Weg zu Frau Peters. Sie haderte etwas mit sich, aber die Nachbarin kam auch öfter mal spontan vorbei, und sie brauchte sich gewiss keine Gedanken zu machen, ungelegen zu kommen. Als sie dort eintraf, stand im Hof noch Fietes Familienkutsche. Offenbar war Frau Peters' Sohn gerade bei seiner Mutter zu Besuch.

»Lisa, wie schön, dich zu sehen«, sagte Frau Peters und drückte sie spontan an sich. »Komm doch rein.« Lisa fand, dass sie wieder einmal sehr elegant aussah in ihrem hellgrauen Hosenanzug mit einer hochgeschlossenen weißen Bluse, deren liebevolle kleine Details an Kragen und Ärmelaufschlägen sie zu etwas Besonderem machten. Frau Peters, fiel ihr auf, trug wirklich niemals etwas Gewöhnliches.

»Fiete, schau einmal, wer hier ist!«

»Hallo, Lisa!« Fiete streckte ihr die Hand hin. Als sie früher mit ihren Eltern hier Urlaub machte, hatten sie manchmal miteinander gespielt. Er war der Ältere in ihrer Kindergruppe gewesen. Irgendwann hatte er eine Ausbildung begonnen, und sie hatten sich aus den Augen verloren. »Leider muss ich mich gleich auf den Weg machen«, sagte Fiete. »Zu Hause warten sie bestimmt schon auf mich.«

Frau Peters nötigte ihm noch eine Schachtel Kekse auf, die Fiete nur halbherzig ablehnte. Lisa dachte, dass der einst schlaksige Junge etwas rundlich geworden war und einen kleinen Bauch hatte. Er nickte ihr zu und umarmte seine Mutter, die sich dazu ein wenig recken musste. Wenig später ging draußen der Motor an. Sie winkten ihm durch das Fenster zu, bis Fiete aus dem Hof gekurvt war.

»Kekse?«, fragte Frau Peters.

Lisa schüttelte den Kopf. Die ältere Dame bückte sich nach einem Karton.

»Mein Sohn hat mir ein paar Einkäufe vorbeigebracht«, sagte sie. »Wenn er kann, bringt er mir auch mal größere Mengen vorbei. Das ist für uns beide weniger aufwendig.«

»Soll ich die Sachen in die Küche bringen?«

»Ist das nicht zu schwer?«

»I wo.« Lisa hob die Kiste an und lauschte ihrer eigenen unbeschwerten Stimme nach. »Weißt du, ich wollte dich eigentlich nur was fragen. Nur falls du Zeit hast natürlich. Ich habe nämlich etwas gefunden.«

»Gefunden? Ob ich Zeit habe? Aber sicher habe ich Zeit!«

Lisa folgte Frau Peters in die Küche, wo Quentin, der alte Kater, sie aus seinem Katzenkorb heraus beäugte. Er sah nicht sehr angriffslustig aus, auch wenn Frau Peters das als Grund genannt hatte, weswegen sie Moses nicht bei sich aufnehmen könne. Lisa verstand längst, dass Frau Peters noch andere Gründe gehabt hatte, ihr das Katzenbaby anzuvertrauen. Kurz darauf saßen sie gemeinsam am Küchentisch. Frau Peters bot Lisa die obligatorische Tasse

Tee an, die sie dankend ablehnte. Stattdessen bat sie um ein Glas Wasser.

»Schieß los!«, sagte die Nachbarin, als die Getränke vor ihnen standen. Sie hatte die Arme auf dem Tisch abgestützt und sah Lisa neugierig an.

»Das mit dem Wasserschaden weißt du ja. Lars und Jonas haben das Dach repariert, und ich habe die Gelegenheit beim Schopf ergriffen und den Boden ein bisschen entrümpelt. Dabei bin ich auf einen alten Ofen gestoßen.«

»Auf dem Dachboden?«

Lisa zuckte mit den Achseln.

»Lars sagte, dort könnte früher eine Magd oder ein Knecht untergebracht gewesen sein.«

»Möglich.«

»Jedenfalls bin ich erst gestern dazugekommen, mir den Ofen ein bisschen genauer anzugucken. Eigentlich habe ich nur Dreck erwartet, und den gab es auch reichlich.«

Ein Lächeln schlich sich in Frau Peters' Mundwinkel.

»Ich sah vielleicht aus.«

Frau Peters' Lächeln wurde breiter. Lisa bückte sich nach ihrer Umhängetasche, die sie anfangs neben ihrem Stuhl platziert hatte, und holte ihre Fundstücke hervor.

»Aber ich habe eben auch das hier gefunden … Vielleicht legen wir etwas unter? Ich habe alles zwar so gut es geht gesäubert, aber der Ofen hat seine Spuren hinterlassen.«

Frau Peters holte etwas Zeitungspapier, um den Tisch abzudecken.

Lisa räusperte sich. »Also, Lars sagte mir, eure Familie ist eine Art Gedächtnis für das Dorf. Weißt du vielleicht etwas über die Leute, die früher in der kleinen Villa gewohnt haben?«

Lisa spürte, wie ihre Hände jetzt vor Aufregung leicht zitterten, während sie zuerst die Fotos hinlegte, dann die Zeichnungen vom Meer, das kleine Aquarell und schließlich die wenigen handgeschriebenen Seiten. Jetzt hatte sie Frau Peters' volle Aufmerksamkeit.

»Na, was ist das denn?« Frau Peters beugte sich zuerst über die Zeichnungen, die, wie das Aquarell, alle den Strandabschnitt zeigten, an dem Millie ertrunken war. Einige Male ließ sie den Blick zwischen den Zeichnungen und dem Aquarell hin und her wandern.

»Sieht aus, als hätte hier jemand für das Aquarell geübt, oder?«

»Ja, ganz offensichtlich.«

Allerdings waren auf dem Aquarell Menschen zu erkennen und auch die kleine Villa. Was nicht ganz richtig sein konnte, denn die stand ja gar nicht direkt am Meer, sondern weiter im Landesinneren. Zumindest heute.

Lisa betrachtete das Aquarell noch einmal genauer. Der Maler oder die Malerin war durchaus begabt gewesen: Das tosende Meer erwuchs eindrucksvoll aus stärkeren und feineren Pinselstrichen. Die Atmosphäre war wirklich gut eingefangen.

Sie drehte sich zu Frau Peters und tippte auf die beschriebenen Seiten. »Ich glaube, es handelt sich um ein Märchen, allerdings wurde alles in altdeutscher Schrift geschrieben, und ich fürchte, ich müsste viel raten.«

»Das ist kein Problem. Ich schaue es mir gerne an und übertrage es für dich. Darf ich die Seiten vorübergehend hierbehalten?«

»Klar«, gab Lisa zurück und unterdrückte ihre Ungeduld darüber, dass sie die Herkunft ihres Fundes nun doch nicht so schnell wie erhofft herausfinden würde.

Frau Peters hatte inzwischen eines der Fotos zur Hand genommen und musterte das junge Pärchen darauf: ein junger, gut aussehender Mann, eher dunklen Typs, der auf einem Stuhl saß, und, hinter ihm stehend, eine junge Frau, die sich mit einem Arm auf seine Schulter stützte.

»Vermutlich Zwanzigerjahre, oder?«, fragte Lisa.

Frau Peters runzelte die Stirn. »Frühe Zwanziger, schätze ich.« Sie nahm die Brille, die stets an einer Kette um ihren Hals hing, und schob sie sich auf die Nase. »Ja, ja, frühe Zwanziger. Damals war meine Mutter noch ein junges Mädchen.« Sie schaute sinnend in die Ferne. »Ich muss einmal gut überlegen, wo wir während unserer Renovierungsarbeiten das ›Archiv‹ untergebracht haben, und dann stelle ich dir daraus rasch etwas zusammen. Ganz bestimmt können wir gemeinsam etwas über die ehemaligen Bewohner der Villa herausfinden.«

»Das wäre schön.« Lisa schluckte ihre Enttäuschung hinunter, aber natürlich war ihr durchaus bewusst gewesen, dass ein einziger Besuch bei Frau Peters nicht sofort die Antwort auf alle Fragen bringen würde. Sollte sie noch einmal das Märchen ansprechen? Aber Frau Peters hatte sich die Seiten selbst noch einmal vorgenommen.

»Anscheinend geht es um eine Meerjungfrau«, sagte sie.

»Und ein Kind«, fügte Lisa hinzu.

Frau Peters schaute sie prüfend an. Lisa erwiderte ihren Blick so ruhig wie nur möglich. Sie war immer noch aufgeregt, das konnte sie nicht verhehlen.

Die alte Dame überflog die Seiten noch einmal. Hier und da blieb sie länger an einer Passage hängen. Manchmal kam es Lisa so vor, als bewegten sich ihre Lippen beim Lesen.

»Ja, es sind Notizen für ein Märchen, würde ich sagen. Und die Meerjungfrau, die darin vorkommt, hat wohl ein Kind im Wasser gefunden, vielleicht gerettet …? Ich bin nicht sicher, ob es ihr eigenes Kind ist oder ein fremdes. Das muss ich mir in Ruhe ansehen. Ich bin nicht mehr so geübt darin, Handschriften in Altdeutsch zu entziffern. Manchmal frage ich mich allerdings …«, sie schaute Lisa prüfend an, »… willst du dich wirklich damit beschäftigen?«

»Es geht schon«, sagte Lisa, auch wenn sie sich dessen nicht sicher war. Sie hatte sich einfach noch nicht wieder im Griff, das war ihr in den letzten Stunden erneut klar geworden.

Sie schauten sich noch einmal alle Fundstücke an, sprachen über dieses und jenes und schlossen das Thema dann erst einmal ab. Frau Peters nippte an ihrer Teetasse.

»Und wie gehen die Arbeiten in der Villa voran?«

»Gut, ich überlege sogar, ob ich auch dem Wohnzimmer einen neuen Anstrich verpasse.«

»Das freut mich zu hören.«

»Vielleicht tauschen wir später sogar noch die Dielen im Schlafzimmer aus. Das wollte ich schon lange, erinnerst du dich? Wir haben bestimmt hin und wieder darüber gesprochen.«

»Jeden Sommer, seit ihr das Haus übernommen habt, das kann ich dir wohl bestätigen.« Frau Peters lächelte verschmitzt und fügte dann hinzu: »Das ist aber ein ganzes Stück Arbeit. Wir haben, wie gesagt, Anfang des Jahres auch renoviert, und ich kämpfe immer noch mit der Unordnung. Ich finde einfach nichts mehr!«

Lisa zuckte mit den Achseln und zwang sich trotz des anhaltenden Tumults in ihrem Inneren zu einem Lächeln. »Na ja, ich bin ja nicht allein. Die Claassens und ich sind ein gutes Team, würde ich sagen.«

»Das wundert mich nicht«, sagte Frau Peters mit einem Augenzwinkern. »Wie geht es dem alten Claassen denn?«

»Ganz gut. Jonas wollte mich ja anfangs abwimmeln, aber Lars hat sich einfach nichts sagen lassen. Er arbeitet zwar langsam, reißt es aber doppelt und dreifach mit seiner Erfahrung heraus.«

Frau Peters nickte. »So ist er, obwohl ich nie gedacht hätte, dass er den Auftrag selbst übernimmt, sondern dir nur jemanden vermittelt.«

»Der Meinung war ich ja auch.«

»Jonas verteidigt seinen Vater wie ein Löwe, nicht wahr?«, sagte Frau Peters langsam. »Trotz allem, was zwischen ihnen war. Er ist ein wirklich guter Junge. Wusstest du eigentlich, dass die Claassens seit Generationen unsere Dorfschreiner waren? Interessanter Punkt, oder? Bestimmt haben die auch in der kleinen Villa ihre Spuren hinterlassen. Die Schreinerei ist jedenfalls immer vom Vater auf den Sohn gegangen. Auch deshalb hat es damals einen ziemlichen Streit gegeben, als Jonas sich schlichtweg geweigert hat, Schreiner zu werden.« Frau Peters trank einen Schluck Tee und verzog dann nachdenklich das Gesicht. »Keiner hier hat sich nach dem Riesenkrach vorstellen können, dass Jonas wieder zurückkommt und dass er dann auch noch so lange bleibt.«

Am nächsten Morgen fuhr Lisa zum Supermarkt, um ein paar Kleinigkeiten zu besorgen. Zu ihrer Überraschung hatte sie nach dem längeren Gespräch mit Frau Peters am Abend zuvor, Lust darauf bekommen, mal wieder einen Kuchen zu backen. Früher hatte sie oft gebacken. Für die Kinder. Für Millie ... Der Besuch bei der Nachbarin hatte sie beschwingt. Lisa wusste jetzt, dass die Villa in den Zwanzigern offenbar Knall auf Fall verlassen worden war. Danach hatte sie wechselnde Besitzer gehabt, immer nur für kurze Zeit. Und Frau Peters hatte anhand der Fotos sagen können, dass sie nach den Besitzern forschen mussten, die Anfang der Zwanzigerjahre in dem Haus gelebt hatten. Lisa konnte es kaum erwarten, mit der Hilfe der Nachbarin dem Geheimnis ihres Fundes auf die Spur zu kommen. Vielleicht würde ihnen der Inhalt des Märchens weiterhelfen. Wenn sie die Abschrift doch nur schon in den Händen hätte. Frau Peters hatte ihr bestätigt, dass es sich um ein Märchen über eine Meerjungfrau handelte, die ein Kind rettet. Kurze Abschnitte hatten sie gemeinsam gelesen:

Eines Tages kam ein heftiger Sturm auf, der mehrere Tage lang die Welt oberhalb des Meerkönigreichs durcheinanderwirbelte. Die Meerjungfrau liebte Stürme und schwamm kreuz und quer durch das salzige Meerreich. Eines Tages vernahm sie ein feines Weinen. Sie folgte dem Geräusch und entdeckte das schönste Wesen, das sie jemals gesehen hatte: ein kleines Kind.

Zurück in der Villa machte sie sich sofort daran, den Teig zu mischen. Sie spürte, wie die Lebensgeister in sie zurückkehrten. Es tat ihr gut, sich zu beschäftigen, sich abzulenken. Als Lars und Jonas gegen neun Uhr eintrafen, hing der Kuchenduft bereits verlockend in der Luft. Jonas hob schnuppernd den Kopf, sobald er zur Tür hereinkam, und Lars stellte fest: »Das riecht hier anders heute.«

Lisa sah Lars freudig an. Jonas hatte ihr erzählt, dass sein Vater in den ersten Monaten nach dem Schlaganfall große Schwierigkeiten gehabt hatte, überhaupt Gerüche wahrzunehmen.

»Ich habe gebacken«, hörte sie sich sagen und musste innehalten. Hatte sie das tatsächlich getan? Gaukelte ihr das nicht eine Normalität vor, die es für sie eigentlich nicht mehr geben sollte?

Und jetzt habe ich es doch getan. Und es fühlt sich gut an.

Sie sah zu Jonas hin, der sie aufmunternd anlächelte und den sie in diesem Moment irgendwie gerne umarmt hätte. Dann huschte ihr Blick zu Lars, dessen breite schwielige Hand bereits den Hammer umfasste. Lisa straffte ihren Körper und atmete tief durch.

»Ich war gestern mit meinen Fundstücken bei Frau Peters. Wir haben ein bisschen geredet, und sie hat versprochen, mir zu helfen.« Lisa warf Lars einen Blick zu. »Sie hat mir übrigens erzählt, dass die Schreinerei Claassen damals, also in den Zwanzigerjahren, wahrscheinlich Arbeiten an der kleinen Villa vorgenommen hat.«

»Gut möglich.« Lars nickte. »Die Familie Peters hat immer gesammelt. Wir haben immer gebaut und repariert.

Sie waren die Ersten mit einem Fotoapparat, also die erste Bauernfamilie. Das war damals eine Sensation.«

»Und sie haben wirklich alles archiviert, was das Dorf betraf«, mischte sich Jonas ein. »Daran erinnere ich mich gut. Ich war mal mit einem Schulprojekt bei ihnen. Wenn dir jemand helfen kann, dann sie.«

15

Lisa hatte gerade das letzte Küchenfenster, das zur Hofeinfahrt hinausging, mit einer Essig-Wasser-Mischung abgewaschen, um es nun mit Zeitungspapier trocken zu reiben, als Jonas rasanter als gewohnt in den Hof fuhr. Er bremste. Die Räder knirschten auf dem Untergrund, Steine flogen auf. Lisa hielt mit der Arbeit inne und stemmte die linke Hand in die Seite, während sie in der anderen immer noch das Zeitungspapier hielt.

»Hey, wo warst du? Jetzt brauchst du dich auch nicht mehr zu beeilen. Dein Vater und ich haben schon alles erledigt. Es kann erst morgen weitergehen. Wir haben ganz schön geackert, sag ich dir!« Lisa lachte. Heute fühlte sie sich wieder einmal besser, und das genoss sie.

Jonas, der den Kopf erst grüßend durch das Fenster gestreckt hatte, zog ihn zurück, stieg aus und erwiderte ihr Lachen. »Ich musste Besorgungen machen, und dann war ich noch bei Frau Peters, hatte ich das nicht gesagt?«, rief er zu ihr herauf, während er eine Tasche vom Beifahrersitz holte. Lisa beobachtete ihn durch die wippenden Geranien hindurch.

Stimmt, das hatte er gestern erwähnt, irgendwie zwischen Tür und Angel. Wahrscheinlich war sie, wie so oft, in Gedanken an Millie gewesen.

»Und das hat so lange gedauert?«

»Nein, natürlich nicht. Aber die ganzen Einkäufe. Das hier«, er hob die Tasche hoch, »war eine Sache von Minuten.«

Lisa betrachtete die Henkeltasche mit Glencheckmuster. So was hatte man wohl in den Fünfzigerjahren, sicher war sie sich allerdings nicht. Sie kannte sich nicht gut aus in der Mode vergangener Zeiten.

»Willst du nicht vielleicht wissen, was wir herausgefunden haben?«

»Klar, komm rein. Ich mache noch das Fenster fertig, und du kannst uns schon einmal einen Tee kochen, okay?«

Jonas nickte und verschwand durch den Hauseingang aus ihrem Blickfeld, um wenig später in der Küche aufzutauchen. Lisa bearbeitete den Rest des Fensters, packte dann den Putzeimer, leerte das Schmutzwasser aus und räumte alles weg, während Jonas hinter ihr bereits mit dem Wasserkocher und dem Teegeschirr hantierte. Als Lisa sich an den Tisch setzte, war der Tee gerade fertig. Er schenkte zuerst ihr, dann sich selbst ein. Sie gab zwei Stücke Kandis und großzügig Sahne in ihre Tasse.

»Seid ihr gut vorangekommen?«, erkundigte er sich.

»Ja, alles bestens, auch ohne dich.« Sie zwinkerte ihm zu. Da war inzwischen etwas Unbeschwertes in ihrem Umgang miteinander. »Dein Vater ruht sich ein wenig auf der Veranda aus. Es ist anstrengend für ihn, aber er lässt sich ja nichts sagen.« Sie schwiegen. In die Stille hinein knurrte Jonas' Magen. Lisa ging zum Schrank und stellte einen Teller Kekse auf den Tisch.

»Danke!« Jonas aß in großer Geschwindigkeit drei

hintereinander und spülte alles mit einer Tasse Tee hinunter. »Ich habe mir heute Morgen das Frühstück gespart. Weiß auch nicht, warum.«

Lisa nahm sich auch einen Keks, knabberte daran und wurde sich bewusst, wie schön sie es fand, hier mit ihm zu sitzen. Eigentlich freute sie sich jeden Tag darauf, nachmittags um vier, vor dem Abschluss des Tagespensums, einen Tee gemeinsam zu trinken. Danach arbeiteten sie stets noch etwas weiter. Für heute war jedoch Schluss. Der Putz musste erst trocknen. Sie rutschte auf ihrem Stuhl herum und setzte sich dann gerade hin. »Okay, ich bin ganz Ohr!«

Jonas hatte sich bereits eine weitere Tasse Tee eingeschenkt.

»Frau Peters hat tatsächlich ein paar Dinge für uns gefunden, und jetzt sitzt sie an der Abschrift von deinem Märchen. Sie hat wohl inzwischen das meiste entziffert, allerdings bleibt es bruchstückhaft.«

Lisa sammelte sich und hob an:

In diesem Moment hörte die Meerjungfrau das herzzerreißendste Geräusch, das sie jemals zuvor wahrgenommen hatte. Es war die feine Stimme eines Kindes, und es weinte. Sie wusste, dass sie ihm helfen musste.

»Ist das aus dem Märchen?«

Lisa nickte. Sie spürte ein leichtes Zittern, aber sie konnte es überwinden. »Ja, wir haben ein paar Abschnitte gemeinsam gelesen.«

»Es klingt schön.« Jonas nickte zu der Tasche hin. »Unglaublich übrigens, was die Peters im Laufe der Zeit alles zusammengetragen haben. Von der Dorfzeitung, über den Fremdenanzeiger bis zur Dorfchronik. Nicht zu vergessen die Fotos. Wir müssten mit Leichtigkeit etwas über die Zeit herausfinden können, aus der dein Fund stammt.«

»Die Zwanzigerjahre in der kleinen Villa …«

»Außerdem hat Sontje Peters als junge Frau wohl auch so etwas wie ein Tagebuch geschrieben. Ich weiß noch, dass meine Großmutter mit Freundinnen darüber redete, was denn so eine Bäuerin wohl aufzuschreiben hatte.«

»Aber später gab's doch genau so ein Buch, das ein Riesenerfolg war. Wie hieß die Frau noch … Anna Wimschneider, oder?«

»Ja, und da hörte das Gerede auf, zumindest ein bisschen.« Jonas trank einen Schluck Tee. »Frau Peters erinnert sich auch an die Fremdenanzeiger, die sie sich als Kind oft angeschaut hat. Darin ging es um die Urlaubsgäste oder eben die Fremden, die hier zu Besuch waren.«

Lisa nickte. »Ich glaube, ich hatte so etwas einmal auf einem Flohmarkt in der Hand. Man vermerkte, wer an- und abreiste und was sonst so passierte, oder?«

»Genau.«

Lisa rieb sich die Nasenwurzel, was sie manchmal tat, wenn sie nachdachte. »Jetzt erzähl mir bitte nicht, dass diese paar Gehöfte hier einen offiziellen Fremdenanzeiger hatten?«

»Nein«, Jonas lachte, »aber so weit ich das verstanden habe, hat die Familie Peters so etwas Ähnliches in Eigenregie verfasst. Frauke Peters hat damit begonnen, später hat ihre Tochter Sontje die Arbeit fortgeführt. Eine Ausgabe hat sie schon gefunden. Viel steht da allerdings nicht drin, und manchmal ist es etwas ungelenk formuliert, aber es wurde jeder Besucher der kleinen Villa registriert. Die jährlichen Sommerfrischler waren bestimmt die bedeutsamsten Fremden, schließlich ist das hier nicht Husum.«

Die Besucher der kleinen Villa? Lisa war mit einem Mal so aufgeregt, dass sie ihre gerade erhobene Tasse klirrend absetzte. Ihre Nerven flatterten.

»Ist der Fremdenanzeiger da drin?« Sie griff nach der Tasche.

»Geduld!« Jonas grinste sie an. Lisa gab ihm einen halbherzigen Stoß in die Seite. »Sag schon, was hast du genau gelesen? Ihr habt euch diesen Anzeiger doch sicher gemeinsam angeschaut?«

»Frau Peters hat darin gelesen und mir kurz berichtet. Ich musste ja sofort weiter.«

»Herrgott, ja, und was hat sie dir gesagt?«

»Also, ab 1910 gehörte das Haus einer Familie Schwayer. Die waren das letzte Mal während des Ersten Weltkrieges hier oben, danach erst wieder im Sommer 1920.«

»Zwei Jahre nach Kriegsende.« Lisa bemerkte, dass sie an ihrem Ohr spielte, und ließ die Hand sinken.

»Das wird vermutlich an den schwierigen Zeiten gelegen haben«, sagte Jonas.

»Wahrscheinlich hast du recht. Weißt du, wie regelmäßig sie vorher gekommen sind?«

Jonas zuckte mit den Achseln und blätterte dann einen Augenblick lang in den Unterlagen. »Frau Peters sagt, jedes Jahr, seit sie den Hof um 1910 übernommen haben. Das war ein alter Gutshof, weißt du. Der vorige Besitzer hatte sich verschuldet. Wahrscheinlich blieb ihm nichts anderes übrig, aber es gab auch kein böses Blut über den Kauf. Die Schwayers waren wohl recht beliebt. Sie richteten jährlich ein Sommerfest aus. Außerdem spendeten sie für die Ärmsten.«

»Philanthropen also«

»Sieht so aus.« Jonas schenkte sich noch einmal Tee nach. »1920 kam dann also wieder jemand, aber nicht die ganze Familie, sondern nur ein Fräulein Victoria Schwayer, die Tochter, und ihre Tante, ein Fräulein Dorothea Macken, nebst Dienerschaft.«

»Dann waren beide unverheiratet«, murmelte Lisa.

»Was? Ach ja, natürlich. Das ist jedenfalls der Stand, auf dem wir jetzt sind.«

»Ich kann es kaum erwarten, bis Frau Peters ihre Arbeit an dem Märchen abgeschlossen hat.«

»Das dauert wahrscheinlich noch ein bisschen.«

»Ja?« Lisa dehnte das Wort und spürte gleichzeitig eine leise Enttäuschung. Warum fühlte sich das nur so unbefriedigend an, und was hatte sie eigentlich erwartet? Die Auflösung von allem, die Antwort auf alle Fragen, sogar auf Fragen, die sie noch nicht einmal gestellt hatte? In ihr war etwas in Bewegung geraten, seit sie diesen Fund gemacht hatte, das spürte sie deutlich. Die Zeichnungen vom Strand, das Aquarell, die Seiten mit dem Märchen – all das fühlte sich so an, als ob es etwas mit ihr zu tun hätte, so seltsam das auch klingen mochte. Sie musste weiter Fragen stellen. Immerhin wussten sie jetzt schon einmal, wer in den Zwanzigerjahren hier gewesen war. War es möglich, dass eine der beiden Frauen das Bündel im Ofen deponiert hatte? Aber warum?

Lisa schob ihre leere Teetasse von sich weg. Porzellan scharrte über Holz.

»Das heißt«, sagte Jonas, »wir wissen jetzt, wer im betreffenden Zeitraum hier gewohnt hat.«

Lisa lehnte sich nachdenklich zurück. Schön und gut, aber welche Geschichte steckte dahinter? Hatte jemand diese Sachen versteckt, vielleicht vorübergehend, oder waren sie doch mit der Absicht im Ofen gelandet, um verbrannt zu werden?

Es hat eigentlich rein gar nichts mit dir zu tun. Bilde dir da mal nichts ein.

Aber ihr Kopf sagte etwas anderes.

»Lisa?« Jonas' Stimme riss sie aus ihren Gedanken. Sie bemerkte, dass sie ihn irgendwie anlächelte, schweifte aber gleich wieder ab. Schwayer – hatte sie den Namen schon einmal gehört? Hatten die Eltern ihn einmal erwähnt? War es nicht doch komisch, dass dieses Haus so lange im Besitz dieser Familie war – gut zehn oder zwanzig Jahre wahrscheinlich – und man nichts weiter über sie wusste?

»Ach, noch etwas«, drang Jonas' Stimme erneut in ihre Gedanken. »Anke Peters meinte, dass es von einem der Sommerfeste der Schwayers eine ganze Menge Fotos gab. Allerdings konnte sie bislang nicht alle finden.«

»Dieses Fest.« Lisa stand abrupt auf, ging zum Fenster und schaute in den Garten. »Das fand doch wahrscheinlich hier statt?«

»Vermutlich.«

Lisa kniff die Augen etwas zusammen. O ja, sie konnte sich das sehr gut vorstellen: eine Tanzfläche dort drüben und da ein Büfett, Lampions zwischen den Bäumen, munteres Geplauder und eine Musikkapelle, die zum Tanz aufspielte. Ihr Blick weitete sich, während sie zum Land der Peters' blickte, das sich hinter ihrem Garten erstreckte. Sicher war auch die Familie Peters zu den Festen gekommen. Hatte Sontje ihrer Tochter davon erzählt? Wusste sie es daher?

Ein plätscherndes Geräusch war zu hören. Jonas befüllte den Kessel neu. In dem Moment kam Lisa ein Gedanke.

»Du sagtest, nicht alle?«, hakte sie nach.

Er räusperte sich. »Sie hat schon ein paar gefunden, und ich durfte sie abfotografieren.« Er zog sein Smartphone aus der Tasche und reichte es ihr rüber.

»Warum sagst du das nicht gleich?« Lisa hätte ihn am liebsten geschubst, scrollte sich aber stattdessen lieber durch die Fotos. Jonas stand auf und sah ihr über die Schulter. »Da, mach mal größer.« Er deutete auf einen Mann. »Das ist wohl Herr Schwayer.«

Lisa erblickte einen schmalen Mann im Anzug, mit einem gewaltigen Walross-Schnurrbart, der ernst in die Kamera schaute. Vor ihm im Gras saß, die Beine untergeschlagen, ein Mädchen mit langen Zöpfen, das keck grinste. An ihrer Seite, etwas zurückgesetzt, ein weiteres Mädchen in einfacherer Kleidung.

»Und, was denkst du, wer das ist?«, fragte Jonas, um Aufmerksamkeit heischend. »Das Mädchen da hinten, meine ich.«

Lisa schüttelte den Kopf. »Die in dem einfachen Kleid? Müsste ich die kennen?«

»Nö, aber das ist Sontje Peters, Anke Peters' Mutter.«

Lisa zog die Augenbrauen hoch. Dass auch die Familie

Peters am Sommerfest teilgenommen hatte, war nicht weiter verwunderlich, aber warum war Sontje Peters auf einer Art Familienfoto zu sehen? Vielleicht hatte sie während der Sommerfrische bei den Schwayers ausgeholfen, aber danach sah das irgendwie nicht aus. Die Personen auf dem Foto wirkten auf seltsame Weise ganz vertraut. Sie scrollte weiter: Feiernde im Garten, lachende Menschen, tanzende Menschen und solche, die sich im Arm hielten, einer, der einem anderen etwas erzählte – vielleicht einen Witz, denn der Zuhörer grinste breit. Und der Garten, immer wieder der Garten in seiner ganzen Pracht.

»Schau mal hier.« Jonas wischte zu einem weiteren Foto. »Da sind Herr Schwayer und die Honoratioren der umliegenden Gehöfte, soll sagen die wohlhabendsten Bauern, und da ist wieder Sontje Peters. Sieht so aus, als wären Victoria Schwayer und Sontje im selben Alter gewesen, oder?«

Das Mädchen da vorne, das so herausfordernd schaute, und das im Hintergrund? Ja, das konnte wohl sein. Lisa starrte auf das Foto. »Es müssen schöne Feste gewesen sein«, sagte sie. »Und es sieht ganz so aus, als wären die Schwayers ziemlich wohlhabend gewesen.«

»Ja, das war wohl so.«

Sie ließ sich in ihren Stuhl zurückfallen.

»Ob einer von denen auf den Fotos die Bilder gemalt und die Geschichte geschrieben hat?«

Jonas zuckte die Achseln.

Warum ist mir das eigentlich so wichtig, fragte Lisa sich erneut, warum will ich das herausfinden? Weil irgendetwas tief in ihr drinnen ihr sagte, dass alles, was sie gefunden hatte, für jemanden bestimmt gewesen war und weil es sich anfühlte, als wäre es jemand gewesen, den man sehr geliebt hatte. Jemand, der nicht vergessen werden sollte. Wie Millie.

16

MAINZ, 1920

Und dann, als der Winter fortschritt und die Kälte schärfer wurde, war es so weit. Im Gartenhaus herrschte inzwischen eine so große Kälte, dass sie es nur noch dort aushielten, wenn sie sich eng unter der Decke aneinanderkuschelten. Es fühlte sich nicht falsch an. Vicky genoss die Nähe zu Jamal. Ihre Küsse waren im Laufe der Zeit routinierter geworden, ihre Berührungen weniger bedächtig. Ihre Körper lernten sich rasch kennen, und sie erforschten immer weiter ihre Vorlieben. Manchmal fühlte sich Vicky, als entfachte Jamal lauter kleine Flämmchen in ihr, die auch nachdem sie sich getrennt hatten, immer wieder in der Erinnerung aufloderten.

Ihre Mutter fragte sie jetzt hin und wieder doch nach Jamal – wahrscheinlich hatte Frau Leuninger sie misstrauisch gemacht –, und Vicky wiederholte stets, dass es mittlerweile zu kalt für Spaziergänge sei, sie aber hoffe, die gemeinsamen Gespräche über Kunst und Kultur im Frühjahr wiederaufzunehmen.

»Falls die Franzosen dann noch da sind«, fügte sie hinzu.

Ihre Mutter strich ihr sanft übers Haar.

»Das werden sie, auch wenn dein Bruder sich etwas anderes wünscht.«

Vicky seufzte. »Es wäre schön, wenn er endlich begreift, dass der Frieden uns allen guttut.« Sie schüttelte den Kopf. »Ich erkenne ihn manchmal kaum wieder. Er kann sich doch den Krieg nicht zurückwünschen?«

»Für ihn gibt es keinen Frieden.« Leopoldine sah noch ein wenig trauriger aus, als sie das sagte. Vicky legte ihre Hand auf die ihrer Mutter. Sie wünschte sich wirklich, ihren Bruder besser zu verstehen, aber es wollte ihr einfach nicht gelingen. Besonders abstoßend fand sie die abscheulichen Karikaturen und Hefte im Treppenaufgang, die Hagen immer wieder dort auslegte, damit die fremden Soldaten sie fanden.

Früher waren sie beide sich nahe gewesen und er derjenige, dem sie sich anvertraut hatte. Inzwischen war das leider nicht mehr so. Sie atmete tief durch.

»Kann ich heute Lillian besuchen?«, fragte sie dann wie nebenher, ohne ihre Mutter direkt anzusehen. Lillian musste immer noch hin und wieder als Deckmantel herhalten. Wahrscheinlich war das falsch, aber was sollte sie tun?

Bei ihrem nächsten Treffen in der Gartenlaube streifte Vicky ihre Bluse entschlossen ab, auch wenn es so kalt war, dass sie gegen ein Schaudern ankämpfen musste, bevor sie sich wieder an Jamal schmiegte. Sie spürte seine Haut auf ihrer, ertastete mit zarten Fingern die Narbe an seiner Schulter, an der ihn eine Kugel getroffen hatte und das Fleisch wulstig wieder zusammengewachsen war. Dann küsste sie diese Stelle behutsam und auch die andere, wo eine weitere Kugel eingedrungen war und ohne Betäubung hatte entfernt werden müssen. Jamals

Haut, jede seiner Narben erzählte eine Geschichte. Sie kuschelte sich enger an ihn.

»Willst du das wirklich?«, fragte er in ihr Haar hinein. Sie legte den Kopf zurück und musterte ihn. Vicky liebte seine Augen: groß und dunkel, sicher und fest, Seen, Himmel, Welten, in denen sie versinken konnte.

»Natürlich, glaubst du, ich habe mir keine Gedanken darüber gemacht?«

Sie dachte ständig an ihn, sehnte sich nach seiner Stimme und seinen Berührungen und seit Neuestem eben auch danach, wonach ihr Körper geradezu schmerzlich verlangte.

»Wirklich?«

»Wirklich.«

Er schaute sie an, und sie wusste nicht, ob sein Ausdruck verblüfft oder amüsiert war. Wie viele Frauen hatte er wohl schon gehabt?, fragte sie sich. Aber eigentlich wollte sie es gar nicht so genau wissen. Sie war vielleicht nicht die erste, aber sie würde seine letzte Frau sein, dessen war sie sich gewiss.

»Zieh dich aus, los«, forderte sie ihn mit rauer Stimme auf. Er tat, wie ihm geheißen. Sie hätte ihn gerne länger angeschaut, aber er fröstelte und beeilte sich, wieder unter ihre Decke zu schlüpfen.

Vicky schob den Gedanken weg, dass man sie überraschen könnte. Es war noch nie jemand hierhergekommen. Manchmal dachte sie, dass die Welt dieses Häuschen vergessen hatte und dass das gut so war. Hier würde sie niemand finden. Sie gaben dem Häuschen eine neue Geschichte.

Unsere Geschichte.

Die Vorstellung, doch noch eines Tages erwischt zu werden, ängstigte und erregte Vicky gleichermaßen. Manchmal mussten sie einen Tag Pause einlegen, doch am liebsten hätten sie die Laube gar nicht mehr verlassen. Mit jedem weiteren Treffen fühlte Vicky sich Jamal tiefer verbunden, und ihr wurde bewusst, dass sie ihn auf eine Weise liebte, wie sie noch nie jemanden geliebt hatte. Diese Liebe wurde nicht weniger, wie das sonst oft der Fall gewesen war. Im Gegenteil, sie wuchs beständig und erfüllte Vicky mit einem großen Glücksgefühl. Es war, als hätte sie in Jamal gefunden, was sie schon lange gesucht hatte. Er faszinierte sie, und je näher sie ihn kennenlernte, desto stärker wurde die Faszination. Sie gehörten zusammen, ganz ohne Zweifel. Wie zwei Menschen, die schon einmal gelebt, sich über die Zeiten verloren und sich nun wiedergefunden hatten. Sie waren das Paradies.

Sie beide trafen nicht immer zur gleichen Zeit in ihrem Liebesnest ein. Manchmal wartete sie auf ihn, manchmal tigerte er schon ungeduldig auf und ab, hielt den Oberkörper mit den Armen umschlungen und blies fröstelnd Atemwolken in die Luft. So wie dieses Mal. Als er endlich ein Geräusch an der Tür hörte, fuhr er vom Sofa auf. Einen Atemzug später glitt Vicky hinein und warf sich ihm in die Arme. In diesen Momenten wirkte sie so jung. Und manchmal überkam ihn die Angst, dass ihre Liebe womöglich keine Zukunft hatte, weil sie nicht sein durfte. Er dachte viel darüber nach. Auch darüber, dass er Verantwortung zeigen musste – schließlich war er der Ältere – und dass er diese Verantwortung immer wieder wegschob.

»Hat dich jemand gesehen?«

»Nein.«

Er nahm sie in die Arme und küsste sie. Was auch immer die Vernunft sagte, jedes Mal ordnete sie sich dem Gefühl unter.

»Warum hat es heute denn so lange gedauert?«, sagte er und konnte einen vorwurfsvollen Unterton nicht ganz unterdrücken.

Sie küsste ihn wieder.

»Jetzt bin ich ja da. Reden wir nicht darüber.«

»Ja, jetzt bist du da.« Er lächelte und fragte sich dennoch, ob jemand Verdacht geschöpft hatte. Wie schnell konnte all dies ein Ende finden! Er sah sich in dem Raum um. »Das ist unser Ort, nicht wahr? Unser Ort.« Sie zitterte mit einem Mal, und er zog die Decke fester um sie beide. »Stell dir vor, unsere Soldaten hätten das hier beschlagnahmt.«

Vicky lächelte. »Hm. Diese Laube?«

»Du weißt ja, sie hat immerhin ein Dach.«

»Und einen Ofen.«

Sie lachten gemeinsam.

»Weißt du«, flüsterte er, »es kommt mir vor, als wäre dieser Ort vom Krieg unberührt geblieben.«

Sie schmiegte sich noch fester an ihn. Manchmal, wie jetzt, dachte sie daran, dass er eines Tages nach Frankreich zurückgehen würde. Jamal bemerkte, dass sie abgelenkt war, küsste sie und ließ seinen Blick nochmals durch den Raum schweifen.

»Unsere Wohnung in Paris war eigentlich kaum größer«, sagte er dann leise und nickte, als wollte er die eigene Erinnerung bestätigen.

»Wirklich?«

»Ja, wirklich.«

»Das muss eng gewesen sein.«

»War es.« Jamals Augen blitzten auf. »War aber auch lustig.«

»Willst du dich nicht ausziehen?«, sagte sie ungeduldig.

Er zwinkerte ihr zu. »Muss das sein? Bei der Kälte?«

»Uns wird schon noch warm werden. Das weißt du.«

Er schlüpfte aus seiner Kleidung, und kaum eine halbe Minute später schmiegten sie sich unter der Decke aneinander.

»Eigentlich müsste ich das melden.« An seinem Lächeln und dem Klang seiner Stimme erkannte sie, dass er scherzte. Nach einem Moment des Schweigens sagte er: »Du bist wunderschön.«

Sie küssten sich jetzt atemloser, liebkosten einander mit den Lippen. Es war, als entdeckten sie ihre Körper bei jedem Treffen immer wieder von Neuem. Die Federn des Sofas quietschten unter ihrem Gewicht, als die Flämmchen in ihr zu lodern begannen und sie sich dem Rausch, der sie erfasste, bedingungslos hingab.

Für Vicky war das Leben perfekt. Wenn es nur ewig so weitergehen könnte. Sie genoss jeden Moment, den sie mit Jamal verbrachte. Hin und wieder machten sie jetzt wieder kurze Spaziergänge, denn sie hatten entschieden, dass das weniger verdächtig war, als sie ganz aufzugeben. Meistens ging es am Rheinufer entlang, vorbei an der prächtigen Stadthalle und durch die Gassen und Gässchen hinüber zum Dom. Jamal war mächtig beeindruckt vom Dom, diesem jahrhundertealten Monument des Glaubens an Gott. Manchmal überredete Vicky sogar Lillian mitzukommen, die hin- und hergerissen war zwischen Misstrauen und Faszination. Doch wenn Jamal erst einmal anfing, von Marokko zu erzählen, von der weiten Wüste Sahara, den Oasen, dem indigofarbenen Himmel über dem Haus seiner Großeltern und dem betörenden Duft fremder Gewürze, lauschte auch sie ihm mit weit aufgerissenen Augen.

17

Für Ilse war es nie ein Problem gewesen, sich die Dachkammer mit Bärbel zu teilen, allerdings schlief ihre Zimmergenossin seit Neuestem schlecht, wälzte sich ständig in ihrem schmalen Bett herum, suchte nachts häufiger den Abtritt auf und hatte, besonders morgens, mit Übelkeit zu kämpfen. Ilse hatte inzwischen einen Verdacht, wenngleich sie sich noch nicht sicher war. Sie hatte jedenfalls beschlossen, Bärbel genauer zu beobachten.

»Bist du krank?«, hatte sie mitfühlend nachgefragt, als Bärbel mal wieder spucken musste. Es war dabei nicht so, dass ihr Bärbels Zustand gleichgültig war, zumal Frau Paul und sie deutlich mehr Arbeit zu leisten hatten, wenn diese immer wieder ausfiel.

»I wo, bestimmt nicht«, erwiderte Bärbel in ihrem rheinhessischen Tonfall und wischte sich über den Mund. »Das geht schon wieder weg. Hab wohl was Schlechtes gegessen.« Dann trug sie die Schüssel mit Erbrochenen zum Abtritt.

Wer's glaubt, schoss es Ilse verächtlich durch den Kopf. Aber sie hatte nichts weiter gesagt, und sie beide hatten darauf so getan, als ob nichts geschehen wäre.

In der folgenden Nacht wachte Ilse auf, als Bärbelchen aus dem Bett schlüpfte und sich alle Mühe gab, sehr, sehr leise zu sein. Normalerweise war sie weniger nachsichtig, und Ilse hatte den Verdacht, dass Bärbel, anders als sonst, nicht auf dem Weg zum Abtritt war. Sie wollte offenbar um jeden Preis vermeiden, dass Ilse aufwachte. Schließlich wussten sie beide, wie hellhörig die Kammern waren und wie schrecklich die Dielen knarrten.

Nachdem Bärbel die Kammer verlassen hatte, zählte Ilse innerlich bis zwanzig. Erst dann stand sie auf. Der Boden knarrte unter ihren Füßen. Sie horchte, aber alles blieb still. Wenig später hatte sie sich zur Tür vorgetastet. Wenn Bärbelchen noch im Flur stand, würde sie vorgeben, sich ebenfalls erleichtern zu müssen. Das war keine schwierige Lüge.

Ilse atmete tief durch und öffnete die Tür vorsichtig. Der Flur war leer. Sie schlich weiter zum Treppenabgang und horchte nach unten. Auch hier war alles still. Das Haus schlief. Nirgendwo gab es eine Bewegung. Die Stufen auf der ersten engen Stiege knarrten noch, dann flogen Ilses Füße geradezu lautlos über die restliche Steintreppe nach unten.

Wo war Bärbelchen hingegangen? Ilse überlegte kurz und kam zu dem Schluss, dass sie im Garten nach ihr suchen musste. Sie eilte den Gang entlang, in dem die Küche lag, und war nicht überrascht, die Tür zum Garten angelehnt zu finden. Sie schlüpfte hindurch und stand unversehens unter dem klaren Nachthimmel. Meine Güte, war das kalt. Wie dumm, dass sie sich nichts übergezogen hatte, aber jetzt konnte sie nicht mehr zurück. Der eisige Boden stach wie mit Nadeln in ihre nackten Fußsohlen, doch sie huschte weiter. Sie entschied sich, als Erstes über die große Rasenfläche zu laufen, hin zu der großen Tanne, und konnte gerade noch rechtzeitig bremsen. Da war doch jemand. Sie hatte Glück gehabt. Zuerst hörte sie nur Stimmen. Vorsichtig schlich sie näher und entschied dann, rechts um die Tanne herumzugehen, hin zu einer Stelle, von der aus man alles gut überblicken konnte. Ihre Schritte kamen Ilse laut vor, aber die beiden, die jetzt auf der Bildfläche erschienen, bemerkten sie nicht. Ja, das war Bärbel. Bei ihr stand einer der jungen französischen Offiziere aus dem Haus. Bärbel war ebenfalls im Nachthemd, hatte jedoch an Schuhe gedacht und ein Wolltuch um den Oberkörper und den Kopf geschlungen. Sie redete leise, aber deutlich aufgeregt auf den Franzosen ein. Er hörte ihr wohl zu, sagte jedoch kein Wort. Ilse wäre gern näher herangegangen, aber die Furcht, entdeckt zu werden, war zu groß. Was hatten die beiden wohl zu besprechen? Das mit der Affäre hatte Ilse ja schon seit einiger Zeit vermutet. Aber mit einem Franzosen? Noch dazu aus diesem Haus? Das kam jetzt doch überraschend.

Die Stimmen wurden mit einem Mal lauter. Im nächsten Moment fiel Bärbelchen auf die Knie und hielt die Beine des Franzosen umschlungen, was diesen allerdings wenig beeindruckte. Und dann hörte Ilse es ganz deutlich in der stillen Nacht, so deutlich, dass sie unwillkürlich zusammenzuckte: »Ich bin schwanger, Jérôme, ich bin schwanger. Du wirst mich heiraten, nicht? Du hast es ja versprochen, nicht wahr?«

Jérôme antwortete irgendetwas, was Ilse nicht verstand, trat dann einen Schritt zurück, um sich energisch von der jammernden Bärbel loszumachen, und stapfte im nächsten Moment ohne ein weiteres Wort und ohne sich noch einmal umzudrehen davon. Ilse drückte sich an die Tanne, bis er vorüber war, dann spähte sie wieder zu Bärbel hinüber. Die hatte sich sicher etwas anderes erwartet, denn sie war reglos auf dem kalten Boden zusammengesackt. Ilse fröstelte. Für einen kurzen Moment war da ein Gefühl, das sie mit Bärbel verband, eine Erinnerung großer Hilflosigkeit, stechend wie ein Schmerz, der sie niederzudrücken drohte.

Sollte sie zu ihr hingehen, ihr Trost spenden? Nein, das Gefühl hatte sich bereits wieder verflüchtigt. Sie würde lieber Jérôme ins Haus folgen. Sonst holte sie sich noch den Tod. Ihre Ahnung hatte sich bestätigt, nichts anderes hatte sie gewollt.

Und dann galt es, rasch Fersengeld zu geben, denn auch Bärbel stand auf. Gerade noch rechtzeitig konnte Ilse das freie Stück vor dem Haus überqueren und durch den Hintereingang nach drinnen huschen. Sie schaffte es eben so bis in die Halle, als sie bereits die Tür hinter sich hörte. Die Treppen hinauf würde sie es nicht mehr schaffen, ohne sich zu verraten. Kurzerhand schlüpfte sie hinter eines der großen Sofas. Es dauerte noch ein wenig, bis sie hörte, wie sich Bärbelchens Schritte näherten. Ilse duckte sich tiefer. Die Standuhr schlug vier Uhr morgens. Bärbelchen blieb stehen, sah zu der Uhr herüber, machte eine leichte Bewegung, sodass Ilse fast fürchtete, entdeckt worden zu sein, aber dann fröstelte sie nur, und im nächsten Moment zog sie ihr Nachthemd über dem Bauch glatt und betrachtete ihre leicht gewölbte Leibesmitte. Ilse hielt die Luft an. Das war der endgültige Beweis ihrer Vermutung: Bärbel war schwanger, sie würde die Schwayers verlassen müssen. Damit war der Platz an Vicky Schwayers Seite endgültig und unwiderruflich für sie frei.

Bärbelchen saß auf dem Bett und sah Ilse entgegen, als die ins Zimmer kam. Sie sah nervös aus, dazu etwas blass, mit Ringen unter den Augen, die Ilse vorher nicht aufgefallen waren.

»Wo warst du?«

»Auf dem Klo …«

»Da war ich auch …«

Für einen Wimpernschlag hing da etwas in der Luft, was Ilses Kehle enger werden ließ. Es brauchte eine schnelle Antwort.

»Genau, und dann habe ich dich gesucht«, sagte sie einfach. »Auf dem Abtritt hatte ich dich schließlich nicht gefunden. Mir war bange, dass dir etwas passiert ist, nachdem dir heute wieder nicht gut war.«

Bärbels Gesicht wurde für einen Augenblick weicher, ihr Ausdruck zugänglicher. Sie teilten nicht viel mehr als die harte Arbeit miteinander, aber in diesem Moment gab es eine Idee davon, was sie miteinander hätten teilen können. Zu Ilses Erleichterung schluckte Bärbel die Lüge.

»Du hast dich um mich gesorgt?«

»Natürlich.« Ilse senkte den Blick und hob ihn dann rasch wieder. »Vielleicht solltest du mit Frau Schwayer sprechen. Du könntest etwas Ernstes haben.«

Kurz sah es aus, als wollte Bärbelchen sich ihr tatsächlich öffnen. Dann murmelte sie nur: »Das wird schon wieder.«

Sie ist so naiv, dachte Ilse bei sich, glaubt sie wirklich, dass sie damit durchkommt? Das würde niemals geschehen.

Als Bärbelchen sich endlich wieder in ihre Decke gewickelt hatte, fiel die Anspannung wie ein Mühlstein von Ilse ab. Ihre Füße waren immer noch Eiszapfen, ihre Gedanken rasten. Dann wurde sie langsam müde, und während sie allmählich in den Schlaf hinüberdämmerte, schoben sich Bilder aus einer vergangenen Zeit vor ihr geistiges Auge.

Früher. Es gab auch schöne Tage mit Mama, dachte Ilse, Tage, an denen sie nicht Papa hinterhertrauerte oder den Geschwistern, die es nicht geschafft hatten, älter als ein paar Tage oder Monate zu werden. Ihre Mutter hatte viele Kinder verloren, und deshalb war es auch ein Wunder, dass Ilse überlebt hatte. Der Verlust ihres Mannes und all der Kinder hatten ihre Mama sehr viel Kraft gekostet. Deshalb gab es schlechte Tage, an denen sie mit den Nerven am Ende war und Ilse anschrie und verfluchte, und solche, an denen sie Kartoffel-Gurkensalat und eine Flasche verdünnten Apfelsaft in einen Korb packte und mit ihrer Tochter zum Rhein spazierte. Dort suchten sie sich ein Plätzchen zum Ausruhen, meist sonntags, nach dem Kirchgang, auf den ihre Mutter bestand, weil er ihr Kraft gab. An diesen Tagen kämmte sie Ilse die Haare und flocht sie neu, an diesen Tagen war Ilse das Kind, das sie war und sein wollte. An diesen Tagen waren Mutter und Tochter mehr als Überlebende.

Ilses fünfzehnter Geburtstag war so ein Tag. Die Sonne schien besonders frühlingshaft, und die Luft war klar und rein. Ilse hatte sich nahe ans Wasser gesetzt, die Schuhe ausgezogen und sorgsam hinter sich gestellt. Ihre Mutter lag auf der Decke auf dem Rücken, die Beine angewinkelt. Sie war sehr knochig, fiel Ilse auf, und ihre Haare waren dünner geworden, aber man konnte erkennen, wie schön sie einmal gewesen war. Ilse musste an ihren vierzehnten Geburtstag denken, den sie allein verbracht hatte, im Heim, in das sie von ihrer Mutter geschickt worden war. Sie erinnerte sich daran, wie einsam sie sich dort gefühlt hatte, wie unglücklich sie gewesen war. Aber jetzt saß sie mit ihrer Mutter am Rhein, und dieser Tag fühlte sich so gut an, dass sie es wagte, etwas mehr zu sagen.

»Ich vermisse ihn«, sagte sie.

Ihre Mutter rollte sich auf der Decke zur Seite und sah sie an. Ilse zögerte. In den Augen ihrer Mutter spiegelte sich Misstrauen, doch jetzt konnte sie nicht mehr zurück.

»Wen?«

Sie nahm allen Mut zusammen. »Meinen Jungen. Ich vermisse meinen Jungen.«

Ihre Mutter wandte den Blick nicht von ihr ab. Ilse zog instinktiv die Schultern ein. Einen Augenblick blieb es still, dann setzte ihre Mutter sich auf, wandte den Kopf ab und schaute aufs Wasser.

»Du solltest nicht an das Kind denken«, sagte sie barsch.

Ilse sah ihn vor sich. Sie hatte immer einen Jungen vor Augen, wenn sie an das Kind dachte. Dabei hatte sie es nie gesehen. Vielleicht weil Jungen es besser hatten, weil sie einem schlechten Leben leichter entkommen konnten. Sie blickte über den Fluss. Wie sollte das gehen, nicht an ihr Kind denken? Es hatte eine Zeit gegeben, da wäre sie um ein Haar ins Wasser gegangen, weil sie es nicht aushielt, diese Leere in sich zu spüren. Das war glücklicherweise vorbei. Sie räusperte sich, suchte wieder den Blick ihrer Mutter und fand ihn nicht.

»Das kann ich nicht«, sagte sie leise.

»Unsinn.« Die Stimme ihrer Mutter klang scharf. »Dieses Kind hätte es nie geben dürfen.«

»Aber es hat dieses Kind gegeben«, beharrte Ilse.

»Komm zu mir her«, forderte ihre Mutter sie auf.

Ilse zögerte einen Augenblick, stand dann auf und tat, wie ihr geheißen. Als sie sich auf die Decke kniete, schlug ihre Mutter ihr ohne Vorwarnung mitten ins Gesicht. So wie damals, als Ilse ihr gebeichtet hatte, dass sie schwanger sei, weil man sich an ihr vergangen hatte im Haus der Bethges, wo sie als Küchenmädchen angestellt war.

Ilse starrte ihre Mutter an. Ihre Wange brannte, doch sie gab keinen Ton von sich.

18

Ilse klopfte entschlossen. Nein, da war nicht das geringste Zögern in ihr. Sie wusste, was richtig und was falsch war, genau das hatte man damals im Heim für ledige Schwangere mit Wonne in sie hineingeprügelt. Jeden Tag hatte man sie daran erinnert, was für ein schmutziges, dreckiges Wesen sie war. Sie hatte das nicht vergessen, und sie würde es niemals vergessen.

»Herein.«

Ilse öffnete die Tür. Mit einem Blick hatte sie den Raum erfasst. Ihr Herz sank. Das hatte sie nicht bedacht. Sie schrumpfte in sich zusammen, wie ein Tier, das sich ängstlich in sein Versteck zurückzog, denn Frau Schwayer war nicht allein. Überraschenderweise saß Vicky mit am Tisch und schaute Ilse neugierig entgegen. Die kämpfte gegen das Bedürfnis an, aus dem Zimmer zu laufen, aber das war natürlich unmöglich. Sie hatte sich zu diesem Schritt entschieden. Es gab kein Zurück mehr. Für einen flüchtigen Moment trafen sich die Blicke der beiden jungen Frauen. In einem anderen Leben könnte ich Vicky Schwayers Besuch sein, fuhr es Ilse durch den Kopf, und dann würden wir uns jetzt in das Zimmer der jungen Herrin zurückziehen. Sie erinnerte sich an den ersten Tag, als Vicky mit den anderen aus dem Automobil gestiegen war und sich als Einzige ihr zugewandt hatte. Inzwischen hatten sie schon viele Male miteinander gesprochen. Natürlich würden sie sich immer in unterschiedlichen Welten bewegen, aber an bestimmten Punkten konnten sich ihre Welten berühren. Vicky Schwayer war ein Mensch, der einem ein Gefühl von Vertrautheit geben konnte – und manchmal stellte sich Ilse einfach vor, wie es sein würde, ihre richtige Freundin zu sein.

Sie hat mich gesehen, damals. Sie hat mich wahrgenommen.

Ilse unterdrückte einen Seufzer, sammelte sich und knickste dann vor den beiden Schwayer-Frauen. Sie hatte das bereits mehrfach vor dem Spiegel geübt. Sie wusste, wie sie aussah: angemessen betroffen nämlich und vielleicht auch ein wenig verstört. Vielleicht hatte es einmal Zeiten gegeben, in denen ihr eine solche Schauspielerei nicht gelungen wäre, aber das war vorbei. Sie hatte dazugelernt. Das Leben zwang sie, eine Rolle zu spielen und nur, wer gut spielte, gewann.

Sie schaute noch einmal zu Vicky. Wenn sie nicht in der Schule war, war sie vielleicht krank, aber es konnte kaum mehr sein als eine kleine Erkältung.

»Frau Schwayer?« Ilse knickste noch einmal, hob dann geboten unsicher den Blick. Leopoldine Schwayer trug einen lockeren Morgenmantel mit einem Muster, wie Ilse es noch nie gesehen hatte – viele kleine Chinesen mit komischen, spitzen Hüten verteilten sich überall auf dem Seidenstoff. Dazu trug sie Pantoffeln, deren Spitzen nach oben gebogen waren, wie Ilse es einmal bei einem Bild zum Märchen »Der kleine Muck« gesehen hatte. Sie hielt einen Pinsel in der Hand, vor ihr eine

Staffelei zum Fenster hingedreht, um das Morgenlicht auszunutzen. Ilse warf einen Blick auf das Bild. Sie hatte schon andere Bilder gesehen und fand, dass die Dame des Hauses nicht besonders gut malte: Die Farben waren grell und unnatürlich, und Ilse konnte auch diesmal nicht erkennen, was da auf der Leinwand abgebildet war. Sie richtete ihren Blick wieder auf ihre Dienstherrin, die ihr Haar in einen lockeren Dutt zusammengenommen hatte und bereits etwas ungeduldig wirkte, während Vicky sie immer noch interessiert beobachtete. Ilse hoffte inständig, dass sie sich alles gut überlegt hatte. Sie musste Frau Schwayer auf ihrer Seite haben, das war unabdingbarer Teil ihres Plans.

»Frau Schwayer, dürfte ich allein mit Ihnen sprechen? Ich habe etwas auf dem Herzen, was mich schon seit Tagen quält.«

Leopoldine hob die Augenbrauen. »Was gibt es denn?«

Sie wirkte immer noch ungeduldig und machte keine Anstalten, Vicky aus dem Zimmer zu schicken. Ilse holte tief Luft.

»Ich mache mir Sorgen um Bärbelchen.«

Jetzt hatte sie Frau Schwayers volle Aufmerksamkeit.

»Was ist mit ihr?«

»Es scheint ihr nicht gut zu gehen. Am Ende hat sie eine schlimme Krankheit und …« Ilse dachte an die Zeit der schlimmen Seuche, der Spanischen Grippe, wie man sie genannt hatte. So viele Menschen waren ihr zum Opfer gefallen.

Frau Schwayer runzelte die Stirn. »Vicky, bitte geh auf dein Zimmer«, sagte sie dann. »Du solltest mit deiner Erkältung wirklich nicht hier herumsitzen.«

Langsam und sichtbar unwillig verschwand Vicky durch die Tür, nicht ohne noch ein oder zwei neugierige Blicke auf Ilse zu werfen, die mit Leopoldine zurückblieb.

Nach dem Gespräch hatte Frau Schwayer Ilse aufgefordert, Bärbel umgehend zu ihr zu schicken und danach ihrer täglichen Arbeit nachzugehen. Ilse hatte gehorcht, auch wenn sie die folgenden Entwicklungen gern miterlebt hätte. Aber ach, sie durfte sich nicht verraten. Und so blieb ihr zunächst einmal nur Bärbels fragender Blick, und dann hieß es warten. Als Bärbel wieder etwas später mit ihrer Reisetasche in der Hand unvermittelt in der Küchentür stand, zuckte Ilse dennoch zusammen. Das hatte sie nicht erwartet – oder etwa doch? Offenbar war Bärbelchen nach dem Gespräch mit der Dame des Hauses sogleich nach oben geschickt worden, um ihre Habseligkeiten zu packen. Ilse fragte sich, ob die Schwayers wohl ein neues Mädchen einstellen würden. Gewiss würden sie das. Dies war immer noch ein großer Haushalt.

»Ich wollte mich verabschieden«, sagte Bärbel. Frau Paul rührte noch einmal im Topf mit der Mittagssuppe, nahm dann einen Beutel, den sie offenbar vorbereitet hatte, und wandte sich Bärbel zu. Hatte sie das kommen sehen? Hatte sie womöglich auch gewusst …? Der Gedanke, dass Bärbel ahnen könnte, was sie getan hatte, beunruhigte sie mit einem Mal unerwartet heftig.

»Es tut mir so leid, Bärbelchen«, sagte Frau Paul. »Weißt du, wo du vorerst unterkommen kannst?«

Bärbel nickte. »Frau Schwayer hat mir eine Adresse gegeben.«

Ihre Stimme klang gleichmäßig und verriet nicht, was sie wirklich fühlte. Und doch musste sie etwas fühlen. Ilse wusste das. Schließlich hatte man sie hinausgeworfen. Sie hatte ihre Sicherheit verloren. Sie war schwanger und das Kind ohne Vater. Sie war ganz allein. Sie hatte einmal gesagt, dass sie keinesfalls zu ihrer Familie zurückkonnte.

»Unsere Herrin ist eine gute Frau«, sagte Frau Paul. »Sie wird dich nicht vergessen.«

Bärbel und sie schwiegen einen Augenblick, dann lagen sie sich in den Armen, und einen Wimpernschlag später bebten Bärbels Schultern unter heftigen Schluchzern.

»Er hat doch gesagt, er liebt mich.«

»Ach, Kindchen.«

»Warum tut Frau Schwayer das? Sie müsste mich nicht hinauswerfen.«

»Du weißt, dass sie so handeln muss«, flüsterte Frau Paul.

Bärbel sagte zuerst nichts, dann räusperte sie sich. »Nein, das weiß ich nicht«, presste sie endlich hervor.

Frau Paul strich ihr über den Rücken und drehte sich dann unvermittelt zu Ilse um, als wollte sie einem weiteren Gespräch ausweichen. »Ilse!«, rief sie.

Ilse erstarrte. Für einen kurzen Moment kam es ihr so vor, als würden die Wände immer näher rücken, bereit, sie zu zerquetschen wie eine Fliege. Ihr Hals wurde eng. Sie konnte nicht atmen.

»Ilse, jetzt komm doch. Willst du dich denn nicht verabschieden?«

Ilses Herzschlag trommelte bis in ihren Hals hinauf.

Sie legte das Messer beiseite, mit dem sie Kohlrabi geschnitten hatte, wischte ihre Hände an der Schürze ab und ging auf Bärbel zu. Dann standen sie einander gegenüber. Bärbel hatte dunkle Ringe unter den Augen, und ihr Gesicht wirkte hager, ja ungesund. Unter ihrem Kleid zeichnete sich der schwangere Bauch heute noch deutlicher ab.

Ilse räusperte sich. »Ich wünsche dir alles Gute, Bärbel. Bitte, lass uns wissen, wie es dir ergeht und ob wir dir helfen können.«

Die ersten Worte waren stockend aus ihrem Mund gekommen, doch nach und nach kamen sie wie von selbst. Bärbel hatte keinen Schimmer von dem, was sie getan hatte, das merkte Ilse jetzt deutlich. Und warum sollte sie sich Vorwürfe machen? Bärbel hatte das Falsche getan.

Zum Schluss umarmten sie einander zum Abschied sogar.

Zehn Minuten später brach Ilse zu ihrem eigenen Erstaunen in Tränen aus. Das habe ich nicht gewollt, dachte sie, das habe ich so nicht gewollt. Der Triumph, den sie erwartet hatte, blieb unerklärlicherweise aus. Als Frau Paul bemerkte, dass es ihr nicht gut ging, hakte sie nach und machte es nur noch schlimmer. Ilse schnitt fahrig weiter Gemüse, verletzte sich beinahe und brach erneut in Tränen aus.

»Komm, Mädelchen, geh an die frische Luft und lass dich erst wieder sehen, wenn du dich beruhigt hast. Den Rest schaffe ich heute allein.«

»Das hätte Bärbel nie passieren dürfen«, brachte Ilse zwischen zwei Schluchzern hervor.

»Ach, Kindchen, sie hat etwas getan, was sie nicht hätte tun sollen, und jetzt muss sie eben die Konsequenzen tragen. So ist das im Leben.« Frau Paul musterte Ilse. »Und jetzt hinaus mit dir.«

Ilse verließ eilig die Küche, lief den Gang entlang und nahm die paar Stufen hinauf in den Garten. Weg, nur weg … *Was habe ich nur getan?*

Sie wusste doch aus eigener Erfahrung, wie es war, wenn einem so etwas widerfuhr, wenn man verstoßen wurde, wenn man plötzlich vollkommen allein dastand.

Inzwischen fast blind vor Tränen, hatte Ilse die Rasenfläche vor dem Haus überquert, war nach rechts weiter gestolpert, den Weg entlang, auf dem sie Bärbelchen nachts gefolgt war. Bei der alten Tanne blieb sie einen Augenblick stehen, stolperte dann ein paar Schritte weiter und stockte erneut.

»Weinst du?«, erklang es plötzlich ein paar Schritte neben ihr.

»Fräulein Schwayer!« Ilse schrak zusammen. Sie war so perplex, dass ihre Tränen schlagartig versiegten. Die junge Herrin. Was machte sie hier? Und wo war sie mit einem Mal hergekommen? Ilse hatte offenbar wirklich gar nichts um sich herum wahrgenommen. Aber da stand Fräulein Schwayer nun, in einen warmen Mantel gehüllt, und musterte sie interessiert. Ilse wischte sich unwillkürlich mit dem Handrücken über die Augen. Die Tränen trockneten bereits. Ihr Gesicht fühlte sich klebrig an.

»Nein, Fräulein Schwayer, es geht schon.«

»Du siehst traurig aus.«

Vicky kam näher.

»Ja …« Es war so ungewohnt, dass eine andere Person merkte, dass es einem nicht gut ging. Ilse wusste gar nicht, was sie weiter sagen sollte.

Vicky räusperte sich. »Kann ich irgendetwas tun?«

»Nein, nein, wirklich nicht … Die frische Luft tut gut … Es geht mir schon besser.«

»Sicher?«

Ilse überlegte. Was sollte sie sagen? Tatsächlich wollte sie nichts lieber, als mit Vicky Schwayer reden, einfach weil es sich gut anfühlte, dass ihr jemand Aufmerksamkeit schenkte.

»Es ist nicht immer leicht in der Küche«, murmelte sie.

Vicky nickte verständnisvoll, auch wenn sie sicher keine Ahnung hatte. »Das kann ich mir vorstellen. Ich bin wirklich froh, dass ich so etwas nicht machen muss«, sagte sie mit einem Lächeln, das so offen war, dass Ilse unwillkürlich auch lächeln musste. »Vielleicht kannst du mir in der nächsten Zeit öfter mal zur Hand gehen«, fuhr sie fort. »Mama meint ohnehin, dass eine junge Dame mehr Hilfe braucht, und jetzt, wo das Bärbelchen weg ist … Dann würdest du mal aus der Küche wegkommen.«

»Das wäre schön«, flüsterte Ilse. Und dann stellte sie sich wieder einmal vor, wie es sich wohl anfühlte, wenn Vicky und sie richtige Freundinnen wären.

19

Die nächsten Tage wurden jedoch erst einmal anstrengender, und Ilse war jeden Abend knochenmüde, wenn sie ins Bett ging. Nach Bärbels Abgang mussten Frau Paul und sie vorerst den ganzen Haushalt allein bewältigen. Das hatte Ilse durchaus vorher bedacht, aber vielleicht nicht mit allen Konsequenzen. Den ganzen Tag ging es treppauf und treppab. Zeit, mit Vicky zu sprechen oder ihr zur Hand zu gehen, gab es kaum. Wenigstens hatte Ilse auch keine Zeit, an Bärbel zu denken, daran, wie es ihr wohl ging und wohin es sie verschlagen hatte, und sie war durchaus froh darüber.

Seit Mitte der Woche führte sie ein Mädchen nach dem anderen zum Vorstellungsgespräch mit Frau Schwayer, aber es dauerte, bis ein passender Ersatz für Bärbel gefunden war. Die Gespräche waren zeitintensiv, zweifellos hatte Frau Schwayer ihre Ansprüche und war in Anbetracht der Ereignisse entschlossen, sie streng einzuhalten.

Das erste Mal sahen Ilse und Vicky einander wieder im Garten, als Ilse dabei war, die Wäsche abzuhängen, die sie später noch plätten musste. Vicky trug einen Mantel und war offenbar im Garten spazieren gewesen, denn sie kam aus dem hinteren Teil auf Ilse zu. Eigentlich geht sie sehr oft außer Haus, stellte Ilse fest, offenbar liebt sie Spaziergänge. Vicky ließ sich heute Zeit mit dem Näherkommen, beobachtete Ilse erst ein Weilchen, und als sie schließlich näher kam, griff sie nach einem der weißen Laken, die sich im leichten Wind bewegten, um daran zu schnuppern.

»Es riecht schon ein bisschen nach Frühling«, sagte sie, »nach Sonne und nach Blumen. Findest du nicht? Bald werde ich meinen Mantel nicht mehr brauchen, darauf freue ich mich.«

Ilse starrte sie an und fragte sich, was die junge Herrin ihr damit sagen wollte. Es dauerte einen Augenblick, bis sie verstand, dass Vicky alles ganz ohne Hintergedanken ausgesprochen hatte, einfach, um zu plaudern. Ilse nahm einen Kissenbezug ab und legte ihn in den Korb. Was sollte sie sagen? Musste sie etwas sagen? Hielt die junge Herrin sie für dumm, wenn sie es nicht tat? Vicky schüttelte sich leicht, als müsste sie sich von weit her wieder in die Gegenwart holen. Dann machte sie sich kurzerhand daran, selbst ein Laken von der Leine zu nehmen. Ilse trat von einem klobigen Schuh auf den anderen. »Das sollten Sie aber nicht tun, Fräulein Schwayer. Das müssen Sie nicht.«

Vicky reagierte erst gar nicht, dann schaute sie Ilse an.

»Aber es macht auch nichts, wenn ich es tue, oder?«, sagte sie mit einem wunderschönen Lächeln.

Ilse lächelte unversehens ebenfalls. Es war schön. Sie genoss es wirklich, die Aufmerksamkeit der jungen Herrin zu haben. »Nein.« Sie nahm einen weiteren Kissenbezug von der Leine, legte ihn zuerst grob zusammen und ließ ihn dann in den Korb fallen. »Aber ich weiß nicht, was Ihre Mutter dazu sagen wird, wenn Sie meine Arbeit machen. Vielleicht bekomme ich Ärger?«

Vicky lachte. »Na, das weiß ich auch nicht, aber sie wird wohl kaum etwas dagegen haben, wenn ich ein oder zwei Wäschestücke abnehme. Außerdem ist sie ja nicht hier, oder?«

Vicky lächelte ihr verschwörerisch zu. In diesem Moment war es Ilse, als schlügen ihre Herzen in einem Takt. Sie teilten etwas miteinander. Sie hängten heimlich zusammen Wäsche ab. Bei dem Gedanken musste Ilse jetzt doch laut lachen, und Vicky stimmte ein. Andere Hausmädchen wären vielleicht neidisch auf die junge Herrin gewesen. Ilse nicht. Sie fühlte sich ihr nahe, seit jenem ersten Tag, als sie aus dem Auto gestiegen war und sie angelächelt hatte. Vicky legte den Kopf schief. »Das macht richtig Spaß.«

»Nicht, wenn man es immer machen muss.«

»Hm.«

Sie arbeiteten eine Weile schweigend Seite an Seite.

»Gefällt es dir eigentlich bei uns?«, fragte Vicky dann. »Das wollte ich schon länger fragen.«

»Es gefällt mir gut hier, Fräulein Schwayer, danke.«

Ilse reckte sich zur Wäscheleine. Vicky hielt unschlüssig den nächsten Kissenbezug in der Hand.

»Du bist ganz allein hier. Ich kann mir gar nicht vorstellen, einmal ohne meine Eltern zu sein.«

»Meine Eltern sind tot.«

Es klang sehr harsch, und Ilse fragte sich, ob sie das Fräulein mit ihrer schroffen Ehrlichkeit vor den Kopf gestoßen hatte. Wieder spürte sie deren nachdenklichen Blick auf sich.

»Das tut mir leid, das muss schlimm sein.«

Ilse zuckte mit den Achseln. »Meine Mutter ist lange krank gewesen, mein Vater ist gefallen.«

Vicky biss sich leicht auf die Unterlippe.

»Ich glaube, ich weiß nicht viel von der Welt«, sagte sie langsam. Ilse hatte keine Ahnung, was sie darauf sagen sollte, und widmete sich dem nächsten Wäschestück.

»Was passiert eigentlich mit der Wäsche, wenn sie abgehängt ist?«, fragte Vicky im nächsten Moment neugierig.

»Sie wird geplättet«, sagte Ilse misstrauisch. Wusste Vicky das tatsächlich nicht? Vicky, die ihren Blick bemerkt hatte, lachte. »Tut mir leid, ich bin wohl ziemlich dumm.«

Ilse spürte, wie auch sie wieder lächeln musste, und das war irgendwie ein ganz erstaunliches Gefühl. »Nein, das sind Sie nicht.«

Als sie später an diesem Tag in die Küche kam, saß Frau Paul mit tränenroten Wangen am Küchentisch und betupfte ihre Augen immer wieder mit einem Taschentuch. Erschrocken sah Ilse sie an: »Ist etwas, Frau Paul?«

Frau Paul hob den Kopf, war einen Moment stumm und nahm dann alle Kraft zusammen: »Das Bärbelchen ist ins Wasser gegangen.«

»O nein!« Ilse durchfuhr es heiß und kalt zugleich. Das war schlimm, einfach schrecklich. Sie musste sich setzen, weil sie mit einem Mal so sehr zitterte. Aber nein, versuchte sie sich im nächsten Moment zu beruhigen, es ist nicht meine Schuld, dass Bärbel nicht mehr unter uns ist. Warum musste sie sich auch mit diesem Franzosen einlassen? Sie hatte sich ihr Elend selbst zuzuschreiben. In dieser Welt musste man hart sein, so war das eben. Und dann riss sie sich zusammen und verschwendete keinen weiteren Gedanken an das entlassene Stubenmädchen. Vielmehr dachte sie an Vicky. Sie war der jungen Herrin bereits nähergekommen, als sie es sich in so kurzer Zeit erhofft hatte.

20

Bald war das Wetter wieder gut genug, um längere Spaziergänge zu unternehmen, aber Vicky und Jamal liebten ihr verwunschenes Versteck, und es fiel ihnen schwer, sich davon zu lösen. Vielleicht sollten sie ja einfach hierbleiben?

O ja, am liebsten wäre es Vicky wirklich gewesen, wenn sie immer hierbleiben könnten und so zu tun, als würde es ein Draußen nicht geben, zu dem sie nach jedem Treffen zurückkehren mussten. Denn bei jeder Rückkehr fiel es Vicky schwerer, die Gedanken an Jamal hinter sich zu lassen und sich auf etwas anderes zu besinnen. Sie sprach dann gerne mit Ilse, dem Stubenmädchen, weil mit ihr einfach alles viel weniger kompliziert war. Und manchmal beneidete sie Ilse um ihr Leben, in dem alles geregelt war und man sich um nichts kümmern musste, weil eben andere für einen entschieden.

Heute sah Jamal ernst und nachdenklich aus, als er sich zum Ende hin an den Tisch setzte. Dann räusperte er sich.

»Glaubst du, was wir tun, ist richtig? Auf die Dauer, meine ich? Was wird später mit uns geschehen? Irgendwann wird das hier …«

… ein Ende nehmen müssen …

Er sprach es nicht aus. Vicky überlegte. Hin und wieder plagte sie ein schlechtes Gewissen, weil sie ihre Eltern anlog und vorgab, Lillian zu besuchen, wenn sie sich mit Jamal traf. Aber zweifelte sie wirklich? Nein, das tat sie nicht. Man zweifelte nicht an wahrer Liebe. Jamal und sie gehörten zusammen. Sie wollte nicht lügen und wollte niemanden verletzen, aber wenn die Unwahrheit der einzige Weg war, um miteinander glücklich zu sein, dann war sie mit dem ganzen Herzen bereit dazu, ihn zu gehen. Sie setzte sich auf und streckte den Rücken durch. »Fragst du dich das wirklich?«

Jamal streckte die Hand aus und strich ihr sanft das Haar aus dem Gesicht zurück. Er mochte ihr helles, weiches, lockiges Haar. Es faszinierte ihn, weil es so anders war als seines. Er musste es immer wieder berühren, und sie ließ es gerne zu. Er hielt die Hand jetzt so, dass sie sich mit der Wange dagegen lehnen konnte.

»Nein, im Grunde weiß ich, dass es richtig ist. Gott sagt mir das.«

»Dein Gott?« Sie legte den Kopf schief und lächelte ihn an.

»Unser Gott.«

Sie schloss die Augen und spürte seine Hand an ihrer Wange. Draußen zwitscherten und kreischten mit einem Mal die Vögel durcheinander, als schliche eine Katze durch das hohe Gras. Vicky schauderte. Dann verdrängte sie den wiederkehrenden Gedanken daran, dass jemand sie eines Tages erwischen würde.

21

NORDSEEKÜSTE, 2019

Die Arbeiten an Dach und Dachboden waren endgültig abgeschlossen. Gestern hatte sich Lars fachmännisch das Schlafzimmer angesehen, und heute würden Jonas und sie in den Baumarkt fahren und sich nach den passenden Dielen umsehen. Lars war ganz begeistert von dem alten Himmelbett im Schlafzimmer gewesen, das Lisa eigentlich immer etwas zu wuchtig gewesen war. Aber sie hatten es damals mit übernommen, und inzwischen mochte sie es.

»Das ist aber ein wirklich herrliches Bett, so etwas wird ja heute gar nicht mehr gemacht.« Er hatte die Hände in die Seiten gestemmt. Lars muss einmal ein richtig kräftiger Mann gewesen sein, dachte Lisa, während sie ihn heimlich musterte. Doch jetzt war ihm die schwere Krankheit anzusehen. Er war immer noch blass, sein Haar dünn, die Nase zu groß für das schmale Gesicht, und nur die Hosenträger verhinderten, dass ihm die Hose in die Kniekehlen rutschte. Mit der rechten Hand klopfte er an den Holzrahmen und schwärmte weiter.

»Nein, nein, solch eine Handwerksarbeit findest du heut nicht mehr, dat könnt ihr mir glauben. Heute spart man am Holz und Geschmack und …« Er drehte sich zu

Lisa und Jonas hin. »Wisst ihr, damals konnte man hier rundum alles mit einem Vorhang schließen. Das bleibt dann schön warm, auch wenn das Feuer im Kamin runterbrennt. Eiskalt war es hier im Winter, und alles ohne Zentralheizung. Da würdet ihr euch ganz schön umgucken tun.« Er zwinkerte ihnen zu. Lisa sah in sein Gesicht, das voller Falten war. Lach- und Sorgenfalten, dachte sie, alles Zeichen eines Lebens.

»So ein schönes Bett aber auch«, wiederholte Lars.

Lisa legte eine Hand auf das glatte, dunkle Holz des Bettes. Ob es schon hier gestanden hatte, als jemand einen Ofen zu seinem Versteck gemacht hatte?

Heute würde es noch einmal in den Baumarkt gehen. Jonas war mit dem Pritschenwagen gekommen, der für Einkäufe mehr Platz bot als ihr Kleinwagen. Auf dem Parkplatz des Baumarktes war wenig los. Jonas fand einen Platz direkt beim Eingang, und sie stiegen aus. In der hellen Vormittagssonne war es angenehm warm. Lisa hielt das Gesicht in die Sonne. Wie viel lieber würde ich jetzt einen Spaziergang mit Jonas am Meer machen, fuhr es ihr durch den Kopf. Inzwischen wunderte sie sich nicht mehr zu sehr über solche Gedanken. Jetzt aber schob sie ihn beiseite und folgte Jonas zum Haupteingang. Drinnen empfing sie der Geruch nach Holz und Leim und Lösungsmitteln. Lisa schnupperte. Sie hatte diesen Geruch schon immer gemocht, diesen Baumarktgeruch, der Geschäftigkeit ausstrahlte, der von Machen, von Veränderung und ja, auch von Erneuerung erzählte. Ganz am Anfang war sie einmal mit Lukas hier gewesen, damals, als sie das Haus gerade von ihren Eltern übernommen hatten und ein wenig renovieren wollten. Daran erinnerte sie sich jetzt, an das gute Gefühl, etwas neu zu beginnen, die kleine Villa zu ihrem Haus zu machen.

Letztlich waren Lukas und sie nicht weit gekommen, wahrscheinlich, weil sie beide handwerklich nicht besonders geschickt waren und weil es so viele andere angenehme Ablenkungen gab: an den Strand gehen zum Beispiel, schwimmen, Liebe machen, grillen … Dann waren die Kinder gekommen. Erst Johnny, dann Neo und schließlich Millie, die kleine Nachzüglerin, das unverhoffte, wunderbare Geschenk.

Lisa riss sich aus ihren Gedanken und schaute sich um, griff nach einem Einkaufskorb und hängte ihn sich über den Arm. Um diese Tageszeit waren nur wenige Kunden zwischen den hohen Regalen des Marktes unterwegs. Es gab Hinweise auf die Gartenabteilung und auf die Holzabteilung. Wo war Jonas? Da vorne. Er hatte sich umgedreht und wartete auf sie. Es fühlte sich gut an, mit ihm gemeinsam hier zu sein. Ihr Weg führte an Kloschüsseln und Minisaunen vorbei. Je weiter Lisa den Gang entlang schritt, desto stärker wurde der Geruch nach Holz. Zuerst musste sie aber noch durch die Fliesenabteilung. Sie schaute sich spontan ein paar Natursteine an. Solche hätte sie gern für ihr Bad, und Lukas würden sie auch gefallen. Lukas. Sie hatte tatsächlich wenig an ihn gedacht in letzter Zeit. Auch an die Jungen nicht. Wie es ihnen wohl ging? Lisa verdrängte den Gedanken an ihre Familie aus ihrem Kopf. Sie wollte jetzt nicht an sie denken. Sie konnte das nicht. Noch ein paar Schritte, und sie hatte die Holzabteilung erreicht. Die Vielfalt überforderte sie. Zwar konnte sie sagen, welche Farbe oder welche Maserung ihr gefiel, aber sie hatte keine Ahnung, welches Holz überhaupt geeignet war. Schließlich blieb sie stehen und strich über ein besonders glattes, weiches Holz. Jonas stellte sich an ihre Seite.

»Das ist zu weich, fürchte ich.«

»Ich weiß. Aber es fühlt sich echt gut an.«

»Hm.« Jonas berührte ein anderes Stück Holz. »Wie wär's mit Eiche?«

»Ist das geeignet?«

»Eiche wäre tatsächlich eine Möglichkeit.«

Lisa betrachtete das Holz. »Und die andere?«

»Walnuss vielleicht.«

Jonas zeigte ihr das entsprechende Muster und wandte sich dann wieder der Eiche zu. »Ich denke ja immer«, sagte er langsam, »dass einfach nicht jede Holzart zu diesen alten Häusern passt. Es sollten Hölzer sein, die auch ursprünglich dort verbaut wurden, finde ich.«

»Da ist was dran.«

Er lächelte unsicher. »Ich hoffe, ich klinge jetzt nicht zu konservativ.«

»Nein, bestimmt nicht. Ich habe schon selbst bemerkt, dass sich hier manches farblich wirklich verbietet.«

Jonas lachte auf. Sein Lachen klang schön. Das dachte sie oft, seit sie zusammenarbeiteten, und dass sie mit ihm gelernt hatte, wieder zu lachen, auch wenn es nicht allzu oft vorkam.

»Ich bin wirklich froh, dass ihr mir helft.«

»Da nicht für.«

War er jetzt rot geworden? Das konnte man in dem diffusen Baumarktlicht kaum sagen. Sie waren für einen Augenblick still.

»Das ist unser erster gemeinsamer Ausflug, oder?«, platzte es dann aus Lisa heraus.

»Ausflug?« Jonas schaute sie verdutzt an, dann lachte er laut los.

»O Mann, ich bin vielleicht 'ne Romantikerin«, entschlüpfte es ihr. Sie biss sich auf die Lippen. »Ich weiß auch nicht, warum ich immer alles ausplappere, was mir in den Kopf kommt. Himmel, das habe ich nicht so gemeint.«

»Schade.«

Lisa hielt verblüfft inne. Was lief denn hier gerade? Es war lange her, dass sie so mit jemandem geplaudert hatte. Flirtete sie etwa?

»Wir wissen wenig voneinander«, sagte sie mit rauer Stimme.

»Das lässt sich ändern.«

»Das ist nicht das Problem.«

»Du bist verheiratet. Ich weiß das.«

Lisa starrte das Holz an. *Auch das ist nicht das Problem.*

»Gib mir etwas Zeit.« Sie räusperte sich. »Gib mir einfach etwas Zeit, okay?«

Zeit für die Wahrheit und Zeit, vom schlimmsten Tag meines Lebens zu erzählen.

Sie waren zurück in den etwas helleren Hauptgang getreten.

»Also, was meinst du, Herr Claassen, wäre Eiche eine gute Wahl?«, fragte sie und hoffte, dass er auf ihr Ablenkungsmanöver eingehen würde. Er tat ihr den Gefallen.

»Eiche oder Walnuss. Beides gefällt mir gut. Helle Eiche ist auf jeden Fall pflegeleichter und widerständiger gegen Sand.«

Lisa zuckte zusammen. Da war er wieder, dieser Schmerz, wie der Stachel eines Skorpions, der unverhofft zugestochen hatte. Letztes Jahr hatten noch sechs kleine Füße den Sand ins Haus geschleppt. Letztes Jahr war Millie noch über die Dielen getobt.

»Was ist mit dir?«, fragte Jonas.

»Nichts, gar nichts. Weißt du, ich glaube, ich nehme Eiche.«

Als sie den Lieferschein ausgefüllt und unterschrieben hatte, strebten sie zum Ausgang. Draußen blendete die Sonne, und Lisa musste blinzeln.

»Hast du Hunger?«, fragte Jonas, als er die Autotür öffnete. »Wie wär's mit einem Essen zum Abschluss unseres Ausflugs?«

Sie bestellten sich beide Husumer Krabbensuppe als Vorspeise, dann einen Matjesteller und zum Abschluss Tee. Lisa staunte, wie viel sie essen konnte und das kurz nachdem die Erinnerung sie mal wieder überfallen hatte. Auch wenn der Schmerz nicht mehr so vordergründig war, so war er unter der Oberfläche immer präsent. Jonas hatte nur von Sand sprechen müssen … Sie löffelte etwas mechanisch die cremige Suppe weiter, biss zwischendurch von dem frisch aufgebackenen Brot ab. Es tat ihr gut, sich ganz auf das Essen zu konzentrieren. Sie wollte nicht denken. Sie aß und schmeckte. Wer hätte gedacht, dass man in dieser Kaschemme so gut essen konnte? Lukas und sie waren öfter mal daran vorbeigefahren, aber nie hineingegangen, weil der Laden einfach zu schmierig aussah. Aber der äußere Anschein täuschte. Innen war die Einrichtung vielleicht ein wenig altertümlich, aber es war sauber und das Essen unglaublich lecker.

»Ich finde, das hier ist ein guter Abschluss unseres Ausflugs, oder?«, sagte Jonas und balancierte ein weiteres Stück Kandis in seine Teetasse.

Lisa lachte. »Irgendwie schon.« Sie trank einen Schluck Tee. »Ich kann es kaum glauben, wie schnell es mit der Renovierung vorangeht. Meine Familie und ich …«

Da, jetzt hatte sie doch erstmals davon gesprochen und wusste gar nicht, warum.

»Deine Familie?«, wiederholte Jonas vorsichtig.

»Mein Mann, meine zwei Jungs …« Sicherlich wusste er das schon. Das Spielzeug war doch unübersehbar. »Lukas und ich, wir hatten ein paar Schwierigkeiten, die Jungs sind schulpflichtig … Ich musste einfach weg, und da bin ich hierhergekommen.« Klang das glaubwürdig? Meine Güte, sie war bereits ein halbes Jahr hier. Was sollte er von ihr denken? War sie eine Rabenmutter? »Jedenfalls gehört das Haus uns schon einige Jahre, wir haben aber nie etwas daran gemacht«, fuhr sie fort und bemerkte, wie ihr Lächeln leicht einfror. Zwei Jungs und Millie, dachte sie, aber sie sagte nichts weiter. Über Millie, über ihr totes Kind würde sie nicht sprechen.

Sie hörte ein Räuspern.

»Du hast bisher nie von deiner Familie erzählt«, stellte Jonas fest, und in seinen Worten schwang mit: Warum ausgerechnet heute?

»Nein«, sagte sie. Er schien über etwas nachzudenken, und sie wappnete sich innerlich, falls er doch nach Millie fragen würde. Er musste etwas mitbekommen haben. Wahrscheinlich fragte er sich längst, warum sie ihm ihre Tochter verschwieg.

»Du hast auch noch nicht viel von der Antarktis erzählt«, versuchte sie, ihm zuvorzukommen. Die Bedienung kam an ihren Tisch. Lisa nickte, als sie fragte, ob sie abräumen könne. Jonas spielte kurz mit der Uhr an seinem Handgelenk.

»Das stimmt. Ich finde es tatsächlich nicht leicht, jemandem davon zu erzählen, der nicht dort war, und mal ganz ehrlich, eigentlich rede ich doch ohnehin nicht viel.«

»Nordlicht.« Es fühlte sich an, als würde sie sich dabei zusehen, wie sie versuchte, dieses Gespräch zu führen. Was wusste sie eigentlich von der Antarktis? Pinguine gab es da, Eiseskälte und Stürme. Außerdem war es ein Kontinent, und sie wusste auch, dass Jonas auf dieser Neumayer-Station gewesen war und Pinguine beobachtet hatte. Ein bisschen hatte er ja erzählt. Sie setzte die Teetasse an und entdeckte im nächsten Moment, dass sie leer war.

»Doch noch einen Tee?«, fragte Jonas mit einem Lächeln.

»Warum nicht?«

Es war ungewohnt, aber es tat ihr gut, hier mit ihm zusammenzusitzen, allen Schwierigkeiten zum Trotz. Jonas rief die Bedienung herbei und bestellte. Sie dachte an die Dinge, die er vielleicht doch nicht wusste, weil er am Ende der Welt gewesen war und weil er letztes Jahr auch schwere Zeiten durchlebt hatte.

Er schenkte erst ihr, dann sich frischen Tee ein. Der Zeiger der Standuhr sprang auf halb zwei, als er das Wölkchen dazugab.

»Ich kann mir vorstellen, dass es nicht so leicht ist, den eigenen Vater zu pflegen«, sagte Lisa nachdenklich und brach ab. »Ich hoffe, ich trete dir damit nicht zu nahe.«

»Nein, das ist schon in Ordnung. Manchmal wollte ich tatsächlich das Handtuch werfen und einfach zurück ins ewige Eis, zurück in die Einsamkeit und die Kälte, dahin, wo alles so klar schien. Weißt du, mein Vater und ich, wir haben uns nicht gut verstanden, schon lange bevor ich in die Antarktis aufgebrochen bin. Als ich ihn dann letztes Jahr wiedersah, so vollkommen hilflos, und sich dieser Hilflosigkeit auch noch bitter bewusst … Er war unausstehlich. Das kann ich dir sagen.« Jonas' Tasse klirrte, als er sie etwas schief auf den Unterteller zurücksetzte. Mit dem Finger rückte er sie in die richtige Position. »Er lebt jetzt erst wieder richtig auf. Echt nicht auszudenken, wenn ich dich am Anfang weggeschickt hätte.«

»Das hätte dein Vater ohnehin nicht zugelassen.« Lisa grinste ihn an.

Jonas zwinkerte ihr zu. »Vermutlich nicht.«

Die nächsten Tage arbeiteten Jonas und Lisa schwer am Schlafzimmer und versuchten gleichzeitig, noch mehr über die Schwayers herauszufinden, die immer noch ihr einziger Hinweis waren. Das Märchen blieb auch in seiner Abschrift sehr bruchstückhaft. Man erfuhr etwas vom Leben einer kleinen Meerjungfrau in einem Meerkönigreich. Es kam zu Kämpfen zwischen verschiedenen Meerkönigreichen, und die Meerjungfrau brachte nach einem Sturm ein kleines Kind in Sicherheit.

Sie war dem feinen Weinen nun eine Weile gefolgt. Obwohl es so leise war, hatte sie es immer wieder gehört. Das war so, weil sie es mit dem Herzen hörte. Meerjungfrauen konnten das. Sie lernten es schon in jungen Jahren.

Anke Peters bestätigte den Eindruck, dass die Schwayers eine sehr großzügige Familie gewesen waren, so hatte es jedenfalls ihre eigene Mutter Sontje immer berichtet. Da hatte es das Sommerfest gegeben, von dem sie schon wussten, gemeinsame Essen und auch immer wieder kleinere Geschenke für die Kinder der Gehöfte. Trotzdem war die Verbindung irgendwann sehr plötzlich abgerissen. Natürlich waren es schwierige Zeiten gewesen damals. Während des Ersten Weltkriegs und in der schweren Zeit danach darbte die Bevölkerung. Aber die Schwayers waren von den Entbehrungen scheinbar nicht besonders betroffen gewesen, weshalb es keine einleuchtende Erklärung dafür gab, warum die Familie die Villa in den Zwanzigerjahren einfach aufgegeben hatte. Es blieb ein Rätsel, das auch Anke Peters nicht zu lösen vermochte. Die alte Dame versuchte unterdessen, sich mit aller Kraft zu erinnern: Was hatte man sich erzählt? Was hatte sie gehört? Doch mit Erinnerungen war es so ein Ding, sie blieben flüchtig und veränderten sich quasi täglich.

»Auf den Fotos sieht es so aus, als könnte deine Mutter mit der Schwayer-Tochter befreundet gewesen sein. Hat sie je etwas davon erzählt?«, erkundigte sich Lisa bei Frau Peters, als sie eines Abends wieder einmal zusammensaßen. Die zuckte mit den Achseln. »Meine Mutter war letztlich nie eine Frau vieler Worte. Gott, wenn ich nur das Tagebuch finden würde. Ich bin mir sicher, dann wären wir ein gutes Stück klüger. Schade, dass ich mich früher nicht dafür interessiert habe.«

Lisa sah an die Decke. Es blieben ihnen also weiterhin nichts als Vermutungen. Und vielleicht lagen sie ja auch ganz falsch, vielleicht hatten die Schwayers gar nichts mit den Zeichnungen und dem Aquarell aus dem Ofen zu tun, womöglich war auch das Märchen nur eine unbedeutende Geschichte, die irgendwann einmal jemand hier geschrieben und dann zurückgelassen hatte, eine Fingerübung eben, mit der man sich die Ferien vertrieb.

Ich lese hier vielleicht auch nur etwas hinein. Millie ist tot. Diese Geschichte um das versteckte Aquarell und all das macht sie nicht wieder lebendig.

Lisa dachte unwillkürlich an Moses, den sie gepflegt hatte, und dann daran, wie Frau Peters und sie erstmals wieder zusammengesessen hatten. Irgendwann hatte sie sich ihr anvertraut und über das Geschehene geredet, so, wie sie es nie zuvor getan hatte. Erst danach war sie zum ersten Mal an den Strand gegangen, zum Meer, das sie in den ersten Wochen gemieden und nur über den Geruch wahrgenommen hatte, dem man ja einfach nicht entgehen konnte.

Bei ihrem ersten Besuch war es ihr so übel geworden, dass sie sich übergeben musste, aber das hatte mit jedem Mal ein bisschen mehr nachgelassen. Es war ihr anfangs schwergefallen einzusehen, dass sie deshalb nicht weniger um Millie trauerte. Irgendwann hatte sie wieder Stunden am Strand verbringen können und genoss es, bei Wind und Wetter draußen zu sein. Mit der Zeit war es ihr zur Gewohnheit geworden, sich nach ihren Spaziergängen im Peters-Hof aufzuwärmen und mit Frau Peters Tee zu trinken. Und seit sie mit Jonas und seinem Vater in Kontakt gekommen war, fühlte sie sich ohnehin wieder in einer Weise lebendig und aktiv, die sie kurz zuvor noch für vollkommen unmöglich gehalten hatte.

Lisa war ein paar Schritte auf und ab gelaufen. Sie hatte eigentlich nur kurz Pause machen wollen. Dann hatte sie sich mit einer Tasse Tee auf die Stufen gesetzt, die von der Veranda hinunter in den Garten führten, die Arme vor der Brust verschränkt und sich in Gedanken verloren. Es war warm in der Sonne, aber für einen Augenblick fröstelte sie. Sie dachte daran, wie sie auch bei schlechtem Wetter oft hier gesessen hatte, unter dem Verandadach, in eine Decke eingemummelt, Millie im Arm …

Von rechts näherten sich knirschend Schritte über den Kiesweg.

»Hey, ich hab dich gesucht. Wir wollten uns in der Pause doch noch einmal gemeinsam die Dorfchronik ansehen, und dann warst du mit einem Mal weg?«

»Sorry, Jonas. Ich weiß nicht. Ich musste nachdenken.«

Er musterte sie kurz und fuhr dann fort: »Ich habe schon mal ohne dich angefangen. Erinnerst du dich noch …«

Ich erinnere mich an so vieles. Ich erinnere mich an Dinge, die ich gerne vergessen würde und dann auch wieder nicht. Ich wünschte, es gäbe nichts zu erinnern …

»… da war doch diese eine Stelle, die uns gestern irgendwie sonderbar vorkam? Ich musste die ganze Zeit darüber nachdenken.«

»Da, wo plötzlich keine Einträge mehr waren?«

Lisa erinnerte sich an die Lücke in der Chronologie, auf die sie zufällig gestoßen war. Am Anfang einer Seite hatten die Daten plötzlich erst viel später wieder eingesetzt, ein Sprung von mehreren Monaten. Ihr war das ungewöhnlich erschienen. Jonas nickte.

»Genau, ich bin also noch einmal alles durchgegangen und habe festgestellt, dass eine Seite einfach falsch geheftet war.«

»Wirklich? Nur falsch geheftet? Und was heißt das?«

»Na ja, das ist vielleicht eine nicht ganz so schöne Sache.«

Er sah sie prüfend an.

»Okay?«

Er zögerte immer noch sichtlich, dann gab er sich einen Ruck: »Es sieht so aus, als hätte Anfang der Zwanzigerjahre eine Frau ihr Kind am Strand verloren, hier direkt unterhalb des Peters-Hofs, an der Sandbank …«

Die Sandbank … Die Zeichnungen … Das Aquarell …

Er suchte ihren Blick. Lisas Herz schlug schneller. Ihr Hals fühlte sich enger an. Er wusste es, er wusste es also doch … Wusste er es? Und hatte dieses Ereignis etwas mit dem versteckten Bündel zu tun? Ja, so musste es sein. Ihr Gefühl hatte sie nicht getrogen, doch wie nur ließ sich beides miteinander verbinden?

»Üble Geschichte«, drang Jonas' Stimme gepresst in ihre Gedanken.

Er weiß es, fuhr es ihr erneut durch den Kopf, er weiß von Millie. Wahrscheinlich hatte er in den langen Stunden, die er am Bett seines Vaters verbracht hatte, doch etwas mitbekommen, vielleicht hatte er es auch vergessen oder zuerst nicht mit ihr in Verbindung gebracht, aber jetzt erinnerte er sich.

Sie schluckte. »Ich habe dir nie vom letzten Jahr erzählt.«

Er schüttelte den Kopf. »Du musst mir nichts erzählen, wenn du nicht bereit dazu bist.«

»Ja, o ja, ich weiß.« Lisa hörte ihre Stimme rau und wacklig und etwas fremd. Sie räusperte sich. »Du denkst also, das, was da in der Chronik steht, ist für unsere Nachforschungen interessant?«

»Möglicherweise. Du doch auch, oder? Aber willst du dich denn wirklich weiter damit beschäftigen, jetzt, nachdem …?«

Lisa zögerte und nickte dann entschlossen. Es war nicht das Schlimmste, zu hören, dass auch anderen Schreckliches widerfahren war.

»Was ist denn damals genau passiert?«

»So genau kann ich das noch nicht sagen, es ist auch unklar, ob das etwas mit den Schwayers zu tun hatte. In der Chronik ist die Frau anonym geblieben.« Jonas räusperte sich. »Jedenfalls war es ein Gast, also jemand, der sich mit den Gezeiten in dieser Gegend nicht auskannte, und die Schwayers …« Er schaute nachdenklich in die Ferne. Etwas irritierte ihn offenbar. »Na ja, die Schwayers kamen doch eigentlich schon seit Jahren hierher. Sie müssen mit den Gezeiten vertraut gewesen sein, oder etwa nicht? Hätten sie einen solchen Fehler überhaupt gemacht?«

Lisa überlegte. »Vielleicht war ja etwas anders als sonst, vielleicht gab es eine Springflut?« Sie schaute zur Seite nach der Teetasse, die sie neben sich abgestellt hatte. Eine dicke Fliege war darin gelandet. Sie schüttete den Tee zwischen die Pflanzen, drehte die Tasse dann zwischen den Händen. »Meinst du, man könnte vielleicht in einer größeren Zeitung etwas über den Fall finden? Irgendwie kann ich mir bei einem Unglück dieses Ausmaßes ehrlich gesagt etwas anderes gar nicht vorstellen.«

Jonas nickte. »Das ist durchaus möglich.«

»Okay. Hast du eine Ahnung, wo wir hinmüssen?«

»Vielleicht sollten wir das Stadtarchiv aufsuchen, vielleicht gibt es irgendwo auch ein Zeitungsarchiv. Vielleicht haben ja die *Husumer Nachrichten* darüber berichtet?«

Lisa sprang entschlossen auf. »Gut, wann fahren wir?«

Jonas schaute auf die Uhr. »Jetzt ist es zu spät. Morgen muss ich meinen Vater vormittags zum Arzt begleiten und gegen vierzehn Uhr zur Reha, aber danach …«

»Abgemacht«, unterbrach Lisa ihn.

Lisa begleitete Jonas zum Gartentor und ging dann zurück in die Küche, wo sie noch ein wenig aufräumte. Nach einer Weile stolzierte Moses durch die Hintertür herein und ließ sich den Napf füllen. Lisa setzte sich mit einer neuen Tasse Tee auf das alte Sofa, das jetzt in der Küche stand, und sah der Katze beim Fressen zu. Moses ließ sich nicht stören. Sie machte ein Bild von Moses und schickte es über WhatsApp Frau Peters zu, die sich sehr über solche Nachrichten freute. Schon wenig später zeigte ein Signal an, dass Frau Peters die Nachricht erhalten und geantwortet hatte. Lisa musste lächeln und schrieb ein paar Zeilen zurück.

Lächeln. An vielen Tagen fühlte es sich inzwischen wieder richtiger an, an manchen immer noch sehr falsch. Sie dachte an das, was Jonas ihr erzählt hatte. Die Frau am Strand hatte zwar noch keinen Namen, aber sie hatte eine Geschichte, und Lisa fühlte sich ihr nahe. Sie musste unbedingt herausfinden, was damals passiert war.

22

»Verdammt, das kann ja wohl nicht wahr sein!«, brach es aus Lisa in einer Mischung aus Enttäuschung und Ärger heraus. Der Ausflug in das kleine Zeitungsarchiv hatte nichts gebracht. Frustriert saßen Lisa und Jonas danach im Café. Bevor sie losgefahren waren, schienen neue Antworten greifbar nahe zu liegen. Nun waren sie keinen Schritt weiter. Lisa rührte gedankenversunken in ihrer Teetasse, während Jonas eine verführerisch riechende Waffel mit der Gabel bearbeitete, als hätte die ihm etwas getan.

»Also zurück zu Frau Peters«, sagte er unvermittelt.

»Hm, so ist das wohl.«

»Das Unglück muss auf jeden Fall irgendwo Spuren hinterlassen haben. Es muss Zeitungsartikel geben, und es muss auch darüber gesprochen worden sein.«

»Wahrscheinlich.«

Lisa fiel es in diesem Moment dennoch schwer, ihre Enttäuschung zu verbergen. Sie ließ den Löffel abrupt fallen. Es klirrte. Jonas ignorierte ihren Unmut nach Kräften.

»Lisa«, sagte er ganz ruhig. »Willst du so schnell aufgeben?«

Ja, vielleicht wollte sie genau das. Warum sollte sie sich mit dem Schicksal einer Frau beschäftigen, die vor fast hundert Jahren hier ein Kind verloren hatte? Die Zeichnungen aus dem Ofen und die Manuskriptseiten, die waren wenigstens konkret. Damit sollte sie sich beschäftigen.

Aber was, wenn du recht hast, und beide Teile gehören zusammen, auf welche Art auch immer?

Jonas schob seinen Stuhl zurück.

»Komm, wir fahren zu Frau Peters. Vielleicht hat sie etwas Neues für uns.«

Die alte Dame war hocherfreut, als sie eintrafen. Sie deckte gleich draußen den Tisch – die Tischsets waren laminierte Bilder ihrer Enkelkinder. Lisa atmete tief ein. Wie gut die Luft hier war, man konnte das nahe Meer spüren, den Geruch nach Salz und ein wenig auch nach Fisch und Algen, das Schreien der Möwen und … Nein, daran wollte sie nicht denken. Sie schaute hinüber zu den älteren Gebäuden des Hofes mit ihren kleineren, vielfach unterteilten Fenstern.

»Bis dort drüben ging früher das Schwayer-Land«, sagte Frau Peters plötzlich. »Hier, wo das neue Haus steht, war einmal ihr Zugang zum Meer.«

Jonas stellte die Plätzchen, die sie mitgebracht hatten, auf den Tisch. Sie setzten sich, und Lisa legte die Dorfchronik vor sich hin.

»Wir haben herausgefunden, dass es genau dort unten«, sie deutete Richtung Meer, »in den Zwanzigerjahren ein Unglück gab.«

Frau Peters schob sich ihre Brille auf die Nase und las.

»O ja, diese Geschichte. Dass ich daran gar nicht gedacht habe … Nun, es sind so viele Sache geschehen, seit damals …« Sie studierte den Abschnitt noch einmal aufmerksam und blickte Lisa dann über ihre Brille hinweg an. »Ich erinnere mich aber tatsächlich ziemlich genau, dass die Großeltern noch Jahre später davon erzählten, allerdings sprachen sie leiser, wenn wir Kinder im Raum waren.« Sie machte eine Pause. »Selbstverständlich hatte ich damals noch Ohren wie ein Luchs, also entging mir nichts von dem, was sie sagten«, sprach sie lächelnd weiter und nahm einen Keks in die Hand, ohne davon zu essen. »Das muss jedenfalls wirklich furchtbar gewesen sein. Die Frau hatte wohl eine Sturzgeburt, direkt am Strand. Sie muss vorübergehend das Bewusstsein verloren haben, und …« Frau Peters holte tief Atem und schaute Lisa prüfend an. »Das ist wirklich nichts, worüber man gerne spricht, was?«

Lisa tätschelte die Hand der älteren Frau. Ja, es war schwer zu akzeptieren, dass auch dieses Kind gestorben und nicht gerettet worden war, aber sie wollte diese Geschichte trotzdem hören.

»Es ist in Ordnung, wirklich. Ich wüsste einfach gerne mehr von der Frau am Strand. Wer war sie? Wie kam es zu dem Unglück? Was passierte danach?«

Wie hat sie das überlebt, wenn sie denn überlebt hat? Ja, das wüsste ich gerne: Wie überlebt man so etwas?

»Hm.« Frau Peters sah sie bedauernd an. »Das weiß ich leider nicht, aber irgendwie hatte jemand mit dem Namen Rasmussen damit zu tun. Der Name fiel öfter zwischen meinen Großeltern.«

»Rasmussen?«

»Ja, genau … Ob die Frau so hieß? Ich weiß es nicht. Erinnerung ist etwas so Flüchtiges.«

»Rasmussen?«

»Es gibt das Rasmussen-Haus hier in der Nähe«, meldete sich Jonas zu Wort. »Das war, glaube ich, eine alte dänische Kapitänsfamilie. Das Haus liegt gar nicht weit entfernt von der Villa, mehr in Richtung Heide. Man kann es ganz gut zu Fuß erreichen. Ich habe gehört, dass es inzwischen ziemlich verfallen ist, aber es wurde wohl kürzlich verkauft.«

»Man kann es zu Fuß erreichen?«

»O ja. Es sind höchstens zehn Minuten.« Frau Peters hatte bislang nur an ihrem Keks geknabbert. Jetzt aß sie ihn ganz auf.

Lisa beugte sich etwas vor. »Wo liegt das Haus denn genau?«

Jonas erklärte ihr die Lage in knappen Worten, und Lisa stellte fest, dass sie es kannte, auch wenn sie es nie weiter beachtet hatte.

Als sie später wieder im Auto saßen, sprachen sie zunächst nicht. Jeder hing seinen Gedanken nach. Kurz vor der Dorfeinfahrt schaute Jonas sie von der Seite an.

»Und, willst du das Rasmussen-Haus sehen?«

»Hm.« Lisa schaute weiter nachdenklich nach draußen und gab vorerst keine Antwort. Hatten die Rasmussens und die Frau ohne Namen etwas miteinander zu tun? Waren sie vielleicht sogar identisch? Lohnte sich ein Besuch, oder würden sie einfach weiter im Nebel stochern? Aber was war eine Suche schon außer Stochern im Nebel?

Lisa bemerkte mit einem Mal erstaunt, dass Jonas den Wagen zum Stehen gebracht hatte.

»Wir sind da. Hier ist es«, sagte er.

Lisa stieg aus, ohne etwas zu sagen. Wie die meisten Häuser hier war auch das Rasmussen-Haus ein Backsteinhaus. Es war ein noch deutlich herrschaftlicheres Haus als das alte Schwayer-Haus, mit Säulen am Eingang, die einen steinernen Balkon trugen. Lisa fragte sich flüchtig, ob die Rasmussens dort früher gesessen und zum Dorf hinübergeschaut hatten. Man thronte dort etwas über dem Dorf und konnte über Gärten, Wiesen und viel flaches Land hinwegsehen. Zum Meer allerdings nicht, das lag auf der anderen Seite.

»Beeindruckend. Aber irgendwie wirkt es ein wenig fehl am Platz hier, finde ich.«

Jonas schmunzelte. »Es ist tatsächlich eines der ältesten Häuser hier. Vielleicht gehörte es ja ursprünglich einem ortsansässigen Adligen. Allerdings braucht es wirklich dringend neue Fenster.«

Lisa nickte. An den Fenstern konnte man besonders gut sehen, dass das Haus schon lange leer stand. Sie schritten gemeinsam die Straßenseite mit ihren wuchernden Hagebutten, Forsythien und Buchsbaumhecken ab. Dann musste Jonas sich verabschieden, um seinen Vater von der Reha abzuholen. Lisa entschloss sich, nach Hause zu laufen, und ging noch ein Stück am Zaun entlang, der an manchen Stellen große Lücken aufwies. Der Garten war verwildert, aber man konnte doch ahnen, wie er einmal ausgesehen hatte. Vom hinteren Teil konnte man leider kaum etwas sehen, so sehr sie sich auch reckte.

Die Wiese im Vorgarten war dafür von Blumen übersät. Manche sahen aus, als wären sie alten Beeten entkommen, andere waren wohl Wildblumen. Ein alter

Nussbaum reckte sich über den Dachfirst hinaus, ein ausladender Rosenbusch schmiegte sich an die linke Hauswand. Als sie das Tor erreichte, das etwas schief in den Angeln hing, hatte sie noch nicht entschieden, was sie tun wollte. Sie schaute sich um. Etwas weiter die Straße entlang fiel ihr ein Mercedes in dunklem Silbergrau auf. War vielleicht doch jemand im Haus? Aber warum stand das Auto dann nicht direkt davor? Vielleicht war es auch nur von Wanderern oder irgendwelchen Tagesgästen abgestellt worden. Sie machte sich auf den Heimweg.

23

»Lisa«, meldete sie sich mit rauer Stimme und räusperte sich reflexartig. Sie konnte nicht sagen, wie oft es schon geklingelt hatte, aber ihr Unterbewusstsein sagte ihr, sehr oft. Sie hatte das Klingeln in einen Traum eingebaut, in immer neuen Varianten, bis sie festgestellt hatte, dass das Telefon tatsächlich klingelte.

Sie musste wirklich tief und fest geschlafen haben. Vormittags war sie bis zur Erschöpfung im Haus herumgewirbelt und hatte sich einige Gedanken darum gemacht, was sie im Wohnzimmer noch verändern könnte. Sie war mit einem Mal voller Tatendrang gewesen. Manchmal wunderte sie sich immer noch sehr über sich selbst. Danach hatte sie sich ein Brot gemacht, Nachrichten auf ihrem Handy gecheckt und war nach dem Essen wohl auf dem Küchensofa eingenickt. Es war vielleicht nicht der bequemste Ort, um zu schlafen, doch sie war offenbar müde genug gewesen. Jetzt war es bereits später Nachmittag und sie vollkommen steif, aber endlich wach genug, um zum Telefon zu gehen.

Sie nahm ab.

»Sag mal, wie lange willst du denn eigentlich noch da oben bleiben?« Ihr Mann Lukas nahm keinen Umweg über eine Begrüßung. »Denkst du nicht, dass es langsam mal genug ist? Du kannst nicht für den Rest deines Lebens vor allem davonlaufen!« Er machte eine Pause zum Luftholen, und sie konnte quasi sehen, wie er den Kopf schüttelte. Irgendwann, dachte Lisa, habe ich diesen sorgenvollen Ausdruck auf seinem Gesicht einfach nicht mehr ausgehalten. Ich habe ihn gehasst. Es war immer noch ihre Sache, wie sie sich fühlte und was sie mit ihrem Leben anzufangen gedachte, damals und ja, auch heute.

»Ich kann wirklich nicht glauben, dass dir das guttut da oben, Lisa«, setzte er jetzt leiser, aber eindringlicher hinzu. »Wir sollten langsam einmal darüber reden, wie es weitergeht.«

Es geht hier doch nicht darum, mir etwas Gutes zu tun, fuhr es Lisa durch den Kopf, das war nicht mein Ziel. Sollte sie ihm von dem Fund erzählen? Sie wusste, dass sie es früher sofort getan hätte.

Aber es ist meine Schuld, dass Millie nicht mehr lebt. Das wird immer zwischen uns stehen, und davon kann mich auch niemand freisprechen.

Am anderen Ende raschelte etwas. Lisa schloss die Augen.

»Ach, Lukas, ich …« Wie viel Uhr war es wohl? Sie versuchte, einen Blick auf die Küchenuhr zu erhaschen.

Memento mori. Auch im Leben sind wir vom Tod umfangen. Wir wissen das heute nur nicht mehr, wir vergessen es zu leicht …

»Also, was sagst du, Lisa? Wie soll es weitergehen? Wann reden wir endlich wieder miteinander?«

»Keine Ahnung.«

»Keine Ahnung. Das ist alles?«

Lisa sah durch das schmale Fenster neben der Tür nach draußen, wo sie mit einem Mal Jonas entdeckte, der gerade die alten Dielen aus dem Schlafzimmer wie verabredet noch einmal auf ihre Verwendbarkeit prüfte. Seit wann war er da? Hatte er vielleicht sogar schon geklingelt? Er musste irgendwann nach Mittag gekommen sein. Hatte er sie in der Küche schlafen sehen, womöglich sabbernd und mit halb offenem Mund? Gerade zog er seinen Pullover über den Kopf, warf ihn zur Seite und wischte sich mit dem Handrücken über die schweißnasse Stirn. Als er sich reckte und das Hemd nach oben rutschte, erhaschte sie einen Blick auf seinen muskulösen Bauch. Sie trat ruckartig einen Schritt zurück.

»Keine Ahnung. Das ist alles, was du mir zu sagen hast?«, wiederholte Lukas. Er klang empört. »Du rufst monatelang nicht an. Du fragst nicht nach deinen Kindern. Wir sind eine Familie, Lisa, und gottverdammt, du hast Kinder, lebendige Kinder.«

»Das weiß ich.« Lisa spürte, wie ihr die Tränen in die Augen schossen. Ihre Stimme klang belegt, als sie weitersprach. »Warum sagst du das?«

»Weil es stimmt! Weil es die verdammte Wahrheit ist. Und weil es den Anschein hat, als hättest du das vergessen! Wir alle machen uns Sorgen um dich. Wir haben dir Zeit gelassen, aber das muss einfach irgendwann einmal aufhören. Du hast Neo und Johnny. Sie brauchen dich. Millie …«

»Hör auf!« Lisa war erstaunt, wie scharf und kräftig ihre Stimme klang. Aber Lukas hatte nicht vor, sich beirren zu lassen. Hatte ihm irgendjemand gesagt, dass er ihrem Ausweichen nicht nachgeben durfte, dass er sie mit der *Realität* konfrontieren musste?

»Millie ist tot, Lisa, sie kommt nicht mehr zurück, und wir müssen damit leben. Wir werden unser ganzes Leben damit leben müssen, an diesem Fakt ändert sich nichts. Akzeptiere das endlich.«

Ich akzeptiere es ja, dachte sie, ich akzeptiere es. Trotzdem fühlte sich jedes seiner Worte immer noch wie ein Faustschlag an.

»Ich …«

»Ich habe das Telefon übrigens auf laut stehen«, sagte Lukas. »Vielleicht sagst du wenigstens mal Hallo zu den Jungs?«

Lisa biss die Zähne aufeinander. Warum hatte er das getan? Sie wollte ihre Kinder nicht verletzen. Sie wollte für sie da sein, aber dafür musste sie die Kraft erst wieder finden.

Ich habe diese Kraft noch nicht.

»Was hat Mama gesagt?«, hörte sie Neos Stimme aus dem Hintergrund. Dann war Lukas wieder zu hören.

»Willst du ihm etwas sagen?«

»Tag, Neo!«

»Tag, Mama!«

Lisa spürte mit einem Mal Tränen in ihrer Kehle.

»Ich muss auflegen«, brachte sie noch hervor, dann sackte sie an der Wand neben dem Telefon zusammen und heulte los.

So konnte sie keinesfalls raus zu Jonas gehen. Sie textete ihm, sie habe Kopfschmerzen, zog sich ins Kinderzimmer zurück und starrte auf dem Rücken liegend zu der Stelle, an der der Wasserfleck gewesen war. Damit hatte alles angefangen. Seither war sie langsam ins Leben zurückgekehrt. Warum hatte sie Lukas nichts davon erzählt?

Ich mache Fortschritte …

Sie schloss die Augen. Sonnenschein drang immer noch grell durch die Scheiben und sogar durch das Gewirr an grünen Blättern zu ihr herein. Lukas' Anruf hatte einen Schalter bei ihr umgelegt, er hatte sie gnadenlos daran erinnert, warum sie eigentlich hierhergekommen war. Hatte sie ihr Ziel aus den Augen verloren? War es ihr abhandengekommen angesichts der Renovierung, angesichts einiger Fundstücke aus dem Ofen und angesichts des Phantoms einer Frau, die vor langer Zeit ihr Kind verloren hatte?

24

MAINZ, 1920

Erst war es diese so vertraute Bewegung gewesen, dann ein Lachen, das vom ersten Frühlingswind getragen zu Lillian herüber schwebte. Sie hatte sich schon heute Morgen auf diesen Spaziergang gefreut, als die Sonne wie ein Versprechen auf wärmere Tage zu ihr hereingespitzt hatte. Ihre Freude hatte einen kurzen Dämpfer erlitten, als Leopoldine Schwayer ihr mitteilte, dass Vicky schon unterwegs sei, und nun war es Lillians Herz, das aus der Ferne das Vertraute erkannt hatte, bevor ihr Verstand nachzog: Das war Vicky, die sie da zwischen den vielen Menschen sah, die die ersten Sonnenstrahlen am Rheinufer genossen, und sie war nicht allein. Jamal Boissier war an ihrer Seite, der junge französische Übersetzer mit der dunkleren Hautfarbe, den sie vor Monaten gemeinsam auf einem Spaziergang kennengelernt hatten und dem sie dann bis zum Winteranfang immer mal wieder begegnet waren. Lillian hatte manchmal den Eindruck gehabt, dass der Franzose es geradezu darauf anlegte, ihnen über den Weg zu laufen. Aber dann war das Wetter schlecht geworden, und sie waren kaum noch rausgegangen, denn Vicky war es ja meist zu kalt, und …

Die beiden wirkten sehr vertraut miteinander, und sie gingen so dicht nebeneinander her, dass es gerade noch schicklich war. Als sie zu dritt unterwegs gewesen waren, erinnerte sich Lillian, hatten sich die beiden nur kürzere Schlagabtausche geliefert und einander oft geneckt. In Lillians Erinnerung war es, als ob Vicky stets einen frechen Witz auf der Zunge getragen hätte, als ob sie die ganze Situation nicht wirklich ernst nahm.

Lillian rang nach Atem. Vicky und sie waren nie enge Freundinnen gewesen, eher ein Gespann, das aus der Not geboren war. Dennoch verletzte es sie, dass Vicky sie versetzt hatte und sich gemein mit dem Feind machte, der Lillians Vater getötet hatte. Sie streckte die Hand aus, um irgendwo Halt zu suchen, doch da war nichts. Noch hatten die beiden Turteltäubchen sie nicht entdeckt. Und Lillian wollte eine Begegnung unbedingt vermeiden. Sie wusste nur zu gut, dass Vicky ihr ansehen würde, wie verletzt sie sich fühlte, und das wollte sie keineswegs zeigen. Redeten die beiden vielleicht über sie? Lillian spürte, wie ihr Herz schneller schlug. Ein Schleier zog über ihre Augen, und sie suchte erneut nach Halt. Wie aus dem Nichts war da ein Arm, an dem sie sich festhalten konnte. Er gehörte zu einem Mann mit einem hageren, ausgezehrten Gesicht, ein Soldat, ein Kriegsversehrter. Lillian hatte sich an seinem gesunden Arm festgehalten, der andere endete in einem Stumpf. Sie schauderte. Er sah darüber hinweg.

»Ist Ihnen nicht gut, Fräulein?«

»Nein, nein«, sagte sie. »Es geht schon wieder, nur ein kleiner Schwächeanfall.« Sie wühlte in ihrer Tasche nach dem Stück Brot, das sie sich für solche Fälle mitgenommen hatte. Die Augen des Mannes weiteten sich – wahrscheinlich hatte er auch Hunger –, doch er sagte nichts. Lillians Augen suchten wieder nach Jamal und Vicky. Die beiden hatten sie immer noch nicht bemerkt, und sie wollte jetzt nur noch weg von hier.

»Himmel, Herrgott, wie kannst du nur erzählen, dass du bei mir bist, wenn du in Wirklichkeit mit diesem Schwarzen herumläufst?« Lillian war so wütend, dass es Vicky überraschte. Sie konnte sich nicht erinnern, die ruhige Lillian je so aufgebracht gesehen zu haben. Jetzt musste sie sogar schneller laufen, denn Lillian hatte ihre Schritte noch einmal beschleunigt. Vicky versuchte, sich kurzerhand bei ihr unterzuhaken, während sie beide die Frauenlobstraße an der Oberreal- und Handelsschule entlanggingen, doch Lillian schüttelte sie energisch ab. Wütend knallten ihre Sohlen aufs Pflaster.

»Ach, Lillian, ich war mir einfach so sicher, dass du nichts dagegen haben würdest. Wir reden doch nur miteinander, und das, was er zu erzählen hat, ist wirklich interessant, weißt du? Du warst doch auch ab und an dabei, wenn er von Marokko erzählte …« Vicky hatte Lillian überholt und stand nun direkt vor ihr. »Das ist doch nichts Schlimmes, oder? Es ist ja nicht so, dass ich mit ihm durchbrennen möchte.« Vicky zwang sich, ganz unbeschwert weiterzuplaudern. Manchmal wollte sie ja vielleicht genau dies: durchbrennen. Natürlich sprach sie das nicht laut aus.

»Wir leben schließlich nicht in einem Schundroman«, hörte Vicky die Stimme ihrer Mutter an ihrem Ohr.

Zwar gelang es ihr, Lillians Blick zu halten, aber deren Haltung blieb steif. Ihr Gesicht war leichenblass, und für einen Moment hatte es den Anschein, als wollte sie Vicky erneut beiseiteschieben.

Meine Güte, fuhr es Vicky durch den Kopf, nur weil wir in dieselbe Schule gehen und im Unterricht nebeneinandersitzen, hat sie noch lange keinen Anspruch auf mich!

Lillian verschränkte die Arme vor der Brust. »Wie oft hast du behauptet, dass du mich triffst, wenn du in Wirklichkeit ihn gesehen hast?«

»Ich hintergehe dich nicht. Es hat sich so ergeben. Weißt du noch, wie wir Monsieur Boissier zum ersten Mal gemeinsam begegnet sind?«

Natürlich wusste Lillian das.

»Und danach haben wir uns doch auch ein paarmal zu dritt getroffen. Habe ich denn je irgendetwas Falsches getan? Ich dachte immer, du wüsstest, dass wir uns hin und wieder sehen.«

Das Misstrauen auf Lillians Gesicht verwandelte sich in Ablehnung. »Nicht so. Wie hätte ich das denn wissen sollen?«

Vicky legte eine Hand auf Lillians rechten Arm. »Bitte, Lillian, es war unbedacht, aber du kennst mich doch. Ich bin nicht böse. Ich bin kein böser Mensch, wirklich nicht.«

In Lillians Gesicht blitzte etwas auf: Verletztheit, aber auch die Erkenntnis, dass Vicky womöglich recht hatte. Sie ließ die Schultern sinken.

»Ich wollte dir wirklich nicht wehtun«, sagte Vicky nochmals leise.

Lillian räusperte sich. »Meine Mutter sagt, dass die Schwarzen nichts Gutes wollen«, brach es dann aus ihr heraus. »Sie sind nur hier, um uns noch tiefer zu demütigen, um uns einmal mehr einzubläuen, dass wir am Boden liegen … Sie sind kulturlos, aber wir werden uns wieder erheben, und dann …«

»Jamal ist ein guter Mensch, das weißt du. Du kennst ihn.«

»Ich kenne ihn nicht.«

»Komm schon, ein wenig kennst du ihn doch … Ein wenig, ja?« Vicky versuchte sich an einem Lächeln.

»Du willst immer das letzte Wort behalten, oder? Nein, ich kenne ihn nicht, Vicky.«

Nicht so wie du, schwang in ihren Worten mit.

»Ach, Lillian.« Vicky griff nach ihrer Hand, doch die Hand der Freundin blieb schlaff. »Bitte, wenn du mir wirklich böse bist, dann tut mir das leid, und ich entschuldige mich. Es war gedankenlos, dich zu belügen.«

Lillian sah sie endlich wieder etwas versöhnlicher an.

»Genau das war es. Wir waren doch immer ehrlich miteinander. Wir sind vielleicht nicht die besten Freundinnen, das weiß ich ja, aber wir waren doch immer ehrlich.«

Vicky nickte. Ich muss vorsichtiger sein, dachte sie.

Mit jedem Tag wurde es nun wärmer und heller, und der Frühling ließ sein blaues Band flattern. Die Vögel sangen jeden Morgen lauter. Jamal und Vicky trafen sich immer noch in der Gartenlaube, von der Lillian glücklicherweise nichts wusste. Ob in diesem Frühjahr jemand in den Garten zurückkehren würde? Das Ende des Krieges war jetzt zwei Jahre her, und auch die schlimmsten

Erinnerungen mussten einmal verblassen. Wie lange würde ihnen ihr Liebesnest also noch bleiben?

Vielleicht lag es an den milderen Temperaturen, dass Jamal und sie heute, nach der Liebe, Arm in Arm eingeschlafen waren. Als Vicky aufwachte, dämmerte es bereits. Sie schreckte hoch. Auch Jamal war sofort wach und sah kurz verstört aus. Sie kannte das schon. Das kam hin und wieder vor, aber heute fiel es ihr wieder einmal besonders auf.

»Oh, verdammt«, entfuhr es ihm. Fast im selben Atemzug entschuldigte er sich. Sie beide schlüpften hastig in ihre Kleidung und verabschiedeten sich rascher als gewöhnlich voneinander. Vielleicht, dachte Vicky Monate später manchmal, hatte ich deshalb auf dem ganzen Rückweg dieses unbehagliche Gefühl, dass etwas nicht stimmte.

Als sie nach Hause kam, drang Grammofonmusik aus dem Salon. Das war in letzter Zeit nur selten vorgekommen. Vicky schlüpfte aus den Schuhen und dem Mantel, bevor sie sich daranmachte, in ihr Zimmer zu schleichen. Am Ende der Treppe fing ihr Bruder sie ab.

»Wo warst du? Die Eltern haben mich zu Lillian geschickt, aber du warst angeblich schon weg. Hat Lillian behauptet.« Er machte eine Pause und sah sie eindringlich an. »So war es doch, oder?«

»Ja, das war wohl so«, erwiderte Vicky und wollte an ihm vorbei. Seit sie sich Lillian hatte anvertrauen müssen, war sie doch angespannter, das konnte sie nicht verleugnen. Hagen hielt sie am Ärmel ihres Kleides fest. So einfach würde sie nicht davonkommen. Er war ihr Bruder. Aber er hatte durchaus kein Recht, sie festzuhalten.

Vicky riss sich los, doch seine Stimme hielt sie auf: »Warst du überhaupt bei Lillian?«

Sie drehte sich zu ihm um. Warum fragte er? Sie sah ihm forschend ins Gesicht und ärgerte sich im nächsten Augenblick darüber. Hatte sie sich jetzt verraten? »Natürlich war ich das.« Sie setzte ihren hochmütigsten Gesichtsausdruck auf. »Und ich werde jetzt zu den Eltern gehen und ihnen sagen, dass ich wieder da bin.«

Hagen ließ es nicht zu, dass sie sich abwandte, sondern musterte sie noch eingehender. Vicky zwang sich, seinem Blick standzuhalten. Sie würde sich nicht an ihm vorbeidrängen können, das wurde ihr in diesem Moment klar. Ihr kleiner Bruder war zu stark für sie geworden.

»Willst du mich für dumm verkaufen?«, fragte er unvermittelt und sehr scharf, während er ihr rechtes Handgelenk packte. »Im Übrigen ist Lillian eine miserable Lügnerin. Wo warst du?«

»Hat sie etwa behauptet, dass ich nicht da war?«

»Nein.«

»Na, siehst du, was willst du dann? Ich werde jetzt den Eltern Bescheid geben.« Vicky versuchte erneut zu entkommen. Es schien Hagen weiterhin keine große Anstrengung abzuverlangen, sie festzuhalten. Sein Gesicht rückte ihrem bedrohlich nahe. Sie spürte seinen Atem wie Säure auf ihrer Haut. »Gib's zu, du hast diesen Schwarzen getroffen, stimmt's?«

Vickys Nacken versteifte sich. »Wen meinst du?«

Hagen sah sie wütend an. »Denkst du, ich bin blind? Denkst du, ich kann nicht eins und eins zusammenzählen? Ich habe Lillian übrigens direkt gefragt, und sie hat es nicht wirklich geleugnet.«

»Das ist nicht wahr.« Vicky stolperte rückwärts eine Stufe hinunter und hielt sich gerade noch am Treppengeländer fest. Womöglich bluffte er nur. »Niemals.«

»Doch, ich weiß es, Vicky.« Er sah so angeekelt aus, als wollte er jeden Moment vor ihr ausspucken. »Alle wissen es, auch die Leuningers. Mit einem Mischlingsbastard, es ist widerlich.«

»Das nimmst du zurück«, blaffte Vicky ihn an, bevor sie sichs versehen hatte. In Hagens Gesicht leuchtete etwas auf, und doch hatte er noch keinen endgültigen Beweis, noch nicht.

25

»Es hat einen Putsch gegeben in Berlin«, brachte Hermann Schwayer hervor, als er am 13. März zu Hause eintraf. Und dann wiederholte er es noch einmal langsamer und irgendwie vorsichtiger: »Es hat einen Putsch gegeben in der Hauptstadt. Man hat gegen die Regierung geputscht.« In seinem Gesicht spiegelte sich Fassungslosigkeit.

Monsieur Charlier, sein Geschäftspartner, hatte es ihm erzählt. Vicky war überrascht, wie zutiefst beunruhigt der Vater aussah, nein, geradezu verstört, dabei waren dies doch unruhige Zeiten und mit so etwas immer zu rechnen. So wie damals nach Kriegsende, als Matrosen der Kaiserlichen Marine gemeinsam mit Soldaten der Mainzer Garnison Häftlinge aus dem Militär- und dem Landgerichtsgefängnis befreit hatten; als geplündert worden war, damals, in den Tagen, bevor Bernhard Adelung vor der Stadthalle die Republik ausgerufen hatte. Auch danach hatte es immer wieder kleinere Unruhen gegeben und natürlich sehr häufig auch Auseinandersetzungen zwischen den Anhängern der verschiedenen Parteien.

Am frühen Vormittag des 14. März 1920 erreichten weitere Nachrichten das Haus Schwayer. Die Regierung war zur Flucht gezwungen worden. In Berlin hatte man daraufhin den Generalstreik ausgerufen, der sich am folgenden Tag auf das ganze Reich ausgeweitet hatte. Aus der Linken verlauteten sofort dringliche Aufrufe zur Gegenwehr. Leopoldine und Hermann Schwayer wisperten hinter vorgehaltener Hand über einen möglichen Bürgerkrieg. Nicht hier in Mainz, das ja von Franzosen besetzt war, die für Ordnung sorgten, aber möglicherweise drüben in Frankfurt, wo man ja auch Verwandte hatte.

Hagen ging dieser Tage immer häufiger aus, ohne um Erlaubnis zu fragen. Die Eltern konnten nichts dagegen tun. Nach dem Mittagessen am 15. März machte auch der Vater sich erneut auf den Weg. In der Halle beobachtete Vicky, wie sich ihre Eltern umarmten. Heute hielt Leopoldine ihren Mann einen Augenblick länger fest.

»Sei bitte vorsichtig!«

»Natürlich«, gab er mit belegter Stimme zurück und legte ihr für einen Moment seine große Hand an die Wange.

»Wir leben in neuen Zeiten«, hatte Hagen gestern beim Abendbrot gesagt, »in Zeiten, in denen man das Alte um jeden Preis hinter sich lässt und auch einmal eine Regierung hinwegfegt, wenn sie gegen die Interessen des Volkes handelt!«

Vater war dieses Mal wohl zu erschöpft gewesen, zu reagieren, denn es war erstaunlicherweise zu keinem Streit über diese Äußerung gekommen.

Nachdem Hermann das Haus heute verlassen hatte, kämpfte ihre Mutter sehr darum, ihre Aufregung zu verbergen. Ganz wollte es ihr nicht gelingen. So bestand sie auch vehement darauf, dass Vicky ihr Gesellschaft leistete. Die fügte sich in ihr Schicksal und bearbeitete einige Schulaufgaben am Wohnzimmertisch. Leicht war das nicht, denn ihre Mutter sprang immer wieder auf und lief unruhig auf und ab; meinte ständig, die Haustür zu hören, und jedes Mal, wenn jemand ins Zimmer kam, reckte sie den Kopf, um dann unvermittelt wieder in sich zusammenzusinken, wenn es wieder nur eines der Hausmädchen war. Seit Kurzem hatte Mariele Bärbelchens Platz eingenommen. Gerade war Ilse mit einem Teller frischen Gebäcks und Tee eingetreten.

»Danke, nein«, sagte ihre Mutter, und Ilse wandte sich Vicky zu.

»Danke, Ilse, für mich auch nicht«, schloss sich Vicky an und hätte ihre Antwort am liebsten sofort zurückgenommen, als sie Ilses traurigen Blick sah. War das Mädchen etwa traurig, weil sie in der letzten Woche nur wenig Zeit gefunden hatte, mit ihr zu sprechen? Auch sie genoss die Gespräche mit Ilse, die von Mal zu Mal vertraulicher wurden. Manchmal hatte sie den Eindruck, dass das Stubenmädchen in ihrer Gegenwart regelrecht aufblühte, und das machte sie auch ein wenig stolz.

»Aber vielleicht sind noch ein paar von den Pralinen übrig, von denen ich gestern welche hatte?«, überlegte sie laut.

»Natürlich, gerne doch.« Ilse strahlte. Vicky konnte es sich nicht so recht erklären, warum es dem Mädchen so wichtig schien, ihr etwas zu bringen, aber im Grunde konnte ihr das auch gleichgültig sein.

Leopoldine seufzte laut auf. Vicky hatte ihre Mutter tatsächlich selten in einer solchen Stimmung erlebt. Sie war sehr behütet aufgewachsen und hatte sich lange Zeit ihres Lebens wenig Gedanken um irgendetwas machen müssen. Zuerst hatten ihre Eltern sie beschützt, danach hatte der Vater diese Aufgabe übernommen. Während des Krieges waren sie weitgehend verschont geblieben. Leopoldine machte sich keine Gedanken darum, ob das gerecht war oder nicht. Warum auch, sie war eben ein Glückskind. Allerdings teilte sie ihr Glück gerne mit anderen, das musste man sagen, und sie nahm Anteil an deren Leid. Schließlich war sie weder hartherzig noch selbstgerecht. Sie lud regelmäßig Freunde zum Essen ein, legte, wo immer möglich, ein gutes Wort für Leute ein und übernahm auch einmal die Schulden für jemanden. Heute aber bemerkte Vicky erstmals eine Veränderung an ihr. Etwas an der Haltung ihrer Mutter, etwas in ihrem Tonfall zeigte, dass sie wirklich beunruhigt war, dass sie sogar Angst hatte: Was, wenn die Dinge außer Kontrolle gerieten?

An diesem Abend kam der Vater noch später nach Hause als sonst. In Frankfurt war es an verschiedenen Stellen der Stadt zu schweren Kämpfen gekommen. Von Schwerverletzten, sogar von Toten war die Rede. Erst einige bange Stunden später brachten sie in Erfahrung, dass es Mutters Verwandten gut ging.

Anfang April marschierte die Reichswehr ins Ruhrgebiet ein.

Jamal starrte vom Wagen herunter auf die Straße, die sie nach Frankfurt führen würde. Nach dem erfolglosen Putschversuch in Berlin war Anfang April die deutsche Reichswehr ins Ruhrgebiet geschickt worden, um die Ordnung dort wiederherzustellen. Von der französischen

Seite wurde das als klarer Bruch des Versailler Vertrags gewertet. Aus diesem Grund hatte man nun französische Truppen nach Frankfurt und Darmstadt entsandt.

Er dachte an Vicky. Alles war so schnell gegangen, dass er keine Möglichkeit gehabt hatte, ihr Bescheid zu geben. Seit dem Putsch hatten sie einander nicht mehr gesehen. Sie war an keinem ihrer Treffpunkte aufgetaucht, und er konnte nur vermuten, dass sie das Haus angesichts der prekären Lage nicht verlassen durfte. Auch im Gartenhaus hatte er fast zwei Stunden vergeblich gewartet. Mittlerweile war fast ein Monat vergangen. Aber wenn sie ihr Haus demnächst wieder verlassen durfte, würde sie ihn nun auch nicht mehr finden können. Die Kehle wurde ihm eng. Was musste sie von ihm denken, wenn er plötzlich unauffindbar war? Verschwunden? Würde sie glauben, dass er ihre Liebe verraten hatte?

26

Seine Kameraden und er hatten die Bar kaum betreten, als Jamal sich der feindseligen Atmosphäre bewusst wurde. Sie lag wie eine Drohung in der Luft, wie ein Pfeil, der schon an der gespannten Sehne lagerte. Sie hatten sich ein bisschen herausgeputzt für den Abend, weil sie eben auch junge Männer waren und der Krieg doch eigentlich vorbei war. Der Krieg war vorbei, und man wollte sich einfach einmal vergnügen.

Frankfurt war ein neues Pflaster für sie alle. Und sie waren neu für die Frankfurter. Man hatte sie hierhin verlegt, nachdem die Deutschen ins Rheinland einmarschiert waren. Aber auch hier wollte sie niemand. Jamal waren die Flugblätter und die Plakate durchaus aufgefallen, die hin und wieder auftauchten. Hässlichste Darstellungen von den Kolonialtruppen, Karikaturen von Menschen, die eher Affen ähnelten. Sie kannten das schon aus Mainz, was es nicht besser machte. Er hatte ein ungutes Gefühl. Die Frankfurter waren Besatzungstruppen nicht gewöhnt. Man hatte auch keine Erfahrung mit dunkelhäutigen Soldaten gemacht. Umso besser wusste man, was Furchtbares von ihnen berichtet wurde. Ein Mann ganz links an der Bar schob sein Bierglas zurück, stand auf und strebte breitbeinig zur Tür. Einer von Jamals

Kameraden machte Anstalten, zur Seite auszuweichen, jedoch nur halbherzig, vielleicht absichtlich. Nein, seinesgleichen wollte sich nicht immer wegducken. Jamal verstand das. Sie gehörten zu den Siegern, sie hatten dieses verdammte Deutschland besiegt.

»Platz da, dreckiger Neger!« Spucke flog durch die Luft. Der Deutsche war knallrot angelaufen, während er den Satz herausbrüllte. Er erwischte den Kameraden heftig an der Schulter, der stolperte rückwärts und ging fast zu Boden.

Jamals Kameraden verstanden den Deutschen auch ohne Sprachkenntnisse, aber sie waren immer noch nicht bereit, klein beizugeben.

»Der sieht aus wie ein Pavianarsch«, zischte einer.

»Wie hast du mich genannt?«

Der Deutsche schien noch röter anzulaufen, falls das überhaupt möglich war. Er verstand gewiss kein Französisch, aber er wusste auch so, dass man nichts Höfliches über ihn gesagt hatte.

»Pavianarsch habe ich dich genannt«, antwortete Jamals Kamerad eher auf gut Glück.

»Das schwarze Dreckstück hat mich beleidigt!«, brüllte der Deutsche und schaute sich nach Unterstützung heischend in der Bar um. Manche hatten die Ereignisse interessiert verfolgt. Manche waren bereit einzugreifen, manche starrten in ihre Gläser, als wäre sonst niemand da. Jamal sagte sich, dass es am besten wäre, zu verschwinden und den Abend an anderer Stelle fortzusetzen, als sich der knallrote Deutsche, an dessen Stirn jetzt eine Ader klopfte, noch näher an sie heranschob: »Dreckiges Schwein!«

Jamal hörte nur ein knappes Räuspern neben sich, und im nächsten Moment hatte sein Kamerad zu einem schwungvollen rechten Haken ausgeholt und den Deutschen zu Boden geschickt. Dann brach die Hölle los, und Jamal hatte den Eindruck, dass er erst wieder richtig zu sich kam, als das Blut aus seiner Nase in Richtung Mund und Kinn tropfte.

Jamal sah etwas länger in den Spiegel und betastete den Kiefer, wo ihm ein Faustschlag eine schmerzhafte Prellung eingebracht hatte, die die Haut etwas dunkler färbte. Der Kampf war kurz und heftig gewesen, bis die Deutschen – es hatten sich noch einige mehr zu Pavianarsch gesellt – schließlich geflohen waren und er die Ordnung gemeinsam mit anderen wieder hatte herstellen können. In solchen Momenten fragte Jamal sich, ob es nicht vielleicht besser wäre, in ihren Unterkünften zu bleiben. Dann wieder dachte er, dass man einander begegnen musste, um sich von Mensch zu Mensch kennenzulernen. So hatte es sein Vater jedenfalls immer ausgedrückt, als Mama und er ihre Liebe noch gegen alle Widrigkeiten verteidigt hatten. Aber die Zeiten waren keine einfachen, und Jamal hoffte sehr, dass sie alle unbeschadet wieder aus dieser Stadt kommen würden.

27

»Kann ich bitte Jamal Boissier sprechen?«

Der Soldat, der sie zuerst interessiert taxiert hatte, hob eine Augenbraue, und Vicky wusste nicht, ob sie zu forsch gewesen war, oder ob sie vielleicht doch etwas ganz Dummes gefragt hatte. Sie hätte wirklich gerne besser Französisch gesprochen, in jedem Fall wünschte sie sich eine bessere Aussprache. Sie versuchte es noch einmal, sah, wie der Mann amüsiert und etwas falsch lächelte und dann etwas für sie Unverständliches zu einem Kameraden sagte, der neben ihm aufgetaucht war. Der zweite Mann musterte sie knapper und sagte dann auf Deutsch: »Jamal Boissier ist versetzt worden. Tut mir leid.«

Er sah wirklich nicht aus, als ob es ihm leidtäte. Vickys Knie fühlten sich mit einem Mal weich wie Pudding an, aber das würde sie sich nicht anmerken lassen. Es war nicht leicht gewesen, ihren Eltern die Erlaubnis abzuringen, nach der Schule noch einen kleinen Spaziergang zu machen. Und jetzt war doch alles umsonst gewesen.

»Es tut mir leid, Mademoiselle«, wiederholte der Mann jetzt etwas höflicher. War da auch etwas wie Bedauern in seinen Gesichtszügen? Wusste er etwas von ihnen beiden, oder las sie zu viel hinein in sein auf den zweiten Blick doch eher neutrales Gesicht und den präzisen Tonfall?

Als sie endlich wieder zu Hause eintraf, war es still in der Villa. Vicky dachte an die vielen Stunden, die sie damit zugebracht hatte, Vater und seinen unterschiedlichen Besuchern zuzuhören, während die darüber diskutierten, welche Folgen der Kapp-Putsch und der sich anschließende Einmarsch der Reichswehr ins Ruhrgebiet haben würde. Es war schließlich nicht von der Hand zu weisen, dass auch sie in Zeiten aufwuchs, in denen sich Frauen politisch interessierten und seit einigen Jahren sogar wählen und auch gewählt werden durften. Wahrscheinlich hatte Vicky ihrem Vater und seinen Gästen allerdings nur deshalb so ausgiebig zugehört, weil sie dies zumindest ein wenig davon abhielt, ständig an Jamal zu denken. Manchmal hatte sie sich vorgestellt, wie er vergeblich auf sie gewartet hatte in den Tagen, an denen sie das Haus nicht verlassen durfte. Würden sie einander jetzt je wiedersehen?

Auf dem Esstisch stand noch ein Gedeck für sie, und Ilse brachte ihr das Abendessen. Sie wechselten ein paar Worte, und Vicky fiel wieder auf, wie gut es ihr tat, mit dem Stubenmädchen zu sprechen. Da war etwas, das sie an Ilse mochte. Sie hatte etwas Unverdorbenes an sich, und sie hatte auch einen durchaus flinken, wenn auch noch recht ungeformten Verstand. Vicky bedauerte, dass sie sich schon bald entschuldigte, weil man sie in der Küche brauchte. Lustlos stocherte sie in ihrem Essen herum. Sie hatte einfach keinen rechten Appetit. Immerhin schienen ihre Eltern anderweitig beschäftigt zu sein. Das war gut, denn die Vorstellung, ihnen jetzt erneut

Rede und Antwort stehen zu müssen, wo sie sich so lange herumgetrieben hatte, war ihr unerträglich.

Bedauerlicherweise hielt ihr Glück nicht an. Als sie den Teller gerade endgültig von sich schob, tauchte ihre Mutter auf.

»Ah, da bist du ja endlich.« Leopoldine machte eine kurze Pause. »Wo warst du so lange? Willst du uns das vielleicht verraten? Wir haben uns Sorgen gemacht! Wir leben in unsicheren Zeiten, mein Fräulein, da streunt eine junge Dame nicht einfach so draußen herum. So war das nicht ausgemacht!«

Vicky blickte auf ihren Teller herunter.

»Ich war aus … Spazieren … Das hatten wir doch besprochen …«

»O nein. Dass du so spät nach Hause kommst, war nicht besprochen. Hast du noch bei Lillian vorbeigeschaut?«

Was sollte sie sagen? Vicky beschloss, nicht zu lügen.

»Nein.«

Ihre Mutter schwieg einen Augenblick. »Wir haben uns wirklich Sorgen gemacht. Meinst du nicht, es wäre deine Pflicht gewesen, uns davon in Kenntnis zu setzen, wie lange du wegbleiben würdest?«

»Ich wusste es ja vorher nicht. Es war Zufall. Ich musste nachdenken.« Vicky hob den Kopf und fühlte ein wenig kindlichen Trotz in sich aufsteigen. »Außerdem kann ich gut auf mich allein aufpassen.«

Der Gesichtsausdruck ihrer Mutter wurde härter. Man konnte an ihrem Kiefer erkennen, dass sie die Zähne aufeinanderbiss. »Du bist siebzehn, Vicky, mitnichten kannst du allein auf dich aufpassen. Ich bin als junge

Frau übrigens niemals einfach so aus dem Haus gegangen und habe meine Eltern über Stunden in Unkenntnis darüber gelassen, wo ich bin. Das schickte sich nämlich nicht.« Leopoldine räusperte sich. »Ich habe mit deinem Vater geredet, junge Dame, und wir werden es nicht weiter dulden, dass du ganze Nachmittage lang durch die Straßen streunst.«

»Ich streune nicht. Ich gehe spazieren, das habe ich doch früher auch getan. Außerdem war ich in den letzten Wochen ja wohl ausreichend zu Hause.«

»Widersprich mir nicht, und jetzt ein letztes Mal: Wo warst du?«

Weiß sie etwas?, schoss es Vicky durch den Kopf. Sie senkte den Blick kurz auf den Tisch und beschloss im nächsten Moment, einfach die Wahrheit zu sagen. Himmel, sie hatte die Geheimnistuerei gründlich satt. Ja, sie war siebzehn, aber mit siebzehn konnte man seine eigenen Entscheidungen treffen.

»Ich wollte Monsieur Boissier besuchen.«

»Jamal Boissier?«

Vicky wusste, dass sich Mamas fein gezeichnete Augenbrauen hoben. Sie wusste es, ohne hinzusehen.

»Und?«

»Er war nicht da.«

Leopoldine seufzte. »Kindchen, ich habe dir doch gesagt, dass du dein Herz nicht an so jemanden hängen darfst. Einen fremden Soldaten, jemand, der ganz anders ist als wir.«

Ganz anders? Vicky hob den Kopf. »Das hast du nie. Er spricht Deutsch. Er kennt sich besser mit Schiller und Goethe aus als ich.« Ihr stiegen plötzlich die Tränen in die Augen, wie heute schon auf dem Weg nach Hause. Leopoldine schüttelte den Kopf.

»Jetzt sei nicht albern, Kind, seine Welt und unsere Welt haben letztlich nichts miteinander zu tun. Das muss dir doch klar sein?«

Aber ich liebe ihn, dachte Vicky. Als ob man sich so etwas aussuchen konnte. Leopoldines Kleidung raschelte leise, als sie näher kam.

»Ach, Kindchen.« Vicky spürte ihre schmalen, irgendwie immer kühlen Finger an ihrem Kinn. Dann drehte sie das Gesicht ihrer Tochter in ihre Richtung. Sie sahen einander an. »Hast du dir etwa mehr versprochen als eine flüchtige Bekanntschaft?«

Vicky zuckte unwillkürlich zurück. Was meinte sie damit?

»Ich liebe Jamal.«

Ihre Mutter sah sie mit großen Augen an. Dann schüttelte sie den Kopf. »Vicky, du musst doch wissen, dass das ganz unmöglich ist. Dieser Jamal Boissier, er passt nicht zu dir, nicht zu uns, nicht ins Herz von Europa. Er ist ein Fremder in unserer Welt, und er wird immer ein Fremder bleiben. Natürlich freuen dein Vater und ich uns darüber, wenn du die Welt kennenlernst und andere Menschen und Kulturen, aber du musst doch wissen, wo du zu Hause bist, was möglich ist und was nicht.«

Leopoldine schaute sie prüfend an. Vicky sagte nichts mehr.

Der nächste Tag brachte einen Brief, der an das Fräulein Schwayer gerichtet war. Ihre Mutter hielt ihn einen Moment lang in der Hand, als müsste sie sich die Sache gut überlegen, und überreichte ihn der Tochter dann mit großer Geste. *Jamal*. Vicky zitterte. Im nächsten Moment wurde es ihr speiübel, und sie schaffte es gerade noch auf die Toilette.

28

Jamals Magen krampfte sich nicht zum ersten Mal an diesem Tag warnend zusammen. An ihrem neuen Aufenthaltsort galt es, stets vorsichtig zu sein. Daran erinnerten ihn auch die Spuren des letzten Kampfes, die immer noch in seinem Gesicht zu sehen waren. Heute hatte man sie zur Hauptwache beordert, wo die Menschenmenge rund um das Gebäude stetig zunahm, während sich die Nervosität der anwesenden französischen Soldaten im selben Maße steigerte. Dabei war deren Aufgabe es doch, für Ruhe zu sorgen und die anwesenden französischen Offiziere zu schützen. Es gab hier immer irgendwelche Provokateure. Jamal dachte an die kurzen Zeilen, die er Vicky geschickt hatte und die sie hoffentlich erreicht hatten. Natürlich war er unverfänglich geblieben. Er vertraute darauf, dass sie erkannte, was zwischen den Zeilen geschrieben stand.

Jamal blickte wieder über die Menge hinweg. Immer lauter wurden die Stimmen, und aus bedrohlichem Gemurmel wurden immer häufiger empörte Schmährufe. Die Stimmung schaukelte sich hoch und würde eskalieren, wenn niemand eingriff.

Jamal bemerkte, wie einer der Soldaten an seiner Seite sein Gewehr fester griff, ein weiterer tat es ihm gleich, als hätte sich in diesem Moment ein Gedanke übertragen. Sie kamen alle aus den schmutzigen Gräben des Krieges. Sie waren darauf trainiert, schnell zu reagieren, zu kämpfen, anzugreifen, sich zurückzuziehen und ja, ganz besonders das eigene Leben zu retten. Sollte er eingreifen? Konnte er überhaupt noch eingreifen, oder waren die Dinge längst unaufhaltsam ins Rollen gekommen, wie ein riesiger Felsbrocken, der ins Tal polterte und nicht mehr aufzuhalten war? Die Lage wurde immer unübersichtlicher. Jamals Herz klopfte ihm bis zum Hals. Er zitterte; plötzlich ein Schuss, dann noch einer und noch einer. Das konnte nicht sein, das waren keine Schüsse … Tock-tock-tock … Jamal sah sich um, doch seine Augen erfassten nur Schatten, nichts, was sich greifen ließ. Nein, die Welt des Schießens lag doch hinter ihnen, die pfeifenden Granaten, der Dreck, in den man sich warf, die Arme über dem Kopf verschränkt … Tock-tock-tock. Innerhalb kürzester Zeit brach die Zivilisation zusammen, und sie waren wieder im Krieg. Nachladen … Warum zitterten die verdammten Finger denn so? Waren das Schmerzensschreie? Er hörte Offiziere, die nach Ordnung brüllten … Sammelt euch … Rückzug … Hatte er auch gebrüllt? Bestimmt hatte er das. Alle schienen jetzt zu schreien, lang und anhaltend und wie von Sinnen, und Jamal dachte für eine Zeit, die ihm wie die Ewigkeit vorkam, dass es nie wieder still sein würde.

Man hatte die betroffenen Soldaten so rasch wie möglich vom Ort des Geschehens fortgebracht, weg vom Heulen, weg von dem Gebrüll, den blutenden und reglosen Menschen.

Es ist alles so schnell gegangen, dachte Jamal, als sie wieder in ihrer Unterkunft, hinter den schützenden Mauern, waren. Es hatte Tote gegeben. Zwar sagte man ihnen, dass sie richtig gehandelt hätten, aber es half nichts. Irgendjemand hatte die Nerven verloren. Das hätte nicht passieren dürfen. Dicht an dicht saßen sie später auf dem Wagen, bereit, die Stadt, in der man sie nicht wollte, wieder zu verlassen. Es war eng. Sie saßen gedrängt beieinander, ein wenig wie Jungtiere, die zitternd Schutz suchten in einer feindlichen Umgebung. Am liebsten hätte Jamal geschlafen. Im Schlaf konnte man der schrecklichen Wirklichkeit für ein paar Momente entkommen, zumindest wenn einen keine Albträume plagten. Jamal schloss die Augen und sah Vickys langes blondes Haar vor sich, das sie manchmal wie einen Vorhang über ihre Augen fallen ließ. Er dachte an ihre blauen Augen, tief wie der See in einer Oase. Er fragte sich, ob sie einander wiedersehen würden. Wann würde er ihr endlich schreiben können? Erreichten sie seine Briefe überhaupt? Aber vielleicht wollte sie ihn auch nie wiedersehen, wenn sie erfuhr, was hier geschehen war.

29

Neun Tote und sechsundzwanzig Verletzte waren an diesem 9. April in Frankfurt zu beklagen. Die Zeitungen sprachen von einem Massaker. Vicky starrte auf die Nachricht, die der Vater ihnen vorgelesen hatte, bevor er sie ausgerechnet vor ihr auf den Tisch legte, als hätte sie etwas zu tun mit diesen Ereignissen.

Ein Massaker? Ihre Finger krampften sich zusammen. Wie hatte es zu diesem furchtbaren Vorfall kommen können? Der Artikel sprach von der »Hinmordung wehrloser Frauen und Kinder durch schwarze Truppen« und wieder einmal von einer »Schwarzen Schmach«. Vicky heftete ihre Augen auf die Buchstaben, die vor ihr zu tanzen begannen. Sie wollte sich an ihren Vater wenden, ihn etwas fragen, doch der beachtete sie nicht, und wahrscheinlich hatte er auch keine Antworten. Die hatten sie alle nicht, bis auf Hagen, der auf alles eine Antwort wusste.

Vicky sah zu ihrer Mutter hinüber, die die Augen geschlossen hielt. »Sie haben einfach in die Menge geschossen, diese Schwarzen haben einfach in die Menge geschossen, stellt euch das vor«, flüsterte sie und riss im nächsten Moment die Augen wieder auf. »Was sind das denn für Zeiten? Wie kann man nur zulassen, dass Schwarze inmitten Europas weiße Menschen töten?«

Vicky hatte die Finger um die Nachricht in ihrer Hand zu einer Faust geschlossen und wusste nicht, was sie sagen sollte. Wo war eigentlich Hagen? Sie hob den Kopf.

»Darf ich jetzt bitte in mein Zimmer gehen, Mama? Papa? Mir ist nicht gut, diese Nachrichten …«

Sie wusste nicht recht, warum sie das sagte, vielleicht stimmte es, vielleicht stimmte es nicht. Sie wollte einfach allein sein. Der Vater sagte nichts. Ihre Mutter nickte knapp. »Natürlich, geh nur, es ist wohl nicht der Abend, um fröhlich beisammenzusitzen, oder?«

War es ein Vorwurf? Vicky überlegte, wann sie zum letzten Mal fröhlich beisammengesessen hatten. Sie konnte sich nicht daran erinnern. Auf dem Weg nach oben zog es mal wieder seltsam in ihrem Unterleib. Von irgendwoher stieg ihr der Geruch von Kaffee in die Nase und bereitete ihr Übelkeit. Kaum hatte sie ihr Zimmer erreicht, wurde ihr so schlecht, dass sie sich in ihre Waschschüssel übergeben musste. Was war das nur? Seit Tagen ging das schon so. Wurde sie jetzt auch noch krank, irgend so ein dummer Magen-Darm-Infekt etwa?

Vicky hatte die Übelkeit gerade etwas überwunden und sich den Mund ausgespült, als sie durch die offene Tür Hagens laute Stimme in der Halle hörte. Er war eindeutig aufgebracht, und ihr Vater versuchte offenbar, ihn zu beschwichtigen. Dann hörte sie, wie sich Schritte über den Flur näherten. Sie zog sich vom Türspalt zurück und setzte sich auf ihr Bett. Es klopfte.

»Fräulein Schwayer?«

Das war Ilse. Vicky holte tief Luft. »Herein.«

Das Stubenmädchen schob die Tür auf und blieb stehen.

»Ihr Bruder ist wieder zurück.«

»Das höre ich. Aber danke.« Vicky erhob sich. Sie fröstelte mit einem Mal. »Würdest du bitte die Waschschüssel leeren, Ilse? Mir war etwas unwohl.«

»Sehr wohl, Fräulein Schwayer.«

Nachdem sich Ilse entfernt hatte, schlich Vicky in den Flur, um nach unten in die Halle zu spähen. Hagen und ihr Vater waren noch da. Die schneidende Stimme ihres Bruders drang zu ihr herauf.

»Diese schwarzen Bastarde haben auf unsere Mitbürger geschossen, Vater. Sie haben einfach in die Menge geschossen, auf Unschuldige. Das kannst du nicht mehr ignorieren! Es waren deine Freunde, die sie mitgebracht haben, deine französischen Freunde, die uns demütigen. Da zeigt sich doch, was für ein mörderisches Pack sie sind.«

Vicky sah, wie Hagen die Arme vor der Brust verschränkte, dann drehte er den Kopf und blickte nach oben. Gerade noch rechtzeitig wich sie zurück. »Wenn ich nur könnte, würde ich es ihnen allen zeigen«, sagte er mit schneidender Stimme, und sie war sich sicher, dass er sie wohl bemerkt hatte.

Zwei Tage später starrte Leopoldine wieder einmal auf einen Brief mit inzwischen nur zu vertrauter Schrift, den Mariele auf einem Tablett hereingebracht hatte.

Jamal Boissier.

Sie nahm das Kuvert mit spitzen Fingern vom Tablett, drehte es in ihren Händen hin und her. Dann ging sie entschlossenen Schrittes zum Kamin und warf es in die Flammen. Es half nichts. Vicky musste diesen Mann vergessen. Je früher, desto besser.

30

Vicky glaubte, noch niemals solche Gefühle der Bedrückung und Traurigkeit gespürt zu haben wie in den Wochen, die auf jenen April folgten. Jamal blieb verschwunden. Es gab keine einzige Nachricht mehr von ihm. Manchmal kam es ihr vor, als wären sie einander nie begegnet. Eine Zeit lang rebellierte sogar ihr Körper, aber das ging nach einer Weile vorüber. Die Eltern bemühten sich redlich, ihre Tochter wieder auf andere Gedanken zu bringen. Sie luden Lillian häufiger ein und versuchten Vicky zu ermuntern, sich ihren schulischen Belangen zu widmen. Aber es fiel ihr schwer, darin noch einen Sinn zu sehen. Lillian und sie trafen sich wieder zu Spaziergängen, wie früher, und redeten dabei über unverfängliche Sachen. Heute waren sie über die Frauenlobstraße zum Frauenlobtor gelaufen und dann ein Stück am Rheinufer entlang. Vicky konnte an nichts anderes denken als daran, wie oft sie hier gemeinsam mit Jamal entlang gelaufen war.

»Schau einmal!«, rief Lillian plötzlich und zog Vicky am Arm mit sich. Vicky hörte kaum auf ihre nächsten Worte. Wie lange hatte sie nichts von Jamal gehört, wie viele Wochen, Tage, Stunden? War das mit Jamal vielleicht doch nur ein Traum gewesen; ein Traum vom

Erwachsenwerden, ein Traum von einer Zukunft, die es nicht geben durfte?

Wo bist du, Jamal? Sie hoffte inständig, dass es ihm gut ging. Sie konnte einfach an nichts anderes denken. Sie mussten einander wiederfinden, sie waren füreinander bestimmt. Wenn sie nichts wusste, so wusste sie zumindest das. Er hatte ihr gezeigt, was Liebe bedeutet, und …

»Vicky, hörst du mir überhaupt zu?«

»Ja, natürlich.«

Aber es war ihr unmöglich, diesem Geplapper zuzuhören. Heute war schon der 1. Juni, und sie hatte Jamal seit März nicht mehr gesehen, seit jenem Tag, als sie Arm in Arm in der Laube eingeschlafen waren. Drei Monate ohne Jamal. Vicky schlug die Hände vors Gesicht.

»Jetzt, schau dir doch endlich einmal die Plakate an«, forderte Lillian sie auf.

Vicky blieb stehen. »Welche Plakate?«

»Himmel, Vicky!« Lillian zog sie energisch am Arm. Noch andere Neugierige hatten sich den Anschlägen genähert, auf denen etwas von einer »selbstständigen Rheinischen Republik« stand, die im Verband des Deutschen Reiches als »Friedensrepublik« errichtet worden sei. Vicky runzelte die Stirn. Was sollte das denn nun schon wieder heißen? Konnte es nicht endlich wieder Ruhe geben in dieser Welt? Sie brach unvermittelt in Tränen aus. Lillian starrte sie erschrocken an.

Als Vicky nach Hause kam, erregte ihr Vater sich hinter geschlossenen Türen auch schon lautstark über diese verdammte Rheinische Republik. Wer sollte denn noch Geschäfte machen in solch unruhigen Zeiten? Geschäfte, die doch ein neues, ruhiges Leben versprachen, Sicherheit und Entwicklung? Natürlich ging es vielen nicht gut, die Armut war groß, das Geld hatte keinen Wert, und nicht wenige standen sich vor den Suppenküchen die mageren Beine in die leeren Bäuche. Aber Deutschland brauchte Stabilität, keine neuen Republiken oder dergleichen absurdes Geschwätz. Gewiss würde es wieder einen Generalstreik geben. Das war heute ja wie ein verdammter Automatismus. Hermann Schwayer aber hatte noch nie etwas von Aufruhr gehalten. Das führte nämlich zu nichts. Nach jedem Krieg brauchte es eine Aussöhnung, da hinein wollte er seine ganze Kraft legen.

Vicky fühlte sich zu erschöpft, um den Tiraden ihres Vaters weiter zu lauschen. Langsam ging sie die Treppe hoch in ihr Zimmer. Dort blieb sie eine Weile vor dem Spiegel stehen und schaute sich an. Sie stand auch noch da, als ihr Vater durch den Türspalt spähte, doch er kam nicht zu ihr herein.

Sie stand da und schaute sich an, denn ihr war etwas aufgefallen.

Ein Kind … ein Baby … Vicky sah vollkommen versunken an sich herunter. Es hatte seine Zeit gebraucht, aber jetzt war es ihr glasklar. Vielleicht hatte sie es auch schon geahnt und doch immer wieder von sich geschoben. Woher sollte sie auch wissen, was mit ihr war? Sie war ja noch niemals schwanger gewesen. Inzwischen war sie sich allerdings sicher. Und sie würde nicht darum herumkommen, es ihren Eltern zu sagen.

Unwillkürlich legte sie die Hand auf ihren Bauch. Ein neues Leben wuchs in ihr heran: Jamals Baby.

Unser Kind …

Wenn ihre Eltern die Neuigkeit erführen, würden sie einsehen, dass sie ihn wieder treffen musste.

Als sie etwas später vor der Wohnzimmertür stand und gerade noch einmal tief durchatmete, stand plötzlich auch Hagen neben ihr. Ob es ein schlechtes Zeichen war, dass ihr Bruder ausgerechnet jetzt auftauchte? Sein Lächeln ließ sie schaudern. Aber sie hatte eine Entscheidung getroffen. Es gab kein Zurück mehr.

31

Ihre Eltern sahen sie mit überraschend strengem Blick an. Gleichzeitig wirkten sie angegriffen. Offenbar waren sie, wie häufiger in letzter Zeit, in ein ernstes Gespräch verwickelt. Ihre Mutter sprach als Erste, während sich ihr Vater für diesen Augenblick noch im Hintergrund hielt. Sie waren sichtlich erstaunt gewesen, dass ihre Kinder gemeinsam ins Zimmer traten. Kein Wunder, denn Hagen und sie verbrachten inzwischen kaum noch Zeit miteinander, und manchmal hatte Vicky das Gefühl, ihre ganze Familie drifte unaufhaltsam auseinander.

Sie blieb stehen, während Hagen an ihr vorbei an den Tisch ging und Platz nahm, als wäre dies das Normalste der Welt. Ihre Mutter schaute sie prüfend an. Ihr Vater war aufgestanden und stützte sich mit beiden Händen auf dem Tisch ab. Das Tribunal war eröffnet.

»Du willst uns sprechen, Vicky?«

Vicky kam es so vor, als könnte der Vater in sie hineinschauen, als sei sie aus Glas und ihr Herz für alle sichtbar. Sie sah kurz zu ihrer Mutter hin, dann wieder zum Vater und blieb stumm.

Wie sollte sie anfangen? Was waren die richtigen Worte? Sie hatte gehofft, dass sie es sich vielleicht sogar noch einmal überlegen konnte, ob dies denn wirklich der richtige Zeitpunkt für ein Geständnis war. Hagens Augen waren forschend auf sie gerichtet. Vicky dachte daran, wie sie einst im Garten gespielt hatten, gemeinsam mit den Rehbergers, in diesen viel zu kurzen heißen Sommern, bevor sich alles geändert hatte.

Ihre Eltern sahen sie erwartungsvoll an. Sie musste etwas sagen. Es klopfte. Ilse trat mit einem Tablett ein.

»Sie hatten Tee bestellt, Frau Schwayer, ist es Ihnen recht, wenn ich jetzt …?«

Ihre Mutter lachte auf. Es klang etwas schrill.

»Ach, du lieber Herrgott, das hatte ich ja ganz vergessen. Danke, Ilse! Hermann, nimmst du auch eine Tasse?«

Vicky registrierte den kurzen, fragenden Blick, den Ilse ihr zuwarf. Ihr Vater nickte mechanisch, während er seine Tochter nachdenklich musterte. Eigentlich war er kein großer Teetrinker. Und sie war immer ein Papakind gewesen, eine, die als Kind auf seinen Schultern ritt und ihn gerne ins Büro begleitete; und später dann zu den Franzosen. »Du bist mein Pfand, Vicky«, pflegte er zu sagen. »Mit dir laufen die Geschäfte besser.«

Die Schwayers schwiegen, solange sich Ilse noch durchs Zimmer bewegte und geschäftig benutztes Geschirr zusammensammelte, dann packte sie ihr schwer beladenes Tablett und drehte sich noch einmal zu Leopoldine um: »Ich bin gleich wieder zurück, Frau Schwayer.«

»Natürlich, lass dir Zeit. Wir haben jetzt ja alles. Wir sind übrigens sehr zufrieden mit dir, Ilse.«

»Vielen Dank, Frau Schwayer.«

Die Tür schloss sich hinter Ilse, und Vicky erwischte sich dabei, wie sie dem Mädchen noch etwas länger hinterherschaute. Was würde eigentlich geschehen, wenn

Ilse schwanger wäre und nicht ich?, dachte sie. Es war nicht schwer, sich das auszurechnen. Leopoldine würde sie vor die Tür setzen. So wie Bärbel.

»Nun, du bist also hier, um uns etwas zu sagen, Vicky?«

Mama blickte jetzt misstrauisch drein. Hagen hob erwartungsvoll den Kopf. Ihr Vater war zu den Spirituosen auf der anderen Seite des Zimmers spaziert. Im Bruchteil eines Augenblicks traf Vicky eine Entscheidung.

»Ich bin schwanger«, sagte sie. Es war seltsam, diese Worte auszusprechen, und es kam ihr danach vor, als könnte man eine Stecknadel fallen hören. Tack, tack, tack machte die große Standuhr. Ihre Eltern und ihr Bruder starrten sie an. Es war, als stünde sie auf einer Bühne, was womöglich auch daran lag, dass sie ihre Beichte einmal vor dem Spiegel geprobt hatte.

Ich bin schwanger, dachte sie, und ich liebe Jamal, und ich liebe unser Kind. Jetzt, da sie es ausgesprochen hatte, war sie sich so viel klarer über ihre Gefühle.

»Das ist nicht dein Ernst«, entfuhr es ihrem Vater nach ein paar Schrecksekunden. Und ihre Mutter fügte etwas atemlos hinzu: »Und ich habe deinen Bruder der Lüge bezichtigt, als er mir erzählt hat, wie nah dieser Franzose und du einander wirklich gekommen seid. Pfui Teufel!« Leopoldine errötete ob ihrer eigenen Wortwahl. »Dieser Mann könnte einer dieser Mörder sein, die in Frankfurt unschuldige Menschen niedergeschlachtet haben. Deine Verwandten hätten darunter sein können!«

»Jamal ist kein Mörder«, platzte es aus Vicky heraus.

»Schweig! Wie lange lief das mit diesem … diesem Franzosen? Wie lange hast du uns hintergangen? Wir sind deine Familie, Vicky, wie konntest du nur? Was werden die Leute sagen, ausgerechnet jetzt, in dieser Stimmung … Wir haben dir vertraut!« Leopoldine stand auf und kam auf ihre Tochter zu, hielt sie plötzlich so fest bei den Oberarmen, dass Vicky einen Schmerzenslaut von sich gab. »Himmel, Vicky, weißt du, was das bedeutet? Was werden unsere Geschäftspartner, Freunde, Nachbarn über uns denken! Hast du auch nur ein Mal darüber nachgedacht?«

Vicky starrte ihre Mutter an. Dass ausgerechnet Leopoldine einmal Wert darauf legen würde, was »die Leute« sagten, überraschte sie. Wie oft hatten ihre Eltern sich über *die* Leute lustig gemacht. Sie wussten doch, dass die Welt viel größer war, dass es die verschiedensten Menschen unter Gottes Sonne gab. Was kümmerte es einen da, was ein paar Leute sagten? Sie räusperte sich: »Ich habe wohl nicht darüber nachgedacht, nein, aber die Liebe ist auch etwas Größeres, sie …«

Vicky war so erstaunt über die Ohrfeige, die ihre Mutter ihr gab, dass sie nur fassungslos ihre Hand gegen die schmerzende Wange drücken konnte. Sehr abrupt wandte sich Leopoldine ab, ging zum Tisch hinüber und setzte sich. Ihre Schultern waren sehr steif, ihre Gesichtsfarbe bleich. Das Ticken der Standuhr drang noch lauter an Vickys Ohr, die Zeit verging. Tack, tack, tack … Hagen begann mit dem Finger Linien auf den Tisch zu malen. Er hatte bislang gar nichts gesagt. Draußen ging mit einem Mal ein Sommerregen herunter und ließ sie alle erstaunt durchs Fenster schauen. Als hätte man die Welt für einen Moment vergessen. Regentropfen prasselten gegen die Scheiben, und dann war es auch schon wieder vorüber, und wenn die Scheiben nicht nass gewesen wären, hätte man glauben können, es wäre nichts geschehen.

»Was tun wir jetzt?«, sagte ihre Mutter geschäftsmäßig, während ihr Vater sich nervös über den Schnauzer strich, der ihn manchmal aussehen ließ wie ein Walross. Jetzt schnaufte er auch noch, aber er sagte immer noch nichts. Vicky berührte ihre schmerzende Wange mit den Fingerspitzen. Sie konnte sich nicht erinnern, wann ihre Mutter sie zuletzt solchermaßen gezüchtigt hatte. Hatte sie das überhaupt schon einmal getan?

»Ich weiß nicht«, hörte Vicky ihren Vater mit schwacher Stimme sagen.

Hagen hob den Kopf. »Nun, ihr könnt jedenfalls nicht zulassen, dass sie hier in Mainz einen schwarzen Bastard zur Welt bringt.« Er zeigte mit ausgestrecktem Finger auf seine Schwester. »Sie wird uns alle ruinieren. Die Leute werden reden, das wird man nicht vergessen, nach allem, was die mörderischen Schwarzen …«

»Er ist nicht schwarz«, flüsterte Vicky und fühlte sich schlecht dabei. »Und auch wenn er es wäre«, fuhr sie stockend fort. »Ich liebe ihn.«

»Lächerlich«, kommentierte ihre Mutter in spitzem Tonfall. Die Eltern wechselten einen Blick. Vicky fuhr durch den Kopf, dass sie sich geirrt hatte. Sie war davon ausgegangen, dass ihre Eltern anders als all die anderen waren, hatte geglaubt, dass man Jamal irgendwann in dieser Familie willkommen heißen würde. Aber das war ein Trugschluss gewesen. Für ihre Eltern und besonders für Leopoldine war das Fremde, war Exotik nur eine Form der Ästhetik, aber nichts, was wirklich zum Leben dazugehörte. Vicky hatte nicht verstanden, dass die

Toleranz ihrer Eltern nur Bestand hatte, solange sie sich keiner Prüfung unterziehen musste. Sie war etwas Aufgesetztes, ein Spiel, eine oberflächliche Liebhaberei. Ihre Mutter hatte manchmal von dem fremdartigen Zauber in ihrer Kindheit erzählt, von exotischer Handelsware, exotischem Essen und exotischen Besuchern. Sie hatte afrikanische Könige kennengelernt, halb nackte Tänzerinnen, aber es hatte nichts daran geändert, wie sie die Menschheit in letzter Konsequenz sah.

»Nun, ich sehe das tatsächlich so wie Hagen. Vicky kann nicht hierbleiben. Sie muss weg«, sagte Leopoldine mit fester Stimme. Vicky schrak zusammen.

»Weg? Und wo, bitte, soll ich hin?«

Ihr Vater schnaufte tief. »Es wird nicht leicht sein, sie aus Mainz ausreisen zu lassen«, sagte er langsam. »Die Franzosen …«

»Du hast Beziehungen«, sagte Leopoldine scharf. »Jetzt nutze sie ein Mal für uns, ein Mal, Hermann, ein Mal nur.«

Vicky war erstaunt, wie entschlossen ihre Mutter klang und wie leicht es ihr fiel, das Heft des Handelns in die Hand zu nehmen, während der Vater wie gelähmt wirkte. Sie schaute auf. »Warum kann ich Monsieur Boissier nicht heiraten? Papa könnte …«

Leopoldines Blick ließ sie augenblicklich innehalten. Dann lachte ihre Mutter schallend, bis ihre Stimme ins Schrille kippte.

»Du scherzt! Hermann, erkläre ihr, warum das nicht geht! Mich will sie offenbar nicht verstehen.«

Der Vater hob mühsam die runden, nach vorne gesunkenen Schultern.

»Ich weiß nicht, was ich sagen soll. Das ist alles so …«

Vicky sah an sich herunter und bemerkte, dass sie ihre Hände schützend auf ihren noch flachen Leib gelegt hatte. In ihr wuchs Leben heran, das wurde ihr in diesem Moment auf ganz unglaubliche Weise bewusst, ein Leben, das sie schützen musste.

Ihre Mutter starrte sie an. »Sie muss weg, bevor die Schwangerschaft sichtbar wird. Die Leute …«

»Und mit welcher Begründung sollen wir sie aus Mainz wegschicken? Niemand kann die Stadt so einfach verlassen. Das weißt du.«

»Deshalb sollst du ja mit deinen französischen Freunden sprechen.« Leopoldine sah ihn mit kalten Augen an. »Du hast Beziehungen, gebrauche sie. Wir müssen sie zur Kur schicken, zur Stärkung, Lungenbeschwerden, ja, das ist es. Findest du nicht auch, dass unsere Tochter tatsächlich recht blass aussieht? Und als Kind bestand bei ihr einmal der Verdacht auf Asthma.«

»Der sich als falsch herausstellte.«

Leopoldine machte eine wegwerfende Handbewegung. »Gott, wer weiß das schon? Ich denke, sie sollte an die Nordsee fahren. In unser Haus. Kannst du das veranlassen? Ich bitte dich inständig, Hermann!«

»Ich versuche es.«

Sie schaute ihn fest an.

»Ja, ich kann es«, sagte er mit immer noch zu leiser Stimme.

Vicky sank in sich zusammen. Aber wie sollte Jamal sie finden, wenn sie nicht mehr hier war? Leopoldines strenge Stimme riss sie aus ihren Gedanken: »Was auch immer du dir jetzt einbildest«, sagte sie und betonte jede

Silbe, »du wirst dieses Kind nicht in der Stadt bekommen. Und du wirst es auch keinesfalls behalten. Ich hoffe sehr, dass sich der Schaden begrenzen lässt.«

Vicky wurde es heiß und kalt.

»Der Schaden? Der Schaden, Mama? Es geht um ein Kind.« Sie musste sich räuspern.

Ihre Mutter schüttelte nur unwillig den Kopf. »Du fährst an die Nordsee, Vicky, und wirst dich dort auskurieren. Die Lungenbeschwerden sind zurückgekommen … Das ist es, Hermann, das ist unsere Geschichte.«

»Aber Jamal …«

»Der schwarze Bastard interessiert mich nicht. Ich will diesen Namen nicht mehr hören. Nie wieder.«

Während Ilse das schwere Tablett mit dem Geschirr durch die Halle in die Küche trug, schlugen ihre Gedanken Salto. Sie beobachtete die junge Herrin bereits seit einiger Zeit genau und hatte natürlich ihre Schlüsse gezogen. Es hatte damit angefangen, dass ihr häufiger schlecht gewesen war. Dann bereiteten ihr bestimmte Gerüche Unbehagen, und manchmal war ihr schwindelig gewesen. Ilse dachte an die Blicke zwischen Herrn und Frau Schwayer, an das Gesicht von Vickys Bruder, als sie eingetreten war. Noch war Vicky schlank, aber das würde sich bald ändern. Sie war schwanger, da war Ilse sich ziemlich sicher. Die junge Dame hatte sich einen Fehltritt geleistet. Was würde nun geschehen? Die Zeit drängte, denn zweifelsohne durften sich keine Gerüchte verbreiten. Hinauswerfen konnte man sie kaum, denn in diesem Fall war es die Tochter, die eine einzige falsche Entscheidung getroffen hatte, kein Stubenmädchen.

Aber was wird mit mir geschehen, wenn es gelingt, Vicky auf irgendeine Art und Weise aus Mainz wegzubringen? Ilses Herz klopfte etwas schneller. Als sie in die Küche zurückkam, saßen Frau Paul und Mariele zusammen. Das zweite Stubenmädchen war nun schon einige Monate hier, die Neue blieb sie dennoch. Ilse setzte sich an ihre Seite und nahm sich eine neue Kartoffel zum Schälen aus dem Wasserkessel.

»Als ich vorhin den Tee ins Wohnzimmer gebracht habe, war die ganze Familie versammelt«, sagte sie zusammenhanglos in den Raum hinein. Frau Paul ließ die Kartoffel, die sie gerade schälte, sinken und blickte auf. Mariele rutschte auf dem Stuhl herum. War da ein Hauch von Neugier in ihrem Gesicht?

»Ich frage mich«, sprach Ilse weiter, »ob irgendjemand krank ist?« Sie schaute in die Runde. »Das wäre doch gut zu wissen.«

»Neuerdings will sie keinen Milchkaffee mehr trinken«, sagte Mariele unbedarft. Frau Paul hatte eine weitere Kartoffel geschält. Ilse achtete darauf, die Schale ihrer Kartoffel ganz dünn abzuziehen. Zu Anfang hatte sie sich einmal eine Backpfeife von Frau Paul eingefangen, als sie zu verschwenderisch geschält hatte, das würde ihr nicht noch einmal passieren.

»Denkt ihr, das Fräulein ist krank?«, fragte Mariele.

Ilse zuckte die Achseln. Draußen waren mit einem Mal Schritte zu hören.

»Jetzt hören wir aber mit dem Geschwätz auf«, rügte Frau Paul die Mädchen, als einen Augenblick später undeutlich ein Kopf hinter der Glasscheibe in der Tür zu erkennen war. Leopoldine Schwayer trat ein, warf einen strengen, prüfenden Blick in die Runde und fragte dann, wie es mit dem Mittagessen stünde. Die Köchin streckte den Rücken durch. »Es wird pünktlich bereitstehen.«

Ilse zog den nächsten Streifen Kartoffelschale ab und wich Frau Schwayers Blick aus. Das zweite Küchenmädchen hackte die Zwiebeln noch feiner. Ein verführerischer Geruch nach Butterschmalz erfüllte die Luft und bald darauf auch der nach gebratenen Zwiebeln. Dann schlug die Tür hinter Frau Schwayer zu, und man hörte, wie sich ihre energischen Schritte durch den Gang entfernten. Heute sprachen sie nicht weiter über die Herrschaften, aber Ilse machte sich so ihre Gedanken. Die junge Herrin erwartete also ein Kind, das sie nicht behalten durfte. Damit hatten sie beide noch etwas gemeinsam. Was sie momentan aber noch mehr beschäftigte, war weiterhin die Frage, wie sie an Vickys Seite bleiben konnte.

»Täubchen?«

Hermann Schwayer stand unschlüssig in der Tür und wartete darauf, dass seine Tochter ihn aufforderte hereinzukommen. Vicky schwieg. Sie war nicht wirklich wütend auf ihn. Umso wütender war sie auf ihre Mutter, aber das lag vielleicht daran, dass sie sich von ihr mehr Verständnis erwartet hätte. Sie waren Frauen, auch Mama musste einmal geliebt haben. Dass Papa sie nicht verteidigt hatte, fand sie dennoch verletzend. Und dass ihre Eltern Jamal so rigoros abgelehnt hatten. Er war ein Mensch, nicht mehr und nicht weniger. Hatten ihre Eltern nicht immer gepredigt, dass alle Menschen gleich seien, unabhängig von Herkunft und Hautfarbe, alle

Gottes Geschöpfe? Das war also nichts als eine Lüge gewesen.

Jamal weiß nicht, dass ich ein Kind erwarte. Er muss es erfahren, irgendwie, aber wie sollte sie dies zustande bringen?

Sie hatte sich so lange beherrscht. Jetzt kostete sie allein dieser Gedanke größte Mühe, nicht in Tränen auszubrechen. Ihr Vater räusperte sich erneut unsicher.

»Wir haben entschieden, Täubchen. Du wirst in unser Ferienhaus fahren, in die Villa, und meine Schwester, deine liebe Tante Dora, wird dich begleiten. Was auch immer du jetzt denkst … Es wird alles gut werden.« Er atmete hörbar aus und ein. »Ganz sicher wird es das.«

Er weiß nicht, was für mich gut ist. Vicky wandte sich abrupt ab. Was sollte mit dem Kind geschehen? Sie würde es nicht behalten dürfen, das lag auf der Hand, aber was dann? Ihre Augen weiteten sich, während sie auf den Schreibtisch vor sich starrte. Dass die Eltern schon eine Gefängniswärterin für sie ausgesucht hatten, fand sie empörend. Und ausgerechnet Tante Dora.

»Du warst doch immer so gern an der Nordsee«, sagte ihr Vater vorsichtig.

Vickys Blick fiel unwillkürlich auf ein Aquarell, das sie im letzten Urlaub dort gemalt hatte und das seither an der Wand über ihrem Tisch hing. Sie waren lange nicht mehr dort gewesen. Unter anderen Umständen würde sie sich freuen, einmal wieder ans Meer zu fahren, aber so, mit der Angst um das Kind? Dann dachte sie mit einem Mal an Sontje, mit der sie viele Nordseesommer verbracht hatte, und für einen Augenblick wurde es ihr leichter. Und was war mit Ilse? Auch die zeigte ihr doch irgendwie, dass sie gern an der Seite ihrer kleinen Herrin war. Sie könnte doch auch mitkommen. O ja, Ilse würde ihr bestimmt guttun. Vielleicht war also doch nicht alles verloren. Mit einem Seufzer ließ sie sich auf das Bett und dann auf die Seite sinken und zog die Decke über sich bis zur Nasenspitze. Auf dem Bauch zu liegen war ihr ein wenig unangenehm. Auch wenn sich die Schwangerschaft noch nicht wirklich zeigte, so forderte sie doch bereits ihren Tribut.

»Es wird alles gut werden«, sagte ihr Vater ziellos in den Raum hinein. Vicky vergrub das Gesicht in der Beuge ihres rechten Ellenbogens. Dann sah sie wieder auf. Ja, vielleicht würde es das. In jedem Fall hatten sich die Dinge geändert. Seit gestern war sie kein Kind mehr.

»Vielleicht ist ja ein wenig Abstand gut, um zu erkennen …«, setzte er an und ließ seine Stimme verklingen.

»Glaubst du wirklich?« Vicky bettete den Kopf auf ihren Arm. Seit sie Jamal zum ersten Mal begegnet war, hatte sie sich zu gerne von ihren Gefühlen leiten lassen, denn die waren so tief und rein gewesen, wie sie es nie vorher gekannt hatte. Sie fragte sich, warum Jamal nicht noch einmal versucht hatte, ihr zu schreiben.

32

Hermann Schwayer hatte seine Souveränität stets geliebt und mochte es gewiss nicht, zum Bittsteller zu werden. Er hatte gute Verbindungen zu den französischen Besatzungssoldaten aufgebaut, gleich von Anfang an, denn ihm war immer klar gewesen, dass es nach dem Krieg weitergehen musste. Es galt, neue Verbindungen zu knüpfen und alte, wenn möglich, zu erneuern. Sie lebten alle gemeinsam in diesem Europa, sie würden miteinander auskommen müssen, aber hier ging es um etwas anderes. Hier war er in der Position des Bittstellers, daran ließ sich nichts herumdeuteln. Um die Stadt verlassen zu können, brauchte Vicky Papiere, und die würden sich – trotz aller Beziehungen – nicht so einfach beschaffen lassen. Gut möglich, dass er Schritte gehen musste, die ihm nicht behagten. Er wollte nicht darüber nachdenken und tat es irgendwie doch. Das, was er im Begriff zu tun war, konnte das feine Geflecht, das er so mühevoll aufgebaut hatte, zerstören, würde das Gleichgewicht womöglich aus der Balance bringen und alles, was er aufgebaut hatte, zunichtemachen.

Hermann bemerkte, dass er die Handflächen gegeneinanderpresste, und bemühte sich um eine etwas entspanntere Haltung. Er wartete jetzt schon geraume Zeit vor Monsieur Charliers Büro, ein Umstand, den er eigentlich nicht gewöhnt war und der seine Stimmung nicht gerade aufhellte. Natürlich war er unverhofft aufgetaucht. Und man hatte ihm gesagt, dass es eine Weile dauern würde. Das war verständlich, aber es gab ihm einfach zu viel Zeit nachzudenken. Um nicht nervös auf und ab zu gehen, hatte er sich geradezu gezwungen, auf dem Wartestuhl Platz zu nehmen. Mit leicht gespreizten Beinen, den Rücken gegen die Stuhllehne gedrückt, saß er da, nicht zu locker, aber auch nicht zu steif, die Hände, denen er befahl stillzuhalten, auf den Knien platziert. Er dachte an seine Tochter, er wollte nicht an sie denken, aber er tat es. Sie tat ihm leid, wahrscheinlich sollte sie das nicht. Leopoldine hatte gesagt, dass sie Mitleid nicht verdiene, weil sie ganz unaussprechliche Dinge getan habe. Aber er war immer weichherzig gewesen, immer auf Vickys Seite. Sie war seine Prinzessin. Die Tür bewegte sich. Er hatte mit einem Mal das Gefühl, dringend auf Toilette gehen zu müssen. Der Schweiß brach ihm aus.

»Monsieur Schwayer?«

Charliers Sekretär sprach seinen Namen immer noch sehr französisch aus. Schwayör, mit Betonung auf dem »ö«.

»Sehr wohl!« Hermann erhob sich mit einer gewissen Bedächtigkeit und folgte dem jungen Mann mit dem kastanienbraunen Haar durch die Tür. Charliers Sekretär war ein hübscher junger Kerl mit strahlend blauen Augen und militärisch kurzem Haarschnitt. Er nahm neben der Tür Haltung an, während Hermann an ihm vorbei ins Büro seines Geschäftsfreundes trat. Charlier erhob sich langsam hinter seinem Schreibtisch.

»Monsieur Schwayer! Ich hörte, Sie sind hier. Wie ich sagen muss, etwas unerwartet.«

»Mein lieber Monsieur Charlier«, rief Hermann aus und ging mit ausgestreckten Armen auf ihn zu, umfasste seine rechte Hand mit beiden Händen und schüttelte sie kräftig. Charlier bot ihm den Platz vor dem Schreibtisch an, setzte sich dann selbst und hob fragend die Augenbrauen.

»Also, was führt Sie zu mir, Monsieur Schwayer? Wir hatten kein Treffen anberaumt, oder? Nicht dass ich Sie nicht immer gerne sehe, das dürfen Sie nicht falsch verstehen – oder Ihre Familie und vor allem Ihr Fräulein Tochter.«

Charlier sprach ein beinahe makelloses Deutsch, um das Hermann Schwayer ihn oft beneidete. Er hätte sich glücklich geschätzt, ähnlich gutes Französisch zu sprechen, doch leider würde man bei ihm wohl immer diesen harten deutschen Zungenschlag hören. Er seufzte.

»Mein lieber Herr Charlier, ich will gleich zum Punkt kommen. Ich bin heute in einer etwas delikaten Angelegenheit hier.«

Sein Gegenüber sah ihn erwartungsvoll an. Charlier war nicht so gut aussehend wie sein Sekretär, doch man konnte sein Gesicht charaktervoll nennen. Auf der linken Wange hatte wahrscheinlich ein Säbel eine längliche Narbe hinterlassen, aber sie entstellte ihn nicht. Machte sie ihn männlicher? Vielleicht.

»Worum handelt es sich?«

Hermann zuckte zusammen. Er war abgeschweift.

»Um meine Tochter Victoria.«

Warum habe ich sie Victoria genannt, das tue ich ja sonst nie?

Er widerstand dem Bedürfnis, sich zu räuspern. Er hatte den Eindruck, dass er das immer tat, wenn er sich unsicher fühlte. Charliers Gesicht blieb undurchdringlich. Er beugte sich leicht nach vorne und stützte den linken Unterarm auf dem Tisch ab, bevor er mit der rechten Hand den Füllfederhalter griff, um damit zu spielen.

»Ah, Victoria … Vicky …«

»Ja, gewöhnlich rufen wir sie so.« Hermann hörte sich selbst zu und kam sich albern vor. In den letzten Tagen hatte Vicky den Namen Victoria sicher häufiger gehört als in den letzten siebzehn Jahren ihres Lebens …

»Ein wirklich reizendes Mädchen und eine Zierde unserer Feste.« Charlier legte den Füllfederhalter ab. »Sie tanzt gerne, nicht? Sie ist so, wie ein junges Mädchen sein sollte. Also, freiheraus, was ist das Problem?«

Hermann Schwayer konnte einen Seufzer jetzt nicht mehr unterdrücken, und es fiel ihm ausgesprochen schwer weiterzusprechen: »Was soll ich sagen, meine Tochter hat sich leider in Schwierigkeiten gebracht.«

Es entstand eine kurze Pause, in der Charlier den Füllfederhalter wieder aufnahm.

»Schwierigkeiten?«

Die beiden Männer tauschten Blicke.

»Ich will nicht darum herumreden«, sagte Hermann Schwayer schließlich. »Sie erwartet ein Kind.«

Die darauffolgende Pause dauerte etwas länger. Charlier verzog keine Miene, lehnte sich lediglich in seinem Sessel zurück und legte die Fingerspitzen aneinander, sodass seine Hände ein Dreieck bildeten, das auf Schwayer zeigte.

»Und da kommen Sie ausgerechnet zu mir?«

Hermann spürte, wie ihn ein leiser Schauer überlief. Diese Antwort hatte er nun nicht erwartet. Er hatte doch immer gedacht, dass sie auf einer Stufe standen, dass da ein wenig mehr war als eine rein geschäftliche Beziehung. Charlier lächelte knapp, dann wurde er ernst. »Ist es einer unserer Leute?«

»Das tut nichts zur Sache.« Hermann Schwayer musste Luft holen.

»Ich will ehrlich sein. Sie sind mir einfach als Erstes eingefallen, Charlier. Es ist nämlich so …« Er stockte. »Also … es käme uns sehr gelegen, wenn unsere Tochter verreisen könnte, damit wir die Sache möglichst diskret behandeln können.«

»Verstehe.«

»Mainz verlassen«, präzisierte Schwayer.

»Das haben Sie durchaus deutlich gemacht.«

»Dann sehen Sie das Problem?«

Hermann ließ den Satz im Raum stehen und wartete auf Charliers Reaktion. Sie beide wussten, dass für den Verkehr außerhalb der Wohngemeinde eine schriftliche Erlaubnis in Form eines Begleitscheins notwendig und die Ausreise in das unbesetzte Gebiet sogar gänzlich untersagt war. Ebenso wie sich von dort niemand in das besetzte Gebiet begeben durfte. Auch der Güterverkehr war nach wie vor fast vollständig unterbrochen. Charlier drückte seine Fingerspitzen immer noch gegeneinander.

»Hm«, sagte er. Dann stand er abrupt auf. Seine Arme fielen an den Seiten herab. »Könnten Sie uns einen Kaffee holen, Favre?«

»Sehr wohl.« Der junge Sekretär verließ den Raum. Charlier drehte sich zu Schwayer um. »Wussten Sie, dass meine beiden jüngeren Brüder bei Verdun gefallen sind?«

»Sie hatten so etwas angedeutet«, erwiderte Schwayer vorsichtig. Charlier hatte das tatsächlich einmal en passant erwähnt, auch wenn er sonst nie viel über seine Familie geredet hatte. Warum also sagte er das jetzt? Keiner von ihnen beiden wusste genau, was der andere im Krieg getan hatte. Stillschweigend waren sie übereingekommen, dass das besser war.

»Ihr Sohn, Monsieur Schwayer, war zu jung, um sich diesen Gefahren aussetzen zu müssen. Sie können froh sein.«

»Das bin ich.« Hermann fand, dass seine Stimme seltsam klang, irgendwie belegt und etwas tonlos.

Charlier sah ihn ernst an. »Meinen Eltern hat der Tod meiner Brüder das Herz gebrochen. Mein Vater war früher einmal – lustig.« Charlier sprach das Wort aus, als könnte er es nicht mehr in Verbindung mit seinem Vater bringen. Er verschränkte die Arme. »Sehr lustig sogar, ein lebensfroher Mensch. Er hat gescherzt und Witze erzählt, und auf unseren Familienfeiern war er tatsächlich immer der Mittelpunkt. Trotzdem weiß ich natürlich, dass diese Zeiten Vergangenheit sind und wir die Zukunft nur erfolgreich gestalten können, wenn wir gewisse Dinge außen vor lassen und bereit sind, uns die Hände zu reichen.«

»Ja, ich …« Hermann wusste nicht, was er sagen sollte, und war deshalb erleichtert, als ein leichtes Rumpeln vor der Tür die Rückkehr des Sekretärs ankündigte. Wenig später standen zwei Tassen mit dampfendem, einfach nur köstlich riechendem Kaffee vor ihnen. Charlier und er tranken einen Schluck und setzten ihre Tassen beinahe gleichzeitig wieder ab. Charlier beugte sich vor und kramte in seinen Papieren.

»Dann schauen wir mal, was wir für Ihre reizende Tochter tun können.«

Vicky drehte ihrem Vater den Rücken zu, während der weiter auf sie einredete. Sie hatte nicht die Absicht, ihn anzusehen. Vielleicht würde sie ihn nie wieder ansehen. Er hatte ihr gesagt, dass sie tatsächlich an die Nordsee fahren dürfe, Monsieur Charlier habe das ermöglicht, und er klang so, als müsste sie dafür dankbar sein. Sie wollte aber nicht dankbar sein. Sie wollte hier nicht weg. Sie wollte bleiben und auf Jamal warten. Sie war sich sicher, dass er wiederkommen würde. Bald. Sie spürte das. Er hatte sie genauso wenig vergessen wie sie ihn, aber wie sollte er sie finden, wenn sie fort war? Sie durfte hier nicht fort, sonst verlor sie ihren Geliebten und ihr Kind seinen Vater. Sie merkte am leichten Beben der Matratze, dass ihr Vater, der am Fuß ihres Bettes gesessen hatte, aufgestanden war. Er hatte es nicht verdient, wie sie mit ihm umging. Er war immer an ihrer Seite gewesen. Er war ein großherziger Mensch. Er verdiente ihre Wut nicht. Ihre Mutter hatte sie mehr enttäuscht.

»Ich habe dir etwas für die Reise besorgt«, sagte er weiterhin gegen ihren Rücken, »damit du dir die Zeit vertreiben kannst. Und glaub mir, du wirst viel Zeit haben.«

»Zeit nachzudenken«, hatte auch ihre Mutter gesagt, »nutze sie.«

Vicky dachte an die Schulbücher, die Leopoldine ihr

eingepackt hatte, und fragte sich, mit welcher Begründung sie ihre Tochter wohl in der Schule entschuldigen würde. Vielleicht war die Schule für sie aber jetzt sowieso vorbei. Die Vorbereitungen zu ihrer Abreise waren jedenfalls in vollem Gange. Neben Tante Dora würde auch Ilse sie begleiten. Zumindest darüber freute Vicky sich. Ilse und sie würden sich bestimmt anfreunden. Es wäre schön, jemand Vertrautes bei sich zu haben, auch wenn es dort oben im Norden Menschen gab, auf deren Wiedersehen sie sich sehr freute.

»Ruh dich ein bisschen aus«, sagte ihr Vater.

Das war sein liebster Spruch, wenn die Dinge schwierig wurden, als könnte ein bisschen Schlaf alle Probleme lösen. Erwachsene dachten so. Sie gab ihm keine Antwort, spürte, wie etwas auf das Bett geworfen wurde. Dann hörte sie, wie ihr Vater mit schweren Schritten zur Tür ging und diese hinter sich zuzog. Vicky holte zitternd Luft, wartete einen Moment, drehte sich dann auf den Rücken und setzte sich auf. Papa hatte eine schwarze Kladde neben sie gelegt. Sie griff danach und schlug sie auf. Ein leeres Buch, mit vielen Seiten für Zeichnungen und Notizen. Sie hatte schon als Fünfjährige solche Bücher mit Bildern und später auch mit Geschichten gefüllt. Ein warmes Gefühl für ihren Vater stieg in ihr auf. Sie wusste schon, was sie mit dieser Kladde anfangen würde, ihr würde sie fortan ihre Gefühle anvertrauen.

33

NORDSEEKÜSTE, 2019

Es klopfte an der Tür, zaghaft erst, dann ein bisschen lauter. Lisa legte den Schaber beiseite, mit dem sie begonnen hatte, die Tapete von der rechten Wohnzimmerwand zu entfernen, und wischte sich auf dem Weg zur Tür die Finger an der etwas zu großen Arbeitshose ab. Eine Latzhose hatte sie zuletzt als Kind getragen, irgendwie machte ihr das immer noch ein gutes Gefühl. Es klopfte wieder. Entweder war der Wartende besonders ungeduldig, oder aber er befürchtete, nicht gehört worden zu sein. Wer war das? Soweit sie wusste, hatte Jonas Lars nach Hause gebracht und wollte danach noch etwas einkaufen. Lisa hatte beschlossen, noch ein wenig allein weiterzuarbeiten. Nachdem im Schlafzimmer die neuen Dielen verlegt waren, war jetzt das Wohnzimmer dran. Es klopfte noch einmal.

Lisa atmete tief durch und öffnete.

»Frau Peters!« Sie war überrascht. »Hatten wir denn für heute etwas ausgemacht? Bitte, bitte, komm doch herein.« Frau Peters war wie immer wie aus dem Ei gepellt und trug heute beige Hosen und eine hellblaue Bluse.

»Ich komme doch hoffentlich nicht ungelegen? Weißt du, manchmal fürchte ich, ich habe einfach zu viel Zeit ... Dann fällt mir etwas ein, und ich komme eben ... Ich bin einfach eine alte Schachtel.«

Lisa räusperte sich. »Alles gut. Bitte, komm doch rein.«

Frau Peters trat in den Hausflur und schaute sich um. Offenbar wollte sie tatsächlich nur reden, und das tat sicher auch einmal gut, dachte Lisa, während sie gleichzeitig das Bedauern darüber hinunterschluckte, dass Frau Peters anscheinend keine Neuigkeiten im Gepäck hatte.

»Lars hat mir schon erzählt, dass ihr euch auch noch das Wohnzimmer vorgenommen habt.«

»Ja, das war ursprünglich seine Idee. Und die ist bei mir auf fruchtbaren Boden gefallen. Das Wohnzimmer war schon längst fällig. Er ist ein unschlagbarer Kerl.«

Frau Peters nickte. »Er war kürzlich endlich mal wieder auf einen Tee bei mir. Früher kam das öfters vor. Ich muss sagen, ich hatte es vermisst.«

Ein Miauen ließ sie beide den Kopf drehen. Die ältere Frau lachte auf. »Jetzt schau mal einer an, was du für ein prachtvoller Kerl geworden bist, Moses!«

Moses war durch die noch geöffnete Tür hineingeschlichen und spazierte mit hocherhobenem Schwanz an ihnen vorbei in die Küche. Frau Peters und Lisa folgten ihm, um sich, dort angekommen, am Küchentisch niederzulassen.

»Wie wär's mit einem Tee?«, fragte Lisa.

»Gern.«

Lisa setzte Wasser auf, stellte Teegeschirr auf den Tisch und zählte gehäufte Löffel schwarzen Tees ins Teesieb, bevor sie sich nach dem Katertier bückte, das ihr maunzend um die Beine strich. Sie war glücklich, dass

Moses sich bei ihr zu Hause fühlte. Er hatte sich in diesem halben Jahr wirklich tief in ihr Herz geschlichen. Er hatte ihr zurück ins Leben geholfen.

Als der Tee fertig war, stellte sie die Kanne auf den Tisch, dazu ein paar von den dänischen Butterwaffeln, die sie jetzt immer vorrätig hielt, weil Lars sie besonders gerne aß.

»Sahne und Kandis?«

»Bitte.« Frau Peters sah sich um. »Du hast ein paar Möbel umgestellt. Das Sofa stand schon letztes Mal hier, aber …«

Sie runzelte die Stirn.

»Das kleine Regal«, half Lisa nach.

»Ja, genau, das kleine Regal ist neu.«

Lisa nickte. Es machte die Küche wohnlicher, fand sie. Frau Peters inspizierte das Regal und nahm eines der Bilderbücher zur Hand, die Lisa dort eingeordnet hatte, stellte es jedoch sofort schuldbewusst wieder zurück. Lisa erkannte es dennoch. Das hatte Millie so gerne angesehen. »Die Wurzelkinder«. Ein Klassiker.

Das Schrillen des Telefons ließ im nächsten Moment beide zusammenzucken. Wer mochte das sein? Sie bekam hier sehr selten Anrufe, eigentlich kannte ja nur Lukas den Anschluss. Seit sie alle Handys hatten, waren sie sogar am Überlegen gewesen, ob sie ihn nicht ganz stilllegen sollten, aber es war nicht dazu gekommen. Der Anrufer ließ zehnmal klingeln und gab dann auf, aber schon im nächsten Moment klingelte das Telefon erneut. Frau Peters sah sie fragend an. »Willst du nicht rangehen?«

»Doch.«

Lisa gab sich einen Ruck, ging in den Flur und nahm ab. »Hallo?«

»Mama!«

Lisa fuhr sich mechanisch mit dem Handrücken über die Stirn. Da war etwas, was sich anfühlte wie Klebstoffreste. »Johnny.«

»Papa hat eine Neue«, kam ihr Ältester ohne Umschweife zum Punkt. »Das wollte er dir eigentlich beim letzten Mal sagen, aber er ist feige.«

»Okay.« Lisa fand, dass ihre Stimme recht normal klang. Hatte sie so etwas geahnt? Nein. Sie versuchte, zu erspüren, was diese Information mit ihr machte. Zumindest fiel sie nicht aus allen Wolken. Sie hatte gewusst, dass so etwas passieren konnte, dass man sich nach einem Verlust unweigerlich auseinanderlebte, wenn es einem nicht gelang, das Trauma gemeinsam zu überwinden – oder wenn man es schlicht nicht wollte. Ja, sie hatte so etwas erwartet, trotzdem … Sie räusperte sich. »Ist sie nett?«

Johnny schien überrascht, denn er antwortete nicht gleich.

»Sie ist eigentlich ganz okay«, erwiderte er dann. Er dehnte das letzte Wort, als wäre er sich nicht sicher, ob er es aussprechen dürfe. Lisa versuchte das krümelige Zeug auf ihrer Stirn wegzurubbeln.

»Tut mir leid, Johnny, dass ich nicht für euch da sein kann.«

»Ist schon in Ordnung, Mama.«

Verdammt, warum war ihr Ältester so vernünftig? So sollte ein Kind nicht sein. »Nein, ist es nicht.« Lisa machte eine Pause. »Es ging mir nicht gut.«

»Ich weiß, Mama. Geht's dir jetzt wieder besser?«

»Ja.« Stimmte das? Doch, es stimmte. Sie kämpfte sich langsam aus dem Tal nach oben, auch wenn immer noch Hindernisse drohten. Sie war noch lange nicht oben angekommen, gerade in diesem Moment merkte sie das wieder.

»Kommst du dann bald nach Hause?«, unterbrach Johnny ihre Gedanken.

»So bald wie möglich.«

»Weißt du, Mama, heute Nacht habe ich von Millie geträumt.«

Lisa wollte gleich dazwischenfahren und ihm verbieten weiterzusprechen, dann entschied sie sich dafür, es auszuhalten.

»Ich habe geträumt, ich spiele ›Mensch ärgere dich nicht‹ mit ihr, und sie hat gemogelt. Sie hat doch immer versucht, den Würfel zu drehen, wenn es keine Sechs war, oder sie hat gesagt, dass sie eine Sieben gewürfelt hat? Das hat mich geärgert, aber im Traum war es lustig.«

Es fiel Lisa schwer zuzuhören, aber es hatte auch etwas Gutes. Sie hatte sich stets davor gefürchtet, dass man Millie vergessen würde, aber das würde nicht geschehen, wenn man über sie sprach, zumindest hin und wieder. Sie plauderten noch ein bisschen weiter, dann verabschiedeten sie sich.

»Ruf du mich auch einmal an, Mama.«

»Mach ich, versprochen.«

Klick. Er hatte aufgelegt. Sie atmete tief durch und kehrte dann zu Frau Peters zurück. Sie würde erst einmal nicht weiter über das nachdenken, was Johnny ihr erzählt hatte. Sie würde sich anhören, was Frau Peters über ihren Tag zu berichten hatte, und sie würde über die Renovierungsarbeiten sprechen, als wäre dies weiterhin ein ganz normaler Tag – doch war er das nach Johnnys Anruf noch?

Nachdem Frau Peters sich verabschiedet hatte, ging Lisa ins Wohnzimmer, spähte durch das Fenster hinaus auf die Veranda und in den Garten und schaute längere Zeit zu, wie es langsam dunkler wurde. Sie wusste nicht, was sie tun wollte. Sie dachte an Johnny, dann auch an Neo und Lukas. Ihr Mann hatte eine Neue. Während sie dastand, war es, als verlöre die Welt Stück für Stück ihre Farben. Alles wurde grauer. Ihr Mann hatte eine Neue. War eine Rückkehr in ihr altes Leben nicht immer irgendwie eine Option gewesen?, fragte sie sich. Offenbar hatte sie eine Rückkehr keineswegs ausgeschlossen, oder warum tat das jetzt so weh? Am liebsten hätte sie Moses in ihre Arme genommen. Sein Katzenfell fühlte sich immer so samtig und weich an, unglaublich, dass es so etwas gab. Aber der Kater war schon wieder streunen gegangen und hatte sie allein gelassen.

Allein. Lisa räumte das Teegeschirr vom Tisch in die Spüle. Dinge, die man tun musste; Dinge, die den Tag strukturierten; Dinge, die wichtig waren. Je mehr sie über das nachdachte, was Johnny ihr erzählt hatte und worum er sie gebeten hatte, desto mehr kam es ihr vor, als würde ihr die Situation doch entgleiten. Warum hatte Lukas ihr nicht die Wahrheit gesagt? Verdammter Feigling. Sie war jetzt wirklich ungeheuer wütend auf ihn. Dann musste sie plötzlich an den Korn denken, den Lukas und sie in den letzten gemeinsamen glücklichen

Tagen gekauft hatten. Letztendlich war er ihnen zu stark gewesen, jetzt gerade erschien er ihr genau richtig. Wo hatten sie ihn noch hingestellt? Sie öffnete den Schrank, in dem sich noch ein paar Dosen Katzenfutter fanden. Ihr Magen zog sich zusammen. Sie reckte sich, um auf das oberste Fach zu spähen, und ging dann in die Hocke. Da unten war er, aber warum dort? Ach, egal. Sie holte ihn hervor, schraubte auf. Der scharfe Geruch nahm ihr kurz den Atem. Sie stellte die Flasche auf den Tisch und holte ein Wasserglas, schüttete sich großzügig davon ein. Sie wollte nicht wieder in dieses Loch fallen, aber die Schwärze schien sie einfach in sich aufsaugen zu wollen. Warum sollte sie sich dagegen wehren? Sie war ohnehin allein. Der erste Schluck brannte höllisch in ihrer Kehle, die nächsten Schlucke waren schon nicht mehr so schlimm. Sie leerte ein Wasserglas, schenkte sich ein zweites voll. Es war zu viel, das wusste sie, aber es war ihr auch alles zu viel. Sie trank weiter, schüttete Glas um Glas nach, wurde langsamer, machte eine unkoordinierte Bewegung mit der Hand, und schon schlitterte das Glas über den Rand des Tisches und zerbarst auf dem Boden. Für einen Augenblick dachte sie darüber nach, Besen und Schaufel zu holen, aber dann merkte sie, dass ihr schlecht war. Sie schwankte auf die Terrasse hinaus, verfehlte die Stufen und stürzte auf die Wiese, wo sie gegen ein Würgen ankämpfte. Alles drehte sich um sie, die ganze Welt drehte sich um sie, und sie würde nie wieder anhalten.

Lisa hörte jemanden stöhnen. War sie das? Plötzlich lag sie auf dem Rücken und versuchte, das Haus zu fokussieren. Da stand jemand Riesiges auf der Veranda über ihr, wie ein Turm, der taumelnd auf sie zukam. Ein sprechender Turm. Sie wollte schreien, aber ihr Mund war zu trocken, und überhaupt wusste sie gar nicht, wie man das machte … Schreien … Schreien … Schreien … Weil es wehtat, weil alles zu viel war, weil sie heute einfach nicht mehr konnte und auch nicht mehr wollte.

»Lisa?«

Der Turm sprach mit Jonas' Stimme. Er wollte ihr etwas tun. Sie musste sich wehren. »Lass mich.«

»Lisa, hast du getrunken?«

Doofe Frage.

»Warum fragst du … blöd?« Es war schwer, die richtigen Worte zu finden. Sie rollte sich auf den Bauch und kämpfte sich auf die Knie hoch. »So blöd«, verbesserte sie sich. Plötzlich war ihr wieder furchtbar schlecht. Sie krümmte sich und spuckte ins Rosenbeet. Jonas berührte ihre Schulter. Sie wollte seine Hand abschütteln und wusste nicht wie. Er sollte sie nicht anfassen. Er sollte das nicht … »Ich kann dich zum Arzt fahren, Lisa.«

»Himmel, nein.« Sie setzte sich auf. Die Welt um sie herum schwankte. »Hab nur ein Schluck getrunken. Darf man doch noch, was? Muss man jetzt etwa zum Arzt, wenn man ein bisschen gesoffen hat?«

Sie wischte sich mit dem Ärmel über den Mund. Alles würde nach Kotze … Ach, verdammt, egal … Lisa spürte, wie Jonas ihr aufhalf. Ihre Füße wollten ihr nicht gehorchen, und sie wollte eigentlich nur liegen bleiben. »Lass mich. Ich bleibe hier.«

»Stütz dich auf mich, bitte …«

»Nei-hein …«

»Komm schon. Ich bring dich ins Bett.«

Als Lisa das nächste Mal aufwachte, schien die Sonne viel zu grell durch einen Spalt in den Vorhängen. Grunzend drehte sie sich zur Seite. Dann hob sie den Kopf und ließ sich sofort aufseufzend zurückfallen. Langsam kehrten die Erinnerungen an den Vorabend zurück. Frau Peters war zu Besuch gewesen, Johnny hatte angerufen, und als sie zum Schluss allein zurückgeblieben war, hatten sie mit einem Mal schlechte Gefühle überrollt, so heftig, wie es ihr schon seit einiger Zeit nicht mehr geschehen war. Hatte sie sich wirklich mit Korn zulaufen lassen? Hatte Jonas sie tatsächlich vollkommen besoffen im Garten gefunden?

Da war ein furchtbarer Geschmack in ihrem Mund, und ihre Zähne fühlten sich pelzig an. Himmel, er hatte gesehen, wie sie zwischen die Rosen gekotzt hatte. Ach, du meine Güte! Ausgerechnet die Rosen! Wie konnte sie ihm je wieder unter die Augen treten? Außerdem … O mein Gott … Vorsichtig lüpfte sie ihre Bettdecke, obwohl ihr Kopf auf die Bewegung hin empfindlich reagierte. Unterwäsche. Er hatte sie offenbar ausgezogen. Jedenfalls musste sie davon ausgehen. Vielleicht war sie es auch selbst gewesen. Wer wusste das schon? Er wahrscheinlich, sie jedenfalls nicht. Hatte sie sich etwa vollgekotzt? So was hatte sie ja noch nie getan, noch nicht einmal als Teenie. Im Flur waren Schritte zu hören. Die Tür knarrte leise. Jonas schob den Kopf durch den Spalt. »Ah, du bist wach. Wie geht es dir?«

Lisa gab einen undefinierbaren Laut von sich und zog die Decke höher. »Geht so.« Sie überlegte und gab sich dann einen Ruck. »Danke für deine Hilfe.«

»Willst du mir nicht sagen, was los ist?«

Sie schob das Kinn vor. »Ich fürchte, ich habe ein wenig über den Durst getrunken.«

»Das weiß ich. Ich frage mich nur, warum.« Er machte eine Pause. »Du kannst mich immer anrufen, wenn es dir schlecht geht, weißt du?«

»Es kam so plötzlich. Und so gut kennen wir uns außerdem doch nicht.«

Wenn sie ihn verletzt hatte, ließ er sich das nicht anmerken.

»Ich habe mich allein gefühlt«, brachte sie hervor. »Mein Mann hat eine Neue.« Überraschend war das eigentlich nicht. Sie hatte geahnt, dass es irgendwann dazu kommen würde. Auf der Arbeit hatte es früh jemanden gegeben, mit dem er irgendwann mehr über ihr gemeinsames Unglück gesprochen hatte als mit ihr. Sie hatte das gewusst, und es war ihr damals gleich gewesen. Jedenfalls hatte sie sich das eingeredet.

»Du kannst wirklich mit mir reden«, wiederholte Jonas, dann reichte er ihr ein Glas Wasser. »Trink etwas.«

»Vielleicht muss ich dann …«

»Trink, es wird dir guttun. Du brauchst Flüssigkeit.«

Es tat ihr tatsächlich gut. Sie reichte ihm das Glas zurück, atmete ein paarmal ein und aus.

»Mein Ältester hat mich angerufen und es mir erzählt.«

Sie massierte sich die Schläfen. Ja, sie hatten sich auseinandergelebt, auch deshalb war sie letztendlich immer noch hier, aber … Vielleicht sollte Jonas doch endlich die ganze Wahrheit aus ihrem Mund hören?

»Das tut mir leid.« Jonas stand immer noch irgendwie unschlüssig vor ihrem Bett.

»Ich hätte damit rechnen müssen«, hörte Lisa sich sagen. »Vielleicht habe ich das sogar.«

Lukas und ich werden über die Kinder reden müssen, dachte sie. War sie stark genug? Sie war sich doch eigentlich immer im Klaren darüber gewesen, dass sich die Dinge ändern mussten, doch die Gegebenheiten zu akzeptieren war doch schwerer als erwartet. Nach Millies Tod war sie sich natürlich bewusst gewesen, dass nichts mehr so sein würde wie vorher. Es war nur fraglich, ob sie es zusammen schaffen würden oder jeder für sich. Letzteres schien der Fall. Sie atmete wieder tief durch.

»Danke, dass du für mich da warst«, sagte sie dann. »Ich werde jetzt einfach noch ein bisschen schlafen und mich dann bei dir melden.«

»Ich bleibe hier. Ich wäre heute ohnehin hier gewesen und habe heute nichts mehr vor. Das ist kein Problem.«

Sie wollte widersprechen und tat es dann doch nicht. Irgendwie war es schön, dass er in ihrer Nähe sein würde.

Abends hatte Lisa sich so weit erholt, dass sie eine leichte Gemüsesuppe essen konnte. Die würzige Brühe tat gut. Sie bemerkte, dass Jonas die Zeit genutzt hatte, um etwas Ordnung zu schaffen, was sie ein wenig beschämte, aber er winkte ab.

»Wenn man lange Zeit auf sehr begrenztem Raum arbeitet, dann geht einem das Aufräumen einfach ins Blut über. In der Antarktis ist es einfach zu eng für Unordnung.«

»Dein Vater hat mir kürzlich ein wenig davon erzählt«, sagte Lisa. Ihr fiel auf, dass sie gerne noch mehr über seine Zeit im Eis erfahren würde. Bisher hatte sie sich mit Fragen zurückgehalten. Früher war sie neugieriger gewesen.

»Von der Unordnung?«, fragte Jonas.

»Nein, von der Antarktis.«

Er schmunzelte und stellte ein Glas Wasser vor sie hin. Sie umfasste es mit beiden Händen.

»Er ist stolz auf dich, glaube ich. Also, wie war es? Weiter kann man wohl kaum von irgendetwas entfernt sein, oder?«

Jonas nahm sich auch ein Glas Wasser und trank einen Schluck, bevor er antwortete. »Das stimmt. Tatsächlich hatte ich schon lange davon geträumt, und als sich die Möglichkeit bot, habe ich zugegriffen. Vater und ich sind damals im Streit auseinandergegangen. Er wollte einfach nicht einsehen, dass ich eigene Pläne für mein Leben habe, dass ich nicht in seine Fußstapfen treten wollte.«

»Erzähl mir mehr davon«, sagte sie leise. Vielleicht wollte sie auch nur weiter seine Stimme hören. »Nicht von eurem Streit, von der Antarktis natürlich. Wie ist es dort?«

Jonas sah sie kurz nachdenklich an, dann ging sein Blick in die Ferne. »Also, zuerst einmal ist da dieses wirklich überwältigende Gefühl, an einem absolut einzigartigen Ort zu sein. Anfangs ist schon alles sehr fremd, und die Einarbeitungszeit ist ziemlich intensiv und auch anstrengend, aber dann … dann bekommt man ein Gefühl für die Station, für diese paar Wände, die das Einzige sind, das einen vor einer lebensfeindlichen Umwelt schützt.«

»Für den Menschen.«

Er sah sie an. »Ja, für den Menschen.«

Lisa schob das Wasserglas auf dem Tisch hin und her. »Ich wüsste gerne, wie man sich an diese Einsamkeit gewöhnt?«

Er überlegte.

»Ich weiß nicht. Man tut es, der Mensch ist anpassungsfähig, aber sicherlich ist so ein Aufenthalt auch nicht für jeden etwas. Vielleicht wäre es für den ein oder anderen einfach zu beängstigend, sich vorzustellen, dass die Station der einzige Ort weit und breit ist, wo man Menschen trifft – in einem Umkreis von Tausenden Quadratkilometern Eis, Schnee und Kälte.«

»Das ist beängstigend!«

Jonas lächelte. »Man hat ja das Team, das darfst du nicht vergessen. Man wächst zusammen.«

Und dann erzählte er. Er erzählte von der Polarnacht, wenn die Sonne nicht mehr über den Horizont stieg, und von klaren Tagen, an denen es durch das rötlich-orange-violette Farbenspiel des Polarlichts dennoch fast hell werden konnte. Von den vielen stürmischen Tagen, an denen eine geradezu unvorstellbare Kälte herrschte. Er sprach vom Frühling, wenn die Temperaturen auf 15 Grad stiegen und die Jungen der Kaiserpinguine zu stattlichen dicken Küken herangewachsen waren, die nicht mehr in die Bauchfalten ihrer Eltern passten. Jonas hatte gemeinsam mit anderen den Zustand der Pinguinkolonie untersucht und dabei besonderes Augenmerk auf die Jungtiere gerichtet. Es bedurfte besonderer Genehmigungen, um sich den Tieren nähern zu dürfen. Sobald im Sommer die Tage länger wurden, präparierte man das Flugfeld und versah es mit neuen Markierungen. Auch die Trassen auf dem Schelfeis wurden dann neu mit Flaggen markiert, die lebenswichtig waren, damit die Wissenschaftler auch bei schlechten Sichtverhältnissen sicher ans Ziel kamen. Als im Sommer die Besuchergruppen strömten, war er zu seinem Vater nach Hause geflogen.

In dieser Nacht träumte Jonas von einer weißen Eisfläche und einem Sturm, der brüllend in seinen Ohren heulte. Er träumte von sehr viel Schnee und sehr viel Eis, dem Wind und einem riesigen Pinguin. Und er träumte von Lisa.

34

NORDSEEKÜSTE, 1920

Der Zug, den Vater für sie ausgewählt hatte und der Tante Dora, Vicky und Ilse über Gießen, Marburg, Kassel und Göttingen nach Hannover bringen sollte, fuhr in Frankfurt ab. Von Hannover würde es nach einem kurzen Hotelaufenthalt über Celle, Uelzen und Lüneburg nach Hamburg gehen, wo sie für einen Tag bei einer Bekannten Tante Doras bleiben konnten, die nach Norden geheiratet hatte.

Tante Dora ließ Vicky auf der gesamten Fahrt nicht aus den Augen. Selbst auf die Toilette folgte die Tante ihr anfangs. Am dritten Tag wurde es Vicky zu bunt.

»Ich springe auch heute nicht aus dem Zug, falls du das befürchtest. Du kannst ruhig sitzen bleiben.«

Tante Dora errötete leicht, schien etwas sagen zu wollen, zog es dann aber vor zu schweigen. Natürlich wollte sie kein Aufsehen erregen, und Vicky verspürte einen kleinen Triumph. Als sie wieder auf ihrem Platz saß, nahm sie seufzend das Buch zur Hand, das sie sich zur Unterhaltung mitgenommen hatte, doch sie konnte sich einfach nicht konzentrieren. Wie sollte es weitergehen? Was hatten die Eltern geplant? Das Kind in ihrem Leib würde weiterwachsen, bald würde sich ihre Leibesfülle kaum noch verbergen lassen. Was dann? Um sich auf andere Gedanken zu bringen, beobachtete sie Ilse, die immer noch gebannt aus dem Fenster starrte. Sie war noch nie Eisenbahn gefahren und dementsprechend nervös gewesen. Zu Beginn hatte sie den Korb mit dem Proviant fest umklammert und sich geweigert, ihn ins Gepäcknetz zu stellen. Vicky hatte ihr immer wieder erklären müssen, dass die hohe Geschwindigkeit ihnen nichts anhaben konnte. Sie solle also einfach aus dem Fenster schauen und die Reise genießen.

Der Abschied von den Eltern war kühl ausgefallen. Es gab drei knappe Abschiedsküsschen von ihrer Mutter, die sich wie kleine Schläge auf die Wangen anfühlten, und ein paar strenge Ermahnungen in Tante Doras Richtung, sich keinesfalls um den Finger wickeln zu lassen.

Vicky schlug die nächste Seite in ihrem Buch um, ohne wirklich etwas gelesen zu haben. Wie falsch sie die Eltern doch eingeschätzt hatte: alle Toleranz nur Fassade. Für einen Moment ließ sie das Buch sinken und sah an Ilse vorbei aus dem Fenster. Ihre Gedanken begannen sich wieder um das Übliche zu drehen. Bislang hatte sie vergeblich versucht, Tante Dora darüber auszuhorchen, was ihr bevorstand. Dora war anscheinend fest entschlossen, das Versprechen gegenüber ihrer Schwägerin zu halten, und blieb schweigsam. Sollte Vicky das Kind heimlich zur Welt bringen? Im Verborgenen, wie man das in solchen Fällen in ihren Kreisen machte? Und was würde dann geschehen? Vicky musste zugeben, dass sie es nicht wagte, den Gedanken weiterzuspinnen. Sie hatte immer mal wieder Leute darüber tuscheln hören, und das Ende war stets das gleiche gewesen. Ihr Herz schlug schneller.

Ich werde unser Kind behalten.

In der Schule hatte man sie, wie besprochen, aufgrund wieder auftretender Lungenbeschwerden abgemeldet. Es war ohnehin das letzte Jahr, womöglich würde sie ja in naher Zukunft heiraten und gar nicht in die Schule zurückkehren. Wozu brauchte ein Mädchen die Hochschulreife, wenn es am Ende doch als Ehefrau und Mutter endete? Mama hatte die besten Genesungswünsche des Schuldirektors übermittelt, und es hatte Vicky einen kleinen Stich versetzt. Sie war gerne zur Schule gegangen. Sie hatte sogar mit dem Gedanken gespielt zu studieren. Und niemand in ihrer Familie hatte ihr vermittelt, dass das nicht infrage kam. Dennoch bestimmten jetzt andere über ihr Leben. Was früher war, zählte nicht mehr.

Machte man das heute noch so? Konnte man schwangere Frauen einfach so an jemanden verheiraten, um des guten Rufs der Familie willen?

Der Zug ratterte an einer Herde Kühe vorbei. Auf manchen Feldern wurde gearbeitet. Manchmal richtete sich jemand auf und sah dem fauchenden, brummenden Ungetüm hinterher.

Der Norden begrüßte sie mit einem beinahe wolkenlosen blauen Himmel und seinem unverwechselbaren, hell strahlenden Licht. Inzwischen näherten sie sich Husum, der grauen Stadt am Meer, wie Vicky Ilse erklärte, um ihr dann noch ein wenig von Theodor Storm zu erzählen, den das Hausmädchen natürlich nicht kannte. Ilses Aufregung hatte sich bislang kaum gelegt: die Zugfahrt, die Zwischenhalte in Hannover und Hamburg und nun die Ankunft in einer Landschaft, in der alles so anders aussah. Sie war noch nie von Mainz weg gewesen und staunte sehr über das flache Land ringsherum. Immer wieder glitt ihr Blick über die Weite der Landschaft, immer wieder deutete sie aufgeregt auf Kühe und Schafe und die Häuser aus rotem Backstein. Solche hatte sie in Mainz noch nie gesehen, betonte sie mehrfach. Wenn Vickys Gedanken nicht so schwer gewesen wären, hätte es sie amüsiert, dass Ilse so erregt war.

Man hatte ihren Ankunftstermin erfolgreich telegrafiert, und der Verwalter, der sich in Abwesenheit um die Villa kümmerte, hatte den alten Sven geschickt, einen der Knechte vom Peters-Hof, um die Reisenden abzuholen. Vicky freute sich, den älteren Mann zu sehen, der bislang jeden ihrer Aufenthalte hier begleitet hatte und jetzt staunend die junge Frau betrachtete, die doch gerade noch ein kleines Mädchen war.

»Vier Jahre, min Deern, und du bist ein ausgewachsenes Frölens«, stellte er mit seiner polternden, kratzigen Stimme fest, mit der er den Kindern früher Geschichten erzählt hatte. Vicky erinnerte sich gerne daran. Das Herz wurde ihr weit. Sven schaute sich indes nach Herrn und Frau Schwayer um.

»Mama und Papa konnten nicht mitkommen«, erklärte Vicky. »Keiner darf im Moment raus aus Mainz.« Sie klärte Sven auf, dass sie eine Sondergenehmigung erhalten habe, um ihre Lungen auszukurieren. Sven hatte zuerst Tante Dora und dann Vicky auf den Wagen geholfen, während Ilse selbst hinaufkletterte. Immer wieder stieß Tante Dora während der Fahrt kleine Schmerzensschreie aus, weil der Wagen so schlecht gepolstert war und ihr jeden einzelnen ihrer armen Knochen durchschüttelte. Vicky saß, in einen weiten, leichten Mantel gehüllt, auf den Tante Dora unnötigerweise bestanden hatte, mit dem Rücken zu ihr. Sie hielt den Hut, der sie vor der Sonne schützen sollte, mit einer Hand fest, während ihr Blick sich jetzt ebenfalls in der Weite der Landschaft verlor. Auf Ilses leicht gerötetem Gesicht lag ein seliger Ausdruck. Vicky tröstete das ein wenig, denn noch nie war sie belasteter hier oben angekommen.

Als der Wagen endlich vor der Villa der Schwayers zum Stehen kam, half Sven Tante Dora herunter und scherzte noch etwas auf Platt mit Vicky. Ilse verstand kein Wort seines Dialekts, das konnte man ihr ansehen. Vicky konterte lachend, wenn auch etwas unsicher. Sie sprach nur einige Worte, aber Sven freute sich darüber. Tante Doras Stirn blieb leicht gekräuselt, doch Vicky ignorierte ihr Missfallen. Die Worte des Knechts und das helle Licht gaben ihr immerhin entfernt das Gefühl, hier willkommen zu sein. Sie stieg als Letzte vom Wagen herunter, ordnete Mantel und Kleid und sah sich dann nochmals um: Was hatte sich verändert? Was war noch wie früher? Hatte der Krieg auch hier seine Spuren hinterlassen? Vicky nahm eine Bewegung wahr und sah im nächsten Moment, wie eine junge Frau die Treppe hinuntersprang. Sie trug eine einfache Bluse, einen Rock mit Schürze und ein Kopftuch, unter dem sich sehr hellblonde Haare hervorkringelten. Vicky kniff die Augen zusammen. Das musste … Das konnte ja wohl nicht … Vier Jahre …

»Vicky! Kennst du mich denn nicht mehr?«

Vicky musste sich beherrschen, keinen undamenhaften Freudenschrei auszustoßen. »Sontje! Sontje Peters, ich habe dich so vermisst.«

Sontje, ihre Freundin aus so vielen vergangenen Sommern; das Bauernmädchen, das auf dem Peters-Hof, einem der kleineren benachbarten Gehöfte, wohnte und mit der sie ganze lange Sommertage hindurch gespielt hatte. Sie hatte so gehofft, sie wiederzusehen. Die beiden jungen Frauen griffen einander lachend bei den Händen.

»Was machst du denn hier?«, fragte Vicky sie. »Wusstest du, dass wir kommen? Ich dachte nicht …« Sie hielt inne. Gewiss arbeitete Sontje inzwischen auf dem Hof ihrer Eltern. Sie war kein Kind mehr. Schon damals, in ihrem letzten gemeinsamen Sommer, hatte sie gewusst, dass Sontje die Schule im nächsten Jahr beenden würde.

»Meine Mutter schickt mich. Sie sagt, ihr braucht vielleicht Hilfe.«

»Du sollst bei uns arbeiten? Aber nein, Sontje, das geht doch nicht, du …« Vicky schaute unwillkürlich zu Ilse hin, die aufmerksam geworden war. »Eigentlich …« Sie schaute wieder Sontje an. Wie schmal ihr Gesicht geworden war, und die Kleidung, fiel ihr jetzt auf, war verwaschen und geflickt. Ihre rauen Hände, die sie während der Begrüßung berührt hatte, sprachen von harter Arbeit. Vicky stockte. Offenbar war es der Familie Peters nicht ganz so gut ergangen, vielleicht erhoffte sich Mutter Peters sogar, dass Sontje sich in der Villa etwas hinzuverdienen konnte. Trotzdem fiel es ihr schwer, diese Gedanken zu akzeptieren.

»Du, bei uns aushelfen?«, wiederholte sie.

»Das macht mir gar nichts aus.« Sontje lachte so, wie nur Sontje lachen konnte. »Wir sind älter geworden, aber wir werden uns bestimmt noch genauso viel zu erzählen haben, und …« Sie schaute Ilse freundlich-fragend an.

»Das ist Ilse«, stellte Vicky sie vor. »Unser Mädchen aus Mainz.«

Sontje lächelte. »Moin, Ilse! Du wirst sicherlich ein wenig Hilfe gebrauchen können. Schon die Wäsche ist eine Herausforderung, nicht wahr?«

»Das stimmt wohl«, sagte Vicky, bevor Ilse antworten konnte. Dann wandte sie sich an Tante Dora, die dem ganzen Gespräch bislang schweigend gefolgt war. »Was sagst du, Tante Dora? Zwei Hände mehr können nicht schaden, bitte sag Ja!«

Tante Dora sah sie mahnend an, wiegte leicht den Kopf und sagte dann langsam: »Ich werde darüber nachdenken.«

»Danke«, sagte Sontje und fügte dann zu Vicky gewandt hinzu: »Du musst mir unbedingt alles aus der großen Stadt berichten.«

»Mainz ist nicht unbedingt groß«, gab Vicky lachend zurück.

»Für mich schon«, sagte Sontje und fiel in ihr Lachen ein.

Tante Dora ging als Erste ins Haus, und Sontje, Ilse und Sven machten sich daran, das Gepäck hineinzubringen. Dora hatte einen ganzen Überseekoffer mitgebracht, der den alten Knecht ganz schön ins Keuchen brachte. Vicky überkam mit einem Mal eine solche Ankommensfreude, dass sie spontan Ilses Hand nahm, um sie hinter sich her zu ziehen. Stolpernd ließ die eine Tasche fallen.

»Komm, komm, ich muss dir unbedingt gleich alles zeigen.«

Zuerst ging es noch einmal nach draußen. Sie sprangen

die Treppe hinunter und drehten sich um. Die Schwayer'sche Ferienvilla war backsteinrot wie die meisten Häuser in dieser Gegend, mit hellen Fensterkreuzen, und vor jedem Fenster blühten üppig die Geranien. Ilse kam kaum dazu, etwas zu sagen, denn Vicky plapperte unentwegt und führte sie dabei weiter in den Hof hinein, wo sie ebenfalls eine wahre Blütenpracht erwartete. Insekten schwirrten um farbenfrohe Büsche in Lila, Rot und Gelb. Vicky atmete tief ein. Wie gut die frische Meeresluft roch. Ach, es war wunderbar, und sie fühlte sich gleich viel mutiger. Wie hatte sie diesen Ort nur so lange entbehren können? Wo, wenn nicht hier, würde sie eine Lösung für sich und ihr Kind finden?

»Komm weiter, Ilse!«

Sie zog Ilse zurück ins Haus, zeigte ihr die Küche, in der schon ein Willkommensgruß aus frischem Brot, Butter und Marmelade stand. Gemeinsam spitzten sie auch in die gut gefüllte Vorratskammer. Ilse musterte interessiert den großen Herd. Das hier würde ihr Reich sein, hier bestimmte ab heute sie. Als Vicky sie auf den Blick in den Garten aufmerksam machte, stieß sie einen Jauchzer aus.

Tante Dora tauchte einige Augenblicke später schnaufend im Hausflur auf. Vicky und Ilse polterten gerade die Treppe vom Dachboden herunter, wo Ilse ihren eigenen Schlafplatz nebst einem kleinen Ofen haben würde.

»Wo wart ihr? Du sollst Bescheid geben, wenn du dich entfernst«, stieß sie unter Keuchen hervor.

»Ach, Tante Dora, ich habe nicht daran gedacht.« Vicky sah ihre Tante mit einem unschuldigen Augenaufschlag an. »Ich konnte es einfach nicht mehr erwarten, und da habe ich Ilse rasch durchs Haus geführt. Sie muss sich ja hier auskennen, oder nicht? Von nun an will ich artig sein. Bitte, es war nicht böse gemeint.«

Tante Dora schüttelte den Kopf und tupfte sich mit einem feinen Tüchlein den Schweiß von der Stirn. »Ich habe deiner Mutter versprochen, dich keinen Moment aus den Augen zu lassen, mein liebes Mädchen, und ich werde dieses Versprechen nicht am ersten Tag brechen. Das nächste Mal meldest du dich ab.«

»Natürlich.« Vicky lächelte sie unschuldig an. »Es ist übrigens bereits alles hergerichtet. Die Betten sind bezogen, und in der Küche steht sogar schon ein kleiner Imbiss.«

Ilse entschwand, um ihre wenigen Habseligkeiten auszupacken. Als sie in die Küche zurückkehrte, fand sie die anderen Frauen dort versammelt, und Sontje schlug einen gemeinsamen Spaziergang durch das weitläufige Gartengelände bis zum Peters-Hof vor. Zuerst kamen sie am Gemüsegarten vorbei, der natürlich auch in Abwesenheit der Schwayers sorgsam gepflegt wurde. Frau Peters baute hier Kürbisse, Bohnen und Gurken an, die sie einlegte. Ilse waren die Einmachgläser, die die Regale der Vorratskammer säumten, schon aufgefallen. Auch den Hühnern ging es gut. Sie legten brav ihre Eier, wie Sontje zu berichten wusste. Bis zum Peters-Hof ging es noch an einigen Blumenrabatten, Obstbäumen und -sträuchern vorbei, deren Früchte teilweise auch eingekocht oder anderweitig eingelagert wurden. Nach der Rückkehr zum Haus war Tante Dora vollkommen erschöpft und musste sich erst einmal hinsetzen. Vicky, Ilse und Sontje wollten noch die üblichen Stellen nach Eiern absuchen.

»Das sind die besten Eier auf der Welt, Ilse«, prahlte Vicky. »So leckere Frühstückseier hast du noch nie gegessen.«

An diesem ersten Abend stellte sich Sontje ganz selbstverständlich an den Herd. Es gab Krabbensuppe, danach Backfisch und Gurkensalat mit Dill. Als Nachtisch bereitete Ilse einen Vanillepudding zu. Tante Dora lobte Sontjes Kochkünste, und auch Vicky bewunderte, was ihre Freundin in den letzten Jahren gelernt hatte.

»Ich glaube, ich war noch nie in der Küche, jedenfalls nicht, um zu kochen«, sagte sie. »Höchstens um zu stibitzen.«

»Ihr habt sicher eine Köchin …«, stellte Sontje fest, und in diesem Satz lag so viel von dem, was ihre Leben voneinander unterschied, dass Vicky innehielt und nur nachdenklich nickte.

Im nächsten Moment ging es ihr durch den Kopf, wie viel sie mit Sontje besprechen musste. Wie würde sie reagieren? Würde sie ihr helfen? In Anwesenheit von Vaters Schwester konnten sie allerdings nicht reden. Sie musste eine Gelegenheit finden, die Freundin allein zu treffen, um ihr das Herz auszuschütten. Sontje würde sie verstehen.

Nachdem sie zu Abend gegessen hatten und die Küche aufgeräumt war, verabschiedete Sontje sich. Draußen vor der Tür umarmte Vicky sie und hielt sie für einen Augenblick fest umschlungen.

»Komm nur rasch wieder«, flüsterte sie in ihr Ohr.

Die lächelte etwas verschmitzt. »Aber das ist doch meine Aufgabe.«

Vicky errötete. »O ja, und das ist wunderbar.«

Sontje schloss das Gartentor hinter sich und winkte Vicky noch einmal zu. Die sah ihr hinterher, bis sie aus ihrem Blickfeld verschwunden war. Als sie sich umdrehte, sah sie direkt in Tante Doras ernste Augen.

»Ist das schicklich, sich so mit dem Personal gemeinzumachen?«

»Sontje ist meine Freundin.«

»Ja, ja.« Tante Dora wiegte den Kopf. »Aber die Zeiten ändern sich, und ihr beiden werdet erwachsen. Eure Wege werden andere Richtungen nehmen. Es ist besser, sich das einzugestehen.«

Jetzt klang Tante Dora wie Mama. Vicky wollte etwas Scharfes erwidern, biss sich dann aber auf die Zunge. Sie wollte Dora nicht verstimmen. Sie durfte sich nicht widerspenstig zeigen. Wenn sie irgendeinen Weg aus ihrem Schlamassel herausfinden wollte, brauchte sie keine misstrauische Dora an ihrer Seite. Das Kind in ihrem Bauch versetzte ihr einen feinen Tritt. Vicky senkte die Lider. »Wahrscheinlich hast du recht, Tante Dora. Gib mir bitte ein wenig Zeit. Es geht alles so schnell mit dem Erwachsenwerden, verstehst du?«

Tante Dora blickte sie jetzt etwas freundlicher an. »Natürlich, Kind«, sagte sie dann sanft. »Das verstehe ich doch.«

Als Ilse gegen elf Uhr in ihrem Bett lag, inmitten frisch gewaschener, nach Sommer duftender Wäsche, konnte sie ihr Glück kaum fassen. Sie würde nicht alle Arbeit allein tun müssen und hatte einen eigenen Platz; ein Ort nur für sich, den sie mit niemandem teilen musste. Sie hatte ein Bett aus hellem Holz, eine schöne, viel zu große

Kleidertruhe, einen Nachttisch und ein Fenster. Es gab sogar einen Waschtisch und eine Waschschüssel, Leinenhandtücher mit Stickerei, und sie würde die Toilette benutzen, die alle benutzten. Endlich wäre sie nicht mehr die Letzte in der Reihe – natürlich war sie das, aber es fühlte sich nicht mehr so an, und das war wunderbar. Auf der gemeinsamen Reise war sie Vicky nähergekommen, und dann hatte ihr die kleine Herrin höchstpersönlich die Villa gezeigt, fast als wären sie Freundinnen. Ilse hatte noch nie eine wirkliche Freundin gehabt und ja, es mochten Welten zwischen ihr und Vickys liegen, aber hier oben schien das nicht so viel zu bedeuten.

35

Jamal hatte seine Schuhe geputzt, bis er sich darin spiegeln konnte. Wenn seine Gedanken übersprudelten, übte er immer am liebsten einfache Tätigkeiten aus: Schuhcreme auftragen, polieren, polieren, polieren. Nach den Geschehnissen von Frankfurt waren sie aus Deutschland abgezogen worden. Er hatte sich Urlaub erbeten und war zu seinem Vater nach Paris gefahren, und nun war er doch nach Mainz zurückgekehrt, wo er Monsieur Charlier zugeteilt worden war. Zuerst hatte er sein Glück kaum fassen können. Mit Monsieur Charlier sprach er oft Deutsch. Der Mann mochte Deutschland und Deutsch, die Sprache der Dichter und Denker. Jamal unternahm wieder lange Spaziergänge, anfangs in der vagen Hoffnung, Vicky zu treffen, aber inzwischen wusste er, dass es dazu nicht kommen würde. Sie war nicht mehr in Mainz. Er hatte es eher zufällig erfahren. Mehr wusste er nicht, auch nicht, wo sie nun lebte. Ob sie seine Briefe erhalten hatte? Von einer Wand glotzte ihm eine fürchterliche Karikatur eines schwarzen Menschen mit wulstigen Lippen entgegen. »Aber es ist ganz gleich, wer uns betrachtet«, hatte einmal einer seiner Kameraden zu ihm gesagt, »für die einen sind wir Monster, für die anderen Kinder, über die es zu bestimmen gilt. Wir sind keine Menschen, wir sind nur eine Hautfarbe, die nicht weiß ist …«

Jamal ging weiter. Manchmal dachte er, dass ihm Monsieur Charlier etwas verschwieg, denn er arbeitete mit Vickys Vater zusammen und wusste wahrscheinlich Bescheid. Heute hatte er zufällig in Erfahrung gebracht, wo sich Vickys Bruder aufhielt. Er wartete jetzt schon eine Weile in den Schatten vor dem Lokal, das man ihm genannt hatte, aber es machte ihm nichts aus. Immer wieder spuckte die Tür Besoffene aus. Hagen Schwayer trat erst fast zwei Stunden später vor die Tür in einem Pulk Männer, von denen einer lautstark das Wort führte: »Das Schlimmste aber ist, dass die Verkafferung Deutschlands dem Juden in die Hände spielt.« Der Mann war offensichtlich richtig in Fahrt. »Durch die Vergewaltigung deutscher Frauen durch die schwarzen Bestien wird unsere Rasse nämlich dem Untergang nahe gebracht und irgendwann ausgetauscht. Mit jeder neuen Blutschändung dräut die Morgenröte der jüdischen Weltherrschaft.«

Der Pulk wälzte sich weiter die Straße entlang. Wie viele, die so beschäftigt mit sich selbst waren, nahmen sie nichts um sich herum wahr, sodass Jamal ihnen unbemerkt folgen konnte. Als Hagen endlich allein den Weg nach Hause einschlug, beschleunigte Jamal seine Schritte.

»Herr Schwayer! Herr Hagen Schwayer?«

Hagen blieb stehen, drehte sich um und war offenkundig fassungslos.

»Du …«, spuckte er aus. Nicht mehr.

»Wo ist Vicky?«

»Das würde ich dir niemals sagen.«

Jamal runzelte die Stirn. Vicky hatte ihm von ihrem Bruder erzählt, davon, dass er allzu gern in den Krieg gezogen wäre, was der Vater aber verhindert – und ihm damit wahrscheinlich das Leben gerettet hatte. Sei froh, dachte Jamal, aber sprach es nicht aus, weil er wusste, dass der junge Mann ihn nicht verstehen würde. Er wollte ihm doch nichts Böses. Woher nur kam dieser Hass?

»Wo ist Vicky?«, wiederholte er.

Hagen Schwayer lachte nur verächtlich.

36

Es brauchte ein paar Tage, bevor die Frauen sich an die neue Umgebung und das andersartige Gefüge gewöhnten. Sontje kam meist am späten Nachmittag, half im Haus und in der Küche, lachte viel und wirkte fast immer unbeschwert.

Mit Argusaugen beobachtete Ilse bald, wie Vicky und Sontje die Köpfe zusammensteckten und sich angeregt unterhielten. Bestimmt tauschten sie Erinnerungen von früher aus, und manchmal schien es ihr auch, als verhielten sie sich anders, wenn sie sich gewahr wurden, dass Ilse in der Nähe war. Sie musste sich eingestehen, dass sie im Innern ein wenig verstimmt darüber war, tief drinnen möglicherweise sogar wütend. Doch sie ließ sich nichts anmerken. Mit seinen Gefühlen sollte man haushalten, und oft war es besser, wenn andere nicht wussten, was man dachte. Zuerst einmal wollte sie einfach zufrieden sein mit der Freundlichkeit, die ihr Vicky entgegenbrachte, mit dem eigenen Zimmer, mit der Reise und mit so vielem mehr. Nichtsdestotrotz konnte sie nicht darüber hinwegsehen, dass sie sich in Mainz offenbar zu große Hoffnungen gemacht hatte. Mittlerweile war der Abstand zwischen ihnen wieder größer geworden, hier waren sie wieder mehr Herrin und

Stubenmädchen. Und dann war da natürlich Sontje, das Mädchen, das Vicky von klein auf kannte und dem sie deshalb wirklich vertraute.

Aus den Augenwinkeln beobachtete Ilse an diesem Morgen, wie Vicky, in einen leichten Morgenmantel gehüllt, am Schreibtisch saß und die täglichen Zeilen an ihre Familie schrieb. Es fiel ihr wohl nicht leicht, dieser Forderung nachzukommen, denn sie seufzte immer wieder lautstark und starrte hin und wieder minutenlang aus dem Fenster. Ilse sortierte die Kleidung, die man gestern zum Lüften herausgehängt hatte, zurück in den Schrank und dachte bei sich, dass Menschen wie Vicky doch gar nicht wussten, was wirkliche Schwierigkeiten waren. Selbst dass die junge Herrin ein uneheliches Kind erwartete, würde niemals die Konsequenzen haben, die es damals für Ilse gehabt hatte.

Das nächste Kleid rutschte vom Bügel – eines in Altrosa, das Ilse besonders gut gefiel –, und sie musste sich danach bücken. Behutsam hängte sie es zurück. Vicky drehte sich um und sah ihr einen Moment bei der Arbeit zu. Dann legte sie den Füllfederhalter aus der Hand.

»Gefällt dir das Kleid?«, fragte sie unvermittelt.

Ilse gab keine Antwort, spürte aber deutlich, dass sie rot anlief. Vicky stand auf. »Es würde sicher wunderbar zu deinen dunklen Haaren passen. Mich macht es eher blass, finde ich.«

Ilse sah das Kleid an. »Ich weiß nicht recht«, sagte sie mit heiserer Stimme. Vicky wirkte mit einem Mal fröhlich.

»Ach komm, probier es doch einfach einmal an. Vielleicht fällt mir dann auch etwas ein, was ich den lieben Eltern schreiben könnte. Es ist zum Mäusemelken.«

Kurz darauf stand Ilse im Unterkleid da. Es war sauber, aber sehr einfach, und es fühlte sich alles irgendwie nicht richtig an. Doch Vicky wirkte fest entschlossen, und Ilse wusste nicht, ob sie Nein sagen konnte. Niemand hatte sie das je gelehrt.

»Komm, ich helf dir.« Vicky hielt das Kleid so, dass Ilse mit den Armen hineinschlüpfen konnte. »Sag mal«, fragte sie dann. »Haben dich deine Eltern eigentlich nach irgendjemandem benannt?«

Ilse machte große Augen. Was meinte das Fräulein denn damit? Der Stoff glitt glatt und kühl über ihre Arme. Vicky drehte sie vom Spiegel weg – »es soll doch eine Überraschung werden« – und wiederholte ihre Frage.

»Ich weiß nicht«, sagte Ilse langsam. »Ich denke, es ist einfach nur ein Name.«

Sie bezweifelte, dass ihre Mutter sich irgendwelche Gedanken über ihren Namen gemacht hatte. Wenn sie sich recht erinnerte, hatte Ilse ihren Namen sogar von einer älteren, verstorbenen Schwester übernommen.

»Es hat immer eine Ilse in unserer Familie gegeben, hat Mama gesagt.«

»Meine Eltern haben mich Victoria genannt, weil das Sieg bedeutet und sie überzeugt waren, dass ich eine Siegerin sein werde«, sagte Vicky und legte den Kopf schief, während sie Ilse betrachtete.

»Meine Güte, Ilse, du siehst wunderschön aus. So könntest du auf ein Fest gehen und würdest allen den Kopf verdrehen.«

Ilse dachte, dass es für sie keine Feste gab, und falls es

doch anders kommen sollte, dass sie niemals in einem solchen Kleid dort erscheinen würde. Sie hatte solche Kleider nicht.

»Dreh dich um«, sagte Vicky und half nach, weil sie es nicht erwarten konnte. »Schau dich an.«

Vicky hatte recht gehabt. Das Altrosa ließ Ilses Haut strahlen und bildete einen wunderbaren Kontrast zu ihrem Haar. Das Kleid selbst betonte ihre schlanke Gestalt, die schmale Taille. Nur das Gesicht darüber passte nicht, denn es sah so verschreckt aus, als hätte Ilse gerade ein Gespenst gesehen.

37

War Vicky zuerst ärgerlich gewesen, dass ihre Eltern sie, so mir nichts, dir nichts, aus Mainz verbannt hatten, war ihr später in den Sinn gekommen, dass sie sich hier oben am Meer doch immer recht frei hatte bewegen können. Tante Dora hatte jedoch offenbar nicht die Absicht, dies zuzulassen. Schon in den ersten Tagen im Norden musste Vicky feststellen, wie überaus ernst Tante Dora ihre Aufgabe nahm. Als sie einmal zu einem benachbarten Bauern gehen wollte, um Milch zu holen, schüttelte Dora den Kopf.

»Das kommt nicht infrage. Ilse übernimmt das, oder wir lassen uns beliefern. Du bist kein Kind mehr. Es besteht nicht der geringste Grund, sich mit diesen Leuten gemeinzumachen.«

»Diese Leute?« Vicky spürte, wie eine Mischung aus Ärger und Hilflosigkeit in ihr hochstieg. Sie hatte die Zeit mit *diesen* Leuten immer sehr genossen, hatte Geschichten von ihnen erfahren und Dinge, die sie noch nicht wusste. Sie liebte Seemannsgarn. Sie liebte es, eine andere Welt kennenzulernen, und der Urlaub hier im Norden war immer voller Geschichten gewesen, auch wenn der Menschenschlag doch eher als wortkarg verschrien war. Tante Dora schüttelte noch energischer den Kopf.

»Bauern und Fischer eben. Wir brauchen kein Gerede. Je mehr wir für uns bleiben, desto besser.«

»Aber ich kenne diese Leute. Sie sind ehrlich und hilfsbereit. Wir haben immer …« Vicky bemerkte, dass sie nach Worten suchen musste, so aufgebracht war sie. »Zu unserem großen Sommerfest sind sie immer alle gekommen, und es war stets ganz wunderbar. Wir haben herrliche Tage hier oben verlebt. Sie werden sich wundern, wenn ich nichts mehr mit ihnen zu tun haben will.«

»Das mag sein, aber, wie ich schon sagte, du bist inzwischen älter geworden. Du hast andere Verpflichtungen, und man legt natürlich auch andere Maßstäbe an dich. Unsere Situation ist schon schwierig genug, auch wenn du nicht wie eine kleine Wilde hier herumziehst. Ich habe das damals schon für falsch gehalten, und deine Mutter bedauert es heute sehr, deine Erziehung so schleifen gelassen zu haben.«

»Sagt Mama das?«, fuhr Vicky dazwischen, während ein Gemisch aus Erstaunen und Enttäuschung in ihr hochstieg.

»Sie erkennt das jetzt jedenfalls, wo die große Gleichmacherei angefangen hat und jeder meint, sich an keine althergebrachte Regel mehr halten zu müssen.« Tante Dora straffte die Schultern.

»Bedauert Mama wirklich, dass sie meine Erziehung hat schleifen lassen?«, wiederholte sich Vicky, aber Tante Dora ging auch dieses Mal nicht darauf ein, sondern hob nur die rechte Augenbraue und sagte dann: »Außerdem muss nicht jeder deinen dicken Bauch sehen, meine junge Dame, oder meinst du, diese Schwangerschaft kann sonst geheim gehalten werden? Offiziell bist du hier, um deine Lunge auszukurieren, das ist unsere Geschichte, und dabei bleiben wir.«

Tante Dora musterte ihre Nichte von oben bis unten. »Ich fürchte, Ilse muss dieses Kleid an der Taille bereits etwas auslassen, und bitte vergiss nie deinen Sommermantel, wenn du in den Garten gehst, sonst wirst du noch braun wie eine Walnuss. Du hast leider den Hautton deines Vaters geerbt.«

»Das ist albern, ich würde nie so braun werden.«

»Als ich jung war, sind wir nie ohne Sonnenschutz hinausgegangen, aber inzwischen ist ja alles einerlei.« Tante Dora schaute kopfschüttelnd in die Ferne.

»Und was sollen die Leute sich genau denken? Dass ich ansteckend bin? Dass ich Tuberkulose habe oder so etwas? Wollt ihr mich hier auf Dauer einsperren, mehrere Monate lang?« Vicky fragte sich, ob das der korrekte Zeitraum war, denn ehrlich gesagt, hatte sie keine Ahnung. Mit Mühe drängte sie die Tränen zurück, die es ihr in die Augen trieb. Jamal, dachte sie, warum bist du nicht bei mir? Sie vermisste ihn so unendlich.

»Ich bezweifle doch sehr, dass ich meinen Zustand hier oben auf Dauer verbergen kann«, sagte sie dann zu ihrer Tante. »Es wird Gerede geben. Was ist mit Sontje? Sie wird es ganz bestimmt bemerken.«

»Sontje weiß, wie man den Mund hält. Das müssen Leute in ihrer Position immer wissen.« Tante Dora räusperte sich entschlossen. »Keines der Mädchen wird reden. Schließlich haben sie auch etwas zu verlieren.«

Vicky ließ sich in den Sessel zurücksinken, in dem sie ihrer Tante gegenübersaß, und suchte fieberhaft weiter nach Argumenten. Doch es wollten ihr einfach keine einfallen. Dann bewegte sich plötzlich etwas in ihr, kaum merklich, wie ein feines Pochen, gefolgt von einem winzigen Tritt. Sie hielt inne. Ihre Tante musterte sie misstrauisch. »Ist etwas?«

»Nein, nein …« Vicky rutschte auf die Vorderkante des Sessels und stand dann auf. »Ich gehe mir rasch etwas zu trinken holen.«

»Das kann doch Ilse …«

Aber Vicky war schon aus dem Zimmer.

Sontje kam am frühen Abend, und Vicky hörte sich erleichtert ausatmen. Ja, natürlich gab es Ilse, aber Tante Dora sorgte mit immer neuen Wünschen dafür, dass das Stubenmädchen gut beschäftigt war, und allein durfte Vicky das Zimmer nicht verlassen. Sie fühlte sich mittlerweile wie eine Gefangene. Himmel, so konnte das aber nicht weitergehen. Jetzt aber umfing sie die Freundin zuerst einmal und flüsterte in deren Ohr, wie sehr sie sich freue, sie zu sehen. Sontje erwiderte die Umarmung, lachte sie strahlend an und warf dann ihren langen, flachsfarbenen Zopf über die Schulter zurück. Sie trug heute kein Kopftuch, und man konnte mehr ihrer vertrauten Haarpracht sehen als in den ersten Tagen. Es war, als schlüpfe von Tag zu Tag mehr der alten Sontje hervor. Vicky fand das wunderbar.

»Meine Mutter hat mich schon gerügt, dass ich zu spät sei, aber daheim gab es auch Arbeit, und jetzt bin ich ja hier.«

»Gott sei Dank«, murmelte Vicky, während sie Sontje in die Küche folgte wie ein kleines Hündchen. Tante

Dora musste ihre Stimmen gehört haben, denn im nächsten Moment zitierte sie die beiden jungen Frauen ins Wohnzimmer. Vicky betrat als Erste den Raum, Sontje kam hinterher.

»Ach, du bist es, Sontje«, sagte Tante Dora. »Gut, dass unsere Ilse jemanden zur Seite hat. Sie hat doch recht viel zu tun. Und bis sich hier alles eingespielt hat …« Sie schaute ihre Nichte an. »Ich hoffe, du hast nicht vor, die beiden von der Arbeit abzuhalten?«

Vicky gab keine Antwort. Sie musste daran denken, wie sie erstmals ein paar Worte mit Ilse gewechselt hatte, als diese im Garten die Wäsche abgenommen hatte.

»Dann werde ich mich mal ans Abendessen machen, Fräulein Macken, wenn's recht ist.«

»Natürlich. Sie haben übrigens gut kochen gelernt, Sontje.«

»Danke, Fräulein Macken!«

Die beiden Mädchen verließen das Wohnzimmer wieder. Vicky folgte Sontje in die Küche.

»Du sagst es bitte, wenn ich dich von der Arbeit abhalte.«

»Ja doch. Wo ist eigentlich Ilse?«

»Tante Dora hat ihr noch ein paar Aufgaben im Garten gegeben. Kann ich dir helfen?«

»Das ist nicht deine Aufgabe.«

»Na und, ich muss lernen, Sachen selber zu machen. Die Zeiten ändern sich. Wer weiß, wie es später einmal sein wird.«

Sontje zuckte mit den Achseln. »Du kannst eine Schüssel Kartoffeln von dort drüben holen.«

Vicky tat, wie ihr geheißen, und war sehr zufrieden

mit sich. Das Kartoffelschälen wollte Sontje allerdings allein übernehmen. Vicky erkundigte sich, was es heute geben würde.

»Kartoffelsuppe mit Krabben, dann Pannfisch.«

Für eine Weile war es still. Als das Wasser auf dem Herd sanft zu sprudeln begann, spürte Vicky nicht zum ersten Mal, dass Sontje sie prüfend ansah. Sie schien erst zu zögern, dann fragte sie ernst: »Stimmt es eigentlich, dass du krank bist?«

Vicky wollte gerade den Kopf schütteln, als sie Tante Dora in der Tür bemerkte. »Es ist nicht ansteckend«, log sie also, auch wenn es ihr wehtat. »Ich muss mich nur ein bisschen erholen, in der Stadt gibt es zu viel Schmutz. So etwas legt sich auf die Atemwege, verstehst du? Ich hatte ja schon als kleines Kind Probleme mit der Lunge.«

»Da bin ich aber froh, dass man dir hier helfen kann. Unsere Luft ist sehr gut.« Sontje strahlte über das ganze Gesicht, und Tante Dora blickte zufrieden drein. Vicky konnte das Häkelzeug in ihren Händen sehen, mit dem sie sich am liebsten die Zeit vertrieb. Dennoch klang ihre Stimme ernst und fast etwas unhöflich, als sie das Wort an Sontje richtete: »Wenn deine Mutter ebenfalls deine Hilfe braucht, dann wäre es wohl angemessen, wenn du ein wenig rascher arbeitest, damit du wieder nach Hause kannst.«

»Aber du kommst dann doch später noch einmal vorbei«, rief Vicky aus, bevor Tante Dora noch mehr sagen konnte. »Ich würde mich freuen. Du musst mir alles erzählen, was geschehen ist, seit ich zum letzten Mal hier war.«

Nach dem Abendessen war Tante Dora im Wohnzimmer in ihrem Lehnsessel eingeschlafen, wo sie bald lautstark schnarchte. Um halb acht sprang Sontje die paar Stufen zur Terrasse hoch und gesellte sich zu Vicky.

»Wo ist der Drache?«, fragte sie. Vicky musste ein Lachen unterdrücken, bevor sie eine nickende Bewegung nach drinnen machte. Es war herrlich unkompliziert mit Sontje, und es fühlte sich auch nach Jahren so an, als hätten sie sich gerade erst getrennt. Sie verstanden sich einfach. Zunächst horchten die beiden jungen Frauen noch gemeinsam, dann konnte sich Sontje nicht mehr zurückhalten.

»Lungenbeschwerden?«, fragte sie mit gesenkter Stimme. »Jetzt sag schon, was wirklich los ist? Du bist doch nicht krank, oder? Jedenfalls wirkst du nicht so. Also, wo sind deine Eltern? Warum sind sie dieses Mal nicht dabei?«

Vicky war nicht überrascht und musste trotzdem tief Luft holen. Eigentlich hatte sie gewusst, dass man vor Sontje nichts verbergen konnte, doch was sollte sie sagen? Sie konnte ihr natürlich vom Mainzer Brückenkopf erzählen, den niemand verlassen durfte, aber darum ging es ja nicht. Sie schaute in den Garten hinaus, dann wieder zu Sontje, die neben ihr stand. Vicky musste feststellen, dass es doch nicht so leicht war, es auszusprechen. Sie hatte sich immer für eine sehr mutige Person gehalten, jetzt war sie sich nicht mehr so sicher. Was würde Sontje dazu sagen? Ihre liebste Freundin mit dem wachen Geist? Würde die Freundin sie verurteilen? Sie musste sich räuspern, weil ihre Kehle plötzlich doch recht trocken war.

»Ich bin schwanger.«

»Was?«

»Ich bekomme ein Kind.«

»Ja, das habe ich schon verstanden, aber …«

»Ich liebe ihn.«

»Ihr seid nicht verheiratet?«

Sontje legte fragend den Kopf schräg. Vicky schaute sie nur an. Drinnen rumpelte es mit einem Mal. Etwas ging zu Boden, dann war Tante Doras schrille Stimme zu hören.

»Vicky, wo bist du? Sag mir sofort, wo du bist, Vicky!«

»Du musst gehen, rasch«, zischte Vicky der Freundin zu, die die Terrasse sofort verließ. »Wir reden morgen!«

38

NORDSEEKÜSTE, 2019

Den Vormittag hatte Jonas damit verbracht, seinen Vater zu weiteren dringend notwendigen Rehamaßnahmen zu begleiten und damit, endlich die Suche nach einer Haushaltskraft voranzutreiben. Die Zeit wurde langsam knapp, denn im Laufe der nächsten Monate wollte er zurück zu seiner Arbeit im Institut und wenn möglich später auch wieder in die Antarktis. Bis dahin musste er jemanden finden, der seinem Vater zur Seite stand. Die Vorstellungsgespräche mit den Haushaltskräften waren nicht einfach gewesen, denn sein Vater hatte sehr genaue Vorstellungen. Gestern jedoch hatte es einen Durchbruch gegeben. Bei der Bewerberin handelte es sich um die Tochter einer verstorbenen Bekannten seines Vaters, und schon aus diesem Grund hatte der eigentlich ablehnen wollen. Aber dann waren die beiden unverhofft ins Gespräch gekommen, hatten sich hinlänglich über früher ausgetauscht und schließlich festgestellt, dass sie trotz des Altersunterschiedes durchaus auf einer Wellenlänge lagen.

»Werden wir uns das überhaupt leisten können?«, fragte der Vater auf der Heimfahrt brummig.

Jonas starrte durch die Windschutzscheibe nach draußen. »Das werden wir schon schaffen«, gab er zurück und setzte den Blinker. Natürlich würden sie das irgendwie schaffen. Wat mut, dat mut, so sagte man doch.

Später würde er sich noch einmal aufmachen, um einzukaufen. Sie hatten in letzter Zeit häufiger bei Lisa gegessen, und in ihrem Kühlschrank herrschte nicht zum ersten Mal gähnende Leere. Also ging er, nachdem er seinem Vater noch einen Tee gekocht, Mails gelesen und ein paar beantwortet hatte, zum Schuppen raus und schwang sich aufs Fahrrad. Heute hatte er einfach Lust, sich noch mal körperlich zu betätigen. Er sauste los, trat gleichmäßig in die Pedale, während er über seinen Vater nachdachte und über das, was noch vor ihnen liegen mochte. Je älter sie wurden, desto mehr verkehrten sich die Verhältnisse. Jetzt braucht Papa meine Hilfe, ging es ihm durch den Kopf. Ehrlich gesagt, musste er sich immer noch daran gewöhnen, und seinem Vater ging es sicherlich genauso. Es war nicht leicht, akzeptieren zu müssen, dass die eigene körperliche Kraft schwand und man sich nach einer Krankheit nicht so schnell erholte wie früher. Das Leben änderte sich, ohne dass man Einfluss darauf hatte, ob man das nun wollte oder nicht.

Erst als er Husum erreicht hatte, bemerkte Jonas, dass er auf seinem alten Schulweg unterwegs war. Seine Gedanken wanderten unwillkürlich zu dem Projekt, bei dem ihm Frau Peters damals geholfen hatte, und dann zu den Fundstücken aus dem Ofen. Gerade die Zeichnungen waren in letzter Zeit immer mal wieder durch seinen Kopf gegeistert. Er mochte sie. Sie gefielen ihm wirklich. Da war etwas sehr Lebendiges an ihnen, als hätte der Maler oder die Malerin sich in der Gegend gut ausgekannt, und manchmal hatte er so eine Ahnung … als gäbe es da noch etwas, was er zwar wahrgenommen hatte, aber noch nicht greifen konnte … Irgendetwas war ihm aufgefallen, doch was nur? Oder spielten ihm vielleicht nur seine Sinne einen Streich? Das konnte ja durchaus passieren, zum Beispiel, wenn man zu lange auf eine Stelle guckte. Man sah dann Dinge, die gar nicht da waren. Er kannte das aus der Antarktis, aber es passierte einem auch manchmal, wenn man aufs Meer hinaussah. Die nächste Kurve nahm er zu schnell und bog dann schlitternd in eine Nebenstraße ab. Vielleicht wäre das ja eine Abkürzung. Nach all den Jahren, die er nun nicht mehr hier lebte, war es manchmal fast so, als würde er die vertraute Umgebung seiner Jugend wieder neu für sich entdecken. Manche Dinge hatten sich geändert, manche waren gleich geblieben. Sicher war, dass er sich geändert hatte. Die Antarktis hatte ihn in sich aufgenommen und verändert wieder hervorgebracht. Sie machte etwas mit einem. Er dachte an die Leinen, die rund um die Station Schutz und Orientierung geboten hatten. Manchmal wünschte er sich auch im normalen Leben solche Leinen.

Dann dachte er wieder an die Zeichnungen. Was für eine Geschichte lag dahinter? Oder bildeten sie sich doch alle etwas ein? Was, wenn sie sich tatsächlich etwas vormachten und es gar nichts zu entdecken gab? Aber da war immerhin dieses schreckliche Unglück – und die Zeichnungen und das Aquarell, die genau diesen Strandabschnitt zeigten. Fast wäre er jetzt mit einer Mülltonne zusammengestoßen, die im Weg stand, und er zwang sich daraufhin, ein wenig langsamer zu fahren. Im nächsten Moment nahm er etwas aus den Augenwinkeln wahr, hörte auf zu treten und kippte fast vom Rad. Hatte er dieses Geschäft hier schon einmal gesehen? Nein, er konnte wirklich nicht sagen, ob ihm das Schaufenster irgendwann einmal aufgefallen war. Tatsächlich hatte es etwas von einem Laden in Harry Potters Winkelgasse. Jonas hielt an, stieg ab und schob das Fahrrad ein Stück zurück. *Trödel und Antiquitäten.* Er spähte angestrengt durchs Schaufenster. Etwas weiter hinten konnte er schemenhaft Möbel ausmachen, näher zu ihm hin größere Schiffsmodelle und Gerätschaften von Schiffen – Kompasse und Sextanten und dergleichen –, drum herum verteilt die Bilder begabterer und weniger begabter Maler, außerdem alte Bücher. Ganz vorne stand ein größeres, modernes Gemälde – vielleicht aus den Sechzigern, wenn er sich die etwas schrillen Farben so betrachtete. Es zeigte den Strandabschnitt, der auch auf den Bildern aus dem Ofen zu sehen war. Die Sandbank schien ein wirklich recht beliebtes Motiv zu sein. Jonas schaute das Ölgemälde nachdenklich an. Außer dem Motiv erinnerte nichts an ihre Fundstücke, und dennoch fiel ihm mit einem Mal etwas auf.

Lisa hielt überrascht inne, als sie Jonas am späten Nachmittag heranradeln sah. »Was machst du denn hier? Ich dachte, du kommst erst morgen wieder?«

»Dachte ich auch.« Er brachte das Rad zum Stehen, indem er sich einhändig geschickt ausbalancierte. »Aber dann habe ich etwas entdeckt oder besser, mir ist endlich etwas aufgefallen.«

Sie schaute ihn fragend an.

Jonas stieg endgültig vom Fahrrad und lehnte es gegen

die Hauswand. »Ich habe die ganze Zeit etwas gesehen, das ist mir heute deutlich geworden, und das will ich dir zeigen.«

»Aha, was denn?«

»Ich muss mir erst die Zeichnungen noch einmal angucken und das Aquarell.«

»Okay.«

»Gehen wir rein?«

»Klar.« Sie ging ein Stück voraus und drehte sich dann noch einmal kurz zu ihm um. »Wie lief es denn mit deinem Vater?«

»Gut.«

Sie erreichten die Küche. »Tee?«, fragte Lisa schon aus Gewohnheit.

»Später.« Jonas hatte sich bereits an den Tisch gesetzt.

»Gegen ein Glas Wasser hätte ich allerdings nichts einzuwenden. Fahrradfahren macht durstig.«

Sie holte eine Wasserflasche aus dem Küchenschrank, sah aus den Augenwinkeln, wie er sein Handy hervorkramte, während sie zwei Gläser holte. Er öffnete das Programm und scrollte.

»Hier. Was siehst du?«, fragte er, als sie wieder vor ihm stand, und hielt ihr das Handy vor die Nase.

»Den Strand.« Sie zögerte. »Aber das ist ein moderneres Bild.«

»Stimmt. Fällt dir noch was auf?«

Lisa beugte sich vor und wusste für einen Moment nicht, was sie sagen sollte. »Ich weiß nicht recht«, entgegnete sie zögerlich. »Vergrößere es doch mal.«

»Das muss ich nicht.« Jonas lehnte sich auf seinem

Stuhl zurück. Lisa runzelte die Stirn. »Ich muss es nicht vergrößern, weil da gar nichts ist. Das ist mir nämlich endlich aufgefallen. Auf diesem Ölgemälde fehlt etwas.«

Etwas fehlt, echote es in Lisas Brust. So wie Millie fehlt. Sie versuchte, sich zusammenzureißen.

»Was denn? Außer Farbempfinden?«

Sie hatte einen Witz machen wollen, aber ihre wacklige Stimme spielte nicht mit. Er bemerkte es offenbar nicht.

»Hol doch bitte einmal die anderen Bilder.«

Sie tat, wie ihr geheißen, und breitete die Bilder dann vor ihnen auf dem Tisch aus. Jonas rief noch einmal das Foto auf, betrachtete es und nickte dann zufrieden.

»Jetzt, schau einmal hier.«

Lisa beugte sich vor, um das Ölgemälde auf seinem Handy zu betrachten, und runzelte die Stirn.

»Na, siehst du etwas?«

»Hm, nein«, gab Lisa unsicher zurück. Aber das hatte er ja schon gesagt, dass da nichts ist. Sie war verwirrt.

»Und im Meer ist auch nichts«, half Jonas nach.

Das Meer … Lisa betrachtete pflichtschuldig das Meer und konnte immer noch nichts erkennen.

»Da ist nichts.«

»Genau. Und jetzt schau dir das Aquarell an.«

Lisa richtete ihren Blick mechanisch darauf. Erst fiel ihr auch da nichts auf, aber dann, je länger sie hinsah, ja … tatsächlich … Da *war* etwas zwischen den Wellen, da war etwas …

»Ich weiß nicht.«

»Schau hin.«

»Na ja, da ist vielleicht eine Meerjungfrau. Aber es könnte auch eine Welle sein.«

Jonas nickte. »Weißt du, ich glaube, das ist eine Meerjungfrau. Es ist eine Meerjungfrau, für den, der es weiß, für alle anderen ist es eine Welle.«

Lisa schluckte. »Hm, du könntest tatsächlich recht haben. Das ist ja unglaublich. Die Märchenfragmente stehen also im Zusammenhang mit …« Ihr Blick suchte unwillkürlich die untere rechte Ecke des Aquarells, doch da war natürlich immer noch nichts. Keine Signatur, nichts. Es blieb ein Rätsel, wer dieses Bild gemalt hatte.

Sie erreichten Anke Peters mit den Neuigkeiten auf dem Handy. Die ältere Dame war noch mit ihrem Sohn unterwegs, meldete aber zurück, dass sie später selbstverständlich vorbeikommen und dann vielleicht auch selbst noch weitere Informationen mitbringen würde.

Lisa und Jonas nutzten die Zeit, um in der Villa noch ein wenig voranzukommen. Die Tapetenschichten waren weitgehend abgetragen, jetzt mussten die Wände gründlich gesäubert, grundiert und neu gestrichen werden. Lisa hatte sich ein helles, zartes Gelb ausgesucht. Zwischendurch kehrte sie immer wieder in die Küche zurück, um das Aquarell zu betrachten. Ein Märchen, in dem eine Meerjungfrau und ein Kind eine Rolle spielten, eine Meerjungfrau in den Wellen eines Aquarells, ein schreckliches Unglück und die Villa Schwayer … Es klingelte. Lisa sprang auf und rannte zur Tür.

»Frau Peters!«

Jonas tauchte hinter Lisa auf. »Darf ich dir das abnehmen?«

Frau Peters war tatsächlich schwer beladen und nahm dankbar an. Lisa ging in die Küche voraus, wo sie schon fast mechanisch den Tee aufsetzte.

»Jonas hat heute etwas auf dem Aquarell entdeckt, das wollte ich dir unbedingt erzählen. Er meint«, Lisa deutete auf das Bild, »dass man die Welle dort auch als Meerjungfrau interpretieren könnte. Und dass das nur jemandem auffällt, der es weiß; also jemandem, dem bewusst ist, dass dieses Bild eine zweite Ebene hat, eine Botschaft …«

»Eine Botschaft? Seid ihr euch da sicher?« Frau Peters beugte sich vor und schob ihre Lesebrille auf die Nase.

»Das könnte doch sein«, sagte Lisa. »Vielleicht will das Bild uns sagen, dass das Kind von der Sandbank gerettet wurde. Im Märchen wurde es gerettet. Das ist doch so, oder?«

»Ja.« Frau Peters setzte ihre Brille ab. »Die Meerjungfrau folgte seinem Weinen und nahm es mit in ihr Zauberreich.« Sie hob die Augenbrauen. »Ob das wirklich was zu bedeuten hat, ich weiß ja nicht.«

»Das werden wir vielleicht nie wissen. Aber es könnte doch so sein.«

Frau Peters nickte langsam.

»Es ist in jedem Fall ein sehr schönes Bild«, sagte sie dann mit festerer Stimme. »Das fand ich von Anfang an.«

»Die Malerin konnte etwas«, sagte Lisa unvermittelt.

»Die Malerin?« Frau Peters betrachtete das Bild noch einmal. »Wie kommst du jetzt darauf? Das Bild ist doch nicht signiert?«

»Stimmt, aber ich bin mir inzwischen sicher.« Lisa wusste nicht, warum, aber ihr Bauchgefühl ließ daran einfach keinen Zweifel: Dieses Bild war von einer Frau gemalt worden.

Frau Peters zuckte mit den Achseln. »Wenn du meinst. Übrigens, gerade als du angerufen hast, hat Fiete mir noch eine Kiste mit Unterlagen aus einem der oberen Schränke geholt. Als hätte er gewusst, dass ich heute noch zu dir gehe. Und mit ein paar alten Freundinnen habe ich auch endlich gesprochen. Nur gut, dass wir Alten alle so zäh sind, was? Jedenfalls konnte ich noch ein paar weitere Informationen zusammentragen.«

Lisa blätterte eine weitere Seite um. In der letzten halben Stunde hatte ihre Konzentration deutlich abgenommen. Die Nachbarin hatte eine schmale Kiste mit Zeitungsartikeln gefunden, die ihre Mutter über die Jahre gesammelt haben musste. Manches war aus jüngeren Epochen und nicht von Belang, aber manches betraf genau den Zeitraum, der sie beschäftigte.

»Ich glaube, Mutter wäre gerne länger in die Schule gegangen«, sagte Frau Peters nachdenklich, »aber so waren die Zeiten damals eben nicht. Sie hat sich jedenfalls immer sehr für ihr Umfeld und für die Zeit interessiert, in der sie lebte. Manche denken vielleicht, sie war nur eine Bäuerin, aber sie war ein sehr wacher Geist, und sie hat sich nichts vormachen lassen.« Lisa legte die Hand auf Anke Peters' Arm. Dann betrachtete sie erneut die Sammlung von Zeitungsartikeln. Vielleicht hatte die Bäuerin auch einfach versucht, sich klarer über die Zeit zu werden, in der sie lebte.

Lisa musste plötzlich gähnen. Sie hatte Frau Peters' neuen Anekdoten über die Familie Schwayer gelauscht und eine Menge über die Jahre zwischen den zwei Weltkriegen erfahren. Einerseits brauchte sie eine Pause, andererseits fiel es ihr schwer aufzuhören.

»Ich bin immer noch überrascht, dass es farbige Kolonialtruppen in Mainz gab. Wusstet ihr davon?«, fragte sie, nachdem sie den nächsten Text überflogen hatte.

Frau Peters nickte. Jonas, der einen weiteren Stapel Internetausdrucke und Zeitungsartikel durchging, schaute hoch und schüttelte den Kopf. »Also ich wusste bislang überhaupt nicht viel von Mainz, außer Rhein, Mainzer Dom, Mainz 05, Mainz, wie es singt und lacht … So etwas eben.«

»So, so, Mainz 05 kennst du also?« Lisa blätterte die Papiere vor sich mit einer Hand noch einmal durch und ließ mit der anderen den Stift unschlüssig über ihrem Notizblock schweben. Welche der Informationen hatten denn überhaupt irgendeine Bedeutung für sie?

»Nach dem Ersten Weltkrieg war Mainz offenbar von französischen Truppen besetzt«, fuhr sie dann fort, »und unter diesen Truppen gab es beispielsweise zwei senegalesische Bataillone.«

»Wirklich? Das wusste ich nicht. Darf ich?« Jonas nahm den obersten Internetausdruck und studierte ihn. »Ich wusste, ehrlich gesagt, überhaupt nicht, dass solche Truppen am Ersten Weltkrieg beteiligt waren.« Er las weiter. »Aha, in Deutschland bezeichneten sie manche als ›schwarze Schmach‹. Und hier steht, dass auch etwa viertausend Algerier und Marokkaner in Mainz stationiert waren.«

»Mainz war ja ein sogenannter Brückenkopf«, meldete sich Frau Peters zu Wort und schüttelte dann den

Kopf. »Das ist sicher auch der Grund, warum die Familie Schwayer nicht mehr kam. Dass ich daran nicht gedacht habe!«

Lisa nahm ein weiteres Blatt zur Hand. »Das ist ja widerlich«, entfuhr es ihr im nächsten Moment. Jonas schaute sie fragend an. Lisa reichte ihm die Seite wortlos weiter. Vor einem riesenhaften, eindeutig dunkelhäutigen Soldaten mit affenartigen Zügen und riesigen Pranken stand eine nackte, hellhaarige, weiße Frau in Ketten. *Die Schande der Welt*, war das Bild betitelt. Drei weitere Bilder zeigten ähnliche Szenen. Lisa stand auf, drehte sich zur Küchenanrichte und schenkte Jonas, Frau Peters und sich Tee nach, bevor sie die Arme um ihren Oberkörper legte. Mit einem Mal fröstelte es sie von innen. »Ob diese Soldaten Familie hatten?«, fragte sie nachdenklich.

»Gut möglich.«

»Es kann nicht leicht für die Afrikaner gewesen sein, in Deutschland zu dieser Zeit.«

»Das ist es für sie heute wahrscheinlich auch nicht immer.«

»Hm. Aber meinst du, diese Geschichte hat überhaupt irgendetwas mit unserer zu tun?«

Jonas zuckte mit den Achseln. »Ich weiß es nicht, aber es erklärt zumindest, warum die Schwayers nach dem Krieg jahrelang nicht hier waren. Sie konnten Mainz nicht verlassen.«

39

NORDSEEKÜSTE, 1920

Sontje machte Vicky keine Vorwürfe und fragte zunächst auch gar nicht nach, wie es zu der Schwangerschaft gekommen war. Vicky war ihr dankbar dafür. Sontje und sie, das waren die zwei Seiten einer Medaille, unterschiedlich und doch vereint.

»Wie war er denn?«, fragte Sontje behutsam nach ein paar Tagen, als sie gerade nebeneinander im Garten Unkraut jäteten. Vicky mochte zwar keine Gartenarbeit, aber irgendetwas musste sie tun. Sie konnte unmöglich die ganze Zeit im Haus sitzen. Mit jedem weiteren Tag hier war ihr klar geworden, dass sie sich ihre Räume erobern musste. Also hatte sie sich eines Morgens ein weites, sommerliches Leinenkleid angezogen, sich das Gartenzeug aus dem Schuppen geschnappt und war nach draußen marschiert – natürlich nicht, ohne vorher noch den wagenradartigen Strohhut aufzusetzen, den Tante Dora ihr aufgenötigt hatte.

Ja, wie war er? Vicky hielt einen Augenblick inne. Jamal, dachte sie, hat Augen, in denen eine Welt liegt, und er erzählt dir Geschichten, die dir eine neue Welt eröffnen. Sie entschied sich schließlich, Sontje lieber von Marokko zu erzählen, von der Wüste und von alten Städten, von Gebäuden, die aussahen wie Paläste aus *Tausend-*

undeiner Nacht, von Farben, Gerüchen und Geschmäckern, die hier unbekannt waren.

Sie blickte auf und sah, dass Tante Dora sie fest im Blick hatte. Ilse machte gerade einige nötige Besorgungen bei den benachbarten Bauern. Vicky hatte dafür gesorgt mit der Begründung, dass Ilse ihre Umgebung kennenlernen müsse, wenn sie eine echte Hilfe sein wollte. Sie senkte den Kopf und tat so, als würde sie das Stück Beet vor sich sorgfältig bearbeiten. Natürlich wusste sie eigentlich nicht recht, was sie da tat. Für so etwas hatte es schließlich immer Personal gegeben. Hin und wieder musste Sontje sie deshalb auch davon abhalten, Nutzpflanzen zu entfernen. Vicky seufzte auf. Irgendwann würde sie das unterscheiden können.

»Er sah aus wie ein Prinz aus *Tausendundeiner Nacht*, weißt du«, fuhr sie dann fort. »Jedenfalls habe ich das gedacht, als ich ihn zum ersten Mal gesehen habe.«

»Wirklich?« Sontje schaute sie fragend und zugleich fasziniert an, senkte dann rasch wieder den Kopf und deutete auf eine Pflanze, ganz so, als hätten sie sich beide gerade darüber unterhalten.

»Wirklich«, bestätigte Vicky mit fester Stimme. Ja, genauso war er ihr vorgekommen: dieser weiche, dunklere Hautton, die großen, etwas schwerlidrigen Augen. Es zerriss ihr das Herz, wenn sie sich daran erinnerte. Es zerriss ihr das Herz, weil sie nicht wusste, wie, wann und ob sie einander wiedersehen würden. Bevor sie Jamal kennengelernt hatte, war es für sie unvorstellbar, dass man einen anderen Menschen so vermissen konnte. Es fühlte sich an, als hätte er einen Teil von ihr mitgenommen. Seit er weg war, klaffte da ein Loch in ihr, eine Wunde, die einfach nicht heilte.

»Und wie ist es passiert?«

Vicky spürte, wie ihr das Blut in die Wangen schoss. Sontje errötete ebenfalls. Vicky hackte nach einer Pflanze und zog sie energisch aus dem Boden, um sie zur Seite in den Abfallkorb zu werfen.

»Oh, entschuldige bitte«, beeilte sich Sontje zu sagen. »So war das nicht gemeint. Ich wollte eigentlich nur genauer hören, wie und wo ihr euch kennengelernt habt?«

Vicky lachte erleichtert auf. Natürlich fragte Sontje so etwas nicht. Wie war sie nur darauf gekommen? Sie waren Freundinnen, aber meine Güte …

Vicky drehte den Kopf und warf einen kurzen prüfenden Blick zum Haus hin. Wo war Tante Dora? Offenbar hatte sie die Veranda verlassen, die zu ihrem Lieblingsort geworden war, weil die umstehenden Pflanzen und ein Dach sie vor der Sonne und anderen Widrigkeiten schützten.

»Wir sind uns am Rhein begegnet. Beim Spazierengehen. Du weißt doch sicher, dass Mainz gerade von den Franzosen besetzt ist?«

»Hm.« Sontje hob die Schultern, und Vicky schilderte ihr noch einmal das Nötigste.

»Ich war mit einer Freundin unterwegs«, fuhr sie dann fort. Sie sah noch einmal zur Veranda hin. Tante Dora war wieder in ihrem Schaukelstuhl und bewegte sich träge vor und zurück. Die Seeluft machte müde. Tante Dora schlief neuerdings früh ein und nickte auch tagsüber immer mal weg. Trotzdem musste man vorsichtig sein. »Er war neu in der Stadt«, fuhr sie fort, »und arbeitete als Übersetzer. Ich habe mich sofort in ihn verliebt.«

Vicky richtete sich auf und blickte in die Ferne. Es tat so weh, an Jamal zu denken. Wo war er jetzt? Ging es ihm gut? Dachte er an sie, so wie sie an ihn?

Vielleicht sehe ich ihn nie wieder.

Der letzte Gedanke war so schmerzhaft, dass sie sich zusammenkrümmte und ein paar Schritte zur Seite machte. Ihr war kurz speiübel. Erst nachdem sie ein paar Mal tief ein- und ausgeatmet hatte, ging es wieder. Sie ließ sich auf die Steinbank neben dem kleinen Rosenbusch sinken. Ihre Mutter hatte die Bank bei ihrem letzten, gemeinsamen Besuch hier aufstellen lassen.

Werde ich Mama je wieder ansehen können, ohne Schmerz und Enttäuschung zu empfinden?

Sontje war ihr besorgt gefolgt, setzte sich jetzt neben sie und nahm Vickys Hände in die ihren.

»Ist etwas? Tut dir was weh?«

»Nein, nein, alles gut.« Und wie zur Bestätigung ihrer Worte spürte sie einen kleinen Tritt ihres Kindes. Sie musste lächeln. »Es ist nur … Es tut weh, an ihn zu denken. Es zerreißt mir das Herz, nicht zu wissen, ob ich ihn je wiedersehen werde.« Vicky schaute ihre Freundin an. »Und ich habe Angst davor, dass man mir mein Kind abnehmen wird, weißt du? Ich habe Angst, dass ich es nie wiedersehe, denn das wird geschehen, wenn …«

Jetzt hatte sie ausgesprochen, was sie seit Tagen umtrieb. Sontjes Finger drückten Vickys fester.

»Das wird nicht geschehen«, flüsterte sie. »Niemals, das verspreche ich dir.«

An den meisten Abenden ging Vicky nach oben, sobald ihre Tante leise schnarchend im Lehnstuhl eingeschlafen war, Sontje sich auf den Weg nach Hause gemacht und auch Ilse sich zurückgezogen hatte. Ilse genoss die Zeit hoch im Norden an der Seite ihrer Herrin bisher sichtlich. Vicky achtete darauf, ihr gegenüber freundlich zu bleiben. Sie mochte das Stubenmädchen ja irgendwie, aber es war eben auch sehr einfach gestrickt, das fiel ihr im Vergleich mit Sontje zunehmend auf: Über wirklich wichtige Dinge konnte man mit ihr nicht sprechen. Und sie hatte etwas Anhängliches, ein bisschen wie ein Hündchen.

War das überheblich? Gute Güte, sie meinte es gewiss nicht böse. Vicky seufzte, erhob sich noch einmal, ging zu ihrem Koffer, den Sven ihr bei der Ankunft auf eine dafür vorgesehene Bank gehievt hatte, und öffnete ihn.

Ilse hatte die Kleider natürlich längst nach ihren Anweisungen in den Schrank gehängt – und es war für Vicky wieder ein Riesenspaß gewesen, Ilse aufzufordern, das eine oder andere Kleid anzuprobieren. Ein paar Bücher und die Malsachen standen auf dem Schreibtisch. Im Koffer waren nur noch ein paar Kleinigkeiten verblieben, hauptsächlich weitere Bücher und warme Unterwäsche. Sie war noch nie so lange hier oben gewesen. Jetzt würde sie ganz neue Seiten dieses Landstrichs kennenlernen: den Herbst, den Winter und dann wohl auch das Frühjahr. Je nachdem, wann die Eltern es für angemessen hielten, die Tochter zurückzuholen. Sie war sich nicht sicher, wann das Kind kommen würde. Schon im September oder erst im Oktober? Beides wäre möglich, hatte der Arzt gesagt, bei dem ihre Mutter und sie gewesen waren, um sich diskret über den Verlauf der Schwangerschaft zu informieren. Leopoldine war der Meinung, dass Vicky mindestens über den Winter hier oben bleiben musste, damit die Leute nicht redeten.

Werde ich sehen, wie das Meer zufriert?

Sontje hatte ihr von Eis und Schnee erzählt und davon, wie alles zu einer Winterwunderlandschaft wurde. Unter anderen Umständen wäre das natürlich herrlich gewesen, dachte Vicky, aber die Umstände waren, wie sie waren: Ein Kind wuchs in ihr, und sie musste rasch eine Lösung finden, damit man es ihr nicht wegnahm.

Hätte ich doch versuchen sollen wegzulaufen? Aber wohin? In Mainz hatte sie keinen gehabt, der ihr dabei hätte helfen können. Nein, sie würde etwas überlegen müssen. Sie würde hier eine Lösung finden müssen.

Vicky setzte sich auf den Stuhl neben den geöffneten Koffer und atmete tief durch, bevor sie vorsichtig den Stoff in der unteren linken Ecke anhob und ein Foto hervorholte: Jamal. Sofort schossen ihr die Tränen in die Augen, und sie krümmte sich zusammen. Vorübergehend kam es ihr tatsächlich so vor, als hätte sie das Atmen verlernt. Sie versuchte, sich auf den nächsten Atemzug zu konzentrieren, zitterte, während die Tränen unaufhörlich über ihr Gesicht liefen.

Es dauerte eine Weile, bevor sie Jamal und sich auf dem Bild wieder klar erkennen konnte. Jamal hatte damals die Idee gehabt, gemeinsam zum Fotografen zu gehen. Davor hatte sie gefühlte Stunden vor dem Kleiderschrank verbracht, bis sie das blaugraue, ach nein, doch lieber das rote, ach nein, das flaschengrüne Kostüm gewählt hatte. Als sie auf ihn zugekommen war, hatten seine Augen anerkennend aufgeleuchtet. Er hatte aber auch ausgenommen fesch ausgesehen.

Der Fotograf, ein Franzose, der Diskretion versprach, hatte sich jedenfalls sichtlich über das hübsche Paar gefreut. Man hatte verschiedene Positionen ausprobiert. Schließlich hatte Jamal sich auf einen Stuhl gesetzt, und sie hatte sich seitlich hinter ihn gestellt, sodass ihre Köpfe fast auf einer Höhe waren. Als sie die Fotos später betrachtete, war sie verblüfft, wie augenfällig war, dass da etwas zwischen ihnen war, das über das Gewöhnliche hinausging.

Vicky wischte sich undamenhaft mit dem Handrücken über das Gesicht. So viel war geschehen seitdem. Sie fühlte sich so schwach mit einem Mal, dass sie sich kaum mehr aufrecht halten konnte. Sie presste eine Hand auf ihren Mund, um die erneuten Schluchzer zurückzudrängen. Himmel, Tante Dora würde noch aufmerksam werden, wenn sie hier lauthals herumheulte. Sie horchte, ob es unten weiterhin still blieb, dann starrte sie wieder auf das Foto in ihrem Schoß, fuhr die Konturen des geliebten Gesichts mit den Fingerspitzen nach. Jamal, mein Herz, wo bist du?

40

Es dauerte noch einige Zeit, bis Tante Dora bereit dazu war, ihre Nichte nicht nur in Sichtweite Unkraut jäten zu lassen, sondern sie zumindest auch auf dem weitläufigen Gartengelände der kleinen Villa einmal ihrer Wege gehen zu lassen, solange sie sich bei ihr abmeldete und in regelmäßigen Abständen ein Zeichen von sich gab. Vicky blieb dennoch vorsichtig und hielt sich vorerst bewusst in Sichtweite auf. Erst als sie den Eindruck hatte, dass Tante Doras Aufmerksamkeit und ihre Anspannung langsam nachließen, wagte sie sich Stück für Stück ein bisschen weiter.

Wie heute. Glücklich beugte sie den Kopf über den Strauß Blumen, den sie gepflückt hatte, schnupperte daran und schaute dann überrascht auf, als Tante Dora sich ihr plötzlich näherte. Sie war erstaunt, wie schnell sie sich fortbewegte. Tante Dora wirkte, vielleicht auch wegen ihrer Körperfülle, oft recht behäbig, aber das konnte täuschen, wie Vicky erkannte.

»Du hast das Haus verlassen, ohne mir Bescheid zu geben«, stellte sie fest. »Ich musste dich suchen.«

»Hast du so etwas Schönes schon einmal gesehen, Tante Dora?«

Vicky hielt den Blick auf die Blumen gerichtet, um sich einen Moment zu sammeln, und hob dann den

Kopf. »Entschuldige, ich habe nur die Blumenwiese gesehen und darüber unsere Abmachung vergessen, dir Bescheid zu geben. In der Stadt ist manchmal so viel Grau und Enge, und man kann nicht einfach Blumen pflücken. Bitte, ich wollte dich wirklich nicht verärgern. Ich wollte nur einen Strauß für unser Wohnzimmer.«

Vicky warf Tante Dora einen vorsichtigen Blick zu und setzte ein strahlendes Lächeln auf. »Bei diesem herrlichen Wetter muss man doch einfach ein bisschen hinaus, findest du nicht, Tantchen?«

Tante Doras Gesicht blieb ungerührt. Sie schien die Sonne, die vom Himmel strahlte, die bunte Blumenpracht und die Schmetterlinge, die den Sommerflieder umschwirrten, gar nicht wahrzunehmen.

»Hatten wir nicht ausgemacht, dass du erst Bescheid geben musst?«, sagte sie dann.

»Aber Tante, es war plötzlich so stickig im Haus. Wirklich. Ich habe keine Luft mehr bekommen.« Vicky fuhr sich mit den Handrücken über die Stirn. »Ich habe doch schon den ganzen Morgen in meinem Zimmer verbracht. Bitte, Tante Dora, sei mir nicht böse! Hier draußen sieht mich doch niemand.«

Tante Dora wedelte mit dem Zeigefinger.

»Abmachung ist Abmachung. Du wirst dich immer bei mir abmelden.«

Eine weitere Woche im Norden brach an. Tante Dora hatte den ganzen Tag über Tee getrunken und Plätzchen genascht, was ihrer Linie sicherlich nicht guttat, dabei wünschte sie sich sehnlichst, weniger füllig zu sein, aber was sollte sie tun? Sie war allein hier oben, ohne ihre

Freundinnen, nur in Gesellschaft ihrer mal anschmiegsamen, mal aufmüpfigen Nichte. Ilse, das Stubenmädchen, war im Haushalt immerhin einigermaßen brauchbar. Sie hatten ein paar Worte über die Aufgaben der nächsten Tage gewechselt, und irgendwann hatte Dora dem Mädchen aufgetragen, Staub zu wischen. Mit Adleraugen verfolgte sie nun, wie Ilse sich ans Werk machte.

Vorsichtig hob Ilse die Nippesfigur einer Tänzerin hoch, um ihren Platz zu säubern und das Figürchen dann auch selbst abzuwischen. Sie stellte die Figur zurück und nahm die nächste, einen kleinen Geiger mit wildem schwarzem Haar.

»Ilse?«

»Ja, Fräulein Macken?« Vickys Tante war nicht verheiratet und ziemlich alt, dachte Ilse. Sie war so eine Frau, die allein blieb.

Ilse nahm sich eine weitere Figur vor. *Und was bin ich für eine Frau?*

»Ich hoffe, wir sind uns einig darüber, dass wir meine Nichte tunlichst nicht aus den Augen lassen?«, fuhr Dora fort.

»Natürlich, Fräulein Macken. Das sagten Sie schon.«

Ilse wechselte zum nächsten Regalbrett, reckte sich dann, um auch im obersten Fach zu wischen. Das Fräulein Vicky durfte nicht aus den Augen gelassen werden. O ja, sie wusste das, und sie wusste auch, dass Vicky jede Gelegenheit nutzte, um dieses Verbot zu umgehen. Sie kannte ihre junge Herrin inzwischen doch recht gut. Es hatte sich etwas verändert zwischen ihnen, seit Sontje Peters da war. Manchmal versuchte Ilse sich zu sagen, dass das nicht schlimm war. Dann wieder zog es ihr den Magen zusammen, und sie wusste nicht, was sie davon halten sollte. Vicky und Sontje kannten sich schon lange. Sie hatten als Kinder gemeinsam gespielt, das gab der Bauerstochter einen unbestreitbaren Vorteil, aber Ilse war auch fest überzeugt, dass sie noch nicht aufgeben musste. Hatte ihr Vicky nicht immer wieder gezeigt, dass sie sie mochte?

41

Am nächsten Tag kam unerwartet Post.

Tante Dora stand in der Tür zu Vickys Zimmer und drehte den kleinen, cremeweißen Umschlag in der Hand hin und her. Obwohl er so klein war, hatte es Vicky geschafft, ihren Namen darauf zu erspähen. Am liebsten hätte sie ihn Tante Dora sofort aus der Hand gerissen, aber sie wusste, dass sie sich beherrschen musste: »Von wem ist der denn?«, fragte sie also in aller Unschuld.

Tante Dora musterte sie mit jener Überlegenheit, die Vicky so sehr hasste. Dann zog Tantchen ihre rechte Augenbraue fragend nach oben.

»Kennst du eine Frau Kapitän Jörn Rasmussen?«

Rasmussen – jetzt durfte sie auf keinen Fall zu aufgeregt klingen. Das war doch die junge Kapitänsfrau, für die Sontje die Wäsche machte, wenn sie sich nicht irrte. Sontje hatte ein Treffen mit ihr in Aussicht gestellt, als Vicky wieder einmal einen Koller zu bekommen drohte, wenn sie nicht baldigst einmal Haus und Garten verlassen konnte. Frau Kapitän Rasmussen, wusste sie von Sontje, war nur wenig älter als sie. Von allen Leuten hier in der Gegend war sie, was Stand und Alter anging, sicherlich der passendste Umgang.

»Nicht dass ich wüsste.« Vicky steckte den Kopf wieder

in ihr Buch. Sie las gerade im *Trotzkopf*, einem Kinderbuch, das sie noch von früher im Regal gefunden hatte. Dann blickte sie gespielt abrupt auf. »Ach, jetzt fällt es mir ein. Das muss diese Lys Rasmussen sein. Sontje Peters macht die Wäsche für sie.«

»Eine Fischersfrau?«

Himmel, Tante Dora, fuhr es Vicky durch den Kopf, welche Fischersfrau lässt sich denn ihre Wäsche machen? Aber sie beherrschte sich.

»Nein, eine Kapitänsfrau. Steht das nicht auf dem Umschlag?« Sie deutete mit dem Finger.

»Ach ja, natürlich, ich Dummerchen.« Tante Dora lächelte, aber in ihren Augen spiegelte sich weiterhin Wachsamkeit.

Vicky konnte ihre Neugier kaum noch bezähmen.

»Lys Rasmussen heißt sie. Ihre Eltern kommen von hier, deshalb verbringt sie gerne ihre Zeit hier, wenn er auf See ist. Er ist Däne.«

»Hm.« Tante Dora öffnete den Umschlag, obwohl er an Vicky adressiert war. Und sie versuchte, sich nicht zu sehr darüber zu ärgern. »Das ist ja eine Einladung.« Tante Doras Augen weiteten sich überrascht. »Also, ich weiß nicht. Wir kennen diese Rasmussens nicht, und ich bin eigentlich nicht geneigt, Fremden …«

»Aber Tante Dora …«, platzte Vicky heraus, während sie fieberhaft nach einem überzeugenden Argument suchte. »Wäre es nicht ausgesprochen unhöflich, diese Einladung nicht anzunehmen?«, fügte sie dann stotternd hinzu.

Tante Dora sah sie ernst an. »So, findest du?« Sie musterte ihre Nichte. Ihr Blick streifte deren Bauch, der immer noch überraschend klein war, dann überlegte sie wieder.

Bitte, flehte Vicky stumm, bitte, ich möchte diese Einladung annehmen dürfen, bitte. Ich muss hier raus, wenigstens ein Mal.

Ilse saß in der Küche, einen Korb mit frischer Wäsche vor sich, aus dem sie ein Stück nach dem anderen auf dem Tisch zum Plätten ausbreitete. In Mainz hatte es eine eigene Kammer dafür gegeben. Hier, im Ferienhaus der Schwayers, gab es zu wenige Räume. Nur ein gemütliches Wohnzimmer, über das man die Veranda erreichte, und eine größere Küche, in der Ilse viel Zeit verbrachte. Fräulein Macken bewohnte ein Zimmer und Vicky das große Zimmer die Treppe rauf, das sie sich früher mit ihrem Bruder geteilt hatte.

Ilse breitete das nächste Küchentuch auf dem Tisch aus, strich es energisch mit beiden Händen glatt und prüfte dann, ob das Glätteisen noch heiß genug war. Behutsam setzte sie es auf den Stoff, ließ die Spitze erst in die Ecken fahren und das Eisen dann über die Mitte des Küchentuchs gleiten – sie mochte diesen Geruch nach warmer Wäsche.

Am Herd rührte Sontje derweil in einem großen Topf Gemüsesuppe, die sie in diesem Moment abschmeckte. Ilse stellte das Glätteisen zur Seite und legte das Küchentuch sorgfältig zusammen. Vicky hatte also eine Einladung erhalten. Tante Dora war darüber nicht ganz froh gewesen, hatte sich aber wohl nicht getraut, sie auszuschlagen. Das galt offenbar als unhöflich. Ilse wusste jedoch auch nicht, was sie von der Sache zu halten hatte.

Mit dieser Lys Rasmussen erschien eine weitere Konkurrentin auf der Bildfläche. Man musste es wohl so nennen. Und sie musste Vicky unbedingt im Blick behalten.

42

NORDSEEKÜSTE, 2019

»Was hat dich damals eigentlich in die Antarktis gezogen? Ich meine, wie bist du überhaupt auf die Idee gekommen? Wirklich, weil du schon immer dahin wolltest?« Lisa schlang unwillkürlich die Arme um den Körper, während sie etwas aussprach, das in den letzten Minuten wieder einmal in ihrem Kopf gewesen war. »Du hast mir ja bereits von der Kälte erzählt. Ich glaube, schon davor hätte ich eine ziemliche Angst. Ich friere nicht gerne. Ich bin mir sogar fast sicher, die Kälte wäre für mich ein Grund, niemals dorthin zu fahren.«

»Wie schade. Auch nicht, um mich zu besuchen?« Jonas grinste sie verschmitzt an. Lisa spürte, wie sich auch auf ihrem Gesicht ein Lächeln ausbreitete. »Also, ja«, fuhr er dann fort, »mich hat es tatsächlich schon als Kind dorthin gezogen, und als Jugendlicher wurden meine Pläne immer konkreter. Ich kann ziemlich hartnäckig sein. Ich habe mir Filme angesehen und Bücher darüber gelesen, und seit ich denken kann, sind Pinguine meine Lieblingstiere.«

Er warf Lisa einen Seitenblick zu.

»Die sind ja auch wirklich süß«, murmelte sie.

»Und es ist beeindruckend, unter welchen Umständen sie leben und überleben. Weißt du, ich denke, man muss einfach dort gewesen sein, um die Faszination dieser Landschaft zu verstehen. Man muss die Kaiserpinguine gesehen haben, die farbigen Lichter. Man muss die Stürme erlebt haben und das viele Weiß, das einen die Orientierung verlieren lässt, sodass man oben und unten nicht mehr erkennt. Dann ist es auch nicht zu kalt.«

»Da bin ich mir nicht so sicher.« Lisa schauderte.

»Ich schon.« Jonas lachte, dann ging sein Blick kurz in die Ferne, bevor er sich wieder auf die Unterlagen auf dem Tisch konzentrierte. Auch Lisa wandte sich wieder ihrem Stapel zu. Sie hatten inzwischen alles durchgearbeitet, und jetzt suchten sie einfach von Neuem in der Hoffnung, etwas übersehen zu haben.

Da war die Familie Schwayer, der die Villa gehört hatte. Da waren die Märchenfragmente. Da waren Fotos, Zeichnungen, ein Aquarell und die Informationen über das Deutschland jener Tage. Und da waren natürlich die Anekdoten der alten Damen aus dem Ort. Auch über das Unglück am Strand gab es das eine oder andere, aber im Laufe der Jahre waren die Erinnerungen daran, was wirklich geschehen war, verblasst. Eine von Anke Peters Freundinnen meinte, dass es sogar einen Gerichtsprozess gegeben habe. Vielleicht hatte sie aber auch schlicht zu viele Gerichtsfilme gesehen, denn ihre Schilderungen hatten etwas von amerikanischen Serien im Stil von *Matlock* an sich. Außerdem war sie damals noch zu jung gewesen. Sie konnte den Fall also nur vom Hörensagen kennen. War es trotzdem möglich, dass sie schon alle Teile des Puzzles hatten und nur nicht wussten, wie diese zusammengehörten?

Konnte Victoria Schwayer die Frau gewesen sein, der

das Unglück am Strand widerfahren war? War sie auch die Malerin?

Später an diesem Abend kamen sie noch auf Jonas' Geburtstag zu sprechen.

»Wollen wir ihn nicht gemeinsam feiern, nur Lars, du und ich?«, schlug Lisa vor.

Jonas winkte unwirsch ab.

»War ja nur so eine Idee«, sagte Lisa und streckte sich. Die Renovierungsarbeiten und das lange Sitzen über den Papieren forderten wieder einmal ihren Tribut. Es war ein langer Tag gewesen. Sie unterdrückte ein Gähnen. Morgen war Sonntag. Sollten sie eine Pause einlegen? Nun ja, eigentlich konnte sie sich das nicht vorstellen. Sie streckte sich noch einmal. »Sehen wir uns trotzdem morgen?«, fragte sie dann.

»Gerne, allerdings erst gegen Abend. Ich muss zu Hause ein paar Dinge in Ordnung bringen, und Papa will sich noch einmal mit seiner neuen Haushaltshilfe treffen. Soll ich vielleicht etwas zum Kochen mitbringen?« Er legte fragend den Kopf schief. »Ich kann ein quasi perfektes Huhn in Weißwein, versprochen. Ich koche das Geburtstagsessen, wie wär's? Mein Huhn ist legendär.«

»Klingt super.«

Lisa fand einen Parkplatz an der Hauptstraße, blieb dann aber noch einen Moment im Wagen sitzen. Wie lange war sie jetzt nicht mehr in einem Spielzeugladen gewesen? Inzwischen sicher mehr als ein ganzes Jahr. Der Jahrestag des Unfalls lag hinter ihr. Es war furchtbar gewesen. Sie hatte sich elend gefühlt, aber sie hatte den Tag überlebt. Inzwischen kam ihr immer öfter der Gedanke, dass auch sie überleben würde, ja, dass sie überleben wollte.

Die Tür des Ladens öffnete sich, und ein kleines Mädchen hüpfte an der Hand ihrer Mutter heraus. Mit Millie war es in solchen Läden immer schwierig gewesen, denn sie hatte in jeder Ecke etwas gesehen, was sie dringend brauchte. Und natürlich hatte sie bald viel zu viel Spielzeug gehabt, weil Lisa ihr da einfach nicht widerstehen konnte. Lukas hatte sie immer wieder dafür gerügt.

Lisas Blick fiel zufällig in den Rückspiegel, und der Anblick irritierte sie für einen Moment, bis sie feststellte, dass sie lächelte. Sie hielt inne. Das war das erste Mal seit Langem, dass sie lächeln musste, während sie an Millie dachte, ohne gleichzeitig weinen zu wollen, und es fühlte sich gut an.

Seufzend zog sie den Schlüssel ab, stieg aus und schlug die Tür hinter sich zu. Vor dem Schaufenster blieb sie stehen. Sie mochte diesen Laden. Früher war sie öfter hier gewesen. Sie musterte das Angebot. An der einen Seite waren Spielzeuge im Retrolook aufgebaut, daneben knallbunte Kuscheltiere, die Kinderherzen höherschlagen ließen und vor denen sich die meisten Erwachsenen eher gruselten.

Sie atmete tief durch und schob die Tür auf. Die vertraute Glocke war zu hören und versetzte ihr doch einen kleinen Stich. An der Kasse saß eine junge Frau, die sie nicht kannte, worüber Lisa erleichtert war. Sie hatte langes, mittig gescheiteltes Haar, so wie man es in alternativen Kreisen in den Siebzigern und Achtzigern getragen hatte. Mit ihrer dazu passenden Jeans und dem gebatikten

Hemd schien sie tatsächlich aus dieser Zeit zu kommen. Sie wirkte sehr ruhig und entspannt.

»Hallo«, grüßte sie in fröhlichem Tonfall. »Kann ich helfen?«

Lisa spürte, wie sie innerlich zusammenzuckte und fürchtete, dass es ihr die Sprache verschlagen würde, aber die Befürchtung war zu ihrer Erleichterung unbegründet.

»Ich schaue mich nur um.«

»Klar.« Die junge Frau wandte sich wieder einem Comic zu, in dem sie offenbar gelesen hatte.

Lisa schaute noch einmal von hinten auf das Schaufenster, ging dann unschlüssig zum ersten Tisch mit den Kleinigkeiten und steuerte endlich den Bereich mit den Kuscheltieren an. Ihr Blick fiel auf einen Pinguin. Sollte sie? Oder war das albern, einem erwachsenen Mann ein Kuscheltier zu schenken? Es gab sogar zwei Pinguine. Sie nahm erst den einen zur Hand und dann den anderen. Der erste wirkte sehr einfach, der andere fast lebensecht.

Sie dachte wieder daran, wie Jonas ihr von den Kaiserpinguinen erzählt hatte und von der Antarktis, von farbigen Lichtern, heulenden Stürmen und dem unendlichen Weiß …

»Willst du wieder dahin?«, hatte sie ihn gefragt.

Er hatte die Achseln gezuckt. »Vielleicht irgendwann. Ich glaube, ich traue mich nicht, mir Gedanken darüber zu machen, weil ich weiß, wie schnell sich alles ändern kann. Blöd, was?« Danach hatte er detaillierter davon erzählt, wie er so plötzlich zurückgemusst hatte, weil es mit seinem Vater auf der Kippe stand.

»Ich hatte wirklich Glück. Man kommt nicht immer so einfach von der Station weg.«

»Wäre deine Mutter denn nicht gekommen?«

Er zuckte mit den Achseln. »Sie teilen ihr Leben schon seit Ewigkeiten nicht mehr. Sie haben ungefähr so viel miteinander zu tun wie ich mit der Bäckerin.«

Lisa runzelte die Stirn. »Warst du eigentlich nie wütend auf deine Mutter? Dass sie nicht da war, meine ich.«

»Na ja, sie haben sich getrennt. Sie hatten komplett unterschiedliche Vorstellungen von ihrem Leben. Ich denke, es war gut so.«

Lisa gab sich einen Ruck und griff nach dem Pinguin. Es war entschieden. Diesen Pinguin würde sie kaufen.

Als sie früh am Morgen nach dem Geburtstag aufwachte, war Lisa für einen Augenblick orientierungslos. Sonst war es um diese Zeit schon hell, aber heute war der Himmel wolkenverhangen. Sie tastete mit der Hand nach dem Lichtschalter, schwang dann die Beine aus dem Bett und setzte sich auf. Das Licht blendete sie so sehr, dass sie die Augen zusammenkneifen musste. Sie angelte mit den Füßen nach ihren Hausschuhen, die sie beim Ausziehen irgendwie ein Stück unter das Bett befördert hatte. Es war noch früh am Morgen, doch war ihr klar, dass sie keinen Schlaf mehr finden würde. Gähnend tappte sie in Richtung Küche. Sie hatte geträumt, und das Gefühl des Traums war immer noch da: Desorientierung, Traurigkeit, Unsicherheit und viel zu viele Fragen. Sie war überrascht, denn eigentlich hatten sie gemeinsam einen schönen Abend verlebt.

Lisa stieß die Tür zur Küche auf, wo vom Vortag immer noch die Papiere auf dem Tisch verstreut lagen. Auch gestern hatten sie nicht ganz davon lassen können.

Jonas, Lars und sie hatten gemeinsam Jonas' Geburtstag gefeiert. Sie hatten ihm sogar ein Geburtstagsständchen gebracht, und das Hühnchen, das er für sie gekocht hatte, war wirklich ziemlich lecker gewesen. Danach hatten sie noch ein bisschen geredet, sich aber doch recht früh getrennt, weil sie alle müde waren.

Halb sieben Uhr morgens. Lisa schaltete zuerst den Wasserkocher an und beschloss, ein wenig Platz auf dem Tisch zu schaffen. Sie räumte die paar Fotos aus den Zwanzigern in den Schuber zurück, stapelte Internetausdrucke und zuletzt auch die Zeitungsartikel. Unwillkürlich fiel ihr Blick auf einen Artikel, der mit der Zeichnung eines aufgewühlten Meeres bebildert war. Lisa sah diesen Beitrag zum ersten Mal, da war sie sich ganz sicher. War er vielleicht falsch einsortiert gewesen oder einfach irgendwo dazwischengerutscht?

Sie begann zu lesen. »Von unserem Korrespondenten aus Husum.« Lisa kniff die Augen zusammen. Der Wasserkocher sprudelte und ging kurz darauf aus. Sie reagierte nicht.

»Von Meerjungfrau gestohlen« titelte der Artikel. Nach nur wenigen Zeilen stiegen Lisa die Tränen in die Augen.

43

NORDSEEKÜSTE, 1920

»Frau Rasmussen, wie schön, Sie endlich zu treffen! Ich bin Victoria Schwayer.« Vicky knickste leicht und reichte Frau Rasmussen die Hand. Obwohl sie es von Sontje wusste, war sie doch überrascht, *wie* jung Lys Rasmussen war. Gewiss, man musste bedenken, dass sie die zweite Frau des schon etwas älteren Kapitäns war.

Vicky war ziemlich froh darüber, Lys Rasmussen allein anzutreffen, denn sie hatte gehört, dass der Kapitän eine Furcht einflößende Persönlichkeit war, und sie fand es beruhigend, ihm vorerst nicht entgegentreten zu müssen.

Sie kämpfte kurz gegen ein Gefühl der Unsicherheit an, drehte sich zur Seite und machte eine Bewegung zu Tante Dora hin: »Und das ist meine Tante, Fräulein Dora Macken.«

Lys Rasmussen lächelte freundlich. Sie wirkte, als würde sie vollkommen in sich ruhen. Falls Tante Doras Anwesenheit sie verwunderte – immerhin hatte sie nur Vicky eingeladen –, so zeigte sie dies mit keiner Regung. Für Vicky war es selbstredend nicht überraschend gewesen, dass ihre Tante Dora darauf bestanden hatte, sie zu begleiten.

»Guten Tag, Fräulein Macken. Fräulein Schwayer! Wie schön, dass wir endlich die Zeit finden, einander zu besuchen. Manchmal weiß ich nicht recht, was ich den lieben langen Tag tun soll, auch wenn einen der Haushalt doch sehr beanspruchen kann.«

Vicky kam es vor, als blickte Lys sie kurz prüfend an.

»Ja, ich danke Ihnen vielmals für die Einladung, das ist wirklich sehr freundlich«, beeilte sie sich zu sagen.

»In der Tat, wir haben zu danken.« Tante Dora schob sich die breite Eingangstreppe etwas weiter hinauf, als suchte sie sich zwischen Lys und Vicky zu positionieren. »Es kann hier doch recht einsam werden zum Ende der Saison. Ohnehin ist es etwas schwer, hier oben die richtige Gesellschaft zu finden. Wir kommen aus der Stadt, wissen Sie, und das Personal, nun ja …«

Vicky errötete leicht ob Tante Doras Prahlerei. »Husum ist ja nicht weit«, murmelte sie.

»Die graue Stadt am Meer«, sagte Lys Rasmussen mit einem feinen Lächeln. »Theodor Storm, kennen Sie gewiss, den *Schimmelreiter*? Wissen Sie, ich lese gerne, damit kann man sich zumindest einen Teil der Zeit vertreiben. Aber ich verstehe Sie voll und ganz, Fräulein Macken. Fern der Heimat ist es immer schwierig, die rechten Leute zu treffen.«

»Wem sagen Sie das.« Tante Dora sah zufrieden und mittlerweile etwas entspannter aus. Lys Rasmussen gefiel ihr offenbar. Während sie der jungen Kapitänsfrau in den Flur und dann durch das Haus in einen Wintergarten folgten, nahm Vicky sich Zeit, ihre Gastgeberin eingehend zu betrachten. Lys Rasmussen war eine hübsche, recht hochgewachsene, schwarzhaarige Frau, die Vicky unwillkürlich an Schneewittchen erinnerte. Ihr Stil war einfach und klar, nicht besonders modisch, aber auch nicht altbacken. Sie hatte ihr Haar zu einem festen Dutt zusammengenommen und machte in ihrem Auftreten den Eindruck, dass sie genau wusste, was sie wollte. Dazu passte auch ihr überraschend fester Händedruck. Vicky kam sich zum zweiten Mal innerhalb kurzer Zeit viel jünger vor, dabei trennten sie beide eigentlich nur wenige Jahre. Von Sontje wusste sie, dass Frau Rasmussen zweiundzwanzig Jahre alt war und dass es anfangs Gerede um den Altersunterschied zwischen ihr und ihrem Mann gegeben hatte. Augenscheinlich traute man ihr nicht zu, einen Kapitänshaushalt führen zu können. Doch Lys Rasmussen hatte sie alle Lügen gestraft, denn sie wusste sowohl einem Haushalt vorzustehen, als auch ihren Platz an der Seite des bärbeißigen Seebären auszufüllen. Sie führten jedenfalls seit vier Jahren eine sehr harmonische Ehe, auch wenn die bislang nicht von Kindern gesegnet worden war.

Vickys Augenbrauen zogen sich kurz über der Nase zusammen. War das ein Wink des Schicksals, oder ging gerade die Fantasie mit ihr durch, weil sie jeden Strohhalm zu erhaschen suchte, der sich ihr bot? In jedem Fall war Frau Rasmussen eine äußerst gute Gastgeberin, die Tante Doras Misstrauen mit spielerischer Leichtigkeit zerstreute.

Der große Wintergarten der Rasmussens war so sonnendurchflutet, dass Vicky kurz hatte die Augen zusammenkneifen müssen. Lys' schlanke Gestalt hob sich vorübergehend scharf wie ein Schattenriss vor ihr ab. Nachdem ihre Augen sich an das Licht gewöhnt hatten, betrachtete sie amüsiert die Steinengel auf der vorgelagerten Terrasse, die eine dicke Balustrade links und rechts zierten. Tante Dora hatte bereits den Tisch erreicht und schaute zufrieden auf die gedeckte Tafel.

Es gab Tee und selbst gebackene Plätzchen, die förmlich im Mund zergingen. Lys Rasmussen offenbarte sich als passionierte Bäckerin und gab auf Nachfrage bereitwillig das Rezept preis, dessen Geheimnis allem Anschein nach in sehr, sehr viel Butter bestand. Umsichtig sorgte Frau Rasmussen selbst dafür, dass die Teetassen nicht leer wurden, denn nur morgens kam ein Mädchen zur Unterstützung im Haushalt, während sie nachmittags auf sich gestellt war. Sontje besorgte ihr die Wäsche.

Während Tante Dora viel zu viel redete, hielt Vicky sich zurück und warf nur hin und wieder etwas ein. Sie spürte, wie sich langsam ein Gefühl der Enttäuschung in ihr breitmachte. Erst als Lys Rasmussen ihr einen kurzen belustigten und zugleich aufmunternden Blick zuwarf, war dieses Gefühl wie weggewischt. Mit einem Mal schien da ein Band zwischen ihnen zu sein, einfach so – auch ohne Worte.

Ich muss Lys unbedingt allein sprechen, fuhr es Vicky durch den Kopf.

»Wie verbringen Sie denn Ihre Tage?«, richtete Lys im nächsten Augenblick eine direkte Frage an Vicky.

»Ach, ich halte mich viel drinnen auf. Manchmal gehe ich auch im Garten spazieren«, hörte sie sich sagen und fügte dann, damit es nicht zu albern klang, hinzu: »Wir haben einen großen Garten.«

»Das ist ja wunderbar. Ich gehe auch gerne spazieren, besonders am Meer.« Lys Rasmussen deutete nach draußen. »Man kann es von hier aus ganz leicht erreichen. Gehen Sie auch gerne ans Meer?«

»Früher …« Vicky wich dem Blick ihrer Tante aus.

»Als sie noch ein Kind war«, fügte die hinzu.

»Vielleicht könnte man sich ja einmal zusammentun?«, sagte Lys. »Wissen Sie, ich bin immer ein bisschen einsam, wenn mein Mann nicht da ist. Mir fehlt einfach die rechte Gesellschaft, das sagte ich ja schon … Sie beide können das gewiss nachvollziehen?« Die junge Kapitänsfrau wandte sich jetzt auch an Tante Dora, die ihren Worten lebhaft zustimmte, aber offenbar auch unsicher war, worauf Frau Rasmussen hinauswollte.

»Sie waren doch dieses Jahr schon einmal am Meer, Fräulein Schwayer, nicht wahr?«, wandte sich Lys wieder an Vicky.

»Nein, leider noch nicht«, sagte Vicky achselzuckend.

Lys Rasmussen schüttelte den Kopf. »Das ist ja unglaublich. Es ist wirklich einfach wunderbar um diese Jahreszeit und natürlich auch im Herbst, und später erst, im richtigen Winter, da kann man sich ordentlich durchpusten lassen. Wissen Sie, ich liebe es, mich den Elementen auszusetzen. Wie lange werden Sie denn bleiben?«

Vicky zuckte mit den Achseln. »Mein Arzt hat mir den Aufenthalt hier meiner Lunge wegen verordnet. Ein Weilchen wird es wohl noch sein.«

Lys strahlte sie an. »Dann müssen wir unbedingt einmal gemeinsam zum Strand gehen.«

»Ach bitte«, Vicky nahm allen Mut zusammen und schaute ihre Tante treuherzig an, »dürfen Frau Rasmussen und ich vielleicht einmal gemeinsam einen Spaziergang machen? Ich denke, das würde auch meiner Lunge guttun.«

Vicky sah, dass Tante Dora leicht zusammenzuckte.

An diesem Abend saß Tante Dora längere Zeit auf Vickys Bettrand, strich über die Decke und steckte sie dann an den Seiten fest, als wäre ihre Nichte noch ein kleines Kind. Vicky horchte indes auf ihr aufgeregt klopfendes Herz und versuchte, sich nichts anmerken zu lassen. Nach einer Weile räusperte Tante Dora sich: »Das war ein wirklich schöner Tag. Ich bin sehr froh, dass ich dir erlaubt habe, diese Einladung anzunehmen. Bei Frau Rasmussen wirst du ganz viel lernen können, über Dinge, die auch für dich später wichtig sein werden. Sie führt bereits einen Haushalt, und du wirst eines Tages auch deinen eigenen Haushalt führen«, sprach sie bedächtig und nachdenklich weiter, während sie den sich langsam formenden Gedanken in ihrem Kopf nachhorchte. Vicky nickte und versuchte, nicht zu bedürftig zu klingen.

»Ja, Tante Dora, für mich war das auch ein wunderschöner Tag. Darf ich die nächste Einladung denn auch annehmen? Weißt du, im Grunde geht es mir wie Frau Rasmussen. Ich fühle mich ein bisschen verloren ohne die passende Gesellschaft.«

Tante Dora sah ihr fest in die Augen. »Da mir die Frau Kapitänin eine honorable Person zu sein scheint, will ich es dir erlauben.« Sie nickte, als müsste sie sich selbst zu ihrer Entscheidung beglückwünschen. »Wenn du dich gut benimmst, darfst du mit ihr allein spazieren gehen. Für mich ist das leider zu anstrengend. Du darfst nicht vergessen, dass ich schon eine alte Frau bin.«

Tante Dora kokettierte gerne mit ihrem Alter. Vicky versuchte, sich ihre Freude nicht anmerken zu lassen.

»Aber du bist doch keine alte Frau«, gab sie zurück,

genau wie Tante Dora es sich gewünscht hatte. Ein rosiger Schimmer zog über Tantchens Gesicht.

»Gewiss bin ich das, und du darfst davon ausgehen, dass ich so etwas früher auch über meine eigenen Eltern gedacht habe, damals, als junges Mädchen. Schließlich war ich auch einmal jung.«

Vicky sagte nicht, wie unmöglich es ihr war, sich die Tante als junges Mädchen vorzustellen. Nicht einmal bei ihrer eigenen Mutter konnte sie das. Stattdessen schaute sie Tante Dora nur an. »Das wäre wirklich wunderbar, wenn ich Frau Kapitän Rasmussen hin und wieder sehen dürfte.«

Vicky hatte es kaum zu hoffen gewagt, aber die Dinge entwickelten sich deutlich besser, als sie es erwartet hatte. Mittlerweile trafen Lys und sie sich fast täglich, und das Vertrauen zwischen ihnen wuchs rasch. Anfangs war Tante Dora noch manchmal bei den Treffen dabei gewesen, aber dann war überraschend eine alte Freundin von Dora aus Hamburg zur Erholung eingetroffen, und seither hatte sie nichts mehr gegen die häufigen Treffen der beiden einzuwenden gehabt.

Trotz der überraschend positiven Wendung in ihrem Leben lag Vicky abends häufig schlaflos im Bett, die Gedanken rasten immer dringlicher durch ihren Kopf. Und wenn sie dann endlich wegnickte, dann träumte sie seltsam. In einem ihrer Träume sah sie die Steinengel von Rasmussens Terrasse, die sich bewegten und ihr die Arme entgegenstreckten.

Sie musste bald eine Lösung finden, daran bestand kein Zweifel. Die Schwangerschaft schritt unaufhörlich voran, und auch wenn ihr Bauch sich noch ganz gut verbergen ließ, lief für sie unbarmherzig die Zeit. Wie viel Zeit blieb ihr überhaupt noch? Über das »Eine« hatte sie tatsächlich immer noch nicht mit Lys gesprochen, obgleich sie mittlerweile schon recht viel voneinander wussten. Aber wie sollte Lys ihr überhaupt helfen können?

Um den Kopf freizukriegen, hatte Vicky sich beim letzten Treffen ein Plätzchenrezept von Lys geben lassen und stellte sich unter Ilses Protest selbst in die Küche. Sie hätte niemals gedacht, dass sie Freude am Backen finden könnte, aber sie hatte sich geirrt. Gierig aß sie die kaum abgekühlten Kekse direkt vom Blech.

»Darf ich auch mal probieren?«, frage Ilse.

Vicky steckte ihr übermütig einen Keks in den Mund, und nach einer Weile lachten die jungen Frauen zusammen, wie sie es schon länger nicht mehr getan hatten. Ja, sie hatte Ilse ein wenig aus dem Blick verloren. Das war irgendwie doch schade. In diesem Moment genoss es Vicky jedenfalls, sich von ihr zum Lachen bringen zu lassen. Es fühlte sich gut an.

Ilse mochte Lys Rasmussen von dem Moment an nicht, da sie Vicky zu einem ersten Spaziergang am Meer abholte. Für Ilse war sie, neben Sontje, nur ein weiterer Eindringling, der sich in ihrem Leben breitmachte. Meist wurde sie von Vicky weggeschickt, wenn das hochmütige Weib kam, sodass Ilse sich durchaus den Kopf zerbrechen musste, wie sie die beiden Frauen unbemerkt im Blick behalten konnte. Immerhin war das ja, laut Tante Dora, eine ihrer wichtigsten Aufgaben.

»Danke, wir brauchen dich heute nicht, Ilse«, musste sie sich oft anhören. Die Kapitänsfrau hielt sich ganz offenbar für etwas Besseres. Das Wort Hochmut, da war Ilse sich sicher, war gewiss für sie erfunden worden. Doch selbst wenn man sie fortschickte, sie würde sich gewiss nicht abschütteln lassen. Tante Dora gab ihr Aufgaben im Garten, die es ihr ermöglichten, Vicky und ihrem Besuch nah zu sein. Manchmal hörte sie sie lachen, und das tat unheimlich weh. Vicky und sie lachten weniger miteinander, seit sie hier waren. Ilse hatte damit zurechtkommen müssen, dass Sontje den ersten Platz in Vickys Herz einnahm. Jetzt war auch noch Frau Rasmussen hinzugekommen und drängte sie noch weiter zurück.

Auch heute saßen Lys und Vicky gemeinsam in Decken gehüllt auf der Veranda, denn der Herbst klopfte mittlerweile etwas lauter an die Tür. Sie tranken Tee und genossen die Sonne nach einem kleinen Regenschauer. Wie immer redeten sie angeregt miteinander, und Ilse hätte viel darum gegeben, zu erfahren, was sie ständig zu besprechen hatten. Vielleicht kam es ihr ja nur so vor, aber sie hatte den Eindruck, als wechselten die beiden das Thema, wenn sie sich näherte.

44

Tante Dora stand am Küchenfenster, während Ilse hinter ihr Kakao kochte und ein Teller mit Keksen schon darauf wartete, ins Wohnzimmer gebracht zu werden. Sie spähte hinüber zur Veranda, wo Lys und Vicky auch heute in Mäntel gehüllt am gedeckten Tisch saßen. Was machten sie da draußen? Es war doch wirklich schon viel zu kalt, um dort zu sitzen. Manchmal wusste Tante Dora nicht so recht, was sie von dieser Bekanntschaft halten sollte. War Frau Rasmussen bewusst, wie es um Vicky stand, oder wäre sie entsetzt und würde Tante Dora Vorwürfe machen, wenn sie es erfuhr? Womöglich verschloss sie auch die Augen vor dem Offensichtlichen, weil sie nach dem Motto lebte, dass nicht sein konnte, was nicht sein durfte. Vickys Körper war inzwischen ziemlich rund geworden, und auch ihre Gangart hatte sich stark verändert; man musste schon blind sein, wenn man nicht bemerkte, dass sie in anderen Umständen war.

Tante Dora hätte neuerdings am liebsten wieder darauf bestanden, dass Vicky den Garten nicht mehr verließ, aber manchmal fuhr Lys Rasmussen jetzt sogar in einer kleinen Kutsche vor, die sie auch noch selbst lenkte, um Vicky für den obligatorischen Strandspaziergang abzuholen. Dann konnte Tante Dora kaum Nein sagen, wollte sie nicht unhöflich erscheinen. Sie hatte es ja leider selbst zugelassen, dass gewisse Grenzen überschritten wurden, und jetzt war es wohl zu spät. Dora war sich natürlich nur zu bewusst, wie sehr Vicky diese Augenblicke liebte, wenn sie ihrer Tante entwischen und sich frei fühlen konnte. Das Mädchen hatte ja keinen Schimmer, was ihr bevorstand, sobald sich das Kind auf den Weg machte.

Nachdem Tante Doras Freundin abgereist war, war Dora wieder dazu übergegangen, Vicky öfter zu Lys Rasmussen zu begleiten, doch als sie an jenem Tag aufbrechen wollten, plagten Tante Dora heftige Kopfschmerzen und zwangen sie, das Bett zu hüten. Vickys Herz machte einen Sprung. Wie wunderbar, dass der Zufall ihr zu Hilfe kam. Sie versprach hoch und heilig, pünktlich zu Hause zu sein, und würde ihr Versprechen auch halten. Sie wollte alles tun, was dazu diente, Tante Dora in Sicherheit zu wiegen. Heute war also der Tag gekommen, um sich Lys zu offenbaren. Ihr Bauch verriet sie vielleicht ohnehin längst, und sie wollte auf keinen Fall, dass Lys sich von ihr hintergangen fühlte.

Die Freundin stand an diesem Tag bereits in der Tür, als Vicky das Gartentor zum Kapitänshaus quietschend öffnete. Anstatt sich, wie sonst üblich, die Hand zu geben, umarmten sich die beiden jungen Frauen heute spontan und herzlich. Dann hielt Lys mit einem Mal inne, trat einen Schritt zurück und musterte Vicky. Die hielt den Atem an. Lys atmete aus, räusperte sich. »Du bist schwanger«, flüsterte sie.

Ihr Blick wirkte in diesem Moment irgendwie anders,

als Vicky erwartet hatte, und zuerst wusste sie nicht, was sie davon halten sollte. »Ja. Ich dachte … Ich wusste nicht, wie ich …«, stotterte sie. Dann schloss sie den Mund. Was sollte sie sagen: Ich dachte, du wusstest es. Ich dachte, Sontje hat es dir gesagt? Nein, das war absurd. Man redete nicht über solche Dinge mit dem Mädchen, das einem die Wäsche machte.

Lys blickte der Freundin offen ins Gesicht, streckte dann die Hand aus, als wollte sie Vicky berühren, und zog sie im nächsten Moment zurück.

»Vielleicht habe ich so etwas geahnt«, sagte sie dann langsam. Sie musterte Vicky erneut. »Sontje hat etwas angedeutet, aber sie hat dich nicht verraten. Das hat sie nicht.«

»Ich weiß.«

»Du vertraust ihr«, stellte Lys fest.

Vicky nickte. »Wie mir selbst.«

»Und du bist nicht verheiratet«, fuhr Lys dann ruhig fort. »Deshalb bist du hier. Es soll nicht an die Öffentlichkeit gelangen.«

Vicky wollte den Blick senken, tat es dann aber doch nicht.

»Nein, das soll es nicht.« Ihre Stimme klang rau, aber sie war fest.

»Liebst du den Vater?« Lys sah sie fragend an.

»Für die Liebe muss man sich nicht verstecken. Ja, ich liebe ihn.«

Lys schwieg. Dann gab sie sich einen Ruck.

»Lass uns erst einmal hineingehen.«

Sie sagte nichts mehr, bis sie beide den Wintergarten erreichten und die Tür hinter sich geschlossen hatten.

Für einen Moment kam es Vicky hier stiller vor als sonst. Sie hörte das Ticken der Uhr aus dem Salon, dann eine Fliege, die brummend gegen die hellen Scheiben flog. Sie war wohl tatsächlich so beschäftigt mit ihren eigenen Gedanken, dass sie etwas brauchte, um zu bemerken, dass Lys sich nicht gesetzt hatte, sondern am Fenster stand und nach draußen starrte.

Die Freundin wirkte tief in Gedanken versunken. Vicky stand noch einen Augenblick unschlüssig da und setzte sich dann an den gedeckten Tisch. Sie legte eine Hand auf ihren Bauch, ließ sie dann wieder sinken. Schließlich drehte sich Lys zu ihr um. Vicky fand, dass sie blass aussah.

Nach einem Moment kam sie zögerlich auf sie zu und blieb dicht neben ihr stehen. »Darf ich?«, fragte sie leise und hob die Hand. »Darf ich deinen Bauch berühren?«

Vicky war zuerst perplex, dann nickte sie. Lys atmete einmal tief durch und legte Vicky die Hand auf den Bauch. Das Kind, das sich eben noch bewegt hatte, hielt ganz still. Lys schloss die Augen.

»Spürst du es schon?«, fragte sie dann. »Spürst du, wie es in dir wächst?«

»Hm.« Vicky zuckte zusammen, als sich das Kind jetzt doch bewegte. Lys riss die Hand zurück und errötete tief.

»Es tut mir leid«, stotterte sie. Tränen liefen ihr über die Wangen.

Für Lys Rasmussen war ihre Hochzeit der schönste Tag ihres Lebens gewesen, und der zweitschönste würde der sein, an dem sie ihrem Mann ein Kind schenkte. Ihre

Familie und die Freunde waren befremdet gewesen, als sie sich mit dem bärbeißigen, so viel älteren Kapitän verlobt hatte, aber sie liebten einander, und das Herz fragte nicht nach dem Alter. Lys war von Anfang an von ihm fasziniert gewesen und hatte sich das Leben ohne ihn schon bald nicht mehr vorstellen können. Er war so viel klüger als die jungen Männer, die bei ihren Eltern vorstellig geworden waren, so viel weltgewandter. Und er nahm sie ernst. Er musste sich nicht über sie stellen, hörte auf sie, obwohl sie so viel jünger war. Der Kapitän respektierte sie.

Ihr Leben als Kapitänsfrau war dennoch nicht leicht. Natürlich hatte sie gewusst, dass er lange Monate des Jahres auf See verbrachte. Was sie allerdings unterschätzt hatte, war, wie sehr sie ihn vermissen würde. Lys war immer eine sehr eigenständige Person gewesen, schon als Kind. Sie hatte immer gut allein sein können, dieses Mal fiel es ihr zum ersten Mal schwer. Anfangs hatte sie sich damit getröstet, dass ihre Schwangerschaft schon weit fortgeschritten sein würde, wenn er zurückkehrte, denn schon knapp einen Monat nach der Hochzeitsnacht hatte sie gespürt, dass Leben in ihr wuchs. Aber es war anders gekommen. Sie hatte das Kind verloren und dabei fast auch ihr Leben. Obgleich sie stets sehr gesund gewesen war, hatten ihr Körper und mehr noch ihr Herz Monate benötigt, um wieder zu Kräften zu kommen.

Nachdem ihr Mann heimgekehrt war, war sie gerade wieder einigermaßen auf dem Damm gewesen. Sie hatten es wieder versucht, und sie hatte das Kind erneut verloren und war ähnlich knapp mit dem Leben davongekommen. Danach hatten sie beide erkennen müssen:

So sehr sie einander liebten, sie würden niemals ein gemeinsames Kind haben.

Lys hatte ihre Geschichte erzählt, ohne auch nur ein Mal innezuhalten. Die Tränen waren allmählich versiegt, und jetzt atmete sie tief durch. Vicky war zuerst wie erstarrt gewesen und hätte die junge Kapitänsfrau am liebsten tröstend umarmt, aber sie war auch verunsichert. Die Gedanken rasten nur so durch ihren Kopf. Sie wusste nicht recht …

Vielleicht könnt ihr einander helfen. Hatte Sontje das damit gemeint? Die Möglichkeit, dass Lys Rasmussen das Kind adoptierte? Würden Mama und Papa das zulassen?

»Woher …?«, stotterte sie und setzte neu an: »Woher weißt du das so genau? Vielleicht ist es nur eine Frage der Zeit, vielleicht klappt es doch irgendwann, oder …«

Lys schüttelte traurig den Kopf.

»Eher sterbe ich. Die Ärzte haben mir dringend davon abgeraten, weitere Versuche zu unternehmen, und mein Mann sagt, dass meine Liebe ihm wichtiger ist als ein Kind. Ich liebe ihn dafür, aber …« Erneut huschte ein schmerzlicher Ausdruck über ihr Gesicht. Man konnte sehen, dass es sie einige Anstrengung kostete, sich zu beherrschen. »Ich bin nicht dafür gemacht, Kinder zu haben, Vicky.«

»Aber vielleicht …«, insistierte Vicky und spürte doch, wie wenig tröstlich ihre Worte klangen.

Die junge Kapitänsfrau seufzte. »Weißt du, es gibt da noch etwas. Ich habe mit meiner Mutter geredet. Das war, weiß Gott, nicht leicht, denn meine Mutter redet nicht über solche Dinge, aber jetzt weiß ich, dass sie vor mir Ähnliches erlebt hat. Ich bin das einzige Kind meiner Eltern. Nur ich habe überlebt, verstehst du? Meine Mutter und ich haben überlebt, wenn auch nur knapp. Die Frauen in meiner Familie sind nicht dafür gemacht, Kinder zu kriegen, so sehr sie es sich auch wünschen.«

Vicky legte instinktiv eine Hand auf ihren Bauch. Lys' Gesichtszüge wurden weich. »Du spürst es wieder, nicht wahr?«

»Ja.«

»Darf ich noch einmal?«

Vicky nickte. Für eine Weile saß Lys nur neben ihr und hatte fast ehrfürchtig die Hand auf Vickys Bauch gelegt.

»Ich sehne mich so nach einem Kind«, flüsterte sie dann nachdenklich, »aber ich kann keines bekommen. Womöglich hat Sontje uns deshalb zusammengebracht, weil wir uns etwas … etwas überlegen können.«

Lys hielt inne, als wagte sie nicht, es auszusprechen. Vicky spürte, wie ihr das Blut in den Kopf schoss.

An diesem Abend schieden die beiden jungen Frauen leicht bedrückt voneinander. Sie wollten diese Gedanken weiterspinnen, aber es fiel ihnen nicht leicht. Es dauerte lange, bis Vicky an diesem Abend in den Schlaf fand, und sie träumte wild. Als sie am Morgen von den Tritten ihres Kindes geweckt wurde, fühlte sie sich wie zerschlagen. Statt aufzustehen, drehte sie sich noch einmal um und versuchte, in Ruhe über eine Lösung nachzudenken, doch das war unmöglich.

Nach einer Weile ging sie hinunter in die Küche und bat Ilse, ihr ein Frühstück zu machen. Erstaunlich hungrig vertilgte sie die weichen Brötchen, die Sontje am Vortag gebacken hatte, und trank dazu fast eine ganze Kanne Kakao. Was hätte sie darum gegeben, wenn Sontje hier wäre, aber die musste heute bei ihren Eltern aushelfen.

Himmel, ich muss unbedingt mit ihr sprechen.

Vorerst blieb ihr nur, sich mit einem Gespräch mit Ilse abzulenken. Sie war froh, dass in solchen Momenten wenigstens ihr altes Hausmädchen da war. Eines war sicher: Sie und Lys mussten eine Entscheidung treffen.

Abends kam Sontje mit frischem Fisch von ihren Eltern.

»Lys hat dir endlich alles erzählt, nicht wahr?« Sontje warf der Freundin einen fragenden Blick von der Seite zu. Es hatte eine Weile gedauert, bis sie einen ungestörten Moment gefunden hatten. Aber jetzt räumte Ilse die Küche auf, und Tante Dora war nach dem leckeren Fischessen selig in ihrem Lehnstuhl eingeschlafen.

Nun standen sie gemeinsam in Vickys Zimmer am Fenster. Vicky versuchte, ruhig zu bleiben, doch jede ihrer Bewegungen verriet, wie aufgewühlt sie war. Sontje strich ihr über den Arm.

»Ich bin froh, dass es so gekommen ist. Es ist ein erster Schritt, nicht wahr?«

Vicky nickte. Ja, es war ein Schritt; der nächste musste folgen, auch wenn sie immer noch nicht wusste, wie dieser aussehen könnte.

»Ich bin so dankbar, dass wir endlich einmal wieder unbeobachtet reden können.« Vicky lächelte. Mit Sontje war immer alles so unkompliziert. Sie kannten einander. Es war ganz anders als mit Ilse. Hatte sie in Mainz und auf ihrer Reise in den Norden noch gedacht, zu dem

Mädchen könnte sich vielleicht auch eine tiefere Freundschaft entwickeln, so wusste sie jetzt, dass das nicht möglich war. Zwar gab Ilse sich alle Mühe, es ihr stets recht zu machen, das schon, aber …

Womöglich tue ich ihr unrecht.

Ein ganz anderer Gedanke schoss ihr durch den Kopf. Sie blickte Sontje an. »Woher wusstest du es eigentlich?«

»Das mit den Babys?« Sontje verschränkte die Arme vor der Brust. »Sie hat es mir tatsächlich irgendwann einmal erzählt. Sie fühlte sich damals schwach, und sie ist manchmal sehr einsam. Ich kann gut zuhören.«

»Ja, das kannst du.«

Vicky lehnte sich leicht gegen das Fenster und sah zu dem Baum, dessen Äste ihr Zimmer fast erreichten. Es kam ihr vor, als wäre ihr Bauch kurz hart geworden, doch jetzt war es wieder vorbei. Alles wurde inzwischen beschwerlicher, das ließ sich nicht leugnen. Sie schloss für einen Moment die Augen, um sich zu sammeln. Ja, sie konnte sich gut vorstellen, dass Lys sich Sontje anvertraut hatte. Sie strahlte etwas aus, das es einem leicht machte, Dinge zu erzählen, die man sonst niemandem anvertraute.

Vicky dachte an Tante Dora unten und fragte sich, wann Ilse sich auf die Suche nach ihnen beiden machen würde.

»Wir müssen uns vor Ilse in Acht nehmen«, sagte Sontje unvermittelt, als hätte sie Vickys Gedanken gelesen. »Ich weiß, dass sie uns beobachtet. Gib ihr eine Aufgabe, beziehe sie ein, aber nicht zu viel.«

»Hm.«

»Hat Lys dir eigentlich gesagt, dass sie vor den Winterstürmen nach Dänemark übersiedeln wird?«, fuhr

Sontje im nächsten Moment fort, eine Hand am Fenstergriff.

Vicky erstarrte. So bald schon? Wie viel Zeit ließ ihnen das?

45

»Das Kind, Lys, also mein Kind …« Vicky wagte es kaum, den Kopf zu heben, aber sie musste diese Frage stellen. Sie musste es tun, denn es blieb keine Zeit, sonst war es zu spät. »Würdest du dich meines Kindes annehmen, wenn es eine Möglichkeit gäbe, Lys? Würdest du das tun?« Ihr Herz klopfte und schien sich zu einem wilden Trommelwirbel zu steigern. »Also würdest du auf es aufpassen, und ich dürfte es manchmal sehen? Später, wenn keiner mehr einen Verdacht schöpft. Könntest du dir das vorstellen?«

Jetzt war es raus. Sie hatte Lys bewusst in dem Moment angesprochen, als diese gerade mit dem Rücken zu ihr am Küchenherd stand und einen Tee zubereitete.

Jetzt wartete sie … und wartete. Die Hand, in der Lys die Teedose hielt, zitterte leicht und stieß gegen eine der Tassen. Es klirrte. Lys stellte sie ab und stützte sich dann mit beiden Händen gegen die Anrichte. Ihr Rücken war sehr gerade, dann drehte sie sich um, starrte Vicky an, streckte die Arme zögerlich in ihre Richtung, als wüsste sie nicht genau, was sie tun solle. Ein Wechselbad der Gefühle zeichnete sich auf ihrem Gesicht ab: Freude und Angst, Erwartung und Unsicherheit. Sie wird ablehnen, schoss es Vicky durch den Kopf, es ist eine unmögliche

Idee. Als Lys schließlich sprach, klang ihre Stimme leiser als sonst, war aber trotzdem fest.

»Das würde ich.«

Vicky ließ sich mit einem leisen Seufzer auf den Stuhl fallen. Sie trug noch Mantel und Hut. Sie hatte Lys nur hastig begrüßt, als sie zur Tür hereingekommen war, weil sie diese Frage doch stellen musste, bevor der Mut sie wieder verließ. Sie legte die Hand auf ihren Bauch.

»Es ist mir nicht leichtgefallen, das zu fragen, das musst du mir glauben. Ich wünschte …«

»Ich weiß«, unterbrach Lys sie. »Ich kenne dich, und ich wollte wirklich nicht in deiner Haut stecken.«

»Es ist so«, sagte Vicky vorsichtig. »Wenn ich zulasse, dass meine Eltern dieses Kind zur Adoption freigeben, werde ich es nie wiedersehen.«

»Du musst mir nichts erklären.«

Die Frauen sahen einander an. Ein zaghaftes Lächeln zeichnete sich nach und nach auf ihren Gesichtern ab. Jetzt, nachdem das Unsagbare endlich gesagt war, erschien vieles leichter.

»Willst du nicht ablegen?«, fragte Lys endlich. »Möchtest du einen Tee?«

»Gern.«

Lys half ihr aus dem Mantel, brachte ihn zur Garderobe und kehrte dann in die Küche zurück. Als Vicky sich wieder auf dem Stuhl niederließ, versetzte ihr das Kind einen kräftigen Tritt. Vicky verzog das Gesicht und lächelte dann.

»Du spürst es wieder, nicht wahr?«, sagte Lys. »Das muss sehr schön sein. Meine Kinder waren immer sehr ruhig.«

»Ja, das ist es.«

Vicky sah zu, wie Lys den Tisch fertig deckte und einen Teller mit Gebäck hinstellte, der ihr das Wasser im Mund zusammenlaufen ließ. Das Kind trat sie noch einmal, leichter dieses Mal. Sie fragte sich, wie es sein würde, diese inneren Berührungen, diese Verbindung, nicht mehr zu haben – und das Kind niemals in den Armen halten zu können. Würde sie das aushalten?

Lys ging jetzt rastlos in der Küche auf und ab. Vicky konnte fühlen, dass sie genauso aufgeregt war wie sie. Als die Frauen sich kurz darauf wieder am Tisch gegenübersaßen und sich die Hände reichten, zitterten sie beide.

»Aber ich darf es sehen, ja? Später, meine ich, manchmal nur?«, brach es mit einem Mal aus Vicky heraus.

Lys nickte ernst. »Selbstverständlich.«

Vicky rang die Hände. Es gab so viel, worüber sie sich noch keine Gedanken gemacht hatte und das ihr jetzt durch den Kopf ging. »Ich könnte heimlich seine Patentante sein, oder?«

»Ja.« Lys hatte sich in ihrem Stuhl zurückgelehnt, der Rücken wieder sehr gerade. »Es gilt, einiges zu planen, nicht wahr?«

Vicky atmete tief durch. »Dann lass uns das tun.«

Lys stand auf. »Komm, ich zeige dir etwas.«

Lys hatte sie nach oben geführt, und Vicky war ihr langsam und schwer atmend gefolgt. Oben gingen sie durch einen Flur, von dem verschiedene Türen abgingen. Es war der private Teil des Hauses, und Vicky war noch nie hier gewesen. Unter anderen Umständen hätte es sich womöglich falsch angefühlt, ihn zu betreten. Jetzt nicht. Lys deutete auf die Türen: Schlafzimmer, Nähzimmer,

Kammer des Mädchens. Vor dem nächsten Zimmer blieb sie stehen, zögerte einen Augenblick und stieß die Tür dann entschlossen auf.

Der kleine Raum erstrahlte so hell im Sonnenschein, dass Vicky für einen Augenblick wie geblendet war, dann traten allmählich Möbel aus dem Licht hervor: eine schmale Chaiselongue nebst Tischchen, eine Wiege mit einem bauschigen weißen Vorhang, eine Wickelkommode, ein Teddybär. Es war das Zimmer, das Lys für ihre Kinder eingerichtet hatte, und aus jedem Detail sprach tiefe Liebe. Vicky sah zu, wie Lys zu der Wiege ging und die Hand darauf legte. Sie stellte sich vor, wie Lys dort gestanden und einen neuen Verlust betrauert hatte. Das musste schrecklich gewesen sein. Neben der Chaiselongue auf dem Tischchen stand ein Korb mit Kinderbüchern: Die *Wurzelkinder*, die *Wichtelmännchen* und das *Nesthäkchen*. Vicky ging zum Fenster und schaute hinaus. Man konnte direkt auf eine Schaukel sehen. Der Kirschbaum würde zur rechten Zeit prächtige Blüten tragen. Sie bemerkte, dass Lys sie beobachtete, und drehte sich zu ihr hin.

»Es ist wunderschön«, hauchte Vicky.

46

Womöglich hatte Ilse es Sontje einfach einmal zeigen wollen; ihr deutlich machen wollen, dass es durchaus so etwas wie eine tiefere Vertrautheit zwischen ihr und der kleinen Herrin gab.

»Die kleine Herrin ist schwanger«, sagte sie, während sie sorgfältig die Möhren schabte und Sontje ihr gegenüber am Herd stand. »Wusstest du das? Das ist der Grund, weshalb wir hier sind, damit es niemand mitkriegt daheim. Und ich bin dabei, weil ich Vickys Vertraute bin.«

Ganz sicher war es dumm gewesen, es so zu sagen, aber Ilse hatte Sontje beeindrucken wollen, und da sagte man manchmal eben solche Sachen.

»Wirklich?«, fragte Sontje, die den Topfdeckel lupfte, um zu sehen, ob das Wasser schon Blasen bildete. Ilse überlegte, ob das überzeugend klang. Sie weiß es bestimmt schon, dachte sie im nächsten Moment. Und jetzt tut sie so, als hätte sie etwas gemein mit der kleinen Herrin, dabei sind wir beide Dienstmädchen und nichts weiter. Bildete sich Sontje etwa ein, sie wäre eine von denen? Das war ja wohl lächerlich.

»Wir sollten uns sputen«, drang Sontjes Stimme in ihre Gedanken. »Fräulein Macken erwartet das Essen um Punkt sechs Uhr auf dem Tisch.«

Ilse ließ die letzte Mohrrübe in den Behälter fallen, stand auf und ging zur Spüle. Ihre Wut fühlte sich wie ein heißes Eisen an. Sie hatte anfangs durchaus den Kontakt zu dem Bauernmädchen gesucht, wollte ihr über das Leben in Mainz erzählen. Immerhin hatte Sontje sich Vicky gegenüber neugierig gezeigt. Aus Ilses Mund dagegen schien sie nichts zu interessieren, nicht einmal ihre Erzählungen darüber, wie sie an ihrem freien Tag spazieren gehen konnte und wie viele Blicke sie immer von jungen, gut aussehenden Soldaten erhascht hatte.

Ilse warf Sontje einen weiteren wütenden Blick zu, aber die schien nichts zu bemerken.

»Beim Bauern Jensen gibt es übrigens ein kleines Schlachtfest am Sonntag«, sagte sie jetzt. »Wahrscheinlich das letzte Fest in diesem Jahr. Da könnten wir zusammen hingehen, wenn es die Herrschaften erlauben.«

Ilse war überrascht. »Diesen Sonntag?«

»Hm. Noch zweimal schlafen und dann Tanz und Musik.«

»Sicher braucht mich die Herrin am Sonntag«, sagte Ilse und wusste doch, dass man ihrer Stimme anhören konnte, wie sehr sie ein wenig Abwechslung herbeisehnte.

Der Sonntag kam schneller, als Ilse gedacht hatte. Natürlich war es lediglich ein Fest auf dem Land, aber sie war entschlossen, ein oder zwei schöne Stunden zu verbringen und dabei nicht zu vergessen, dass sie ein Stadtmädchen war. Vicky hatte ihr einen hellen Sommerrock und eine Bluse geliehen, die so gut miteinander harmonierten, dass man glauben konnte, es handele sich um ein

Kleid. Die zarte Farbe schien ihrem Haar besonderen Glanz zu verleihen. Vielleicht mochte ihre Herrin sie ja doch lieber, als sie dachte, sonst hätte sie ihr doch bestimmt keine Kleidung geliehen. Zumindest hatte sie einen Blick dafür, was ihr stand.

Sontje holte sie ab, und sie machten sich gemeinsam auf den Weg. Das Fest war schön. Es gab frischen Apfelsaft zu trinken, dazu Apfelkuchen, denn die Jensens nannten eine ganze Menge Apfelbäume ihr Eigen, aber auch Kaffee, Bier und Schnaps. Als die beiden Mädchen eintrafen, tummelten sich auf der Tanzfläche – lediglich eine Stelle auf der Wiese, die man mit Seilen abgegrenzt hatte – schon etliche Paare. Ein Mann mit Akkordeon spielte traditionelle Weisen, während sich die Mägde und Knechte und einige Gäste versammelt hatten. Ilse hatte anfangs beschlossen, alles vom Rand aus zu beobachten, doch sehr rasch ertappte sie sich dabei, dass ihr Fuß immer wieder im Takt wippte. Ein flachsblonder Mann blieb schließlich bei ihr stehen und grüßte freundlich.

»Du bist aus der Stadt, nicht wahr? Sontje hat von dir erzählt. Ich bin Tjark Mommsen.«

»Ilse Hörmann.«

Ilse stellte überrascht fest, dass ihre Stimme belegt klang. Unbewusst setzte sie zu einem Knicks an, brach aber mittendrin ab und geriet fast ins Stolpern. Tjark schien davon nichts mitbekommen zu haben, oder er sah über ihre Ungeschicklichkeit hinweg. Stattdessen machte er eine ausladende Handbewegung. »Und, gefällt es dir bei uns?«

Sie setzte ihr hochmütigstes Lächeln auf, was ihn erst

die Stirn runzeln und dann schmunzeln ließ. »Du bist sicher anderes gewöhnt«, stellte er fest, wirkte aber nicht beleidigt.

»Ach, es ist schon ganz nett«, hörte sie sich sagen.

»Würdest du dann mit mir tanzen?«

»Gerne.«

Er streckte die Hand aus, und Ilse ergriff sie.

Ilses Leben hatte bisher nicht aus vielen schönen Momenten bestanden, aber dieser war rückblickend einer davon. Tjark war ein unerwartet guter Tänzer. Wer hätte das einem Bauernsohn zugetraut? Nicht nur das, er hatte ihr auch seine ganze Aufmerksamkeit geschenkt. Das hatte eigentlich noch nie jemand getan. Schon mit fünf Jahren hatte sie für sich selbst sorgen müssen, während ihre Mutter bei Herrschaften putzen ging. Der Vater war im Krieg geblieben, aber nicht als Held im Kampf gestorben, sondern am Durchfall.

Irgendwann war auch sie in Stellung gegangen, und damit hatte das Verhängnis seinen Lauf genommen. Wie Vicky war auch sie schwanger geworden, mit dem großen Unterschied, dass man ihr Gewalt angetan hatte. Das Leben war ungerecht.

Doch dieser Sonntag auf dem Land war wunderbar gewesen. Sie hatte getanzt und getrunken und leckere Dinge gegessen: kesselfrische Wurst, aber auch süßen Kuchen und säuerliche Äpfel. Sie war zwar gemeinsam mit Sontje auf das Fest gegangen, hatte jedoch nicht viel von ihr gesehen, denn Tjark war ihr bald nicht mehr von der Seite gewichen. Er war der jüngste Sohn eines kleinen Bauern, der von seinem eigenen Hof träumte und ihren Namen aussprach, als handelte es sich dabei um etwas ganz Besonderes. Aus seinem Mund mochte sie sogar ihren Namen.

Tjark war ein stattliches Mannsbild mit breiten Schultern und muskulösen Armen. Er arbeitete derzeit für einen Müller, weil das Land der Familie nicht genug für alle hergab. Ilse mochte sein verschmitztes Grinsen unter der etwas schiefen Nase, bei dem ihr die Knie weich wurden. Er hatte ihr erzählt, dass er Geld für einen kleinen Bauernhof sparte. Und dass er ein Mann mit Zielen war, gefiel ihr.

Als sie sich am nächsten Tag über den Weg liefen, grüßten sie einander dennoch nur knapp. Doch als Tjark schon fast an ihr vorbeigegangen war, machte er eine Kehrtwendung und war plötzlich neben ihr.

»Fräulein Ilse!« Er lüpfte einen nicht vorhandenen Hut und lief dann an ihrer Seite weiter. »Erzählen Sie mir doch noch ein wenig mehr von der Stadt. Ich habe das sehr genossen gestern. Es ist so anders als das, was wir hier kennen.«

Es klang nicht, als wollte er sie foppen. Sie hatte versucht, das Näschen etwas höher zu tragen und ihn nicht merken zu lassen, dass ihr Herz wie wild schlug. Sich rarmachen nannte man das. In Mainz hatte man sie kaum beachtet, da gab es Schönere, aber hier, hier war sie das Mädchen aus der Stadt, ein Pfund, mit dem sie wuchern konnte.

»Bitte, darf ich Sie ein Stück begleiten, Fräulein Ilse? Wohin geht es?«

»Ich bin auf dem Weg zum Strand. Meine Herrschaften haben mir ein paar Stunden freigegeben«, sagte sie und sah ihn ermutigend an. Im nächsten Augenblick schlugen sie gemeinsam den Weg zum Meer ein.

Von da an trafen sie sich regelmäßig. Tjark konnte ganz einzigartig pfeifen, und wenn Ilse diesen Pfiff hörte, dann ging sie unter irgendeinem Vorwand ans hintere Ende des Gartens, wo er auf sie wartete. Manchmal sah sie dann kurz zum Peters-Hof hinüber, und sie musste an Sontje denken und den Groll, den sie gegen sie hegte, aber der Groll wurde tatsächlich weniger. Sontje und Vicky konnten ihr gleichgültig sein. Jetzt gab es Tjark, der keinen Zweifel daran ließ, wie sehr er sie bewunderte. Ilse hatte einige Tage gewartet, bis sie ihm das erste Mal erlaubte, sie zu küssen. Es war sehr schön gewesen. Zum ersten Mal in ihrem Leben empfand sie so etwas wie tieferes Glück.

Einige Tage später nahm Tjark sie in die Dünen mit. Sie war noch nicht oft hier gewesen. Es hatte sie nicht gereizt, und sie hatte auch wenig Zeit gehabt, aber jetzt erkannte sie, dass das ein Fehler war. Ein frischer Wind riss an Ilses Kleidung. Der Sand war kalt an ihren nackten Füßen, und sie fröstelte. Auf ihren besten Schnürschuhen war sie mehr schlecht als recht vorangekommen, deshalb hatte sie sie schließlich ausgezogen, und Tjark trug die Schuhe seitdem wie einen kostbaren Schatz mit sich. Er kannte solche feinen Schuhe nicht und musterte sie immer wieder neugierig – Stadtschuhe. Ilse musste doch ein wenig schmunzeln, als sie es sah.

Gemeinsam stapften sie voran, hin zu seinem geheimen, geschützten Ort in den Dünen, den er ihr zeigen wollte. Dort war es angeblich selbst zu dieser Jahreszeit nicht zu kalt für ein Picknick. Ilse kämpfte sich die nächste Düne hoch – dieses Laufen im Sand war doch sehr anstrengend –, und dann waren sie da. Tjark hatte nicht zu viel versprochen. Es war wirklich wunderschön. Ein Ort nur für sie beide. Sie breiteten ein größeres Küchentuch als Tischdecke aus, und Tjark legte Schmalzbrote, Wurst und ein Stück Käse darauf. Er ließ es nicht zu, dass Ilse sich auf den Boden setzte, sondern faltete seine Jacke zusammen, damit sie bequem sitzen konnte. Ilse schluckte. In seiner Anwesenheit fühlte sie sich wie in einem Restaurant. Er reichte ihr Brot und Wurst. Im Anschluss aß sie noch ein Stück Käse.

»Weißt du, wovon ich träume?«, sagte er, als sie nach dem Essen aneinandergekuschelt dasaßen.

»Von deinem Bauernhof.«

Er lachte. »Ja … Und weißt du was? Früher einmal wollte ich sogar ganz fort von hier, nach Amerika, ein neues Leben aufbauen, aber jetzt, weißt du, von was ich jetzt träume?« Er schaute sie mit seinem offenen, ehrlichen Gesicht an. Seine Augen waren klar wie der Himmel, und sie traute sich dennoch nicht, diese Frage zu beantworten. Tjark holte tief Luft.

»Ich träume von *unserem* Bauernhof.«

Vicky zeigte sich überraschend neugierig, als Ilse an diesem Abend zurückkehrte, und Ilse genoss die Aufmerksamkeit in vollen Zügen, auch wenn sie jetzt nicht mehr auf die junge Herrin angewiesen war.

»Und er hat dich wirklich gefragt, ob du ihn heiraten willst?« Vicky wirkte fassungslos. »Aber du kennst ihn doch erst seit diesem Fest, oder nicht? Sontje sagte so etwas.«

Ilse nickte und versuchte den Gedanken daran zu verscheuchen, dass Tjark sie womöglich nur gefragt hatte, weil die Auswahl an heiratsfähigen Frauen im Dorf ziemlich eingeschränkt war. Nein, so war das nicht. Tjark liebte sie aufrichtig. Das hatte er ihr erst heute wieder gezeigt.

Unversehens fühlte sie sich an den Oberarmen gepackt und fand sich im nächsten Moment in Vickys Armen wieder.

»Ich freue mich so für dich, Ilse.« Sie hielt inne. »Was hast du ihm geantwortet? Lass mich raten. Willst du ihn überhaupt?«

»Ja«, wisperte Ilse vorsichtig. Sie hatte mit Ja geantwortet, was auch sonst.

»Ja ist die beste Antwort.« Vicky lachte. Ilse straffte die Schultern.

»Aber natürlich werde ich so lange in meiner Stellung bleiben wie nötig.«

»Natürlich«, gab Vicky zurück, die gar nicht zugehört zu haben schien. Woher wusste sie eigentlich von Tjark?

47

NORDSEEKÜSTE, 2019

»Von Meerjungfrau gestohlen?« Frau Peters hatte den Zeitungsartikel mit gerunzelter Stirn gelesen, legte ihn nun vor sich auf den Tisch und beugte sich zu Lisa vor. »Es gab also wirklich einen Prozess wegen des Unglücks am Strand. Meine Freundin Hilde hatte also recht. Und man verdächtigte die Mutter, ihr Kind getötet zu haben. Die hatte wohl bei ihrer ersten Befragung etwas von einer Meerjungfrau erzählt, war davon später aber wieder abgewichen. Wahrscheinlich hat der Journalist diese Geschichte auch aufgenommen, um seinen Bericht damit auszuschmücken.«

»Und bei der Mutter handelte es sich um Victoria Schwayer?«

Frau Peters nickte. Lisa war froh, dass sie auf ihren Anruf hin sofort gekommen war. Sie hatten nun ein weiteres Puzzlestück gefunden, und die Teile schienen sich endlich langsam an ihren Platz zu schieben, aber da gab es noch etwas anderes: Sie hatte Frau Peters angerufen, weil sie die Einzige war, die alles von ihr wusste. Frau Peters war es gewesen, die sie in den letzten Monaten geduldig begleitet hatte und der sie vertraute. Sie saßen über Eck am Tisch. Anke Peters legte ihre warme Hand auf Lisas kalte.

»Willst du dich wirklich weiter damit beschäftigen? Wird dir das nicht doch zu viel?«

Lisa starrte für einen Moment an ihr vorbei in die Ferne. Sie hatte ein Märchenfragment gefunden, in dem eine Meerjungfrau eine Rolle spielte; Jonas meinte, eine Meerjungfrau auf einem alten Aquarell zu erkennen, und nun gab es auch noch diesen Zeitungsartikel, der eine Meerjungfrau in seiner Schlagzeile erwähnte. Sie fokussierte ihren Blick wieder, sah Frau Peters aber nicht an.

»Ich weiß nicht. Ja. Nein. Doch. Doch, ich möchte die Wahrheit wissen. Ich bin ein ganzes Stück weitergekommen, seit ich hier bin. Moses hat mir geholfen, du, Lars und natürlich Jonas. Ich will nicht mehr fliehen, und ich will mich auch nicht mehr bestrafen. Außerdem«, sie holte tief Luft, »diese Geschichte kommt ja nicht ganz überraschend, wir wussten schließlich, dass es dieses Unglück gegeben hat, nicht wahr? Wir wussten nur nicht, ob es etwas mit meiner Geschichte zu tun hat.« Sie hob den Blick und sah Frau Peters jetzt fest an. »Doch, ja, ich will weitermachen, ich will … Vielleicht hilft es mir, Antworten für mich zu finden, wenn ich verstehe, was damals geschehen ist.«

Frau Peters' Hand lag immer noch auf ihrer. Lisa zitterte etwas stärker.

»Und das Fräulein Schwayer wurde letztendlich nicht verurteilt, sondern … in die Psychiatrie eingewiesen, offenbar hielt man sie nicht für schuldfähig«, sagte Frau Peters langsam. »Vielleicht auch wegen der Geschichte mit der Meerjungfrau, wer weiß.«

Lisa zog ihre Hand zurück und schlang die Arme um ihren Körper.

»Vielleicht war sie es auch einfach nicht.« Sie deutete auf die Märchenfragmente, die sie im Ofen gefunden hatte. Bevor Frau Peters gekommen war, hatte sie sich noch einmal deren Abschrift vorgenommen. »Es kann doch sein, dass sie unschuldig war. Ich glaube, sie wollte diese Geschichte für ihr Kind schreiben. Sie wollte Bilder für es malen. Das macht doch mehr Sinn, wenn das Kind noch gelebt hat, oder?« Lisa spürte, wie sich ihre Schultern strafften.

Und letztendlich ist es das, was ich herausfinden muss: Ich muss herausfinden, ob es Rettung gab.

»Gewiss«, sagte Frau Peters, und dann fügte sie hinzu: »Himmel, was würde ich darum geben, das Tagebuch meiner Mutter endlich zu finden. Früher habe ich es immer für langweilig gehalten, aber jetzt ... Jeder kleinste Hinweis könnte uns weiterhelfen, und sie hat einfach alles aufgeschrieben, weißt du, einfach alles ...«

Lisa schaute nach draußen, wo die Sonne mühsam durch den grauen Morgennebel drang; genauso mühsam, wie sie hier drinnen immer noch Licht ins Dunkel zu bringen versuchten. Frau Peters berührte wieder ihre Hand. »Eines frage ich mich. Wann wirst du Jonas alles sagen?«

Lisa fing Jonas am Gartentor ab und schlug ihm vor, mit ihr an den Strand zu gehen. Er hatte sie erstaunt angesehen, aber keine Fragen gestellt. In Sichtweite der Stelle, an der es damals geschehen war, begann sie zu sprechen. Sie konnte ihn dabei nicht ansehen. Sie redete einfach und starrte auf das Meer hinaus, und doch war es, als würden nach und nach Steine von ihrem Herzen poltern, denn er sagte nichts, hörte ihr jedoch aufmerksam zu. Die Worte flossen nur so aus ihr heraus.

Da war die Stelle, an der es geschehen war; damals, als sie kurz mal nicht aufgepasst hatte. Der Moment, der ihr Leben für immer verändert hatte. Lisa sah zur Wasserlinie hin. Das Meer war heute aufgewirbelt und grau, der Wind peitschte durch ihr Haar. So windig war es damals nicht gewesen, eher ein milder, windstiller Tag. Aber so genau konnte sie sich nicht mehr erinnern. Erst ab dem Punkt, als sie Millie vermisst hatte. Zuvor war sie damit beschäftigt gewesen, Sonnencreme aufzutragen, eine Drachenschnur zu entheddern, Millie zu ermahnen, dass sie auch ja ihre Schwimmflügel anzog. Und genau das hatte ihr Töchterchen eben nicht getan, und Lisa hatte es nicht bemerkt, hatte Millie aus den Augen verloren. Schließlich gab es Würstchen zu entsanden und einen Streit um Kekse zu schlichten, während Lukas eine Wanderung am Strand entlang gemacht hatte. Abends hatten sie Pizza essen wollen. Vorher allerdings war ihre Welt implodiert.

Jetzt war es raus. Sie blieben noch eine Weile am Strand sitzen, obgleich es noch kälter geworden war. Jonas hatte den Arm um sie gelegt, und sie schmiegte sich an ihn. Sie sagten beide nichts, aber das war in Ordnung. Es fühlte sich gut an.

In den darauffolgenden Tagen wurden sie mit dem Wohnzimmer fertig, und einer von Lars' ehemaligen Mitarbeitern schloss den Ofen an. Der alte Koffer vom Dachboden erhielt eine neue Aufgabe und wurde nun zur Aufbewahrung von Holz genutzt. Lisa klebte Frau Peters' Abschrift des Märchens in der von ihnen vermuteten Reihenfolge in ein Heft, das sie eigens dafür besorgt hatte.

Am Samstag fuhr überraschend ein Auto in die Einfahrt der kleinen Villa, und Frau Peters stieg aus. Ihr Sohn war mit seiner Familie bei ihr zu Besuch gewesen und wollte jetzt zurück nach Husum. Das kleinste Kind schlief schon im Auto, während das ältere durch das Seitenfenster Grimassen zog. Laut Frau Peters hatten sie den ganzen Tag die Garage aufgeräumt und weitere Teile des »Archivs« zutage gefördert.

»Jonas, hallo! Kannst du bitte den Korb aus dem Kofferraum holen? Fiete, danke fürs Fahren. Wir sehen uns dann ja nächstes Wochenende wieder. Da sind die Kleinen bei mir«, erklärte sie Lisa.

»Da nicht für, Mutter«, gab Fiete zurück und begleitete Jonas zum Kofferraum. Die beiden kannten sich von der Schule und nutzten die Gelegenheit, noch ein paar Worte zu wechseln.

»Wie lang soll das denn noch dauern?«, ließ sich Frau Peters bald etwas ungeduldig hören. »Ich habe Neuigkeiten! Sagte ich das schon?«

Jonas trug den Korb ins Haus und stellte ihn im Wohnzimmer auf Frau Peters' Geheiß auf den niedrigen Couchtisch.

»Also« begann sie, »ich habe endlich, endlich Mamas Tagebuch gefunden und gleich noch ein paar Kleinigkeiten mehr.«

Jonas und Lisa blickten neugierig in den Korb und wussten im ersten Moment nicht so recht, was sie von dessen Inhalt halten sollten. Lisa griff zuerst nach einer alten Kladde. Darunter kamen bestickte Handtücher und eine Videokassette zum Vorschein. Jonas nahm sie grinsend an sich.

»Ach, du meine Güte, eine Videokassette. Die Technik gibt es doch schon ewig nicht mehr.«

»Es wäre aber schön, wenn wir sie in Gang bringen könnten«, sagte Anke Peters. »Ich hatte die Hoffnung, du hast da vielleicht eine Idee, lütt Claassen.«

Jonas lachte auf. »So hat mich lange niemand mehr genannt.«

Frau Peters hob die Augenbrauen.

»Na, ich darf das. Immerhin kenn ich dich, seit du wirklich lütt warst. Bist erst spät gewachsen, min Jung.«

Jonas rollte mit den Augen. Lisa schlug den Deckel der Kladde auf. Weitere hauchfeine Papierseiten lagen darin, die sie sofort als weitere Teile des Märchens identifizierte, und noch mehr Zeichnungen. Dieses Mal waren sie allerdings signiert – von Victoria Schwayer – und mit den Worten »Für Sontje« versehen.

Lisa hielt den Atem an. »Die sind nahezu identisch mit denen aus dem Ofen, nicht wahr? Ich denke, das beweist endgültig, dass Victoria Schwayer die Malerin war, oder nicht?«

»Es ist sehr naheliegend«, stellte Frau Peters fest. »Und ich weiß jetzt auch noch mehr über die Umstände. Victoria Schwayer war offenbar schwanger von einem französischen Besatzungssoldaten in Mainz, einem Marokkaner. Er war der Vater des Kindes, das vermeintlich am Strand verloren gegangen ist. Es muss die große Liebe gewesen sein.«

Lisa blickte versonnen auf die Fotos im Album. Was für eine tragische Geschichte.

»Und das alles hast du in der Garage gefunden?«, sagte Jonas ungläubig.

Frau Peters zuckte mit den Achseln. »Was soll ich sagen. Da ist es wohl irgendwie gelandet. Ich habe keine Ahnung, wer das dorthin ausgelagert hat. Aber es muss wohl während der Renovierung passiert sein.«

Jonas drehte die Videokassette in den Händen.

»Ich frage mich, was da drauf ist?«

»Das wüsste ich wirklich auch gerne«, sagte Lisa, ohne den Blick von der Kladde zu heben. Sie hatte die ersten Sätze entziffert und bemühte sich, sie einzuordnen. Inzwischen kannte sie das Märchen ganz gut, sie hatte die Fragmente oft genug studiert. »Ist die Kassette beschriftet?«, fragte sie, während sie las.

»Familienfest bei Mommsen, steht da.«

»Mommsen, wer ist das denn?« Lisa hob jetzt doch den Kopf und sah Frau Peters fragend an.

»Nach dem Tagebuch meiner Mutter war Ilse ursprünglich das Mädchen, das Victoria Schwayer und ihre Tante aus Mainz mitgebracht hatten. Sie hat dann einen Tjark Mommsen von hier geheiratet.«

»O ja, Ilse Hörmann aus Mainz hat Tjark Mommsen geheiratet«, mischte sich Jonas jetzt wieder ein. »Das weiß sogar ich. Das gehört quasi zur Dorffolklore. Ich wusste nur nicht, dass Ilse Mommsen bei Schwayers gearbeitet hatte. Wer hat denn den Film aufgenommen?«
Frau Peters zuckte mit den Achseln. »Womöglich war es jemand von unserem Hof.«

Irgendwie schaffte es Jonas tatsächlich, einen alten VHS-Rekorder aufzutreiben, den er und Lisa mit vereinten

Kräften zum Laufen brachten. Und dann war es endlich so weit: Jonas schaltete den Fernseher an und kontrollierte noch einmal die Verbindungen zwischen Fernseher und Rekorder. Die Qualität war miserabel, aber wahrscheinlich konnten sie froh sein, dass auf dem Film überhaupt noch etwas zu sehen war. Lisa fiel ein, dass sie mit solchen Videokassetten ihre Kindheit verbracht hatte. Wie lange war das jetzt her? Ewigkeiten. Damals war das der letzte Schrei gewesen, heute kniff man die Augen zusammen oder hatte das Bedürfnis, an einem Knopf zu drehen, damit das Bild besser wurde.

Das hier war aber nun auch kein Spielfilm. Das Video folgte eindeutig keinem Drehplan, und der Filmende hatte sich wohl nur begrenzt Gedanken darüber gemacht, was auf welche Weise zu sehen sein sollte. Schauplatz war jedenfalls eines dieser Familienfeste, auf denen fast jeder schon einmal war. Kleidung und Frisuren nach zu urteilen, befand man sich in den Achtzigern: Neonfarben, dramatische Dauerwellen und Schulterpolster überwogen. Menschen tanzten den Ententanz oder lachten kreischend. Manche hatten sichtlich zu viel getrunken. Auf dem Sofa verfolgten Jonas und Lisa gespannt und hin und wieder peinlich berührt die Ereignisse. Sie saßen dicht beieinander, so dicht, dass sich ihre Oberschenkel berührten. Anfangs wurde ausgiebig eine Kaffeetafel gefilmt. Manchmal bewegte sich jemand durchs Bild, den der Filmende einzufangen versuchte, was mehr schlecht als recht gelang. Dann wieder trug jemand die Kamera durch die Gegend, ohne zu merken, dass sie noch lief. Man sah den Boden, dann wieder Büsche, hörte das Geräusch einer Person, die sich erleichterte … Kreischen und dann Schimpfen …

Vermutlich hatte man das Material zusammenschneiden wollen, aber offenbar war das niemals geschehen, und dann war das Band in Vergessenheit geraten.

Nach zwanzig Minuten kämpfte Lisa gegen ein Gähnen an, aber dann tat sich etwas. Eine ältere Dame war von hinten zu sehen. Die Kameraführung wirkte jetzt anders, sicherer und gezielter. Der Filmende hatte sein Objekt gefunden. Lisa setzte sich wieder gerader hin. Jonas und sie warfen einander einen kurzen Blick zu.

»Ilse? Uromi Ilse?«, war eine Stimme zu hören.

Die Kamera kam um die ältere Dame herum und zeigte sie jetzt von vorn: blasse, etwas verschwommene blaugraue Augen, dünnes, aber sehr sorgfältig frisiertes weißes Haar. Die Dame schien den Filmenden zu kennen, denn sie lächelte strahlend.

»Und hier ist unsere Oma Ilse, die Älteste auf unserem Fest«, kommentierte der Filmende. Ilse freute sich sichtlich.

»Tjark, bist du das, Tjark?«

»Ich bin dein Enkelsohn, weißt du noch? Nettys Jüngster.«

Oma Ilses Blick wurde unsicher, so, als versuchte sie, sich mit aller Macht zu erinnern.

»Ich wollte das nicht, Tjark«, sagte sie dann unvermittelt, »ich wollte das wirklich nicht damals. Ich habe dir nie davon erzählt, aber ich wollte das nicht.«

Jonas und Lisa wechselten erneut einen Blick. Was war es, was Ilse Mommsen, ehemals Hausmädchen bei der Familie Schwayer, nicht gewollt hatte?

48

»Und da haben wir es schwarz auf weiß: Victoria Schwayer war tatsächlich in einem Sanatorium für – ehm – Geisteskranke.« Lisa hielt inne. »Geisteskranke … nannte man das so? Stell dir vor, was hier zur Ausstellung steht: ›Unsere lieben Irren zeigen zur Vorweihnachtszeit ihr Können und hoffen auf Ihre Unterstützung‹. Liebe Irre? Das klingt aber doch ziemlich vorsintflutlich.« Lisa hob den Blick von den Unterlagen und sah Jonas fragend an. Sie hatten die Zeitungsannonce sorgfältig zusammengefaltet in Sontjes Tagebuch gefunden. Jonas zuckte mit den Achseln.

»Na ja, das war wohl eine gängige Ausdrucksweise. Zum Glück hat sich der Sprachgebrauch inzwischen geändert. Es ist doch gut, wenn die Dinge besser werden.« Er vertiefte sich wieder in Sontjes Tagebuch. »Der Aufenthalt in der Anstalt dauerte von Mitte Dezember bis März. Das scheint mir eher kurz. Vielleicht ließ sich der Verdacht gegen Vicky Schwayer ja doch nicht erhärten, oder …?«

»Was oder?«

»Vielleicht hat auch irgendjemand seine Beziehungen spielen lassen. Die Schwayers hatten sicherlich Beziehungen. Wir wissen, dass sie recht wohlhabend waren.«

Lisa nickte nachdenklich. »Ja, das ist wohl so. Nach allem, was wir wissen, jedenfalls.«

Aber was war geschehen?, fragte sie sich. Hatte Victoria Schwayer ihr vermutlich uneheliches Kind in den Fluten verloren, oder war es ganz anders gewesen? Lisa sah in die Ferne. Wie fühlte sich das für sie an, von einem verlorenen oder vielleicht sogar toten Kind zu sprechen? Es hatte sich tatsächlich etwas verändert in den letzten Wochen. Da war nicht mehr nur Schmerz, wenn sie an Millie dachte. Sie sah und hörte ihre Tochter auch nicht mehr wie aus heiterem Himmel, und sie hatte begonnen, ein paar von Millies Fotos abzuhängen und sie in ein Album einzukleben, das sie zur Hand nehmen konnte, wenn sie sich erinnern *wollte*. Sie hatte keine Angst mehr davor, Millie zu vergessen, denn das würde nie geschehen. Sie würde ihre Tochter nie vergessen. Sie würde immer gern an ihr wunderbares Mädchen denken.

Lisa sah, wie Jonas ein weiteres Papier studierte.

»Glaubst du, ihre Familie dachte tatsächlich, dass sie ihr Kind getötet hat?«, fragte er.

Lisa zuckte mit den Achseln. »Schon möglich. Sie war unehelich schwanger, die Zeiten waren andere.«

Jonas richtete sich in seinem Stuhl auf und reckte sich. »Das klingt übel. Ich kann mir ja generell nicht vorstellen, dass eine Frau je so etwas tun würde.«

Lisa runzelte die Stirn. Sie konnte es sich auch nur schwer vorstellen, aber es gab Ausnahmezustände. Das wusste sie sehr wohl. Aber da war das Märchen, das Victoria Schwayer für ihr Kind geschrieben hatte. Lisa konnte sich einfach nicht vorstellen, dass Victoria es für ein totes Kind geschrieben hatte. War es nicht vielmehr ein Geschenk für ein lebendes Kind?

Sie zog die Unterlippe zwischen die Zähne und biss darauf herum, dann umfasste sie ihre Teetasse fester mit beiden Händen. »Nein, ich denke, sie hat es nicht getan«, sagte sie sehr entschlossen. »Sie hat ihr Kind nicht getötet. Sie hat ihm ein Märchen geschrieben. Sie hat ihm Bilder gemalt. Ich bin sicher, sie hat das getan, weil es lebte. Sie wollte es nur nicht verlieren, dafür hat sie alles getan. Deshalb war sie auch auf der Sandbank, aber das Kind war niemals dort … Es war …«

»Du meinst, sie hatte ihr Kind schon geboren, bevor sie ans Meer ging? Aber wo hat sie es dann gelassen?«, fragte Jonas vorsichtig. »Es war ein Säugling.«

»Es … Ich weiß nicht.«

»Sie müsste ihn versteckt haben. Und dann?«

Lisa war unsicher. Fantasierte sie sich da vielleicht doch etwas zusammen? Sie nahm die Teekanne, war erstaunt darüber, dass ihre Hand nicht zitterte, und goss ihnen beiden nach. »Man hatte sie aus Mainz fortgebracht, was nicht ganz leicht gewesen sein dürfte zu dieser Zeit«, dachte sie laut nach. »Das ging sicherlich nur mit den entsprechenden Kontakten. Es muss ihr bewusst geworden sein, dass man ihr das Kind abnehmen würde, also hat sie sich etwas überlegt … Sie hat eine Lösung gesucht.«

Lisa hörte, wie ihre Stimme fester wurde. O ja, sie stellte sich Victoria Schwayer als eine Person vor, die nach Lösungen suchte und sich nicht einschüchtern ließ. An Jonas' Nasenwurzel bildete sich eine steile Falte.

»Was denkst du?«, fragte er. »Wusste Sontje Peters Bescheid? Kann sie ihr geholfen haben?«

»Aber wie? Sontje Peters ist nie von hier fortgegangen, und sie hatte meines Wissens später auch kein Kind im betreffenden Alter. Unsere Frau Peters ist jünger. Wenn Victoria ihr Kind jemandem anvertraut hat, dann war es nicht Sontje.«

»Ich würde gerne wissen, wie es zu dem Prozess gekommen ist«, sagte Jonas. »Es liegt eine gewisse Zeit zwischen dem Artikel über das Unglück am Strand und dem späteren über den Prozess. Nicht zu viel, aber doch etwas.«

Lisa rieb sich die Schläfen. Sie wusste es nicht. Sie wusste es einfach nicht, aber sie war entschlossen, es herauszufinden.

49

NORDSEEKÜSTE, 1920

Vicky hatte die Schmerzen zuerst nicht einordnen können. Da war ein seltsamer Druck in ihrem Unterleib. Immer wieder war sie deswegen in der Nacht aufgewacht und dann wieder in einen unruhigen Schlaf gefallen. Am frühen Morgen hatte sie gar nicht mehr einschlafen können, war nur hin und wieder weggedöst, aber jedes Mal fast sofort wieder aufgewacht. Sie hatte sich von links nach rechts und wieder zurück gewälzt, aber der Schmerz wollte sie einfach nicht loslassen, welche Position sie auch ausprobierte. Es war eigentlich so gewesen wie zu den Zeiten, als allmonatlich die rote Dame zu Besuch kam. Und dann war es ihr mit einem Mal ganz klar: Das mussten die Wehen sein, von denen Lys Rasmussen gesprochen hatte. Es war so weit: Das Kind machte sich auf den Weg. Jetzt musste sie handeln und genau das tun, was Lys und sie besprochen hatten, aber wie viel Zeit blieb ihr noch? Und was sollte sie tun, wenn Tante Dora ihr heute verbot, das Haus zu verlassen?

Ich habe Angst. Ich muss ruhig bleiben. Ich …

Vicky bemühte sich, ruhiger zu atmen, setzte sich endlich in ihrem Bett hoch und stand dann auf. Wie fühlte sich das an? Wurden die Schmerzen stärker oder schwächer oder veränderten sie sich? Lys hatte ihr etwas erzählt, aber natürlich nicht alles, denn darüber redete man nicht. Außerdem war es schwer, an Lys' Schmerz zu rühren, der an manchen Tagen immer noch nahe unter der Oberfläche lauerte. Fühlte sich eine Geburt so an?

Im nächsten Moment musste Vicky innehalten und eine weitere Schmerzwelle abwarten. Sie hielt sich am Bettpfosten ihres Himmelbetts fest und beugte sich ein wenig nach vorne. Sie atmete etwas schwerer, dann machte sie einige schnelle Schritte, erreichte den Schrank und zog eines der weit geschnittenen Kleider an, auf die sie in den letzten Wochen hatte zurückgreifen müssen. Es dauerte länger als gewohnt, denn die Schmerzen zwangen sie, immer wieder eine Pause einzulegen.

Das Kleid war geschafft, dann noch der dünne Mantel und für später der Strohhut, der so groß war, dass er von ihrer runden Figur abzulenken vermochte. Als sie die Treppe hinunterging, ließ das Knarren einer Diele sie zusammenzucken. Das Geräusch war ihr eigentlich längst vertraut, aber heute erschreckte es sie. Wenig später rief Tante Dora tatsächlich schwach aus ihrem Zimmer heraus.

»Vicky? Vicky, Kind, bist du das?«

»Ja?« Vicky blieb stehen. Abwechselnd lief es ihr kalt und warm über den Rücken. Schweiß bildete sich auf ihrer Stirn, dafür hörten die Krämpfe plötzlich auf. Es war, als wüsste das Kind, dass es nicht auf sich aufmerksam machen durfte.

»Komm doch bitte einmal herein, Vicky.«

Vicky zögerte. Jetzt? Konnte man ihr womöglich ansehen, dass sich das Kind auf den Weg gemacht hatte? Was sollte sie tun?

»Vicky?«

Tante Doras Stimme klang dringlicher.

Ich muss ruhig bleiben.

»Ja, ja, ich komme, Tante Dora … Ich bin … ehm … gerade erst aufgewacht, ich bin noch etwas … müde … Entschuldige bitte.«

Sie zupfte an ihrem Kleid herum. Etwas in ihr krampfte sich von Neuem schmerzhaft zusammen. Atmen, atmen, atmen. Ein paar Schritte, und Vicky hatte Tante Doras Tür erreicht.

»Kindchen, Kindchen, gut, dass du da bist«, rief die Tante ihr entgegen. »Schön, dass du wenigstens gut geschlafen hast. Du siehst wirklich frisch aus, Liebes. Ich habe schon wieder solche Kopfschmerzen. Das muss das Wetter sein. Ich bin einfach zu wetterfühlig. Würdest du Ilse Bescheid geben, dass sie mir einen Tee machen soll?« Sie hielt inne und schaute Vicky fragend an. »Möchtest du vielleicht auch einen, Liebes?«

Ein Gefühl der Erleichterung durchströmte Vickys ganzen Körper. Sie hatte sich also nicht verraten.

»Nein, nein … Ruh du dich am besten noch ein wenig aus, Tantchen, das hilft dir doch immer gut. Ich komme schon zurecht.«

Tante Dora sah sie etwas vorwurfsvoll an. »Du meine Güte. Wie soll ich denn ruhen, wenn mir der Schädel fast platzt?«

»Ich sage Ilse rasch Bescheid.«

»Ja, mach nur, und dann nutz du den schönen Tag und kümmere dich nicht um mich alte Frau.«

»Soll ich denn bei dir bleiben?«, fragte Vicky halbherzig.

»Nein.«

Gott sei Dank.

»Nein, mein Kind, ich bin heute den ganzen Tag zu nichts nutze.« Tante Dora nahm ihre Nichte in den Blick. »Weißt du«, sagte sie dann langsam, »ich habe auch immer von einer Familie geträumt. Von Menschen, die an meiner Seite stehen, aber es hat nicht sollen sein. Man bekommt eben nicht immer alles, was man sich wünscht, nicht wahr? So ist das Leben.«

»Ja, Tante Dora.« Vicky kannte die Geschichten über Tante Doras verlorene Lieben. Gerade musste sie die Zähne zusammenbeißen und gegen eine neue Schmerzwelle ankämpfen, von der Tante Dora glücklicherweise nichts mitbekam. Sie war zu sehr mit sich selbst beschäftigt.

»Was für einen Tee soll Ilse dir bringen, Tante Dora, Kamille?«

»Und ein Kind, ich habe mir auch ein Kind gewünscht … Ist es nicht die Bestimmung der Frau? Welchen Zweck haben wir sonst auf Erden? Kamille? Man fühlt sich immer, als fehlte etwas ohne ein Kind. Was werde ich der Welt einmal von mir zurücklassen … Was? Kamille, hm, vielleicht möchte ich lieber eine leichte, salzige Brühe.«

»Ich beeile mich.«

Im Flur atmete Vicky mehrmals tief durch, dann ging sie in die Küche. Die Brühe stand noch vom Vortag auf dem Herd, und sie entschied sich, selbst Hand anzulegen. Es dauerte eine Weile, bis sie einen passenden Becher gefunden hatte – sie kümmerte sich einfach zu selten um diese Dinge und verlor jetzt gewiss wertvolle

Zeit. Durch das Fenster konnte sie Ilse beobachten, die so früh am Morgen bereits die Terrasse in Ordnung brachte und hoffentlich nicht zu schnell wieder hereinkam. Vielleicht hielt sie ja später noch Ausschau nach Tjark. Vicky wusste, dass die beiden gern ein Schwätzchen am Zaun hielten. Sie wollte nicht, dass Ilse etwas mitbekam.

Sie überprüfte das Feuer im Herd, die Brühe brodelte schon leicht, und sie schöpfte sie eilig in den Becher. Dann schaute sie wieder nach Ilse, die immer noch draußen vor sich hinarbeitete. Wenig später saß sie mit dem Becher Brühe in der Hand auf Tante Doras Bettkante. Tante Dora hatte sich aufgesetzt und warf ihrer Nichte einen dankbaren Blick zu. Trotz aller Nervosität zwang Vicky sich zu einem Lächeln, als sie ihr die Brühe reichte.

»Hm, das tut tatsächlich gut«, murmelte Dora.

»Das hoffe ich doch.«

Tante Dora sah Vicky ernst an und lächelte nachsichtig. »Ich weiß, du denkst, ich bin ein altes Weib, das sich nicht in die Jugend hineinversetzen kann, aber ich habe deiner Mutter nun mal versprochen, auf dich aufzupassen.«

»Ich verstehe das«, log Vicky. Sie saß wie auf heißen Kohlen. Dafür, dass ihre Tante von Kopfschmerzen geplagt war, zeigte sie sich überraschend gesprächig. Sie musste jetzt einfach Tatsachen schaffen. Sie machte eine Bewegung.

»Bitte, du musst doch noch nicht gehen«, sagte Tante Dora. »Ich weiß, dir war es nicht recht, dass ich dich hierher begleitet habe«, setzte ihre Tante wieder an, »aber inzwischen vertragen wir uns doch ganz gut, nicht wahr?«

Vicky nickte, während sich eine glühende Schlange durch ihren Unterleib wand. Sie wurde allmählich unruhig.

Dora musterte sie konzentriert.

»Bedrückt dich etwas, Kind? Du bist so still heute. Du weißt doch, dass du mir alles sagen kannst.«

»Nein, es ist alles gut. Ich ...« Sie konnte für einen Moment vor Schmerzen nicht weitersprechen.

Dora schaute auf die Leibesmitte ihrer Nichte. »Weißt du, ich habe mir wirklich immer ein Kind gewünscht«, sagte sie dann leise.

Dann sorg dafür, dass ich meines behalten kann, fuhr es Vicky durch den Kopf.

»Du weißt, dass bald der Zeitpunkt gekommen ist, sich von dem Kind zu trennen.« Doras Stimme klang wieder streng. »Du solltest dich mit diesem Gedanken gut vertraut machen.«

Mein Kind, dachte Vicky bei sich, es ist mein Kind, und ich werde niemals zulassen, dass man es mir wegnimmt.

Endlich war Tante Dora eingeschlafen. Um den Mund zeichnete sich noch etwas Schmerz ab, und sie war sehr blass. Es war gut, dass ihre Tante ausgerechnet heute Migräne bekommen hatte. Vicky wollte nicht so denken, aber ihr Kind war ihr jetzt wichtiger. An Tante Doras schmalem Schreibtisch schrieb sie eine kurze Nachricht, dass sie spazieren gegangen sei und bald zurückkommen würde. Keine Uhrzeit. Sie presste die Lippen aufeinander. Die Schlange war wieder da und wand sich durch ihren Unterleib.

Im Flur griff sie nach dem Korb mit frischen Äpfeln und ging zur Tür. Ilse war nirgendwo zu sehen oder zu hören. Es war nun zehn Uhr morgens, und Vicky hatte gewiss schon seit den frühen Morgenstunden Schmerzen. Sie musste so schnell wie möglich zu Lys. Als sie gerade die Hand auf das Gartentor gelegt hatte und sich noch einmal umdrehte, tauchte Ilse unvermittelt in der Haustür auf. Sie hielt einen Kochlöffel in der Hand und schaute Vicky fragend an.

»Sie gehen schon aus? Sie haben doch noch gar nichts gefrühstückt, Fräulein Vicky.«

»Ich habe noch keinen Hunger.«

»Werden Sie denn zum Mittagessen wieder zu Hause sein?«

Kam es Vicky nur so vor, oder ruhte Ilses Blick einen Augenblick zu lang auf ihrem Unterleib? Sie atmete gegen den Schmerz an.

»Ganz bestimmt. Ich dachte, ich bewege mich etwas und bringe Frau Rasmussen ein paar von den Äpfeln, die wir gestern ausgesucht haben. Sie hatte mich darum gebeten. Vielleicht gehen wir auch noch ein bisschen spazieren.«

»Sehr wohl, Fräulein Vicky.«

Vicky schaute Ilse erstaunt an. Hatte sie schon immer so förmlich geklungen, oder hörte sie die Flöhe husten? Sie hätte Ilse gerne weiterhin vertraut, aber das, was sich in Mainz zwischen ihnen angebahnt hatte, war hier oben inzwischen zum Stillstand gekommen, und Vicky wusste, dass sie daran nicht gänzlich unschuldig war. Hin und wieder tat ihr das leid. Hin und wieder hatte sie auch ein schlechtes Gewissen deswegen.

»Nachher werde ich gewiss hungrig sein, Ilse. Hältst du mir bitte etwas warm, wenn ich nicht rechtzeitig zurück bin?«

»Selbstverständlich. Ihre Tante hat mir gestern außerdem befohlen, darauf zu achten, dass sie nicht unnötig zu Fuß gehen. Ihr Zustand ...« Das Wort blieb in der Luft zwischen ihnen hängen. »Ich werde Sven Bescheid geben.«

»Aber das ist doch nicht ...«

»Ihre Tante sagt, dass die Leute sonst unnötig reden.«

»Wenn das so ist«, erwiderte Vicky und fügte sich in ihr Schicksal. Dann zupfte sie an dem dünnen Mantel und sah an sich herunter. Nein, ihre Schwangerschaft konnte man wirklich nicht mehr übersehen. Sie wusste nur zu gut, dass Tante Dora Spaziergänge schon länger für unschicklich hielt, aber Vicky hatte sich mehrfach über ihre Anweisungen hinweggesetzt. Was nutzte es denn, etwas zu verbergen, was doch jeder wusste? Man redete im Dorf, dessen war sie sich sicher.

»Ich lauf rasch nach drüben und sage Sven Bescheid.«

Während Vicky wartete, musste sie immer wieder gegen den Schmerz atmen. Endlich fuhr Sven mit dem Wagen vor, und sie nahm alle Kraft zusammen, um mit seiner Hilfe hinaufzusteigen. Ilse trug ihr noch den Korb mit Äpfeln hinterher, den sie fast vergessen hätte. Dann rumpelte der Wagen langsam aus dem Hof heraus. Jeder Stoß schmerzte. Vicky biss sich auf die Lippen, bis sie Blut schmeckte.

Vicky klopfte energisch an der Tür und warf zwischendurch einen Blick über die Schulter. Sven wartete. Sie hatte versucht, ihn abzuwimmeln, doch er ließ sich nichts sagen.

»Sie sind so blass, Frölens«, hatte er gesagt und sie angesehen, als wollte er ganz tief in ihr Herz blicken. »Soll ich nicht vielleicht …?«

»Nein«, hatte sie mit fester Stimme entgegnet und es tatsächlich geschafft, ein zuversichtliches Lächeln auf ihre Lippen zu zaubern. Natürlich wusste Sven Bescheid. Die Leute hier kannten Geburten und Tod und den Lauf der Natur. Sie war nicht die erste Schwangere im Dorf. Er wusste, was los war, das hatte sie längst in seinem Blick gesehen.

Vicky trat von einem Fuß auf den anderen. Sie wartete jetzt schon eine Ewigkeit, warum dauerte das so lange? Als sich die Tür schließlich öffnete, stolperte sie in Lys' Arme und hielt sich an der Freundin fest wie eine Ertrinkende an einem Rettungsring. Noch einmal wandte sie sich um und winkte Sven zu. Die Tür schloss sich hinter ihr. Endlich konnte sie ihren Tränen freien Lauf lassen. »Das Kind kommt«, stieß sie hervor. »Ich hatte solche Schmerzen, aber jetzt eben …« Ihr Gesicht war bereits nass vor Tränen. Panik machte ihr die Kehle eng. »Lys, ich spüre nichts mehr, seit eben, seit ich draußen gewartet habe, spüre ich überhaupt nichts mehr. Da ist nichts mehr.«

»Ruhig.«

Aber Vicky zitterte und konnte nichts dagegen tun. Die Tränen liefen und liefen, als hätten sich Schleusen geöffnet. Und doch war es gut, hier zu sein, hier bei Lys, die sie jetzt umarmte und an sich zog und sie dann zur Chaiselongue im Wohnzimmer führte.

»Setz dich erst mal.«

Vicky tat, wie ihr geheißen, und drehte der Freundin dann verzweifelt das Gesicht zu. Sie fühlte sich plötzlich entsetzlich allein. Was, wenn alles schiefging, was, wenn sie, die alles auf eine Karte setzte, alles verlor?

»Was spürst du nicht mehr?«

»Das Kind … Ich hatte Wehen, glaube ich jedenfalls, aber jetzt ist da einfach nichts mehr.«

Vicky sah ängstlich zu ihrer Freundin hinüber. Ihr Gesicht fühlte sich klebrig an. Lys wirkte ernst, aber gefasst, als wüsste sie genau, was zu tun war. Das beruhigte Vicky ein wenig. Lys hatte Erfahrung, hatte bereits Geburten durchlebt, auch wenn diese jedes Mal ein schreckliches Ende genommen hatten. Vicky schluckte. Nein, darüber wollte sie jetzt gewiss nicht nachdenken. Sie wollte sich nur auf Lys' ruhige Stimme konzentrieren.

»Die Wehen werden wiederkommen«, sagte die gerade.

»Und was, wenn nicht?« Was, wenn das Kind in mir stecken bleibt? So etwas passierte. Sie hatte davon flüstern hören, einer Freundin ihrer Mutter war es so ergangen. Und sie wollte nicht, dass diese höllischen Schmerzen zurückkamen, das würde sie nicht aushalten. Unter Schmerzen sollst du gebären … Vicky wischte sich mit dem Ärmel über das Gesicht. Sie fühlte sich erschöpft und elend. Der Morgen hatte sie bereits unendlich viel Kraft gekostet.

»Sie werden wiederkommen«, wiederholte Lys mit fester Stimme.

»Was, wenn wir es nicht schaffen, Lys?«

Lys schwieg. Warum sagte sie nichts? Wahrscheinlich wusste sie doch nicht, was zu tun war. Sie war ja keine

Hebamme. Wahrscheinlich würden sie es nicht bewältigen, und sie würde ihr Kind doch verlieren. War sie dann schuld an seinem Tod?

Lys hatte sich jetzt auf einen Schemel vor sie gekauert und ihre Hände gegriffen. »So etwas darfst du nicht denken.«

Vicky starrte sie an.

»Wir machen alles so, wie wir es uns vorgenommen haben. Nein«, Lys legte den Finger auf die Lippen, als Vicky etwas sagen wollte, »alles wird gut werden. Erinnere dich, wir haben so oft darüber gesprochen. Wir schaffen das.«

Vicky schaute auf ihre und Lys' Hände, die ineinander verschlungen waren. Mit einem Mal begann die Schlange in ihrem Unterleib wieder zu wüten. Sie musste unwillkürlich daran denken, dass sie einmal einer Katze dabei zugesehen hatte, als die ihre Jungen zur Welt brachte: die schlangenförmigen Bewegungen des Leibes, die Unruhe des Tieres. Das war auch hier oben gewesen, auf dem Peters-Hof.

Lys beugte sich vor und strich Vicky sanft mit der rechten Hand über das Gesicht.

»Es hat wieder angefangen, nicht wahr?«

Vicky nickte.

»Du musst dich ausziehen.«

Vicky errötete, aber sie nickte wieder und versuchte, entschlossener dreinzublicken. Sie hatten darüber gesprochen. Lys zog sie auf die Füße. Noch niemals war es ihr so unmöglich vorgekommen, nur zu stehen. Immer wieder musste sie sich zusammenkrümmen. Im Wechsel war ihr heiß und kalt. Lys half ihr, aus Mantel und Kleid zu schlüpfen, sodass sie endlich fröstelnd im Unterkleid dastand. Lys musterte sie eingehend.

»Manchmal hört es wieder auf, weißt du«, sagte sie, und Vicky konnte hören, dass sie versuchte, ihrer Stimme einen beruhigenden Tonfall zu geben, »und fängt dann wieder an. Das ist ganz normal.«

»Ach ja?«, quetschte Vicky hervor.

»Ja.« Lys lächelte.

Aber es tut höllisch weh, dachte Vicky. Sie spürte Wut in sich aufsteigen. Nein, sie wollte das nicht schaffen. Eigentlich wollte sie sich nur noch zusammenrollen, bis es vorbei war. Es sollte vorbei sein. Jetzt. Sie hatte ja nicht gewusst, wie entsetzlich das sein würde. Warum kamen Frauen überhaupt auf die Idee, Kinder zu kriegen? Sie schaute zu Lys hin. Hatte die etwas gesagt?

»Vielleicht solltest du dich bewegen, oder du isst etwas?«, drang Lys' Stimme zu ihr durch.

»Ich weiß nicht.«

Halb sitzend, halb liegend wand sie sich auf der Chaiselongue, klammerte sich mit einer Hand an der Kopflehne fest, während sie mit der anderen ihren Bauch hielt. Lys schaute auf sie herab. Sah sie besorgt aus? Vielleicht sah sie besorgt aus, aber die Schmerzen waren so höllisch, dass sich Vicky zumindest keine Gedanken darüber machen konnte.

»Ich gehe rasch in die Küche und komme gleich wieder.«

Vicky grunzte nur. Sollte sie laufen? Sie stemmte sich hoch und begann, watschelnd das Zimmer abzuschreiten. Wie hatte sie sich diese Geburt nur herbeiwünschen können? Das war das Entsetzlichste, was sie je erlebt hatte. Und Sontje? Wo war Sontje? Sie hätte die Freundin gerne bei sich gehabt. Vicky blieb einen Moment lang vor dem efeuverhangenen Fenster stehen und starrte hinaus in den Garten. Wie oft hatten Lys und sie hier gestanden und Pläne geschmiedet, wenn es draußen zu unwirtlich gewesen war. Ob Sontje sich denken konnte, was los war, wenn sie Vicky nicht zu Hause antraf? Vielleicht war es aber besser, Sontje nicht zur Mitwisserin zu machen. Sie wollte ihr nicht aufbürden zu schweigen. Sontjes Leben war ohnehin schon so viel schwerer als ihres. Aus den Augenwinkeln sah Vicky, wie sich die Tür bewegte. Lys schob sich mit einem Tablett hindurch und reichte ihr kurz darauf einen Becher warme Milch. Vickys Magen knurrte. Natürlich. Sie hatte ja nichts gefrühstückt. Dankbar griff sie nach dem Becher, aus dem es verführerisch nach Honig duftete. Kaum einen Augenblick später musste sie sich übergeben. Peinlich berührt schaute sie auf die Schüssel, die Lys ihr gerade noch rechtzeitig hatte reichen können.

»O mein Gott, das tut mir leid. Ich wollte das nicht. Ich … O mein Gott …«

Lys streichelte ihr sanft den Rücken. »Kümmere dich nicht darum. Du vollbringst gerade ein Wunder. Ich weiß das, ich …«

»Ich will kein Wunder vollbringen«, stieß Vicky barsch hervor.

Lys verschwand mit der Schüssel und kam etwas später mit warmem Wasser und Leintüchern wieder. Die Schmerzen wurden jetzt so stark, dass Vicky glaubte, es nicht länger aushalten zu können. Die Laute, die aus ihr herauskamen, hatten längst nichts Menschliches mehr an sich. Sie wechselten zwischen dumpf und schrill. Lys wich kaum von ihrer Seite, holte zwischendurch nur noch mehr heißes Wasser und saubere Tücher. Sie hatte Vicky einen Schwamm gereicht, mit dem sie sich die Lippen benetzen konnte, denn nicht einmal einen Schluck Wasser hatte sie bei sich behalten können. Vicky brüllte den nächsten Schrei in ihre Armbeuge, krümmte sich dann und spürte, wie sich etwas in ihr zusammenzog und im nächsten Moment auseinanderzufliegen drohte. Sie krallte ihre Fingernägel in Lys' Hände, bis blutige Striemen auf deren Handrücken erschienen.

»Ich kann nicht mehr«, flüsterte sie kaum hörbar. »Ich kann nicht … Ich will, dass es aufhört. Es soll endlich aufhören. Jetzt.« Sie schluchzte trocken auf. Auch Tränen hatte sie keine mehr.

Sie spürte, wie Lys ihr die Hände auf die Schultern legte. Stöhnend schlang Vicky die Arme um die Freundin und verbarg das Gesicht an ihrem Oberkörper. »Ich glaube, ich würde mich gerne noch ein wenig bewegen«, flüsterte sie. Lys stützte sie, während sie sich aufrichtete, und dann, mit einem leisen Knacksen, platzte die Fruchtblase.

Vicky war eingeschlafen, und Lys saß stumm und glücklich an ihrer Seite und wachte über die Schlafende. In ihrem Arm hielt sie das Baby, einen Jungen. Nachdem die Fruchtblase geplatzt war, war es ganz schnell gegangen. Vickys Gesicht sah inzwischen etwas entspannter aus, und sie atmete auch wieder ruhiger. Am Ende waren die Schmerzen so stark gewesen, dass Vicky in ein Kissen hatte brüllen müssen, damit man ihre Schreie nicht bis auf die Straße hörte.

Lys küsste dem Kleinen gerade vorsichtig die Stirn, als es an der Tür klopfte. Sie fuhr zusammen, stand dann auf und spähte hinter dem Vorhang nach draußen. Gott sei Dank. Sie atmete auf und eilte zur Tür.

»Sontje, gut, dass du kommst.«

»Wo ist sie? Geht es ihr gut?«

Lys nickte. »Sie schläft. Die Geburt war schwer, aber sie hat es geschafft. Vermisst man sie zu Hause schon?«

Sontje zuckte mit den Achseln. »Fräulein Macken hat Kopfschmerzen und ist heute bislang gar nicht aus ihrem Zimmer gekommen. Und Ilse ist mit der Wäsche beschäftigt. Ich habe ihr dabei geholfen und sie nach Kräften abgelenkt, indem ich über Tjark gesprochen habe.«

»Das ist ihr Verlobter? Vicky erwähnte so etwas. War es deine Idee, die beiden zusammenzubringen?«, fragte Lys.

»Nein, das war Zufall.« Sontje drehte den Kopf zur Uhr, deren Zeiger auf die Fünf vorrückten. Die beiden Frauen sahen sich an. Sie brauchten nicht auszusprechen, welche Frage im Raum stand: Wie viel Zeit hatten sie noch?

Jemand musste die Spuren dieser Geburt beseitigen, und Vicky würde sich bald über den Strand auf den Weg nach Hause machen müssen, auch wenn es sie die letzten Kräfte kostete. Es gab keine andere Möglichkeit. Niemand durfte wissen, dass es dieses Kind gab, und deshalb musste sie es auch an diesem Strand verlieren, heute noch.

Lys fragte sich kurz, ob diese Geschichte nicht zu wild war, aber eine andere hatten sie nicht. Diese Geschichte musste es also sein.

»Darf ich es sehen?«, fragte Sontje.

»Natürlich darfst du. Es ist ein Junge.« Lys schaute auf das Bündelchen, das sie in ihrem Arm hielt. »Ein wunderbarer kleiner Junge.«

Sie drehte sich so, dass Sontje besser sehen konnte. Der Säugling hielt die Augen fest zusammengekniffen. Der kleine Mund war gespitzt. Viel mehr war nicht von ihm zu sehen, abgesehen von einer prächtigen, dunklen Haarpracht.

»Wie soll er heißen?«

»Elias.«

Elias zog eine Grimasse und bewegte sich etwas, aber er wachte nicht auf. Irgendwann würde er allerdings aufwachen. Und dann würde er Hunger haben. Auch daran hatten sie gedacht. Lys räusperte sich nervös.

»Wirst du Ziegenmilch bekommen? Ziegenmilch ist das Beste, wenn die Mutter keine Milch hat.«

Sontje nickte.

»Ich gebe dir Geld.« Lys drehte den Kopf zum Tisch hin. »In der Kiste dort. Bitte nimm dir, was du brauchst.«

»Konnten Sie denn ein Fläschchen besorgen?«

Lys nickte. Sie war sogar extra nach Husum in die Apotheke gefahren. Sie hatte diskret getan, aber natürlich hatte das Gerede – genau wie beabsichtigt – neues Futter bekommen: Lys Rasmussen war wieder schwanger. Tatsächlich war das Gerede schnell zu Sontje vorgedrungen, und sie hatte das Gerücht zu seiner Quelle zurückgetragen. Sie hatten wirklich versucht, alles zu bedenken, dennoch gab es viele Unwägbarkeiten. In jedem Fall musste es schnell gehen. Das Kind musste heute noch sterben.

Was für ein schauderhafter Gedanke.

Lys blickte wieder auf den friedlich schlafenden Jungen in ihrem Arm. Der kleine Elias war so ruhig, als wüsste er, dass er niemanden auf sich aufmerksam machen durfte. Morgen würde sie diesen Ort für einige Zeit verlassen. Sie hatte in den letzten Wochen fleißig die Kunde gestreut, dass sie ihren Mann in Dänemark treffen wolle. Dass sie den Jahreswechsel dort mit ihm verbringen würde und dass sie wunderbare Nachrichten für ihn habe. Ihr Plan war, in einem Jahr als glückliche Mutter hierher zurückzukehren. Lys atmete ein paarmal ruhig ein und aus. Es fühlte sich jetzt schon wunderbar an. Sie konnte sich nicht dazu durchringen, den Säugling auch nur für einen Moment abzulegen.

Sontje war inzwischen dabei, das Wasser auszuschütten und die blutigen Leinentücher im Ofen zu verbrennen. Danach wischte sie den Boden auf, während Lys kurz nach der immer noch schlafenden Vicky schaute. Bald würde sie sie aufwecken müssen, und sie hoffte sehr, dass Vicky dann stark genug für alles Weitere war. Zum Schluss räumte sie den Schrubber weg und breitete noch eine dünne Decke über die Spuren auf der Chaiselongue.

»Was hätte ich nur ohne dich tun sollen? Vielen Dank.«

Sontje zuckte mit den Achseln. »Ich war ja darauf vorbereitet, dass es jeden Tag so weit sein kann.«

»Und Ilse?« Lys schaute sie nachdenklich an. »Glaubst du, dass sie etwas ahnt?«

»Ich denke, nicht.«

»Hoffentlich.« Lys schloss kurz die Augen und fühlte

eine gewaltige Erleichterung darüber, dass sich alles fügte. Doch sie waren noch nicht auf der sicheren Seite. Es lag noch ein ganzes Stück Weg vor ihnen, vielleicht das schwierigste.

Sie musste nach Vicky schauen. Die schlief immer noch, auch wenn der Schlaf leichter geworden war und die Hände jetzt hin und wieder im Traum auf der Bettdecke zuckten. Vorsichtig streichelte Lys über Vickys Gesicht. Deren Augenlider bewegten sich. Lys hätte sie am liebsten geküsst. Es war unglaublich, was diese junge Frau gerade vollbracht hatte. Elias bewegte sich in ihrem Arm, und Lys schaukelte ihn sanft. Sobald sie in Dänemark angekommen war, würde sie eine Amme für ihn suchen. Das erschien ihr das Beste für dieses kleine Wesen. Sie hatte sich so sehnlich ein Kind gewünscht, jetzt war ihr Wunsch wahr geworden, und sie musste gut darauf achten, dieses Kind gut zu schützen.

Vickys Stirn kräuselte sich. Kurz darauf öffnete sie die Augen. »Lys?«

Ihre Stimme klang schon wieder etwas kräftiger. Sontje war unterwegs zu Tante Dora, um ihr mitzuteilen, dass Vicky bei Lys Rasmussen zu Abend essen würde, weil die am nächsten Tag unerwartet abreisen müsse. Es könne später werden.

Lys setzte sich auf die Bettkante. Jetzt kam der nächste Akt in dem Drama, das sie schon seit Wochen vorbereiteten.

»Wie geht es dir? Meinst du, du kannst aufstehen?«

»Ich denke schon.« Vicky machte eine kleine traurige Pause. »Ich muss ja aufstehen, nicht wahr? So haben wir es geplant.«

Sie schaute unsicher zu dem Bündel hin. »Und es geht ja nicht anders.«

Lys griff nach ihrer rechten Hand und drückte sie.

»Ich weiß, dass dir das nicht leichtfällt, aber es ist das Richtige, das darfst du nicht vergessen. Ich verspreche dir hoch und heilig, dass ich ihm eine gute Mutter sein werde.«

Vicky musste für einen Augenblick das Gesicht abwenden und rang um Fassung. Ja, sie wusste, dass dies hier das Richtige war, trotzdem hatte sie sich keine Vorstellung davon gemacht, wie weh es tun würde. Sie dachte daran, wie sie ihr Kind kurz im Arm gehalten und es dann an Lys weitergereicht hatte. Ihre Seele weinte bei dem Gedanken an die bevorstehende Trennung.

»Das glaube ich dir ja.«

Sie spürte wieder Lys' Hand auf ihrer Schulter.

»Kannst du aufstehen?«

Vicky biss die Zähne zusammen und nickte. Sie war immer stark gewesen. »Ich werde es versuchen.«

»Sontje wird dich begleiten. Sie wird gleich zurück sein.«

Die Dämmerung senkte sich langsam über die Straßen, als Sontje und sie das Haus der Rasmussens endlich verließen, und es war ein seltsames Gefühl, dass sie wohl vorerst nicht hierher zurückkehren würden. Vicky ging auf Sontjes rechter Seite, immer im Schatten und bereit, sich zu verstecken, sollte jemand um diese Uhrzeit unterwegs sein. Tagsüber hatte ab und an die Sonne durchgespitzt, jetzt war der Himmel verhangen von tiefgrauen Wolken, und Vicky musste sich tatsächlich zwingen, einen

Fuß vor den anderen zu setzen. Mantel und Kleid verbargen die Spuren der Geburt, so gut es ging. Das letzte Gehöft hatten sie endlich hinter sich gelassen und steuerten jetzt in Richtung Strand. Sie kamen durch den kleinen Kiefernwald, wo sich der Geruch von Nadeln mit dem von Sand und Pferdeäpfeln mischte. Die Strecke war bei Reitern sehr beliebt. Auch Vicky war hier schon geritten, wenn auch nicht in diesem Jahr. In diesem Jahr war alles anders gewesen. Sie hatte Jamal kennen und lieben gelernt, und dann hatte sie ihn wieder verloren. Sie hatte ihre Schwangerschaft entdeckt, von der ihr Geliebter nichts wusste. Ihre Eltern hatten sie weggeschickt, und sie hatte nach einer Lösung gesucht – und letztendlich eine gefunden. Und trotzdem wollte sie jetzt nur noch ihr Kind in die Arme schließen und es nie wieder loslassen.

Im Wald war es noch dunkler. Aber bald traten sie wieder hinaus in das Restlicht des Tages. Vicky dachte, dass es in ihr genauso grau aussah und dass es für sie nie wieder heller werden würde. Sie würde nie wieder vollkommen glücklich sein. Sie blieb abrupt stehen. Sontje drehte sich zu ihr und schaute sie erschrocken an: »Kannst du nicht mehr?«

»Doch, doch …« Vicky räusperte sich und versuchte, die schmerzende Wunde zwischen ihren Beinen zu ignorieren. »Danke, dass du das für mich tust, Sontje. Ich wüsste nicht, was ich ohne dich täte.«

Sontje schüttelte den Kopf. »Du bist meine Freundin.«

Die beiden Frauen schwiegen für einen Moment. Vicky fragte sich, ob Sontje wohl ab und zu an die Nachmittage im Garten dachte, an Ballspiele und Schaukeln und ob sie sich wohl je gewünscht hatte, ein Leben wie Vickys zu führen. Sie hatte sie nie danach gefragt, und das tat ihr jetzt sehr leid. Vielleicht würde sie später einmal die Gelegenheit haben, der Freundin ihre Dankbarkeit zu zeigen.

»Wir müssen weiter«, sagte Sontje ruhig.

»Ja, ich weiß.«

Vicky schleppte sich vorwärts, bis hinunter zum Strand. Sontje betrachtete den Horizont. Das Zeitfenster war nicht groß. Sie hatten über die Flut gesprochen, die hier so schnell und tückisch sein konnte. Sontje kannte sich aus. Sie war hier geboren. Ebbe und Flut waren Teil ihres Lebens. Dort war die Sandbank, die als Letztes überflutet wurde, dort der Priel. Das alles gehörte zu ihrem riskanten Spiel dazu. Sie mussten es wagen. Für das Kind.

Um 20 Uhr verließ Lys Rasmussen mit klopfendem Herzen ihr Haus, während das Neugeborene in Sontjes Obhut zurückblieb. Sie hatten alles bis ins letzte Detail besprochen. Das Wasser lief jetzt zu. Lys war klar, dass sie sich beeilen musste, also beschleunigte sie ihre Schritte und stand zehn Minuten später vor dem Haus der Schwayers. Eine sichtlich aufgeregte Dora Macken öffnete. Lys tat so, als bemerke sie nichts.

»Guten Abend, Fräulein Macken. Vicky hat das heute bei mir liegen lassen«, sie hob ein Buch in die Höhe, »und ich dachte, dass sie es vielleicht vermisst. Ich reise morgen früh ab, wissen Sie?« Lys überreichte Dora das Buch, welches die mit zitternden Händen entgegennahm. Sie schien so verwirrt, dass sie gar nichts sagte.

Lys ließ sich nichts anmerken, verabschiedete sich freundlich und schickte sich an zu gehen, als Fräulein Mackens krächzende Stimme sie zurückhielt.

»Sie ist nicht hier.«

»Wie bitte?« Lys drehte sich um und tat überrascht. »Das Fräulein Schwayer ist nicht hier? Aber sie ist bereits um 18 Uhr bei mir fortgegangen, um noch etwas frische Luft zu schnappen und dann nach ihnen zu schauen. Sie sagte, sie hätten Kopfschmerzen, und machte sich Sorgen. Sie wollte ganz rasch über den Strand hierher …«

»Über den Strand?« Doras Stimme klang schrill. »Aber wir haben zulaufendes Wasser, nicht wahr? Was, wenn sie einen Schwächeanfall … Sie könnte einen Schwächeanfall erlitten haben …«, stotterte sie, »einen Schwächeanfall, in ihrem – ehm – Zustand.«

Tante Doras Stimme brach. Die beiden Frauen wechselten einen Blick. Es bedurfte keiner weiteren Worte.

»Wir müssen Alarm schlagen«, sagte Lys ruhiger, als sie sich fühlte. Würde ihr Plan aufgehen, oder würden sie zu spät kommen? Sie durften nicht zu spät kommen. Ihr Herz schlug so schnell, dass sie den Eindruck hatte, man könnte sehen, wie es innen gegen ihren Brustkorb trommelte. Lys hörte das Knarren der Treppe, die ins obere Stockwerk führte. Und plötzlich stand Ilse im Türrahmen. Lys wusste nicht recht, was sie von ihr halten sollte. Das Mädchen war ihr stets mit einem gewissen Misstrauen und, ja, auch mit Abneigung begegnet. Sie hatte sich das nie ganz erklären können, und sie konnte es immer noch nicht. Ilses Gesicht wirkte hart in diesem Moment, ihr ganzer Körper sehnig wie der eines Raubtieres vor dem Sprung auf die Beute. Sie ist vielleicht eine aufmerksamere Beobachterin, als ich gedacht habe, fuhr es Lys durch den Kopf. Sie fröstelte mit einem Mal.

»Ilse, Vicky ist verschwunden«, sagte Tante Dora. In ihren Augen stand die blanke Angst.

Vicky fror gotterbärmlich. Der Sand unter ihr war feucht, und Feuchtigkeit durchtränkte auch ihre Kleidung. Sie war unendlich müde. Es hatte sie sehr viel Kraft gekostet, bis hierher zu laufen. Immer wieder hatte sie innehalten müssen. Die Wunde zwischen ihren Beinen schmerzte bei jedem Schritt. Vor ein paar Minuten hatte sie sich auf den Rücken sinken lassen. Jetzt wälzte sie sich zur Seite und rappelte sich mühevoll auf. Sie versuchte, die blutigen Tücher zu ignorieren, die sie mitgenommen hatten, wollte nicht an das Messer denken, das zur Annahme verleiten sollte, dass sie damit die Nabelschnur durchtrennt hatte. Inzwischen kam das Meer unaufhaltsam näher. Es dauerte immer ein paar Stunden, aber dann schien es doch ganz schnell zu gehen. Sie stellte sich vor, wie das Wasser den Saum ihres Kleides berührte und in Bewegung versetzte. Man würde ihr Fragen stellen, wenn man sie fand – falls man sie fand. Man würde sie fragen, was passiert sei? Warum sie nicht um Hilfe gerufen habe? Warum sie ein Messer mit sich getragen habe? Sie rief sich die Antworten ins Gedächtnis, die Lys und sie hundertmal durchgegangen waren: Sie habe die Zeit vergessen und habe auch gerufen. Man habe ihr gesagt, dass sie ein Messer zum Muschelnsammeln brauche.

Als hätte ich jemals Muscheln am Strand gesammelt …

Vicky wusste, dass die Geschichte absurd klang. Sie hoffte nur, dass man sie bald entdeckte, denn sonst würde sie hier sterben. Inzwischen fiel es ihr schwer, die Augen offen zu halten, obwohl ihr so kalt war. Sie war einfach bis tief in die Knochen erschöpft. Außerdem hatte sie starke Schmerzen. Wahrscheinlich waren die Schmerzen das Einzige, was sie vom Schlafen abhielt. Und das war vielleicht ihr Glück.

Die seltsamen Lichter schwebten etwas über dem Horizont und bewegten sich mal auf, mal ab. Die Stimmen wurden lauter. Vielleicht war sie kurz weggedöst, aber die Stimmen hatten sie geweckt. Kräftige Männerstimmen, die sich etwas zuriefen. Sie richtete sich mühsam auf. Ihr Kleid war klatschnass und zog an ihr. Vicky sammelte noch einmal alle Kraft und schaffte es, sich zitternd auf ihre Arme zu stemmen. Nein, sie hatte sich das nicht eingebildet. Da waren Lichter über dem Strand und ein Boot, das sich von der anderen Seite näherte.

»In letzter Minute«, hörte sie eine Stimme, und dann: »Wir haben sie, endlich. Dem Herrgott sei's gedankt, wir haben sie!«

Vicky heulte vor Erleichterung los.

50

Vicky schlief fast fünfzehn Stunden, bevor sie erstmals wieder für längere Zeit die Augen aufschlug. Tante Dora saß an ihrem Bett und schaute besorgt drein: »Kind«, sagte sie nur, und dann noch einmal: »Kind.«

Da war etwas in ihrer Stimme, das Vicky noch nie gehört hatte, aber sie war zu müde, sich damit zu beschäftigen. Sie wollte etwas sagen, doch die Augen fielen ihr einfach wieder zu – als hingen Gewichte daran.

Als sie das nächste Mal erwachte, saß Sontje bei ihr. Die Freundin sah ernst aus, aber ihre Augen funkelten ermutigend, und Vicky verspürte zaghaft so etwas wie Freude. Sie wusste jetzt, wo sie war, und sie wusste auch, was geschehen war – zumindest das meiste …

»Wie geht es ihm?«, formte sie die Worte unhörbar mit dem Mund, als Tante Dora sich gerade ein paar Schritte entfernt hatte.

»Gut«, gab Sontje zurück.

»Was ist? Worüber redet ihr?«, war im nächsten Moment Tante Doras Stimme aus dem Hintergrund zu hören.

»Sie ist wach und hätte gerne etwas zu trinken«, antwortete Sontje geistesgegenwärtig. Tante Dora tauchte sogleich hinter Sontje auf. Ihre Stirn war tief zerfurcht.

»Ach, Vicky-Kind, ach, Kind, ich habe deinen Eltern telegrafiert. Sie kommen, sobald es ihnen möglich ist. Allerdings wissen wir nicht, ob sie eine Erlaubnis …«

»Tante Dora …« Es fiel Vicky jetzt doch schwer, nicht zu weinen. »Was ist geschehen? Ich kann mich an nichts erinnern.«

Das war nicht ganz gelogen. Sie war durchaus ein wenig verwirrt. Es war so viel passiert. Kläglich schaute sie ihre Tante an. Die ältere Frau wurde blass.

»Kindchen«, sagte sie nur, »Kindchen.«

Und dann nahm Vicky eine Bewegung wahr, die sie unerwartet heftig zusammenzucken ließ: Ilse stand in der Nähe der Tür, wartete auf Anweisungen und ließ sie nicht aus den Augen. Und jetzt erinnerte Vicky sich. Ilse war da gewesen, am Strand, und hatte ihren Rettern von dem Kind erzählt. Wusste sie von dem Plan?

Im Laufe der nächsten Stunden nahmen Vickys Schmerzen überraschend wieder zu, und man überlegte, einen Arzt kommen zu lassen, doch Tante Dora zögerte – schließlich sollte nicht noch mehr Aufsehen erregt werden.

»Nicht nötig«, flüsterte Vicky. »Es ist gut …« Es waren auch weniger die äußerlichen Schmerzen, die sie quälten. Es war ihr schweres Herz, ihre verletzte Seele, die ihr unerträgliche Pein zufügten.

Ilse nutzte ihre Schwäche und die Gelegenheit, treuherzig ihre krankenschwesterlichen Pflichten zu erfüllen. Offensichtlich konnte sie es kaum erwarten, mit der kleinen Herrin allein zu sein. Doch vorerst musste sie sich gedulden. Am Ende ließ Tante Dora dann doch einen Arzt rufen, um Vicky untersuchen zu lassen, der eine leichte Entzündung diagnostizierte und stärkende Hühnerbrühe verschrieb. Nach ein paar Tagen und einer sehr fieberverwirrten Nacht war Vicky wieder überraschend klar im Kopf. Sie war klar und bereit zu kämpfen.

Ilse beobachtete sie auf Schritt und Tritt und zog ihre Schlüsse. Alles genauestens zu verfolgen und den Dingen auf den Grund zu gehen war ihr inzwischen in Fleisch und Blut übergegangen.

Natürlich musste sie geduldig sein, aber ihre Zeit würde kommen. Neben der Krankenpflege hatte sie weiterhin viel im Haushalt zu tun, insbesondere weil Vicky dieser Tage Sontje gerne an ihrer Seite hatte, aber das machte Ilse nichts. Sie war es von klein auf gewöhnt, hart zu arbeiten. Niemand hatte sie je gefragt, was sie sich wünschte.

Warum warst du nicht ehrlich zu mir, Vicky? Freundinnen sollten ehrlich zueinander sein, und wir hätten Freundinnen sein können. Das weiß ich.

Aber was sollte sie jetzt tun? Was war mit dem Kind geschehen? Sie hoffte sehr, dass es ihm gut ging. Sie verglich es mit ihrem Kind, dem sie nicht hatte helfen können. Für einen Moment hielt sie in ihrer Arbeit inne und spähte nach draußen. Von hier aus konnte man einen Teil der Veranda sehen. Vicky hatte sich heute allen guten Ratschlägen zum Trotz in eine Decke gewickelt und auf eine Liege gelegt. Dabei war es inzwischen schon empfindlich kalt. Das Fieber war weiter zurückgegangen, und ihre Brüste schmerzten nicht mehr.

O ja, erinnerte Ilse sich, die Milch war ihr damals genauso schmerzhaft eingeschossen. Sie hatte einige durchweichte Oberteile und Nachthemden ausgewaschen, während Tante Dora, ob der Körperlichkeit dieser ganzen Dinge, rot angelaufen war.

»Sie müssen es ausstreichen«, hatte Ilse knapp gesagt, als Vicky einmal wieder hilflos an ihrem durchweichten Nachthemd herunterschaute, »und Quarkwickel drauf tun.«

»Woher weißt du das?«

»Ich weiß es eben«, sagte Ilse schnippisch und fügte hinzu: »Ich hatte viele Geschwister. Ich kenne mich eben aus mit Säuglingen.« Und mit dem Tod, dachte sie bei sich. Sie blickte Vicky herausfordernd in die Augen und sah nicht zum ersten Mal, dass Tränen darin glänzten. Und da war noch etwas, etwas wie Schuld stand in ihrem Gesicht, und Ilse fragte sich wie schon so oft, ob Vicky nicht vielleicht doch das Undenkbare getan hatte. War das möglich? Aber nein, das konnte nicht sein. Niemals hätte sie ihr Kind getötet. Ilse musste wieder an das Kind denken, das man ihr aus den Armen gerissen hatte. Damals hatte sie sich gefügt, wie man sie das gelehrt hatte. Sie würde sich nicht mehr fügen. Ihr Herz klopfte jetzt so stark, dass sie zu zittern begann. Sogar Vicky wurde schließlich aufmerksam. »Alles in Ordnung, Ilse?«

»Ja, ja.« Ilse drehte sich weg. Sie würde ihr Kind niemals vergessen.

An diesem Nachmittag trafen Tjark und Ilse sich wieder einmal in den Dünen. Er war schon da, als sie eintraf.

»Wie geht es dem Fräulein Schwayer?«, fragte er unvermittelt.

Ilse hob den Kopf. Sie war verwirrt. Er fragte nicht oft

nach Vicky. »Ganz gut, warum? Ihr ist etwas Schreckliches passiert, aber sie ist … tapfer …«

Tjark musterte sie und schaute dann in Richtung Meer. »Weißt du, dass es im Dorf Gerede gibt?«, fuhr er fort.

»Nein.« Ilse war immer noch in Gedanken. Für das, was geschehen war, fuhr es ihr durch den Kopf, hatte sich Vicky wirklich erstaunlich schnell erholt. »Was redet man denn?«

Tjark senkte die Stimme, bevor er weitersprach, als wäre er sich nicht ganz sicher, ob er es ihr erzählen durfte.

»Manche sagen, sie wollte ihr Kind loswerden.«

»Ihr Kind?«, echote Ilse, weil sie so lange darüber geschwiegen hatte.

Tjark verzog das Gesicht. »Natürlich. Wir wissen doch inzwischen alle, dass sie schwanger war, oder?«

»Und was sagen die Leute genau?«

»Dass sie ihr Kind nicht verloren hat, sondern dass sie es getötet hat, was sonst.« Er nahm ein Kienspänchen zwischen die Finger und steckte es sich zwischen die Lippen.

Ja, was sonst, worüber sollte man auch sonst reden. Sie hatte sich ja selbst ihre Gedanken gemacht. Ilse runzelte die Stirn. War es das, was sie vielleicht doch nicht akzeptieren wollte und damals am Strand doch längst erkannt hatte? Damals hatte sie gedacht, dass man Vicky nicht davonkommen lassen durfte. Dass man sie bestrafen musste.

Ilse kniff die Augen zusammen und schaute auch aufs Meer hinaus. Das Kind war nicht mehr da, so war es doch. Sie hatte es getötet. Bittere Galle stieg in ihr hoch.

51

Ilse hatte ihre Arbeit an diesem Tag sehr sorgfältig verrichtet, so wie sie es immer tat. Sie hatte gespült, gefegt, Staub gewischt und das Mittagessen vorbereitet. In der Küche blitzte und blinkte es. Sie hatte viel gelernt während ihrer Zeit bei den Schwayers und war inzwischen eine erfahrene Haushälterin. Nun stand sie in Vickys Zimmer, wo sie ein wenig Ordnung schaffen wollte, während die kleine Herrin wieder einmal auf der Veranda die gute Seeluft atmete.

Ich habe mich damals nicht ausruhen können. Ich musste weiterarbeiten, auch wenn es wehgetan hat.

In der letzten Nacht hatte sie lange nicht einschlafen können, weil ihr wieder einmal so viele Gedanken durch den Kopf gerast waren. Was sollte sie nur mit ihren Vermutungen anfangen? War Vicky eine Mörderin? Wie konnte sie das herausfinden? Sollte sie einfach in Vickys Nähe bleiben und darauf warten, dass diese sich verriet? Dann könnte sie ihr klarmachen, dass sie Freundinnen sein müssten … Nein, das fühlte sich einfach nicht richtig an. Ilse würde nicht darum herumkommen, endlich zu erkennen, was sie eigentlich schon lange wusste: Vicky und sie würden keine Freundinnen werden, sie hatte sich von Anfang an etwas vorgemacht.

Ilse schob die Gedanken der vergangenen Nacht beiseite und drehte sich in Vickys Zimmer einmal um sich selbst. So wie damals, als sie mit Tjark getanzt hatte. Auch in ihren klobigen Arbeitsschuhen bewegte sie sich leichtfüßig durch den Raum. Plötzlich war da Musik in ihrem Kopf. Er hatte in ihr Ohr geflüstert, dass sie eine gute Tänzerin sei. Er hatte ihr so viel gesagt. Er war der erste Mann gewesen, der sie respektvoll behandelt hatte, und dennoch zweifelte sie immer wieder an seinen Worten.

Er ist dein Verlobter. Zweifle nicht.

Ilse löste gedankenverloren den Zopf, den sie aufgesteckt hatte, hielt die Klammern in der Hand und ließ das Haar wirbeln, wie sie es zuletzt als Kind getan hatte. Sie drehte sich und tanzte, und dann hielt sie sehr abrupt inne und starrte den Kleiderschrank an. Zaghaft öffnete sie ihn. Vicky hatte sie schon mehrmals Kleider probieren lassen. Damals hatten sie gemeinsam dabei gelacht.

Ilse nahm das erste Kleid heraus, dann ein weiteres und noch eines. Sie liebte es, die edlen Stoffe durch ihre Hände gleiten zu lassen. Sie liebte diese bezaubernden Farben, die es in ihrem Leben nicht gab. Ilse griff nach einem hellblauen Kleid, das Vicky ganz zu Anfang getragen hatte und in das sie jetzt beim besten Willen nicht mehr hineinpasste. Sie trat vor den Spiegel und hielt es sich an. Es passte gut zu ihrem dunklen Haar und auch zu ihrem Hautton. Es hatte eine Zeit gegeben, da wäre sie nicht auf den Gedanken gekommen, dass eine Farbe ein Gesicht verändern konnte. Wie auch – sie kannte nur Grau.

Kurz entschlossen wand Ilse sich aus ihrer Dienstmädchentracht und schlüpfte in diesen Traum aus Seide und Chiffon. Ein anderer Mensch sah ihr aus dem Spiegel entgegen. Wirklich schade, dass Tjark sie nicht so sehen konnte.

Ilse drehte sich nach links und nach rechts. Sie hatte nicht mehr das Gefühl, dass sie etwas Falsches tat. Dann griff sie in ihr Haar und zog es über die Schultern nach vorne. Die Strähnen fielen zwar nicht so zart wie bei Vicky, aber das schmälerte ihre Freude nicht. Sie war so in ihr Tun versunken, dass sie Vicky zuerst gar nicht bemerkte. Die stand plötzlich im Türrahmen.

»Ich habe dich gerufen.«

Ilse schrak zusammen und sah im ersten Moment schuldbewusst drein, dann straffte sie den Rücken. Ich weiß Dinge, dachte sie, ich weiß Dinge über dich. So kannst du nicht mit mir reden. Nie wieder.

»Ich habe Sie leider nicht gehört«, sagte sie ganz ruhig.

»Das habe ich gemerkt.« Vicky musterte erstaunt ihr Kleid an Ilse.

Als Ilse ihrem Blick standhielt und sie noch dazu herausfordernd ansah, war es an ihr zusammenzuzucken.

Ha!

»Es steht dir gut«, sagte Vicky langsam. Ihre Stimme klang kratzig. Ilse drehte sich zum Spiegel und warf sich einen weiteren Blick zu. Lächelnd hob sie die Arme und bewunderte den Stoff, der ihren Körper umschmeichelte. Sie hatte wirklich noch nie so etwas Schönes angehabt. Schließlich wandte sie sich Vicky zu.

»Ich weiß, was Sie getan haben«, sagte sie langsam und sehr deutlich, damit Vicky auch jedes Wort verstand. Ein Satz ins Blaue gesprochen, aber er traf.

Vicky sagte nichts. Sie ging ein paar Schritte, machte die rechte Schranktür auf und holte ein feines Strohhütchen mit einem hellen Schleier hervor. »Hier, das gehört dazu. Vielleicht möchtest du es ja behalten?«

Seit sie ihr Kind verloren hatte, trug Vicky Schwarz. Im Dorf redete man über sie. Es gab solche, die sie verdächtigten, Hand an das Kleine gelegt zu haben, und die, die an einen tragischen Unglücksfall glaubten: Sie habe die Flut unterschätzt, als sie noch rasch über den Strand zur Villa Schwayer gelangen wollte. Das passierte Gästen immer mal wieder, die hier oben Ferien machten und sich nicht auskannten. Es gab einige, die darauf warteten, dass die Leiche angespült wurde. Andere gingen davon aus, dass das Meer sie in die Tiefe gezogen hatte und nie wieder hergeben würde. Sontje stand ihr zur Seite, aber Ilse benahm sich seltsam und gab vor, irgendetwas zu wissen.

Vielleicht, dachte Vicky, hätte ich ihr in den letzten Monaten doch etwas freundschaftlicher begegnen sollen, aber jetzt war es wahrscheinlich einfach zu spät. »Trink einen Tee mit mir«, forderte Vicky Ilse dennoch hin und wieder auf, wenn Sontje nicht da war. Ansonsten ging sie so oft wie möglich an die frische Luft, machte Spaziergänge, zu denen sie allerdings immer jemand begleitete – Tante Dora hatte sehr deutlich gemacht, dass sie ihre Nichte nicht noch einmal allein lassen würde –, und stellte die Frau zur Schau, die um ihr Kind trauerte. Es war nicht leicht, die Blicke auszuhalten. Es war nicht leicht, darauf zu warten, endlich etwas von Lys zu hören und zu erfahren, wie es ihrem Kind wirklich ging. Es war nicht leicht, ihr Kind nicht beschützen zu können.

Ihr Vater bemühte sich immer noch um einen Passierschein, doch seine Kontakte liefen gerade nicht gut. Abends fand Vicky schlecht in den Schlaf und zeichnete ein Bild nach dem anderen in ihre Kladde, immer von dem Abschnitt am Strand. Sie hatte auch begonnen, ein Märchen für ihren Sohn aufzuschreiben. Irgendwann würde er es lesen können, daran wollte sie festhalten. Dieser Gedanke half ihr durch den Tag. Sie schrieb jeden Tag ein bisschen. Manchmal lähmte sie die Vorstellung, dass sie das Märchen vielleicht nicht würde beenden können, und sie brachte nichts zustande. Manchmal konnte sie nur dasitzen und auf das Papier starren. Dann wieder flog der Bleistift nur so, und die Wörter galoppierten so schnell aus dem Stift, wie sie sich im Kopf bildeten. Sie schrieb für ihr Kind, sie schrieb gegen die Tage und Stunden an, die sie ohne Nachricht von ihm blieb, und das schienen ihr schon jetzt unzählige. Sie schrieb um ihr Leben und ihren Verstand. Als die örtliche Polizei schließlich doch eine Untersuchung des Falles ansetzte, war sie nicht überrascht. Man sprach mit allen, auch mit Ilse. Dann fiel die Entscheidung.

Man würde Anklage erheben.

52

Ilse hatte sich sehr sorgfältig zurechtgemacht. Heute, an diesem Tag, da sie ihre Aussage machen würde, sollten sie endlich alle sehen. Alle sollten sie wahrnehmen. Sie wollte nicht mehr übersehen werden, nicht in ihren Schmerz und nicht in dem, was man ihr angetan hatte. Ilse hatte sich Zeit genommen, sich zu frisieren, und die Haare kunstvoll hochgesteckt. Sie trug ihre beste Kleidung, so wie sich das gehörte, denn dem Gericht musste Respekt gezollt werden. Aus dem Spiegel hatte ihr eine ernsthafte junge Frau entgegengesehen, jemand, dem man vertraute, mit einem klaren, offenen Gesicht und unschuldigen blauen Augen. Sie musterte ihre Sonntagskleidung und die Schnürschuhe.

Dies war ihr Tag. Heute würde sie Genugtuung erfahren. Sie war viel zu früh losgegangen und musste einige Zeit warten, bis sie aufgerufen wurde. Kurz bevor sie den Gerichtssaal betrat, begann ihr Herz so heftig zu schlagen, dass sie dachte, ihr müssten die Sinne schwinden. Doch sie wusste, was sie zu tun hatte. Sie würde die Wahrheit sagen. Sie dachte wieder an den Strand und an den Moment, da sie Vicky gefunden hatten.

Das Fräulein soll nicht davonkommen mit dem, was sie getan hat.

Als Ilse das Gerichtsgebäude später verließ, musste sie die Augen mit der Hand beschatten, um nicht von der Sonne geblendet zu werden. Hier draußen war es mit einem Mal schmerzhaft hell. Ihr Herz hämmerte. Sie hatte das Richtige getan, aber es fühlte sich bei Weitem nicht so gut an, wie sie gedacht hatte. Warum tat es nur so weh, das Richtige zu tun? Vicky hatte immerhin ihr Kind im Stich gelassen und sich zudem ihren Eltern widersetzt. Sie sollte sich schlecht fühlen.

Ilse ging die zwei Stufen bis zum Bürgersteig hinunter und zupfte an ihrem Kostüm, bevor sie sich noch einmal zu dem mächtigen Bau des Amtsgerichtes mit seinem prächtigen Sandsteinportal umwandte. Dann drehte sie sich zur Straße. Ein Pferdefuhrwerk zuckelte vorüber, gefolgt von einem Auto. Für einen flüchtigen Moment musste Ilse an ihren ersten Tag im Hause Schwayer in Mainz denken, als die Familie in einem Automobil an ihr vorübergefahren war.

Damals hat Vicky mich als Einzige beachtet.

»Da ist sie ja!«, rief eine Stimme neben ihr. Undeutlich nahm sie den Karren am Straßenrand wahr, dessen Besitzer mit einem Polizisten sprach. Sie eilte weiter.

»Ilse! Ilse, meine Ilse, hier bin ich. Jetzt geh doch nicht an mir vorbei! Na, will mich das Weib einfach nicht sehen? Herr Wachtmeister, tun Sie doch etwas! Das ist meine Verlobte, Herr Wachtmeister.«

Ilse blieb stehen. Das Licht schmerzte weiter in ihren Augen. Sie hatte mit einem Mal den Eindruck, dass alles vor ihr verschwamm, dass sie nichts mehr sehen konnte oder wollte.

»Tjark! Tjark Mommsen«, rief sie schließlich aus, ließ

die Hand sinken, kniff die Augen zusammen und kam zu ihm hinüber.

»Was machst du denn hier?«

»Ich wollte dich abholen.«

»Woher weißt du …?«

»Ich habe meine Spione für schöne Frauen.« Er musterte sie von oben bis unten. Sie musste jetzt lächeln. Er machte eine Bewegung zu dem Karren hin. »Kannst du dir vorstellen, auf meine bescheidene Kutsche aufzusteigen?«

»Natürlich kann ich das«, sagte sie und ließ sich von ihm auf den Bock helfen.

Als Tjark den Wagen zurück auf die Straße lenkte, war es Ilse, als hätte sie jemanden gehört und schaute noch einmal hinter sich, doch sie hatte sich geirrt. Da war niemand.

53

Nach der Verhandlung war man direkt in die Villa zurückgefahren, und Tante Dora und ihr Vater hatten sie umgehend eingesperrt, wie Tante Dora es auch schon in den Tagen zuvor getan hatte. Vicky konnte es immer noch nicht fassen. Reglos stand sie nun schon seit geraumer Zeit am Fenster ihres Zimmers und schaute immer wieder auf den kleinen Stapel Papier in ihrer Hand: das noch nicht vollendete Märchen für das Kind, von dem niemand wissen durfte. Als sie in der Villa angekommen waren, hatte sie die Blätter sofort aus ihrem Versteck geholt. Sollte sie das Märchen mitnehmen, wo auch immer man sie hinbrachte? War die Gefahr nicht zu groß, dass man es ihr abnahm und es für immer zwischen den Akten verschwinden würde? Gestern war ihr Vater aus Mainz eingetroffen, heute war bereits das Urteil gegen sie gesprochen worden. Ein mildes Urteil für eine Kindsmörderin, sagten viele. Man würde sie in die Psychiatrie bringen. Hatte ihr Vater seine Hände im Spiel gehabt?

Was soll ich nur tun? Vicky trat noch einen Schritt näher ans Fenster und spähte zum Birnbaum hinüber. Sie konnte natürlich versuchen, aus dem Fenster zu klettern, aber der Baum stand weit weg, und sie würde sich womöglich das Genick brechen. Mehrfach musterte sie auch das Vordach, das sich aber genauso wenig als Fluchtweg zu eignen schien. Je länger sie darüber nachdachte, desto klarer wurde ihr, dass es zu gefährlich war. *Ich muss leben. Für mein Kind.*

Es hatte sie verletzt, dass man ihr zutraute, ihr eigenes Kind getötet zu haben. Viele waren offenbar dieser Meinung, mehr, als sie sich vorgestellt hatte, nur Sontje hatte öffentlich um sie geweint. Sie kannte die Wahrheit.

Vicky erwachte aus ihrer starren Haltung und lief jetzt für eine Weile wie ein Tiger in seinem Käfig auf und ab. Wenn sie doch nur die Wahrheit sagen könnte, aber das durfte sie nicht. Das Wagnis war zu groß, dass man Lys das Kind abnahm und sie es nie mehr zu Gesicht bekäme. Vicky schaute zu ihrem Bett hin, auf das sie eigenhändig den Koffer gewuchtet hatte. Gleich würde sie anfangen zu packen – allein. Sie wollte Ilse nie wieder sehen.

54

Vorsichtig schob Sontje die Tür auf. In der Villa Schwayer blieb es still. Sie wusste bereits, dass Tante Dora auf der Veranda eingeschlafen war, denn sie war durch den Garten gekommen und hatte sich an ihr vorbeigeschlichen. Ilse bereitete in der Küche das Abendessen vor. In zwei Stunden würde sie Tante Dora Bescheid geben, die das Essen immer pünktlich um sechs Uhr abends erwartete. In den letzten Tagen und Wochen hatte sie sich nach Kräften unentbehrlich gemacht.

Sontje stand jetzt im Flur und hielt für einen Moment inne. Der Himmel war schon etwas rotgolden und tauchte Garten und Villa in ein warmes Licht. Sie horchte. Aus der Küche war Geschirrklappern zu hören. Eilig lief Sontje zur Treppe hin. Sie musste sich beeilen, niemand durfte sie oben antreffen. Dort oben hatte sie nichts mehr zu suchen. Ihr Auftrag bestand nur noch darin, Ilse in der Küche auszuhelfen, aber Vicky hatte sie hierum gebeten, nachdem Sontje sie in der Klinik besucht hatte. Geschickt vermied die junge Frau die knarrenden Stufen, die sie noch aus Kindertagen kannte, und erreichte rasch das obere Stockwerk. Vicky hatte ihr in einem unbeobachteten Moment zugeflüstert, dass sie etwas aus ihrem Zimmer holen und für sie sicher aufbewahren sollte:

Zeichnungen und das Märchen für ihr Kind, das sie noch fertigschreiben musste, auch das Foto von Elias' Vater, alles Dinge, von denen sie befürchtet hatte, dass man sie ihr in der Klinik abnehmen würde, und sie deshalb hiergelassen hatte.

Oben angekommen, huschte Sontje den Flur entlang und öffnete vorsichtig die Tür zu Vickys Zimmer, nur so weit, dass sie gerade hineinschlüpfen konnte. Von Vickys Zimmer aus sah der Sonnenuntergang wie immer besonders schön aus. So viel Schönheit! Trotz allem. Als sie ein Geräusch hörte, zog sich Sontje kurz der Magen zusammen. Dann war es wieder still. Sie schaute sich um. Es war, als hätte Vicky ihr Zimmer eben erst verlassen, dabei war sie schon etliche Tage fort. Zwei schmal geschnittene Kleider hingen außen am Schrank und sprachen von einer Zeit, die lange vor dieser lag. *Unter der Matratze*, hatte Vicky geflüstert. Von unten war die Stimme von Tante Dora zu hören: »Ist Sontje schon da, Ilse? Ist es nicht schon recht spät? Wird das Essen denn pünktlich auf dem Tisch stehen?«

Sontje überlief ein Schauer. Sie zog hektisch das Bündel hervor und huschte zurück in den Flur, dort hielt sie unschlüssig inne, denn Ilse und Tante Dora waren immer noch unten in der Diele. Die steile Holztreppe zum Dachboden hinauf war die einzige Möglichkeit. Tante Doras laute Stimme schluckte ihre Schritte.

»Ilse, sieh doch bitte einmal oben nach. Ich will nicht hoffen …«

Sontje stemmte die Tür auf und sah sich gehetzt um. Ein Versteck. Sie brauchte rasch ein Versteck, doch hier gab es nichts … Da waren nur Koffer und Ilses Sachen.

Energische Schritte kamen hinter ihr her die Treppe hinauf. Ihr Blick fiel auf den Ofen. Es war kalt hier oben. Seit Vicky in der Klinik war, bewohnte Ilse deren altes Zimmer. Tante Dora hatte darauf bestanden, denn sie wollte das Dienstmädchen näher bei sich haben. Sontje riss die Ofentür auf und stopfte das Bündel hinein. Schon im nächsten Moment tauchte Ilse hinter ihr auf.

»Was machst du denn hier?«

Sie klang misstrauisch. Sontje schluckte. »Vicky wollte, dass ich hier oben nach einem kleineren Koffer Ausschau halte. Ich sehe aber leider nur Tante Doras Koffer …« Sie deutete auf den großen Überseeschrankkoffer.

»Der kleine Koffer ist da hinten.« Ilse ließ sie weiterhin nicht aus den Augen. »Was will sie denn?«

»Ihr fehlen frische Wäsche und … und ihre Malsachen … Sie will, dass man sie ihr nachschickt.«

»Ah.«

Gemeinsam gingen sie schließlich die Treppe hinunter. Tante Dora erwartete sie unten.

»Hatte ich nicht sehr deutlich gemacht, dass du außer in der Küche in keinem Teil des Hauses mehr etwas zu suchen hast, Sontje Peters?«

»Ja, Fräulein Macken.« Sie wich Doras Blick aus.

Die runzelte die Stirn. »Ich will dich nicht mehr hier sehen«, sagte sie dann unvermittelt scharf. »Verschwinde, und lass dich nie wieder blicken.«

Januar und Februar vergingen, bis sich endlich wieder die Gelegenheit ergab, Vicky zu besuchen. Als Sontje eintraf, befand sich Vicky im Atelier der Klinik, wo sie seit ihrer Ankunft ein Bild nach dem anderen malte, wie eine

Pflegerin erzählte. Im ersten Moment erkannte Sontje die Freundin kaum wieder, so stark hatte sie mittlerweile an Gewicht verloren. Sie sah auch älter aus. Es tat weh, sie so zu sehen. Sontje blickte sich im Atelier um. Auf den Bildern war stets dasselbe Motiv zu sehen. Sontje kannte es, sie hatte es schon auf anderen Zeichnungen gesehen. Es war die Sandbank, auf der man Vicky damals gefunden hatte.

»Wie geht es dir?«, fragte Sontje, als sie einander im Besucherraum gegenübersaßen.

»Ich male.« Vicky schwieg einen Moment. »Gibt es Neues?«, fragte sie dann leiser.

»Ja.«

»Geht es allen gut?«

Sontje nickte zweimal. Dieses Signal hatten sie ausgemacht. Es ging Lys und Elias gut. Sie waren wohlbehalten in Dänemark angekommen. Niemand hatte Verdacht geschöpft. Für einen flüchtigen Moment hellte sich Vickys Gesicht auf.

Als sie später an diesem Tag in das Atelier zurückkehrte, nahm Vicky sich das Bild vom Strand vor, das sie heute gemalt hatte. Sie überlegte einen Moment, dann malte sie eine Meerjungfrau mit einem Kind in die Wellen, so wie sie es schon einmal getan hatte, damals, als sie in ihrem Zimmer in der kleinen Villa das Aquarell gemalt hatte.

55

NORDSEEKÜSTE, 1922

Ilse stand im Hafen und musterte den Fisch im Angebot. Sie hatte sich gut eingelebt hier oben im vergangenen Jahr, konnte unterscheiden, was sich zu kaufen lohnte und was nicht, und auch einen guten Preis aushandeln. Frau Mommsen nannte man sie jetzt, Frau Tjark Mommsen. Seit einigen Monaten war sie eine gute, umsichtige Ehefrau.

Sie schob sich durch Menschen und Stimmengewirr des kleinen Hafens. Die Fischer waren früh hinausgefahren und suchten jetzt ihren Fang bestmöglich zu verkaufen. Sie überlegte, ob sie von den Krabben nehmen sollte, die Tjark doch so gerne aß. Sie lebten nicht schlecht. Man hatte ihr Geld für ihre Geschichte gezahlt, und zusammen hatten sie einen kleinen Hof erworben. Die Dinge entwickelten sich erfreulich, aber es war gut, dass sie gelernt hatte, sparsam zu sein.

Während Ilse geschäftig an den Ständen entlangging und das Angebot gedanklich mit dem Inhalt ihres Vorratsschrankes abstimmte, bemerkte sie, wie eine leichte Unruhe durch die Menge ging. Sie hob den Kopf. Ein größeres Schiff legte gerade am Kai an. *Seeschwalbe* las sie am Bug und verfolgte bald neugierig, wie die dicken Seile schlangengleich durch die Luft flogen, mit denen das

Schiff festgemacht werden sollte. Große Schiffe faszinierten sie immer noch, denn die hatte es am Rhein nicht gegeben. Erst seit sie hier oben lebte, hatte sie immer mal wieder einen Ozeanriesen zu Gesicht bekommen. Die Fischersfrau, die gerade ihren Einkauf einpackte, murmelte etwas.

»Wie bitte?«, fragte Ilse nach.

Die Fischersfrau nickte zu dem großen Schiff hin.

»Der Däne ist zurück.«

»Was?«

»Der Kapitän Rasmussen. Der hat eine Frau von hier geheiratet, und sie haben auch ein Haus da hinten, etwas weiter draußen. Die Frau fährt manchmal alleine mit einer Kutsche. Ein Jahr war sie jetzt nicht hier; ist abgereist, kurz nachdem diese schreckliche Sache am Strand passiert ist.«

»Die schreckliche Sache …?«, echote Ilse, obwohl sie genau wusste, worauf die Fischersfrau anspielte. Und natürlich kannte sie den Namen Rasmussen nur zu gut. Mit Lys Rasmussen hatte Vicky sich angefreundet, ganze Nachmittage hatten sie zusammengesessen, und Ilse hatte sich noch ausgeschlossener von allem gefühlt.

Sie wandte den Blick zum Schiff hin. Ein kräftiger schwarzhaariger Mann in Kapitänsuniform half gerade einer jungen Frau auf den Landesteg. Lys Rasmussen. Für einen Moment hörte Ilse nicht, was die Fischersfrau sagte, denn irgendetwas war in ihrem Kopf plötzlich sehr laut. Lys Rasmussen, die schmale, zerbrechliche Frau aus ihrer Erinnerung, hielt ein Kind auf dem Arm. Ilse musste sich an der Verkaufsbude festhalten. Alles um sie herum drehte sich mit einem Mal.

Am Nachmittag waren Ilses Freundinnen zu Besuch. Im vergangenen Jahr hatte sie sich nach und nach einen verlässlichen Freundeskreis aufgebaut, mit dem sie regelmäßig zusammentraf. Heute früh hatte sie deshalb auch ein Blech mit Plätzchen und den Hefezopf gebacken, für den man sie allgemein bewunderte. Während sich ihre Besucherinnen schon am Tee bedienten, war sie noch einmal in die Küche zurückgekehrt. Die Frauen unterhielten sich angeregt, und Ilse lauschte den Satzfetzen, die zu ihr herüberdrangen. Es kam immer noch oft vor, dass sie sich staunend von außen sah: eine stolze Matrone, eine Frau mit einem Ehemann, der arbeitete, eine Frau, die ihren Haushalt führte, Hühner besaß und ein Schwein, das im November geschlachtet werden würde, und dann würde es ein Fest geben und frische Wurst. Sie war kein Stadtkind mehr, das hungern musste, und kein Stubenmädchen, das nichts hatte und das man herumschubsen konnte. Sie war ihre eigene Herrin. Sie war ehrbar. Sie war niemand, auf den man herunterschaute.

Seit ein paar Tagen war sie sicher, dass unter ihrem Herzen endlich Leben heranwuchs. Tjark war ganz außer sich vor Freude gewesen, als sie es ihm gesagt hatte. Manchmal, wenn sie allein waren, legte er ihr die Hand auf den Bauch und sagte, dass er etwas spüren könne. Sie wusste, dass dem nicht so war. Sie selbst spürte das Kind ja erst seit Kurzem, ganz zart nur, wie den Flügelschlag eines Schmetterlings. Sie hatte das schon einmal empfunden, damals, aber jetzt war alles anders. Jetzt würde alles gut werden.

Manchmal redete sie mit ihrem Kind. Sie redete davon, was nun besser laufen würde.

Ilse arrangierte die Plätzchen auf einem schönen Teller und schnitt dann noch den Zopf auf. Sie war eine gute Bäckerin. Das hatte sie von Trine Mommsen gelernt, ihrer Schwiegermutter. Die Leute kamen gern zu ihr. Sie führte einen ordentlichen Haushalt und hatte einen guten Ruf. Wer hätte das je von dem schmutzigen, mageren, verletzlichen Mädchen gedacht, das ihr heute selbst fremd war? Manchmal überlegte sie, Frau Paul, der Köchin der Schwayers, einen Brief zu schreiben, damit die stolz auf sie war. Aber die Schwayers sprachen nicht mehr mit ihr, seit sie gegen Vicky ausgesagt hatte, und Frau Paul war eine sehr treue Arbeitskraft. Sie hatte auch überlegt, Fotografien zu schicken, von Tjark und sich und dem Hof. Sie tat es nicht, denn sie wusste insgeheim, dass Frau Paul sie für das, was sie getan hatte, verachtete. Man bekam es nicht immer gedankt, wenn man das Richtige tat. Und nun hatte sie heute Lys Rasmussen gesehen. Mit einem Kind.

Habe ich mich geirrt? Ilse hielt inne und schaute aus dem Fenster in den Hof hinaus. Alles war ordentlich, alles war so, wie sie es wollte – und doch fühlte es sich manchmal falsch an. Sie hatte doch nichts anderes gewollt, als das Vicky Schwayer erkannte, dass sie ein Mensch war, dem man vertrauen konnte. Nichts anderes hatte sie sein wollen als Vickys Freundin. In ihrem Rücken klirrte das Geschirr – ihr Besuch hatte sich Tee genommen, Zucker, Sahne –, ein paar Damen klapperten mit den Häkelnadeln, während man munter plauderte und sich auf das Gebäck freute.

Ich werde nie eine richtige Freundin haben, schoss es Ilse durch den Kopf, *und auch wenn mir die gute Stube voll sitzt mit Menschen. Ich werde nie das Gefühl haben, dass eine von ihnen meine Freundin ist.*

Lorchen Schröder, ihre direkte Nachbarin, hustete jetzt und räusperte sich dann energisch, konnte den Frosch in ihrem Hals aber nicht ganz vertreiben, denn ihre Stimme krächzte: »Was ist eigentlich aus diesem jungen Ding geworden, das letztes Jahr das Kind am Strand verloren hat? Ich musste heute wieder daran denken.«

»Die Tochter der Schwayers?«, hakte Lene Schwarzkopf nach.

»Die hat man doch in eine Klinik gebracht«, platzte Magda Tönnies heraus, die ihren Tee kaum schnell genug herunterschlucken konnte. »Zumindest habe ich das gehört; da muss sie bis zum Ende ihres Lebens bleiben. Man sagt ja, das wär alles in einem Anfall von Geisteskrankheit geschehen, aber i wo, sage ich, das kann mir keiner erzählen. Ein unehelicher Bastard war das, und sie wollt's wohl einfach loswerden. Wär nicht das erste Mal.«

Die anderen Frauen nickten entschlossen. Ilse stand jetzt mit dem Plätzchenteller im Eingang zur guten Stube. Eine andere Stimme mischte sich ein.

»Na, na, mir ist zu Ohren gekommen, dass die Dame die Klinik bald wieder verlassen konnte und in Richtung Heimat abgereist ist. So geht das mit den hohen Herrschaften, die müssen nie so leiden wie unsereins.«

Ilse leckte sich über die Lippen, die jetzt staubtrocken waren. Ihre Hände zitterten leicht, und vorübergehend konnte sie den Blick nicht davon nehmen.

»Ilse, willst du nicht endlich zu uns kommen?«, fragte Lorchen.

»Ja, ja, natürlich.«

»Sag mal, kanntest du die Schwayers überhaupt?«, fragte Magda. »Bist ja noch nicht so lange bei uns. Seltsame Sache war das, nicht wahr?«

»Meine Güte, erinnerst du dich nicht, Magda?«, rief Lore mit lauter Stimme, bevor Ilse antworten konnte. »Ilse war doch Stubenmädchen bei den Schwayers.« Sie räusperte sich vielsagend: »Wahrscheinlich weiß sie viel mehr als wir.«

Erwartungsvoll schauten sie die anderen an.

An diesem Abend stand Ilse etwas länger über die Waschschüssel gebeugt, und sie konnte an Tjarks Bewegungen hören, dass dieser unruhig wurde. Am Anfang ihrer Ehe war er ganz unersättlich gewesen, und das hatte bislang kaum nachgelassen. Aber sie brauchte diese Zeit heute. Sie musste nachdenken.

Mit dem Paket Fisch in der Hand war sie Lys Rasmussen wie zufällig in den Weg getreten, um ein Blick auf das Kind zu werfen. War das ihr Kind? Man hatte ihr die Schwangerschaft damals jedenfalls nicht ansehen können. Wie alt mochte der Junge sein? Sie jedenfalls schätzte ihn auf etwas über ein Jahr. Ilse versuchte, im Kopf nachzurechnen. Es war ein hübscher Junge, eher dunkel – man hätte meinen können, er käme nach seinem Vater, doch Ilse wusste es mit einem Mal besser. O ja, sie wusste es besser.

Lys hatte sie angesehen, aber kein Zeichen des Erkennens gegeben, als Ilse ihr in den Weg getreten war. Dabei hatte sie Frau Rasmussen so oft bedient, wenn sie bei Vicky zu Besuch war. Aber sie würden beide Schweigen bewahren, denn es würde keinem dienen, diese alte Geschichte wieder hochkochen zu lassen. Außerdem würde ihre Aussage gegen die Aussage einer Dame stehen. All das würde Unruhe in ihr neues Leben bringen, und das war die Wahrheit nicht wert.

56

NORDSEEKÜSTE, 1985

Ilse saß allein an dem großen Tisch und beobachtete das fröhliche Treiben von Weitem. Sie war nicht mehr so beweglich wie einst, sie hörte und sah auch nicht mehr so gut, aber ihr Geist war blitzwach. Die anderen hatten eben schnellere Beine und schienen Hummeln im Hintern zu haben. Ständig sprangen sie von einem zum anderen, aber das war in Ordnung so. Wahrscheinlich redeten sie über Dinge, bei denen sie nicht mehr mitreden konnte und für die sie sich manchmal auch nicht mehr interessierte. Irgendwann hatte man einfach genug von allem gesehen.

»Uromi?«

Jemand war zurückgekehrt. Ilses runder Greisenschädel bewegte sich wackelnd auf ihrem schmalen Hals. Wenn sie sich im Spiegel betrachtete, dachte sie oft, dass sie aussah wie ein junges Vögelchen mit ihren dünnen Haaren, ja, wie so ein junges Vögelchen im Nest, das den Schnabel aufsperrte. Sie achtete immer noch sehr gut darauf, dass sie gut frisiert war. Sie ließ sich niemals gehen. Das hatte sie nie getan, auch in den schlimmsten Zeiten nicht.

»Uromi?«

Ach, das war Vicky, ihre Enkelin. Die Eltern wollten, dass man sie Victoria nannte, als ob das ein Name für ein kleines Kind war: V-I-C-T-O-R-I-A. War das überhaupt ein Name, den ein Kind tragen sollte? Ilse streckte ihre blauädrige Hand zu der Kleinen hin und spürte im nächsten Moment eine warme, etwas klebrige Kinderhand in ihrer. Die Kinder wuchsen ganz unbeschwert auf heute, und ja, eigentlich war das auch gut so. Ihr eigenes Leben war schwer genug gewesen, das wünschte sie gewiss niemandem.

»Gefällt dir das Fest, Vicky-Kind?«

»Ja.«

O ja, Vicky ging es immer gut. Sie war ein von Grund auf glückliches Kind. Das war sie damals schon gewesen, damals schon vor jetzt fast sechzig Jahren. Lange war das her. Ilse drückte Vickys Hand fester. »Schön, dass du da bist, Vicky!«

Die siebenjährige Victoria mochte ihre Urgroßmutter. Vor nicht allzu langer Zeit, daran konnte sie sich gut erinnern, hatte die noch viel von früher erzählt. Das war schön gewesen. Aber dann hatte sich ihr Geist zurückgezogen – das hatte Mama ihr erzählt –, und jetzt kam er nur noch manchmal hervor, hin und wieder nur, als ob er sich vor einem verstecken wollte.

Das Mädchen betrachtete die alte Frau nachdenklich. Ihr eigentlicher Name war Ilse. Mama nannte sie die Tick-Tack-Oma. Ob die Tick-Tack-Oma denn auch eine Mama gehabt habe, wollte sie wissen.

»Weißt du, mein Schatz«, hatte ihre Mutter ihr erklärt, »als Uromi hierhergekommen ist, war sie ganz alleine. Aber Uropa und sie haben sich hier getroffen und geheiratet.«

»Warum, Mama?«

»Weil sie sich sehr geliebt haben. Sie haben sich auf einem Fest kennengelernt und zusammen getanzt. Und dann haben sie bald geheiratet und sind sehr glücklich gewesen.«

»Und was sie hat gemacht, bevor sie den Opa getroffen hat?«

»Sie hat für eine Familie gearbeitet, Victoria. Sie hat dort geputzt, gekocht und gewaschen.«

»War das schwer?«

»Sehr schwer, es gab damals ja keine Maschinen, aber dann hat sie Opa getroffen, und die beiden haben ihren eigenen Hof gehabt. Sie ist eine sehr tatkräftige Frau gewesen.«

Tjark und die Tick-Tack-Oma hatten den Hof aufgebaut und Kinder bekommen. Bis ins hohe Alter hatte Ilse den Hof bewirtschaftet und die Dinge auch noch am Laufen gehalten, als Tjark dazu nicht mehr imstande war. Sie waren ein schönes Paar gewesen. Aber seit Tjark vor zwei Jahren gestorben war, hatte Ilse stark abgebaut.

Victoria musterte ihre Tick-Tack-Oma noch einmal, wie sie da in dem bequemen Korbsessel saß, etwas in sich zusammengesunken, den Blick in die Ferne gerichtet. Als die Tick-Tack-Oma klein gewesen war, hatte es kaum Autos gegeben, dafür hatte sie zwei Kriege erlebt und ihr Leben zweimal wieder zusammenbauen müssen. Sie hatte früher nicht einmal eine Waschmaschine oder Spülmaschine gehabt. Victoria konnte sich das kaum vorstellen. Sie zögerte, dann horchte sie auf die jauchzenden Rufe der Kinder, die auf der anderen Hofseite Ball spielten: die jüngste Generation der

Mommsens. Sie scharrte unruhig mit den Füßen über den Boden und wollte gerade aufstehen, als sie eine leise Stimme hörte: »Vicky«, sagte die Uromi so leise, dass sie es erst gar nicht hörte. »Bleib doch noch ein wenig bei mir.«

Warum nennt sie mich eigentlich immer Vicky? Die Eltern mochten das nicht. Victoria ließ sich wieder auf den Stuhl fallen. Sie zuckte zusammen, als Uromi jetzt sehr plötzlich wieder ihre Hand ergriff. Sanft streichelte sie mit dem Daumen über Victorias Handrücken.

»Es tut mir leid, was ich damals getan habe, Vicky«, sagte sie mit brüchiger Stimme. »Es tut mir wirklich leid. Ich wünschte, ich könnte es wiedergutmachen. Ich wünschte, wir könnten endlich Freundinnen sein. Ich habe mir nie etwas anderes gewünscht, mein ganzes Leben nicht.«

»Uromi?«

Ilses Griff wurde fester.

»Kannst du mir verzeihen, bitte, kannst du das vielleicht? Dann wäre ich endlich glücklich, und ich möchte das so gern.«

»Ich … Ich weiß nicht, was du getan hast …«

»Nur ein paar Worte, Vicky, nur ein paar? Ist das so schwer? Es tut mir ja leid. Ich wünschte, ich hätte es nicht getan. Ich wollte, dass wir Freundinnen sind. Bin ich es denn immer noch nicht wert?«

»Aua, Uromi, du tust mir weh.«

Ilse schien sie gar nicht zu hören, und Victoria war erstaunt, wie fest ihr Griff noch war. Mama sagte immer, dass Uromi so stark war, weil sie ihr Leben lang gearbeitet hatte.

»Omi!« Victoria versuchte erneut, sich loszumachen. Der Griff der alten Frau schien nur noch fester zu werden und tat jetzt wirklich weh. Victoria wusste sich nicht mehr zu helfen.

»Hilfe«, schrie sie, »Hilfe!«

In der nächsten halben Stunde passierte so viel, dass es später schwierig war, den Ablauf der Ereignisse zusammenzubekommen. Victorias Mutter kam ihrer Tochter zu Hilfe geeilt und rief auch noch den Vater herbei, der versuchte, Ilses verkrampfte Finger von Victorias Handgelenk zu lösen. Schließlich stolperte Victoria rückwärts und landete auf dem Boden. Ihr Herz schlug heftig. Sie rappelte sich auf und starrte ihre Urgroßmutter an, die auf dem Stuhl zusammengesackt war. Dann gestikulierte die alte Frau wild mit den Armen und schien sich so sehr aufzuregen, dass ihre Familie beschloss, einen Arzt zu holen. Ihre Gesichtsfarbe war aschgrau, die Lippen weiß, und sie zitterte, während sie mit ausgestrecktem Finger auf ihr Urenkelkind zeigte.

»Nehmt sie weg, nehmt sie weg. Ich wollte ihr nichts tun. Sie lügt. Ich habe nichts getan.«

Sie tobte. Vickys Vater bemühte sich, sie festzuhalten, doch ihr alter Körper wirkte so zerbrechlich, dass er befürchtete, er könnte sie verletzen. Irgendwann ließen Ilses Kräfte nach, und es gelang ihnen, sie in ihr Zimmer zu bringen. Der später eintreffende Arzt gab ihr etwas zur Beruhigung, und nach einer Weile war sie eingeschlafen.

Der engste Familienkreis versammelte sich darauf in der Küche. Schweigend saßen sie um den Tisch und versuchten zu verstehen, was da eben geschehen war. Ilses älteste Tochter Dorothea sprach als Erste.

»Könnt ihr euch noch daran erinnern, wie empört sie war, als ihr eure zweite Tochter Victoria genannt habt?«, wandte Dorothea sich an ihre Tochter.

Birgit nickte und drehte sich zu Victoria hin.

»Was genau hat sie eigentlich zu dir gesagt, Liebes?«

Victoria zuckte mit den Achseln. »Sie hat mich wieder Vicky genannt und sich entschuldigt.«

»Wofür?«

»Weiß ich nicht. Das hat sie nicht gesagt.«

»Sie muss dich mit jemandem verwechselt haben.«

»Ich kenne keine Vicky, Mama.«

Ihre Mutter runzelte die Stirn. Was hatte die alte Frau nur so aus der Fassung gebracht?

57

NORDSEEKÜSTE, 2019

»Ich habe es endlich gefunden.« Frau Peters platzierte ein großes, schweres Fotoalbum auf dem Tisch. »Ich wusste doch, dass es so etwas gibt!«

Jonas und Lisa kamen näher und stellten sich rechts und links von ihr auf, während Frau Peters das Album aufblätterte.

»Das sind Aufnahmen aus den Dreißigern, als Victoria – Vicky – Schwayer uns besucht hat. Seht ihr? Meine Mutter hat alles fein säuberlich beschriftet. Ich war damals ja noch sehr klein, aber als ich die Fotos hier gesehen habe, konnte ich mich plötzlich erinnern. Für mich war das eine nette Tante, die ich gern mochte und die voller Geschichten war, aber dass sie Vicky hieß und die Tochter der Schwayers war, das wusste ich nicht – oder ich habe es einfach vergessen.« Frau Peters blätterte weiter. »Hier muss doch irgendwo …«, murmelte sie, um dann heftig zu nicken. »Ja, genau, da ist es ja. Schaut mal, hier ist Vicky mit mir auf dem Schoß – da bin ich ungefähr vier Jahre alt.«

»Elias!«, platzte Lisa überrascht heraus und zeigte auf die Beschriftung eines anderen Fotos. Das muss Vickys Sohn sein. Sie studierte das Bild eines hübschen Jungen mit dunklen Augen.

»Genau, das ist er.«

»Dann hat sie ihren Sohn doch wiedergesehen.«

»Ja, allerdings erst etliche Jahre später.« Frau Peters tippte vorsichtig auf den Kommentar zu dem Bild. »Das war im Sommer 1926, als die Rasmussens und Vicky sich erstmals zur Sommerfrische hier oben getroffen haben. Ist es nicht ein Jammer, dass Victoria Schwayer dieses Kind der Liebe nicht behalten durfte? Aber so waren die Verhältnisse damals.« Sie schüttelte den Kopf. »Diese Vicky muss eine Kämpferin gewesen sein, dass sie es geschafft hat, ihren Sohn irgendwann zu treffen.« Frau Peters blickte wieder auf das Foto, auf dem der Junge ein dänisches Fähnchen schwang. »Ein kleiner Däne durch und durch.« Sie lachte.

»Gibt es noch mehr Fotos von den beiden?«, fragte Lisa.

»Ja, hier. Das war das letzte Mal, dass sie sich im Peters-Hof begegnet sind, im Sommer 1939 war das, dann kam der Krieg und …«

»Da ist er ja schon ein junger Mann«, sagte Lisa.

»Und ein stattlicher dazu«, ergänzte Anke Peters.

Elias – Lisa schaute das Foto an, und es wurde ihr warm ums Herz.

Frau Peters blätterte weiter. »Guck mal!« Auf dem Foto waren Vicky, Lys und Elias auf dem Kamm einer Düne zu sehen. Sie lächelten fröhlich in die Kamera. Auch Jonas beugte sich jetzt über das Foto.

»Das wurde bestimmt in Marokko aufgenommen. Also muss Elias irgendwann von seinem leiblichen Vater erfahren haben. Weiß man denn, ob Jamal und Vicky später noch ihr Glück gefunden haben und ein Paar geworden sind?«

Frau Peters zuckte mit den Achseln. »Ich denke nicht.«

»Wie schade.« Lisa wusste nicht, ob sie Trauer empfinden sollte. »Ich war mir so sicher, dass sie sich über alles geliebt haben.«

»So ist das Leben.« Frau Peters seufzte. »Immerhin hat der Junge seine leiblichen Eltern kennengelernt.«

»Ob Elias das Märchen jemals gelesen hat?« Lisa schaute ihre Nachbarin nachdenklich an.

»Davon gehe ich aus. Schaut mal, was ich noch gefunden habe.«

Frau Peters nahm ein gebundenes Buch aus ihrer Tasche.

»Das lag neben dem Fotoalbum. Das Märchen von der Meerjungfrau.«

Lisa nahm es vorsichtig in die Hand und schlug es auf. »Das sieht wunderschön aus.« Sie drehte eine Seite zu Jonas hin. »Schau dir die Illustrationen an. Victoria konnte wirklich gut zeichnen, findest du nicht?«

Er nickte. »Und wenn Victoria das Märchen als Buch hat binden lassen, dann hat Elias sicher als Erster ein Exemplar bekommen.«

58

Lisa horchte auf das Freizeichen und widerstand dem Bedürfnis, einfach wieder aufzulegen. Einmal, zweimal … Lukas hatte die Kinder bei sich, er musste um diese Uhrzeit doch zu Hause sein. Vermutlich machte er gerade Abendbrot, bereitete belegte Brote und geschnittenes Gemüse vor, kochte vielleicht auch Kakao. Sie ließ es weiter klingeln, weiter und weiter. Dann war ein Geräusch zu hören. Es raschelte und knackte. Etwas wie ein Atemzug oder ein Räuspern.

»Lukas Sommer.«

Lisa schluckte. »Hallo, Lukas!«, brachte sie zögerlich heraus.

»Lisa …«

»Ich komme bald zurück, Lukas, ich denke, wir müssen reden.«

Sie bemerkte, dass sie die Telefonschnur um die Finger ihrer rechten Hand gewickelt hatte, und machte Bewegungen, um sie wieder loszuwerden.

»Okay«, sagte Lukas auf der anderen Seite gedehnt. Sie sah ihn vor ihrem inneren Auge, sah, wie er sich das Haar mit der rechten Hand zurückstrich. Wie er vielleicht die Tür zur Küche zuzog, damit die Kinder nicht zuhörten. Sie lauschte darauf, ob etwas Vertrautes im

Hintergrund zu hören war, etwas, das sie an ihre verlorene Familie erinnerte. Lukas holte tief Luft. »Es haben sich ein paar Dinge geändert, Lisa«, sagte er dann.

»Ich weiß. Johnny hat es mir erzählt.«

Lukas sog scharf die Luft ein. »Mann, das tut mir leid. Ich wollte nicht … Ich wollte echt nicht.«

»Ist schon in Ordnung.« Sie drehte die Telefonschnur wieder zwischen den Fingern. Vor ein paar Wochen noch wäre sie wahrscheinlich wütend gewesen oder hätte zu weinen begonnen, aber mittlerweile war sie sich hier oben über ein paar Dinge klar geworden. Die Vergangenheit war Vergangenheit und musste es auch bleiben. Das Einzige, worauf es jetzt ankam, war die Zukunft. Die Zukunft ließ sich gestalten. Sie räusperte sich. Keiner sagte etwas. Sie dachte an Jamal und Victoria. Auch für sie war nicht alles gelaufen, wie sie sich das vorgestellt hatten.

»Bist du mir böse?«, fragte Lukas nach einer Weile.

»Hm.« Lisa überlegte. »Nein, ich bin nicht böse. Wir haben viel durchgemacht, findest du nicht? Wir sollten nachsichtiger mit uns sein.«

»Ich wollte nicht, dass es so endet, wirklich nicht. Ich liebe dich noch. Es ist nur … Es ist anders.«

Lisa drehte die Telefonschnur erneut zwischen den Fingern. »Wir wären nicht die Ersten, deren Beziehung einen solchen Verlust nicht verkraftet, oder?«

»Nein, wahrscheinlich nicht.« Sie hörte, wie Lukas durchatmete. »Werden wir uns jetzt aus den Augen verlieren?«, fragte er dann vorsichtig.

Lisa schüttelte den Kopf und sagte: »Wie kommst du denn darauf? Wir sind doch Eltern. Du glaubst gar nicht, wie ich mich darauf freue, Johnny und Neo endlich wiederzusehen. Ich weiß, wie sehr ich sie vernachlässigt habe. Und ich hoffe so sehr, sie verstehen irgendwann, dass das alles nichts mit ihnen zu tun hatte. Gibst du den Jungs einen Kuss von mir?«

Ja, sie würde Lukas und die Kinder endlich besuchen, jedoch danach wieder an die Küste fahren – weil sie einfach noch nicht ganz mit sich im Reinen war und auch, weil Jonas da war.

Jonas und sie saßen auf der alten Hollywoodschaukel, die Jonas irgendwo aufgetrieben hatte und die so gar nicht in den Garten passte, aber gerade das gefiel Lisa. Ihre Hand ruhte auf dem Polster neben sich, Jonas hatte seine darübergelegt. Sie spürte seine warme Haut, und es fühlte sich gut an. Sie hatten noch einmal über Vicky und Jamal und deren gemeinsamen Sohn Elias gesprochen. Lisa hätte so gern gewusst, wie die Geschichte ausgegangen war.

»Manchmal stelle ich mir vor, wie es wäre, Jamal zu besuchen«, überlegte sie laut.

»Ich fürchte, da wirst du mit seinen Nachkommen vorliebnehmen müssen«, entgegnete Jonas lächelnd, während er ihren Handrücken streichelte, dann sprach er weiter: »Und was ist mit uns? Wissen wir, wie es weitergehen soll?«

»Nein, das wissen wir nicht, oder?« Lisa drehte den Kopf zu ihm hin. »Aber wir werden uns beiden Zeit geben, nicht wahr? Ich denke, es lohnt sich.«

Waren diese Worte gerade tatsächlich aus ihrem Mund gekommen? Und hatte sie es auch so gemeint – oder doch ganz anders? Sie spürte seine Hand immer noch auf ihrer, warm und sicher und mittlerweile auch sehr vertraut.

»Du denkst …«

»Ich weiß es. Ganz bestimmt.«

Sie standen im Türrahmen, während die Nacht langsam um sie herum herabfiel. Es würde nicht ganz dunkel werden, so war es um diese Jahreszeit im Norden, aber es wurde ruhiger. Die Geräusche veränderten sich. Der Mond würde bald aufgehen. Ihre Körper waren einander nahe. Sie spürten sich, und das war gut. Lisa schauderte ein wenig, während sie den Hals etwas zurückbog. Ihre Lippen öffneten sich wie von selbst. Ein köstliches Kribbeln durchfuhr ihren Körper, wie sie es lange nicht mehr erlebt hatte. Sie spürte Jonas' Hand in ihrem Haar und dann an ihrem Nacken. Er hielt sie. Seine andere Hand schlang sich um ihren Körper. Es waren breite, kräftige Hände, die sie hielten. Sie schloss die Augen und atmete seinen vertrauten Duft ein, ließ eine Hand unter sein T-Shirt gleiten und hielt sich an ihm fest.

»Lass uns reingehen«, flüsterte sie rau.

Epilog

MAROKKO, 1960

Vicky spürte, wie ihr Herz schneller schlug, als wäre sie ein Backfisch und nicht schon fast sechzig. Es tanzte und hüpfte in ihr, und die Knie wurden ihr weich wie goldgelbe Butter in der Sonne. Da war eine flatternde Unsicherheit, die sie von früher kannte und nicht unbedingt vermisst hatte, die aber irgendwie auch köstlich war. Ihr Weg hatte sie über das Atlasgebirge nach Süden gebracht, dorthin, wo die Ksars und Kasbahs lagen, die alten befestigten Lehmburgen und Lehmstädte der Berber. Auf kurvenreichen Schotterpisten waren sie und ihr Mann gefahren und durch ziegelrote Steinwüsten. Ihr Weg hatte sie auch durch eine schier endlose trockene Ebene mit Dattelpalmen, Tamarisken und Schirmakazien geführt, gerahmt von Tafelbergen aus Vulkangestein.

Sie musste an den Sandsturm denken, dem sie einige Tage zuvor nur knapp entkommen waren und der ihr Auto lahmgelegt hatte. Dieser tückische Sand, fein wie Staub, der stach wie mit Nadeln, der die Sonne verschwinden ließ und den Himmel gelb färbte. Erst am Abend hatte der Sturm nachgelassen, und während sie erleichtert in einen violetten Himmel mit einer Idee von Grün schauten, rieselte Sand überall aus ihrer Kleidung.

Wie würde es heute sein, Jamal wiederzusehen? Ob sie einander sofort erkannten, oder hatten sie sich in zwei Jahrzehnten zu sehr geändert? Und wie würde es sich anfühlen, Elias endlich wieder zu begegnen, ihrem Sohn? Er war inzwischen selbst Vater, hatte sich irgendwann entschlossen, zu seinen Wurzeln zurückzukehren. Lys war darüber traurig gewesen, aber sie war auch dankbar über all die schönen Jahre, die er ihr geschenkt hatte.

Und sie selbst? Der Zweite Weltkrieg hatte die Familie Schwayer schwer getroffen. Doch danach hatte Vicky gespürt, wie ihre alte Kraft zurückkehrte. Sie wusste, dass sie die Vergangenheit hinter sich lassen musste, sich zufrieden damit geben musste, Elias glücklich zu wissen in Marokko, wo er nun seit vielen Jahren lebte. Nach dem Krieg hatte auch sie noch einmal ihr Glück gefunden, jemanden, der ihr guttat und mit dem sie gern ihr Leben teilte. Georg, ihr Ehemann, war älter als sie. Für ihn war es bereits die zweite Ehe. Eigene Kinder bekamen sie nicht. Doch Vicky liebte ihre Stiefkinder, mit denen sie eine innige Beziehung verband. Seit sie erwachsen waren, begleitete sie Georg des Öfteren auf Forschungsreisen. Er ließ ihr ihren eigenen Raum, das wusste sie zu schätzen, und er hatte ihr die Fotografie nahegebracht. Die half ihr, sich auf eine Art auszudrücken, die sie lange Zeit vermisst hatte, seit ihr die Lust am Malen vergangen war. Durch die Fotografie bekam sie Zugang zu einer Leichtigkeit, die sie schon verloren geglaubt hatte.

Der Weg aus Stein und Geröll führte jetzt steiler bergan. Der Wind ließ Staub aufwirbeln, den sie sogar durch das Tuch spürte, das sie als Schutz über Mund und Nase gezogen hatte. Die Hitze war trocken, was angenehm war, angenehmer als die Feuchtigkeit von Dschungeln, die sie auch schon besucht hatte.

An Georgs Seite hatte sie viel von der Welt gesehen. Vicky erreichte die Hügelkuppe und drehte sich noch einmal kurz um, um dorthin zu gucken, wo sie das Auto hatte stehen lassen. Die alte Klapperkiste. Georg traf sich heute mit Bekannten von früheren Reisen, also hatte er ihr das Auto überlassen. Er wusste, dass sie Jamal besuchen wollte, doch er fragte nicht weiter nach. Vicky hatte ihn einen Moment lang gemustert, wie er da in seinem Lehnstuhl saß, die Pfeife im Mund und sich Notizen machte. Auch ihr Stift hatte auf den sandigen Seiten des Notizbuchs geknirscht. Sie dachte an das, was sie bereits gemeinsam gesehen und erlebt hatten, an die Stille, an zerklüftete Canyons und schroffe Felsen. Sie dachte an die Bilder, die er aufgenommen hatte. Bilder von unmittelbarer Schönheit. Man sah ihnen an, was für ein großes Herz er hatte. Jedes Mal, wenn sie seine Fotografien betrachtete, wusste sie, warum sie ihn geheiratet hatte.

Vicky atmete noch einmal tief durch und drehte sich dann wieder zu der kleinen Siedlung hin, die aussah, als nistete sie zwischen den Bergen. Es waren nur ein paar Häuser, die verstreut in der Landschaft dalagen, kleine sandfarbene Würfel, teils in- und übereinander geschachtelt, die sich der Umgebung perfekt anpassten. Vor dem einen oder anderen Gebäude saß jemand im Schatten, ein paar Kinder traten unermüdlich und unter Geschrei einen Stoffball, zwei Frauen trugen Wasser heran und sahen dabei so unglaublich elegant aus, als spazierten sie über den Champs-Élysées. Hier oben, bei den Häusern, gab es kaum Grün, hier oben wuchs fast nichts, und die staubige rote Erde lag wie ein Film über allem, während karge, hohe Felswände den Blick bremsten. Weiter unten aber, in Flussnähe, gab es kleine Felder und auf Terrassen angelegte Gemüsegärten und Dattelpalmen.

Vicky kniff die Augen zusammen und schaute dann wieder zu den spielenden Kindern hin: Vier- bis Zehnjährige waren das wohl, der Größe nach zu urteilen. Vielleicht spielten Elias' Kinder dort. Es versetzte Vicky einen Stich ins Herz, dass sie Elias nicht wirklich hatte aufwachsen sehen, aber dann atmete sie durch und begann wieder zu laufen, und mit jedem Schritt strömte etwas Kraft in sie zurück.

Sie erreichte die ersten Häuser, begegnete grüßend den ersten fragenden Blicken. Es war ihr inzwischen ein Leichtes, an fremden Orten anzukommen. Vor ihrem Haus zermahlte eine Frau Getreide. Es war aus Lehm und Stroh gebaut und ebenerdig, doch seine dicken Wände schützten vor Hitze und Kälte. Vicky nickte ihr zu und ging weiter.

Sie hatte das Dorf schon fast hinter sich gelassen, als aus einem der letzten Lehmbauten eine hochgewachsene Gestalt nach draußen trat. Ein Mann mit grauem Haar und großen, schwerlidrigen Augen entdeckte sie, kam dann näher, blieb vor ihr stehen. Schweigend schauten sie einander an. Vicky öffnete den Mund, aber ihre Stimme verweigerte ihr den Dienst.

»Vicky?«, fragte er. Jamal breitete seine Arme aus, und Vicky konnte sich endlich fallen lassen.

Elias und seine Frau, so erfuhr sie, waren in der nächstgelegenen Stadt, wo sie als Lehrkräfte an einer Schule arbeiteten. Sie würden erst später am Tag zurückkommen. Jamals Frau Maryam lud Vicky zu einem Tee ein. Das Haus war klein, zwei Räume nur, doch es war sehr behaglich eingerichtet. Elias' jüngere Kinder, eine Tochter und ein Sohn, waren bei den Großeltern, während die Eltern arbeiteten. Nacheinander reichten sie Vicky artig die Hand und verschwanden dann wieder nach draußen. Vicky fragte sich, ob sie auf Elias' Rückkehr warten konnte. Womöglich würde Georg sich Sorgen machen, wenn sie erst nach Einbruch der Dunkelheit zurückkehrte.

Ich bin so weit gekommen … Sie schaute nach oben auf die kunstvoll geschnitzte Zedernholzdecke, die davon erzählte, was dieses Haus vielleicht einmal gewesen war. Auf einem Teil des Küchenbodens befanden sich bunte Kachelmosaike. Sie tranken Tee, und Jamal berichtete von Elias und seinen Enkelkindern, und als es nichts mehr zu berichten gab, fragte er sie:

»Was bringt dich eigentlich hierher, Vicky?«

Sie erzählte von den Reisen ihres Mannes, auf denen sie ihn begleitete.

»Ich wollte einfach die Gelegenheit nutzen, Elias noch einmal zu sehen. Und dich natürlich auch.« Sie lächelte ihn an. »Wer weiß, ob ich noch einmal die Gelegenheit bekomme, nach Marokko zu reisen.«

Während Maryam das Essen zubereitete, redeten Jamal und Vicky weiter über das, was in den vielen Jahren, seit sie sich das letzte Mal gesehen hatten, geschehen war. Dann hörte Vicky Stimmen von draußen. Sie hob den Blick und schaute zum Eingang. Ihr wurde flau im Magen.

Elias.

Sie blickte den stattlichen Mann vor sich befangen an. Er sah seinem Vater jetzt noch ähnlicher als früher. Fast meinte sie, den gut aussehenden französischen Soldaten vor sich zu haben, den sie einst in Mainz kennengelernt hatte. Nur dass er keine Uniform trug.

»Deine Mutter ist zu Besuch«, sagte Jamal zu seinem Sohn, der immer noch in der Tür stand.

»Es ist lange her …« Elias ging auf Vicky zu. Obgleich sie es befürchtet hatte, gab es kein Gefühl der Fremdheit zwischen ihnen.

»Darf ich dir meine Frau Jamima vorstellen«, sagte er.

Jamima musterte sie neugierig und gab ihr die Hand. Dann gesellte sie sich zu Maryam, um ihr zu helfen.

Elias und Vicky redeten und redeten. Es gab so viel, was sie ihn fragen musste, so viel, was sie ihm anvertrauen wollte, manchmal konnte sie ihre Gefühle kaum in Worte fassen.

Die Zeit verging wie im Fluge. Und schließlich saßen sie alle bei Couscous, Huhn und Gemüse zusammen auf dem Boden. Vicky nahm das wilde fröhliche Stimmengewirr um sie herum wahr, und sie wurde mit einem Mal ganz ruhig. Elias war glücklich hier, er hatte ein gutes Leben.

Erst als sie nach dem ausgiebigen Essen vor die Tür traten, bemerkte Vicky, wie spät es geworden war. Der Himmel hatte seine Farbe gewechselt und wurde zu dem Indigo, von dem Jamal ihr vor so vielen Jahren erzählt hatte. Ihr war, als müsste sie für einen Augenblick den Atem anhalten, so schön war das.